Isländische Vorzeitsagas

Band 1

Saga

Bibliothek der altnordischen Literatur

Herausgegeben von Kurt Schier

Helden, Ritter, Abenteuer

Isländische Vorzeitsagas

Band 1

Die Saga von Asmund Kappabani
Die Saga von den Völsungen
Die Saga von Ragnar Lodbrok
Die Saga von König Half und seinen Männern
Die Saga von Örvar-Odd
Die Saga von An Bogsveigir

Herausgegeben und aus dem
Altisländischen übersetzt von
Ulrike Strerath-Bolz

Diederichs

Die Deutsche Bibliothek – CIP-Einheitsaufnahme
Isländische Vorzeitsagas / hrsg. und aus dem Altisländ. übers. von
Ulrike Strerath-Bolz. – München : Diederichs
(Saga : Helden, Ritter, Abenteuer)
Bd. 1. Die Saga von Asmund Kappabani [u. a.]. – 1997
ISBN 3-424-01375-7

Umschlaggestaltung: Zembsch' Werkstatt, München
Produktion: Tillmann Roeder, München
Satz: SatzTeam Berger, Ellenberg
Druck und Bindung: Spiegel Buch, Ulm-Jungingen
Papier: holzfreies, chlorfrei gebleichtes Werkdruck, Schleipen
Printed in Germany

ISBN 3-424-01375-7

Inhalt

Die Saga von Ragnar Lodbrok

Die Saga von König Half und seinen Männern

Die Saga von Örvar-Odd

Zusatz zur Saga von Örvar-Odd

Die Saga von An Bogsveigir

Einführung

Der vorliegende Band enthält sechs Sagas aus der Gruppe der Vorzeitsagas (isländisch *fornaldarsögur*). Diese Gruppe umfaßt etwa 30 isländische Prosaerzählungen aus dem 14. und 15. Jahrhundert, die traditionelle Heldensagenstoffe und -themen verarbeiten und sich durch eine phantasievolle Erzählweise von anderen Bereichen der Sagaliteratur, vor allem von den realistischen Isländersagas, abheben.

Die Bezeichnung *fornaldarsögur* stammt nicht aus dem Mittelalter. Sie wurde erst im 19. Jahrhundert von den Herausgebern Peter Erasmus Müller und Carl Christian Rafn geprägt. Trotzdem scheint heute klar zu sein, daß diese Sagas mit ihren Stoffen aus einer weit entfernt gedachten »Heldenzeit« vor der Besiedlung Islands und mit ihrem charakteristischen, unterhaltenden Stil auch schon für die – uns heute unbekannten – mittelalterlichen Erzähler und Leser eine eigene Textgruppe darstellten.

Im folgenden sollen einige kurze, einführende Bemerkungen über diese Textgruppe und über die Prinzipien gemacht werden, die den Übersetzungen in diesem Band zugrunde liegen. Zu den einzelnen hier übersetzten Sagas finden sich ausführliche Informationen im Nachwort am Ende des Bandes.

Vorzeitsagas – einige Charakteristika

Ihren Stoffen und ihrem Charakter nach bilden die Vorzeitsagas eine recht heterogene Gruppe. Sie sind (wenn auch grob und nicht immer eindeutig) drei Untergruppen zuzuordnen: Auf der einen Seite stehen die sog. »Heldensagas«, jene Sagas, die ihre Stoffe den traditionellen germanischen Heldensagen aus der Völkerwanderungszeit entnehmen. Diese Sagas sind im vorliegenden Band vertreten mit der »Saga von den Völsungen« (*Völsunga saga*), die den Nibelungenstoff verarbeitet, der »Saga von Ragnar Lodbrok« (*Ragnars saga loðbrókar*) und mit der »Saga von König Half und seinen Männern« (*Hálfs saga ok Hálfsrekka*). Sie sind am ehesten als tragisch-heroische Erzählungen zu charakterisieren, in deren Mittelpunkt der Untergang des Helden steht.

Auf der anderen Seite stehen die heiterer gestimmten »Abenteuersagas« oder »Wikingersagas«, in denen meist frei erfundene Geschichten aus der Wikingerzeit erzählt werden. Beispiele für diesen Typus sind im vorliegenden Band »Die Saga von Asmund Kappabani« (*Ásmundar saga kappabana*), »Die Saga von Örvar-Odd« (*Örvar-Odds saga*) und »Die Saga von An Bogsveigir« (*Áns saga bogsveigis*). Die dritte Gruppe bilden die sogenannten »Märchensagas«.

Unabhängig von ihrer so charakterisierten Grundstimmung tragen die Stoffe der Vorzeitsagas durchgehend ein altertümlich-vorzeitiges Gepräge, und das heißt, sie sind nicht der isländischen Geschichte entnommen, sondern bereits mit den Siedlern des 9. Jahrhunderts nach Island »eingewandert«, auch wenn sie erst in Island literarisch weiterverarbeitet wurden. Auch enthalten viele Vorzeitsagas altertümliche Mythenmotive.

So wie diese Sagas uns heute in Handschriften vorliegen, stammen sie aus dem 14. und 15. Jahrhundert, kaum eine von ihnen ist vor dem späten 13. Jahrhundert erstmals niedergeschrieben worden. Doch die Erzähltradition, aus der sie entstanden sind, ist wesentlich älter. Davon legen bildliche Darstellungen wie z.B. die auf dem Schutzumschlag des vorliegenden Bandes wiedergegebene wikingerzeitliche Felsritzung von Ramsund Zeugnis ab. Hinweise auf das hohe Alter dieser Tradition geben aber auch andere literarische Verarbeitungen gleicher oder ähnlicher Stoffe, z.B. das lateinische Werk »Gesta Danorum« des dänischen Geschichtsschreibers Saxo Grammaticus (um 1200). Weitere Beispiele finden sich sowohl innerhalb Nordeuropas (z.B. in den Heldenliedern der Liederedda und in der reichen skandinavischen Balladentradition) als auch darüber hinaus (z. B. im Nibelungenlied). Wir wissen auch, daß Sagas, die den Vorzeitsagas zumindest ähnlich gewesen sein müssen, während des ganzen Mittelalters mündlich erzählt und hoch geschätzt wurden. So wird in der »Saga von Thorgils und Haflidi« *(Þorgils saga ok Hafliða)* von einer Hochzeitsfeier auf dem isländischen Hof Reykjahólar im Jahre 1119 berichtet, auf der zur Unterhaltung der Gäste auch abenteuerliche Sagas erzählt wurden, die den Namen *lygisögur* (»Lügensagas«) erhielten und für besonders unterhaltsam gehalten wurden. Selbst am Hof des norwegischen Königs, so wird dort berichtet, wurden diese Abenteuergeschichten hoch geschätzt.

Der unterhaltende Charakter der Vorzeitsagas zeigt sich nicht nur in ihren Stoffen, sondern vor allem auch in ihrem Stil. Die Erzählweise der Vorzeitsagas weist zahlreiche Parallelen mit Volkssagen und Märchen auf. So tauchen gerade in den Vorzeitsagas zahlreiche Fabelwesen – Riesen, Trolle, Zwerge, Drachen, sprechende Tiere – und andere phantastische Motive – z. B. magische Schwerter, Kleidungsstücke, die unverwundbar machen, Weissagungen – auf.

Besonders auffällig ist auch der Umgang mit zeitlichen und räumlichen Angaben. Als Element der Erzählung spielt Zeit eigentlich keine Rolle, und so scheint es für die Saga von Örvar-Odd nicht das geringste Problem zu sein, daß der Held 300 Jahre alt wird. Ähnliches findet sich in bezug auf geographische Kategorien: Die Helden reisen durch ganz Europa, halten sich in Rußland auf, besuchen den arktischen Raum ebenso wie den Mittelmeerraum und das Heilige Land. Aber die erwähnten Städte und Länder sind oft lediglich Namen, die der exotischen Entrückung des Ortes dienen. Auf detaillierter Ortskenntnis oder -beschreibung, wie in vielen Isländersagas, beruhen sie nicht.

Bei alldem wäre es nun aber ein Mißverständnis, wollte man die Vorzeitsagas ausschließlich als Beispiele einer womöglich anspruchslosen mittelalterlichen Unterhaltungsliteratur begreifen. Sie sind vor allen Dingen wichtige Zeugnisse eines selbständigen isländischen literarischen Umgangs mit gesamteuropäischen Sagenstoffen, und als solche sind sie es allemal wert, neben den west- und mitteleuropäischen Texten betrachtet zu werden.

Von besonderem Interesse sind sie aber auch wegen ihrer Entstehungssituation. Denn niedergeschrieben und zur Blüte gebracht wurden Vorzeitsagas im späten Mittelalter erst dann, als sie nicht mehr ausschließlich der Unterhaltung dienten, sondern gleichzeitig eine wichtige psychologische Funktion übernahmen: Sie dienten der Wiederbelebung der isländischen Literatur, als die »klassischen« Sagas bereits geschrieben waren, und mit ihrem Rückgriff auf ein fernes, mit Europa geteiltes »Heldenzeitalter« stärkten sie zusätzlich die isländische Identität in einer wirtschaftlich und politisch schwierigen Zeit.

Und so hat die Popularität der Vorzeitsagas auch seit der Zeit ihrer Niederschrift nie einen wirklichen Abbruch erlitten. Auf die ersten Pergamenthandschriften aus dem 14. und 15. Jahrhundert folgten bei einigen Sagas zahlreiche Papierhandschriften, es folgten Bearbeitungen der Stoffe in Versform, und als man im 17. und 18. Jahrhundert vor allem in Dänemark und Schweden begann, sich aus antiquarischen Gründen für die isländische Sagaliteratur zu interessieren, standen die Vorzeitsagas zunächst sogar im Mittelpunkt dieses Interesses. Der Grund dafür war freilich nicht so sehr ihre literarische Qualität, sondern vielmehr die damals herrschende Vorstellung, in den Vorzeitsagas seien unverfälschte Informationen über die dänische und schwedische Wikingerzeit zu finden, die sonst nicht zur Verfügung standen.

Heute ist klar, daß es sich dabei um ein Mißverständnis handelte. Einen Zugang zu diesen Helden- und Abenteuergeschichten findet man am ehesten, wenn man sie als Zeugnisse eines spätmittelalterlichen Blicks auf die Vorzeit liest und gleichzeitig ihre enge Verbindung zur Welt der Märchen und Volkssagen zu schätzen weiß.

Zu den Übersetzungsprinzipien dieses Bandes

Mit dem Band »Isländische Vorzeitsagas 1« liegen sechs Vorzeitsagas in neuer, »Die Saga von König Half und seinen Männern« (*Hálfs saga ok Hálfsrekka*) sowie »Die Saga von An Bogsveigir« (*Áns saga bogsveigis*) in erstmaliger deutscher Übersetzung vor. Den Übersetzungen liegt das Prinzip zugrunde, in Sprache und Stil so nahe an den mittelalterlichen isländischen Texten zu bleiben, wie dies im Interesse einer guten Lesbarkeit im Deutschen möglich ist. Dahinter steht die Zielsetzung, den Lesern und Leserinnen einen möglichst guten Eindruck auch von den – manchmal vielleicht zunächst etwas befremdlichen – stilistischen und sprachlichen Eigenheiten der altisländischen Texte zu vermitteln. Vor allem der häufige Tempuswechsel wurde, wo immer möglich, beibehalten.

Orts- und Personennamen, auch Beinamen, wurden ebenfalls weitgehend im Original belassen, werden jedoch in einer vereinfachten Orthographie wiedergegeben. Sie werden in kurzen Fußnoten und in den Anmerkungen am Ende des Bandes erklärt. Die Kapiteleinteilung richtet sich nach den Handschriften, die den Übersetzungen zugrunde liegen. Über sie wird im Anhang genauer Auskunft gegeben. Die Kapitelnummern und -überschriften sollen nicht zuletzt als schnelle Orientierungshilfe dienen. Sie sind Zutaten der Herausgeberin.

Ein besonderes Problem stellt die Übersetzung der zahlreichen eddischen und skaldischen Strophen dar. Sie sind im Altnordischen durch eine ganze Reihe stilistischer Merkmale gekennzeichnet:

Stabreim, z.T. Binnenreim, bildhafte Umschreibungen (»kenningar«), in den skaldischen Strophen strenge Silbenzählung. Es ist schlechterdings unmöglich, alle diese Merkmale der altnordischen Poesie gleichzeitig ins Deutsche zu übertragen. In den hier vorliegenden Übersetzungen wurde versucht, wenigstens einen Eindruck von dieser Poesie zu vermitteln, indem eine rhythmische Sprache beibehalten wurde, in der Stabreim und bildhafte Umschreibungen (»kenningar«) weitgehend erhalten blieben, wenn auch bei weitem nicht nach den strengen Regeln, denen die Originale unterliegen. Gleichzeitig sollte aber vermieden werden, das inhaltliche Verständnis der Strophen zugunsten der formalen Eigenschaften zu opfern: Nur zu leicht würden unverständliche Strophen überlesen, und damit ginge ein wichtiger Teil des ursprünglichen Leseerlebnisses verloren.

Am Schluß steht der Dank an alle, die mit kleinen und großen Hilfestellungen mit bewirkt haben, daß dieser Band zustande kam und vor allem an Kurt Schier, dem es gelungen ist, den Traum von einer neuen Reihe mit Übersetzungen aus dem Altnordischen Wirklichkeit werden zu lassen.

Freising, im März 1997 *Ulrike Strerath-Bolz*

Die Saga von Asmund Kappabani

1 Olius und Alius und das Zauberschwert

Ein König hieß Budli. Er regierte über Svithjod* und war mächtig und berühmt. Es war seine Art, daß er Schmiede sehr liebte, von denen er die geschicktesten zu sich holte, damit sie ihm Kostbarkeiten herstellten. Er hatte eine Königin und eine Tochter, die Hild hieß. Dann geschah es, daß die Königin starb, und so war der König ohne Frau.

Es wird berichtet, daß eines Abends zwei Männer zum König kamen und grüßend vor ihn traten. Der König fragte, wer sie seien, und der eine nannte sich Olius, der andere Alius, »und wir wollen hier den Winter verbringen«. Er fragte, ob sie in irgendeinem Handwerk geschickt oder zu Künsten bereit seien. Sie sagten, sie könnten jede Sache geschickt anfertigen, die geschmiedet werden müsse. Der König wies ihnen Plätze an und forderte sie auf zu bleiben.

Zu dieser Zeit fand bei dem König ein Fest statt, und am Abend kamen die Schmiede des Königs in die Halle und zeigten ihm ihre Arbeiten, Gold und Waffen. So machten sie es zum Ruhm des Königs immer, wenn Fremde dorthin kamen. Alle Männer lobten die Schmiedearbeiten, außer den Gästen. Sie sprachen nicht viel darüber.

Unter den Schmiedewaren war ein besonders schön gefertigtes Messer. Man berichtete dem König davon, und er sagte, er denke, besser könnten es auch die Fremden nicht schmieden. Er ruft sie zu sich und sprach: »Warum seid ihr so zögernd darin, die Schmiedearbeiten zu loben, die hier gezeigt werden? Könnt ihr zwei es besser?« Sie sagten dem König, er möge es erproben, wenn er wolle, daß diese Schmiedearbeiten im Vergleich zu den ihren nicht viel wert seien. Da forderte sie der König auf, etwas zu schmieden, was sich vor anderen auszeichnete, »wenn ihr zwei nicht als Betrüger dastehen wollt«. Sie sagten, es könne schnell bewiesen werden, daß diese Schmiedearbeit wenig wert und nicht gut sei. Sie steckten das Messer vor dem König in die Tischkante, und die Klinge verbog sich auf der Stelle.

---

* Svithjod (*Svíþjóð*) entspricht etwa der Landschaftsbezeichnung Svealand im heutigen Schweden.

Da baten sie den König, sein angebliches Kleinod an sich zu nehmen und sagten, sie würden versuchen, ein anderes Messer zu machen. Der König bat sie, das zu tun, und da machten sie ein Messer und brachten es dem König. Er setzte es sich an den Bart, und es schnitt den Bart gleich mit der Haut ab, so daß es im Fleisch steckenblieb. Der König sprach: »Das muß man zugeben, daß ihr zwei geschickte Männer seid, und nun sollt ihr einen Goldring für mich machen.« Und so geschah es, und sie brachten ihn dem König. Er sah ihn an und sprach: »Das muß man sagen, daß ich niemals einen kostbareren Goldring gesehen habe.« Und so redeten auch alle, die ihn sahen.

Der König nannte die beiden neuen Dienstleute hervorragende Männer und sprach dann: »Nun sollt ihr mir zwei Schwerter machen, die an keine andere Schmiedearbeit erinnern als an eure, aber sie sollen so gehämmert sein, daß sie nicht beißen.« Olius sagte, das wolle er nicht, und meinte, es sei kaum zu erwarten, daß etwas Großartiges dabei herauskomme, wenn sie es unter Zwang täten, und sagte, es sei besser, sich klüger zu verhalten. Der König sprach, sie sollten es tun, gezwungenermaßen oder nicht.

Da begannen sie mit dem Schmieden und machten zwei Schwerter, jeder eines, und dann traten sie vor den König und zeigten ihm die Schwerter. Der König betrachtete sie, und sie schienen ihm gut auszusehen. »Aber welche Eigenschaften sind an ihnen?« Olius sprach und sagt, wer auch immer damit zuschlüge, es würde nicht beißen, »und wenn ich damit auf etwas schlüge, so gäbe es keine Beschädigung«. Der König sagt: »Das ist gut, und wir werden versuchen, wie biegsam es ist.« Und er stieß mit der Spitze gegen den Hochsitzpfeiler; das Schwert bog sich ein wenig, und er bog es an einem Fenster wieder zurecht. Ein Schmied sprach, das sei ein allzu schwaches Schwert und meinte, es sei zum Schlagen gemacht, nicht zum Verbiegen. Der König sagte, es würde auch keinem Schlag standhalten, wenn es bei einem solchen Versuch versagte.

Und nun versuchte er das Schwert, das Alius gemacht hatte, und es sprang zurück wie ein Ski, und in jeder Hinsicht sah es besser aus als das erste und hielt allen Versuchen stand, die der König damit anstellte. Der König sagte: »Dieses ist noch besser, das Alius gemacht hat, und zwar in jeder Hinsicht, aber welche besondere Eigenschaft ist daran?« Alius sagt: »Diese, Herr: Wenn sie in der Luft aufeinandertreffen und man sie vergleicht, dann wird mein Schwert den Vergleich gewinnen, und doch kann man den Ausgang unentschieden nennen.«

Da nahm der König das Schwert, das Olius gemacht hatte, und wollte es zerbrechen, und das Schwert brach am Griff ab. Der König forderte ihn auf, ein besseres Schwert zu machen, und da ging er wütend in die Schmiede und machte ein Schwert und gab es dem König. Der unterzog es nun allen Prüfungen wie das erste, und dieses Schwert bestand sie alle.

Der König sprach: »Nun hast du es gut gemacht, aber ist nicht auch eine weniger wünschenswerte Eigenschaft daran?« Er sagt: »Das Schwert ist aus gutem Eisen, aber einige Ereignisse werden seine glückliche Eigenschaft zunichte machen, denn es wird den hervorragendsten Brüdern, deinen Tochtersöhnen, den Tod bringen.« Der König sprach: »Unglück soll dich treffen für diese Weissagung. Nun soll es ihnen den Tod bringen, dem Unwürdigen aber auch.« Und er schlug damit nach ihm. Aber sie wurden schnell weggebracht und benutzten unterirdische Wege. Der König sprach: »Diese beiden sind mächtige Feinde, aber es soll verhindert werden, daß das Schwert Schaden anrichtet.« Da ließ er einen Balken mit Blei an dem Schwert befestigen und ließ es in dem See bei Agnafit* versenken.

2 Budlis Enkel Hildibrand wird geboren

Helgi hieß ein berühmter König. Er war ein großer Krieger. Helgi zog mit Kriegsschiffen zu König Budli und überbrachte ihm die Botschaft, daß er mit friedlichen Absichten komme; er sagte, er wolle sich mit ihm bekannt machen und von ihm Bewirtung annehmen. Der König nahm das gut auf. König Helgi ging vom Ufer hinauf zu der Halle und wurde dort freundlich aufgenommen.

Helgis Vater hieß Hildibrand; er herrschte über Hunaland.

König Helgi sprach da: »Ich will euch gegenüber meinen Willen kundtun, daß ich über eine Heirat mit eurer Tochter verhandeln will. Ich sehe diese Sache für uns beide als ehrenvoll an: Ihr bekommt mich zur Landesverteidigung, und ich bekomme Anteil an

---

* Agnafit = Ausgang des Mälarsees, etwa der Ort des heutigen Stockholm.

eurer Macht.« König Budli sagt: »Ich will euer Anliegen gut aufnehmen, wenn sie mit uns darin einig ist.« Und dann wurde die Sache mit ihr beredet, und sie gibt das Einverständnis mit dem Willen ihres Vaters, und so wird das Fest nach der Gewohnheit bedeutender Männer verlängert und König Helgi bekommt Hild, die Tochter von König Budli, zur Frau. Von da an herrschte Einigkeit unter den frisch Verschwägerten, und König Budli hatte große Unterstützung durch König Helgi.

Helgi und Hild hatten einen Sohn, der Hildibrand hieß. Der war ein sehr vielversprechender Mann, und sobald er herangewachsen war, da sprach König Helgi, sein Vater: »Dein Ziehvater soll Hildibrand der Mächtige sein, mein Vater in Hunaland, und es ist sehr zu erwarten, daß dein Schicksal dort entsprechend gut sein wird.«

König Helgi schickte den Jungen nun dorthin. König Hildibrand nahm ihn hervorragend auf und sagt, er erwarte, daß hier ein Held aufgezogen würde. Dann ging König Helgi auf Heerfahrt, der alte König Budli aber übernahm es, die Länder zu regieren.

3 Budlis Tod. Hild wird mit Aki aus Dänemark verheiratet; Budlis zweiter Enkel Asmund wird geboren

Alf hieß ein König, der über Dänemark herrschte. Seine Tochter hieß Aesa die Schöne. Sie war wegen ihrer Schönheit und Geschicklichkeit weithin im Land berühmt. Ein mächtiger Krieger in Dänemark hieß Aki. König Alf schätzte ihn sehr und hatte an ihm eine starke Stütze. Der König rief ihn zu sich und sprach: »Wir wollen im Sommer auf Heerfahrt gehen und uns jedes Reich aneignen, das bisher schutzlos daliegt; es liegt doch Ehre darin, wenn das erreicht wird.« Der Krieger antwortet: »Herr, wo wißt ihr von einem Reich, das zu haben ist?« Der König sprach: »König Budli ist nun altersschwach, und wir wollen uns sein Reich unterwerfen.« Aki sagt: »Ich will nicht davon abraten, Heldentaten zu vollbringen, und diesmal wie auch früher werden große Taten geschehen, so daß ihr euch einen Lohn für eure Freunde und für ihre Mühe ausdenken müßt.«

Danach bereiteten König Alf und Aki ihr Heer vor und fielen in Svithjod in König Budlis Reich ein und richteten große Verwüstungen an, indem sie viele Menschen töteten und Raubzüge durchführten. Und als König Budli davon hört, ruft er sein Heer zusammen, bekommt aber nur eine kleine Mannschaft, weil das Heer seines Schwiegersohns Helgi weit weg war. Aber trotzdem zog er dem Angriff entgegen und wurde überwältigt und fiel in dem Kampf. König Alf nahm seine Tochter und sehr viel Besitz als Kriegsbeute und zog daraufhin heim.

Da sprach Alf: »So ist es uns ergangen, daß wir nun genug Macht und Besitz haben, und für deine Unterstützung, Aki, will ich dir Budlis Tochter Hild zur Frau geben, auch wenn sie schon einen Ehemann hat.« Aki sagt: »Welcher Lohn könnte besser sein als dieser? Und sie scheint mir nicht schlechter, wenn König Helgi sie schon zur Frau gehabt hat.«

Danach heiratete Aki Hild, und sie hatten einen Sohn. Der hieß Asmund. Er war bald groß und stark und ging auf Wikingerfahrt, sobald er konnte, und brachte eine große Menge Krieger unter sein Kommando.

4 Hildibrand Hunakappi rächt seinen Großvater und tötet König Alf von Dänemark

Nun ist die Geschichte wieder bei seinem Bruder Hildibrand aufzunehmen, dem Sohn von König Helgi. König Helgi aber fiel auf einem Heerzug. Hildibrand verschaffte sich ein großes Heer und zog damit weit umher. Er war mit einem König verschwägert, der Lazinus hieß. Der war damals der bei weitem mächtigste König. Hildibrand suchte ihn mit freundschaftlichen Worten auf und wurde gut aufgenommen. Er begann sich sehr hervorzutun, jetzt, da seine Streitmacht wuchs.

In Saxland* herrschten zu dieser Zeit vornehme Herzöge aus einer bedeutenden Familie. Hildibrand Hunakappi griff sie nun an und sagte, er wolle, daß sie ihm so viel Ehre erwiesen, wie er verlangte; andernfalls hätten sie sich, wie schon andere vor ihnen, harten Bedingungen zu unterwerfen. Die Herzöge hatten eine

---

* Saxland = (Nord-)Deutschland.

Schwester, und sie hatte am meisten zu bestimmen, denn sie war die klügste unter ihnen. Da führten sie ein heimliches Gespräch und berieten, wie sie sich entscheiden sollten. Sie sagte, es sei klüger, auf seine Lösegeldforderungen einzugehen, als einen Krieg zu wagen, »und es ist mein Rat, die eigenen Möglichkeiten abzuschätzen und erst dann zum Widerstand überzugehen, wenn die Stärke dafür ausreicht«. Sie sagte, sonst würde es hier so ausgehen wie auch an anderen Orten, daß er siegen würde. Da sagten die Herzöge, sie wollten ihm Lösegeld zahlen. Er sagte, das sei umsichtig, und darauf einigten sie sich.

Hildibrand Hunakappi unterwarf sich nun viele Völker. Da hört er davon, daß sein Großvater König Budli gefallen ist. Er sammelte sein Heer von neuem und berief eine Thingversammlung ein. Er sprach und verkündete den Leuten, welche Verpflichtung nun bestand, auf Kriegszug zu gehen, ließ aber unentschieden, ob man aus kleinem oder ganz ohne Anlaß gegen Wikinger oder andere Männer kämpfen sollte oder ob es nicht um die Rache für seinen Großvater ging. Danach zog er mit seinem Heer in das Reich von König Alf und beschuldigte die Dänen eines Angriffs auf bewirtschaftetes Land. Er ließ Feuer legen und alles weithin verbrennen.

König Alf zog ihm mit seinem Heer entgegen, und sobald sie aufeinandertrafen, kam es zum Kampf. Hildibrand Hunakappi besaß Berserkerart, und er geriet in Berserkerwut. Herzog Aki nahm an diesem Kampf nicht teil, denn er war auf Heerfahrt. Hildibrand Hunakappi durchbrach die Schlachtreihen von König Alf, und für Alf sah es schlecht aus. Hildibrand schlug mit beiden Händen zu und griff brüllend das königliche Feldzeichen an, und in diesem Kampf fiel König Alf und ein großer Teil seines Heeres, und danach zogen die Hunen sich wieder zurück. Hildibrand wurde dadurch sehr berühmt. Im Winter hielt er sich stets auf seinen Höfen auf, aber im Sommer ging er auf Heerfahrt.

5 *Asmund wirbt um Aesa und verschafft sich das Zauberschwert*

Nun ist die Geschichte wieder dort aufzunehmen, wo Akis Sohn Asmund auf Heerfahrt war. Er erschien den Wikingern rücksichtslos und streitbar in seinen Angriffen. Ein Mann hieß Eyvind Skinnhöll*; er war von dänischer Abstammung, ein gutaussehender Mann, mächtig und reich und von etwas großspurigem Auftreten. Als nun Vater und Sohn, Aki und Asmund, von ihrem Heerzug zurückkamen, da berichtete man ihnen von König Alfs Tod. Einstweilen verhielten sie sich noch ruhig. Asmund wußte nichts von seiner Verwandtschaft mit Hildibrand, denn seine Mutter hatte ihm nichts davon erzählt.

Eyvind Skinnhöll zog zu der Königstochter Aesa der Schönen und sagte, er wolle über eine Heirat mit ihr verhandeln. Er stellte sich als berühmten Mann von Ehre und Reichtum vor und sprach von seiner Herkunft und Tüchtigkeit. Sie sagte, sie wolle sich mit ihren Freunden wegen einer Antwort beraten. Danach trägt sie die Angelegenheit Aki und ihrem Ziehbruder Asmund vor. Aki sagt, er werde sie in dieser Sache nicht drängen. Da sprach Asmund: »Du sollst Eyvind nicht heiraten. Mich sollst du heiraten.« Sie sagt: »Ziehbruder, er hat nun mehr Anerkennung im Land und lebt in größerem Reichtum, und ich wünschte, du wärest mannhafter.« Asmund sprach: »Wirf dein Glück mit meinem zusammen, dann wird uns beiden aus dieser Heirat Ansehen entstehen.« Sie sprach: »Den von euch werde ich heiraten«, sagt sie, »der mir im Herbst nach der Heerfahrt die schöneren Arme zeigt.«

Dann beendeten sie diese Unterredung, und beide gingen wie gewöhnlich auf Heerfahrt, und Asmund brachte sich für gute Beute oft in große Gefahr und sammelte so Besitz und Ruhm, aber Eyvind blieb oft bei den Köchen und nahm die Handschuhe nie von seinen Händen.

Und als der Herbst kam, suchten sie beide die Königstochter auf, jeder mit seinen Männern. Eyvind trat vor und forderte die Königstochter auf, seine Arme anzusehen. Aesa die Schöne sprach:

---

* Skinnhöll = Pelz.

»Gut sind diese Arme behütet worden, und sie sind weiß und schön und sind weder von Blut gefärbt noch durch Schläge verunstaltet. Nun wollen wir deine Arme sehen, Asmund«, sagt sie. Er streckte seine Hände vor, und sie waren vernarbt und ganz dunkel von Blut und Waffenspuren, und als er seinen Ärmel zurückzog, da waren sie bis zu den Achseln mit Goldringen behängt. Da sprach die Königstochter: »Das ist nun doch meine Entscheidung, daß Asmunds Arme insgesamt schöner sind, und du, Eyvind bist von dieser Heirat ausgeschlossen.«

Asmund sprach: »Dann bin ich ausgewählt, Frau?« Sie sagt: »Erst sollst du noch meinen Vater rächen, denn nur der eignet sich als Mann für mich, der sich in dieser Angelegenheit Recht verschafft und sich Ruhm gegen Hildibrand Hunakappi verschafft.« Da sprach Asmund: »Wie kann er besiegt werden, den noch keiner besiegt hat, und welchen Rat gibst du mir?« Sie sagt: »Ich habe gehört, daß im See bei Agnafit ein Schwert versteckt ist, und ich habe darüber reden gehört, daß, wenn dieses Schwert gegen das eingesetzt wird, das Hildibrand besitzt, seines unterliegen wird. Und in der Nähe des Sees wohnt ein alter Bauer, der mein Freund ist, und er wird dir um meinetwillen als Fährmann dienen.« Asmund sagte, daran könne man sehen, wie begierig er auf die Heirat mit ihr sei, daß er sich in diese Gefahr begebe.

Danach zog Asmund allein zu dem Bauern und trug ihm sein Anliegen und die Botschaft der Königstochter vor. Der Bauer hieß ihn willkommen. Er sah Asmund den ganzen Abend lang sehr scharf an. Asmund sprach: »Weshalb siehst du mich an?« Er sagte, er habe Grund dazu. Asmund sprach: »Wie lange lebst du schon hier?« Er sagt, er habe sein ganzes Leben lang dort gelebt, »und nun erinnere ich mich, daß hier vor langer Zeit die Boten von König Budli zu Gast waren, und sie brachten Hildibrand zur Erziehung zu König Hildibrand. Du bist der stattlichste Mann neben ihm und ihm sehr ähnlich im Gesicht«.

Asmund sprach: »Ich weiß von keiner Verwandtschaft zwischen uns; und was weißt du von dem Schwert, von dem man so Großes erzählt, wo ist es versteckt?« Er sagt: »Ich war hier, als es versenkt wurde, und ich habe ein genaues Zeichen für die Stelle, wo es versteckt ist, und es wird wohl noch unzerstört sein, soweit ich weiß.« Da sprach Asmund: »Bring mich um der Königstochter willen dorthin.« Er sagte, so solle es sein. Er hatte einen großen Speckstein und

Feuerholz bei sich. Asmund sprach: »Was soll das, Bauer?« Er antwortete: »Kalt genug wird dir sein, wenn du heraufkommst, selbst wenn du dich damit wärmst.« Asmund sprach: »Du bist sehr klug.«

Dann fuhren sie mit einem Schiff los, und als Asmund es am wenigsten erwartete, sagte der Bauer: »Genau hier.« Da sprang Asmund über Bord und tauchte, und als er wieder heraufkam, da wollte er noch einmal hinunter. Der Bauer sprach: »Das tut dir nicht gut, wärme dich jetzt und iß«, und so geschah es auch. Und beim zweiten Mal, als er taucht, fühlt er den Balken und hebt ihn ein Stück hoch und kam dann wieder hinauf und wärmte sich. Und ein drittes Mal taucht er und bekommt den Balken zu fassen, und sie brachten ihn an Land, und da zerschlug Asmund den Balken mit einer Axt, und eine Ecke der Axt sprang ab, als sie die Schneide des Schwertes berührte.

Asmund sprach: »Gut hast du mir geholfen, Mann. Nimm von mir einen Goldring für deine Mühe an, und besuch' mich wie ein guter Bekannter, wenn du Hilfe brauchst.« Der Mann dankte ihm herzlich, und damit trennten sie sich.

Danach zog Asmund nach Hause und berichtete der Königstochter davon. Sie sagte: »Nun ist schon viel gewonnen, und du wirst ein berühmter Mann werden. Folgendes ist jetzt zu tun: Ich will dich zu den Herzögen in Saxland schicken, die ihr Reich an Hildibrand verloren haben, und zu ihrer Schwester, denn sie ist eine kluge Frau, und ich rate dir, die Sache von dort aus so anzugehen, wie sie es in die Hand nehmen will, denn die meisten, denke ich, werden wegen deiner Tapferkeit und deiner guten Bewaffnung gegen dich den kürzeren ziehen.« Und dann zog Asmund davon.

6 Asmund zieht nach Saxland

Nun ist zu erzählen, was in Saxland geschieht, daß nämlich eines Tages die Schwester der Herzöge das Wort ergriff: »Meine Träume zeigen mir, daß uns ein berühmter Mann besuchen wird, der uns und unserem Reich zu großem Glück verhelfen wird.« Die Brüder nahmen das gut auf, und am Abend desselben Tages sahen sie einen großen Mann mit ausgezeichneten Waffen zur Halle reiten, und die Herzöge gingen ihm entgegen und luden ihn dorthin ein. Er meinte, das wolle er annehmen. Sie setzten ihn zwischen sich, und ihre Schwester schenkte ihm ein und setzte sich dann zum Gespräch zu ihm und ihren Brüdern.

Da sagte sie: »Wir wissen nicht viel von deinen Verhältnissen, aber wir können sehen, daß eine sehr ehrenvolle Ausstrahlung um dich ist, und wir glauben, daß du und deine Ankunft für uns etwas Gutes bedeuten. Nun werdet ihr gehört haben, welche Not wir wegen der Übermacht von Hildibrand Hunakappi erleiden. Zuerst gerieten wir unter Steuerpflicht, und nun sollen wir uns jedes halbe Jahr der Herausforderung durch seine Berserker zum Holmgang stellen, und bei jedem Holmgang soll ein Hof auf dem Spiel stehen. Auf diese Weise haben wir nun sowohl Männer als auch Höfe verloren, und nun sind uns nur noch zwölf Höfe von unserem Herzogsreich geblieben.«

Asmund antwortet: »Frau«, sagt er, »über großen Schaden beklagt ihr euch bei mir, und es wäre notwendig, diesen Sturm aufzuhalten, und dazu bin ich hergekommen, um euer Reich zu verteidigen, wenn es mir gelingt.« Die Herzöge sagen, es werde nur wenig Zeit vergehen, bis ein neuer Holmgang verlangt würde. Asmund antwortet: »Dann wird es eine Antwort geben.« Er bleibt nun dort in guter Wertschätzung.

7 Hildibrand erhält Nachricht über Asmund

Nun ist von König Lazinus und seinem Schwager Hildibrand Hunakappi zu erzählen. Hildibrand sagt: »Ist nicht die Zeit gekommen, sich mit den Herzögen und ihren Männern im Holmgang zu messen? Jetzt wäre es nicht schwierig, an die Höfe heranzukommen, die noch übrig sind.« Der König sprach: »Schicken wir lieber einen Mann zu ihnen und kundschaften aus, ob es sich leicht machen läßt.«

Der Mann, der geschickt wurde, hieß Vögg. Von seiner Reise wird nichts berichtet, bis er zu den Herzögen kommt. Er ging in die Halle und trat vor den Tisch und sprach dann: »König Lazinus und der mächtige Hildibrand Hunakappi wollen wissen, ob ihr zum Holmgang kommen wollt oder ihnen kampflos das überlassen wollt, was noch übrig ist.« Die Herzöge antworten: »Nun ist es soweit gekommen – wenn wir auch finden, daß wir noch sehr viel besitzen –, daß wenig zu verlieren ist im Vergleich zu guten Männern.« Asmund sprach: »Weshalb redet ihr so? Ist es nicht notwendiger zu halten, was geht, je weniger übrig ist?« Vögg sieht ihn an. Asmund sprach: »Was siehst du mich so scharf an?« Er sagt: »Es liegt daran, daß ich noch nie einen dritten so großartigen Mann gesehen habe wie dich und Hildibrand. Er ist heller anzusehen, aber du bist nicht weniger mannhaft als er. Hildibrand hat erfahren, daß ein unbekannter Mann mit einer guten Waffe hierhergekommen ist, und ich soll mir dieses Schwert ansehen.«

Asmund forderte ihn auf, das zu tun. Er betrachtete es nun genau und sprach: »Hier entsprechen die Waffen dem Aussehen derer, die sie besitzen. Hildibrands Schwert ist heller und besser gemacht, aber nicht schärfer.« Asmund sagt, das wisse er nicht, »aber du wirst die Antwort in deiner Angelegenheit erfahren wollen«. Er sagte, so sei es. Asmund sprach: »Sag euren Anführern also, daß ein Mann im Auftrag der Herzöge zum Holmgang kommen wird.«

Nun ritt Vögg heim und grüßte den König und Hildibrand. Hildibrand sprach: »Was kannst du über den Beschluß der Herzöge sagen?« Vögg antwortet: »Ich erwarte, daß sie die Einladung zum Holmgang nicht ausschlagen.« Hildibrand sprach: »Dann sind sie jetzt doch sehr mutig geworden, oder macht das dieser unbekannte Mann? Welchen Eindruck hat er auf dich gemacht? Du erkennst so etwas doch schnell.« Vögg sagt: »Mein Eindruck ist, daß er von feinem Benehmen ist und in den Augen euch sehr ähnlich. Ich halte es für wahrscheinlich, daß er ein verwegener Mann ist, und er hat ein Schwert, das in meinen Augen keinem ähnlicher ist als demjenigen, das du hast, und ich vermute, daß es aus demselben Stoff gemacht ist.«

Hildibrand sprach: »Großes findest du an diesem Mann. Am Ende findest du, daß mein Schwert ebensogut ist wie seines und daß er mir ebenbürtig ist?« Vögg sagt: »Ich weiß nicht, ob er dir ebenbürtig ist. Aber ich weiß, daß der, der gegen ihn kämpft und ihn in Bedrängnis bringt, sicher ein tüchtiger Mann ist.« Hildibrand sprach: »Jetzt gehst du denn doch zu weit.« Und nun läßt Hildibrand einen von seinen Kriegern zum Holmgang reiten.

8 Asmunds Kämpfe gegen die Berserker

Und nun wird Asmund davon berichtet, und da befiehlt er, sein Pferd und seine Rüstung zu bringen. Die Herzöge sprachen: »Wir bieten dir unsere Unterstützung an.« Er sagte, nur einer solle gegen einen einzelnen antreten. Dann reitet er dorthin, wo der Holmgang stattfinden sollte, und da ritten sie mit gezogenen Schwertern aufeinander los, und mit dem ersten Hieb schlug Asmund den Gegner mitten durch und schleuderte dann die Teile hinaus in den Fluß, und sie trieben zum Sitz des Königs.

Hildibrand sprach: »Unser Gefährte kommt nur langsam damit voran, diesen unbekannten Mann zu erledigen.« Da sagte ein Mann: »Herr«, sagte er, »hier kann man den Ausgang des Kampfes sehen, nachdem er den Fluß hinuntertreibt und nun zweigeteilt ist.« Er sprach: »Dieser Mann ist ungeheuer kampfstark; nun sollen zwei von unseren Männern antreten, und seht zu, daß ihr ihn möglichst schnell erledigt.« Sie sagten, das sei keine große Arbeit. Hildibrand sprach: »Es ist unser Vorteil, wenn ihr ihn schnell besiegt.«

Und am nächsten Tag ritten sie zu zweit gegen Asmund zu dem Kampfplatz. Er sprach: »In dieser Gegend haben die Berserker ungewöhnliche Gesetze, wo zwei Schwerter gegen eines antreten, aber ich bin durchaus bereit, diesen Kampf gegen euch zwei zu bestehen.« Ihnen erschien es unwürdig, daß zwei gegen einen standen; dennoch schlugen sie beide nach ihm, er aber hob den Schild und schlug sie beide mit einem Schlag tot.

Dann ritt er zurück zu den Herzögen, und sie kamen ihm freudig entgegen. Er sagte, er vermute, daß er bei seiner Fahrt drei Höfe für sie gewonnen habe. Da sprach die Schwester der Herzöge: »Meine Träume über das Kommen dieses Mannes haben nicht getäuscht.« Er blieb dort nun in großem Ansehen und hatte viel Vorteil von diesem Ruhm.

Davon wurde nun Hildibrand berichtet, und er sprach: »Ich finde das nicht erstaunlich, wenn einer zwei Männer besiegt. Nun sollen vier Männer gegen ihn aufgestellt werden.« Die Krieger sagten, es sei klar, daß sie ihn in vier Stücke hauen würden, und dann ritten sie zum Kampfplatz, mit guten Helmen und weißen Brustpanzern und scharfen Schwertern.

Nun kam die Nachricht davon zu Asmund und den Herzögen. Da wollten sie, daß er mit ebenso vielen Männern gehe. Er sagte, das wolle er nicht, meinte, es sei zu erwarten, daß hier kaum Mann gegen Mann gekämpft würde, sagte aber auch, es sei viel erreicht, wenn vier Höfe gewonnen werden könnten.

Dann trafen sie aufeinander. Asmund sprach: »Es ist offensichtlich, daß ihr euch für wenig wert haltet, wenn ihr vier Männer gegen einen einzelnen aufstellt; man sollte euch nicht Krieger nennen, sondern einen Menschenauflauf.« Sie wurden entsetzlich wütend über seine Worte und griffen ihn sofort an, aber das Schwert, daß er trug, durchdrang Brünnen und Helme ebenso leicht wie Baumrinde und verschonte weder Menschenknochen noch Fleisch, und es wurde von einem geführt, der einen starken Arm und ein tapferes Herz hatte. Er fügte ihnen schwere Wunden zu, und der Abstand zwischen ihnen war klein, und er tötete alle vier und warf sie hinaus in den Fluß, zusammen mit ihren Pferden.

Nun erfährt Hildibrand dies und sprach: »Nun ist es entweder so, daß unsere Männer weniger kampftüchtig waren, als wir dachten, oder aber dies ist ein echter Anführer.« Da ruft er seine fünf härtesten Kämpfer zu sich, spricht mit ihnen und sagt, es sei von ihnen nicht zuviel verlangt, wenn sie einen einzelnen Mann besiegen sollten. Sie sagten, sie hätten die Absicht, die Überheblichkeit dieses Mannes zu dämpfen und seine Leiche an die Tiere zu verfüttern. Dann gehen sie hinaus.

Als aber Asmund davon erfährt, da sprach er: »Heute will ich mir mein Essen verdienen.« Die Herzöge sagten, sie fürchteten, er habe sich zuviel vorgenommen, aber sie hätten ihm ihre ganze Ehre zu verdanken. Dann treffen sie aufeinander und schlugen sich sofort, und Asmund schlug stark und oft zu, und es endete so, daß er sie alle tötete.

Als aber Hildibrand davon erfuhr, sprach er: »Seine Hand ermattet nur sehr allmählich, aber es wird nicht lange dauern, bis er wieder kämpfen darf.« Da gab es in der Halle einen großen Aufruhr von den Berserkern, weil dieser einzelne Mann so viele Männer besiegte. Da sprach Hildibrand: »Es sollen sich jetzt sechs von unseren Männern bereitmachen, und ihr werdet die Ehre haben, unsere Männer zu rächen.« Dann zogen sie zum Platz für den Holmgang, und als Asmund davon hörte, machte er sich schnell fertig und sagte: »Mein Schwert kann ebensogut sechs Leute erschlagen wie drei.« Und dann trafen sie aufeinander.

Da sagten die Krieger, er solle das Schwert fallen lassen und sich ergeben. Er sagt: »Das wird nicht geschehen, solange mein Schild nicht zerschlagen ist. Und für euch ist es doch höchst notwendig, eure Männer zu rächen.« Dann kämpften sie, und sie griffen ihn heftig an. Er kannte sich in dieser Lage aus und schlug mit der Schwertschneide ebenso zu wie früher, und obwohl er Wunden davontrug, ließ er seine Schwerthiebe nicht schwächer werden und schlug einige mitten entzwei, und es endete so, daß er sie alle tötete und wieder zu den Herzögen zog. Sie konnten eine große Mannschaft zusammenziehen, nachdem nun das Reich wieder unter ihre Herrschaft geriet, und nun wurde im Haus eines jeden Mannes über diesen Krieger gesprochen.

Und wieder kam diese Nachricht vor Hildibrand, und er sagte: »Nun wird die Zahl unserer Männer schwach; wieviele sind noch übrig?« – »Herr«, sagten sie, »es sind noch 26 übrig.« Hildibrand antwortet: »Daran kann man also sehen, daß dieser unbekannte Mann zu den großen Kriegern gezählt werden muß. Er verringert in einer Weise die Zahl meiner Männer, daß ich ihn wohl selbst treffen muß. Aber erst will ich noch einmal sieben schicken, die lange in meinem Dienst gestanden haben.« Dann machten sie sich bereit.

Asmund wurde nun mitgeteilt, daß man nicht die Absicht habe, sich friedlich zu einigen. Er sagt: »Dafür kann man schon einmal eine Mahlzeit ausfallen lassen, wenn man sieben Höfe gewinnen kann.« Dann zog er los, und es kamen ihm sieben Krieger entgegen. Da sagte Asmund: »Weshalb jagt Hildibrand seine Männer hinaus, sitzt aber selbst zu Hause und hetzt so kleine Leute auf mich los?« Sie wurden von seinen Worten sehr zornig und sagten, er solle keine Gelegenheit bekommen, sich mit Hildibrand zu schlagen. Dann kämpften sie, und wie es auch geschah – er tötete sie alle. Danach stieß er sie in den Fluß.

Und als Hildibrand das erfuhr, da sprach er: »Die Lage ist jetzt viel schwieriger geworden, aber wir können die Sache beenden. Jetzt sollen acht Berserker auf ihn losgehen, denn keiner von uns braucht noch weiterzuleben, wenn die Männer nicht gerächt werden.« Da brüllten sie sehr und bissen so viel aus ihren Schilden, wie sie nur konnten.

Asmund aber war bei den Herzögen, und es erreicht ihn die Nachricht, daß es eine weitere Gelegenheit zum Kampf gebe. Da sprach die Schwester der Herzöge: »Die Ehre, die wir verloren haben, ist nun gänzlich wieder zurückerlangt, und mehr, als wir es je gehofft hätten.« Asmund sagt: »Wir müssen es wagen, denn er will die Berserker verschleißen, aber sie haben keine Macht an sich, und es ist besser, wenn ihr Reichtum unserem Reich zugeschlagen wird, denn ihr habt es zu Unrecht verloren.« Dann ritt er ihnen entgegen, und sobald sie aufeinander trafen, kämpften sie, und dieses Zusammentreffen war das längste, endete aber doch so, daß er sie alle tötete.

Als aber Hildibrand dies erfährt, tobte er sehr und sprach: »Dieser Mann ist vom Glück begünstigt, wenn eine so große Menschenmenge gegen ihn nichts ausrichtet. Nun sollen die elf gegen ihn in den Kampf ziehen, die noch übrig sind.«

Und als Asmund das hörte, da wurde er still. Die Herzöge sprachen: »Nun wollen wir mit dir zusammen eine Mannschaft bilden, und du sollst der Anführer sein, und du wirst sie besiegen, aber du kannst nicht allein gegen eine so große Übermacht kämpfen.« Asmund antwortet nichts, und der Abend kam, und die Männer aßen und legten sich dann schlafen. Asmund träumte, daß Frauen mit Kriegswaffen über ihm standen und sagten: »Weshalb machst du ein so ängstliches Gesicht? Du bist dazu bestimmt, Anführer der anderen zu sein, aber du fürchtest dich vor elf Männern. Wir sind deine Schicksals-Disen, und wir werden dir gegen die Männer beistehen, die mit den Herzögen kämpfen, aber erst dann, wenn du dich wirklich bewähren mußt.«

Da sprang er auf und machte sich fertig, aber die meisten rieten ihm ab. Dann ritt er den Kriegern entgegen, und die glaubten, ihn in ihrer Macht zu haben, und sie sagten, es sei besser für ihn, sich in Hildibrands Gewalt zu begeben, als zu sterben. Er sagte darauf, sie seien ebenso todgeweiht wie die, die er vorher erschlagen habe, und er meinte, es sei deutlich sichtbar, daß die Ehre für einen größer sein werde als die für elf. Dann kämpften sie, und sie kreisten ihn ein, aber er war schwer zu überwältigen, und die Waffen taten ihm wenig an, aber sein Schwert drang in alles ein, was in seine Reichweite kam, und es ging und endete so, daß er sie alle ums Leben brachte. Die Herzöge hatten ihn begleitet und sagten, seine Heldentat werde niemals vergessen werden, und unter den Männern redete man, er werde auch dann nicht weichen, wenn ihn Hildibrand Hunakappi selbst angriffe, der schließlich der berühmteste Mann jener Zeit war.

9 Hildibrands Tod

Und als Hildibrand erfuhr, daß seine Krieger tot waren, da geriet er in Berserkerwut und raste und sprach: »Es soll nicht erzählt werden, daß ich meine Männer in Gefahr bringe, selbst aber nicht zu kämpfen wage.« Und in der Unmäßigkeit, die über ihn gekommen war, und in seiner Raserei sah er seinen Sohn und erschlug ihn sogleich. Dann fuhr er den Rhein hinauf, um Asmund zu treffen. Er hatte einen Schild, auf dem so viele Männer abgebildet waren, wie er erschlagen hatte.

Und als Asmund davon erfuhr, da bereitete er sich darauf vor, ihn zu treffen. Und als sie aufeinandertrafen, da kämpften sie, und die meisten Schläge waren ungeheuer heftig. Als sie aber lange mit großem Zorn gekämpft hatten, da nahm Hildibrand alle Kraft zusammen und schlug mit aller Kraft und beiden Händen nach Asmund. Doch als das Schwert den Helm traf, da brach es unterhalb des Griffs ab, und die Klinge fuhr schnarrend hinunter in den Fluß, und er war da durch viele Wunden verletzt.

Danach sprach er diese Verse:

1 Schwer ist zu wissen, wie werden soll
ein Mann dem andern zum Mörder geboren.
Dich brachte Drott in Dänemark zur Welt,
mich selbst gebar sie in Svithjod zuvor.

Drott: »die Königin«.

2 Der gierigen Schwerter gab es zwei;
von Budlis Geschenken zerbrochen das eine.
So haben die Zwerge zwei Tode geschmiedet,
wie keiner vorher es konnt' oder später.

3 Es steht mir zu Häupten der Schild, zerbrochen,
in ihn sind geritzt acht mal zehn
die Männer alle, deren Mörder ich wurde.
Es liegt mir zu Häupten der liebe Sohn,
der Erbe tot, den ich gezeugt.
Ohne zu wollen, nahm ich ihm das Leben.

4 Ich bitte dich, Bruder: eine Bitte nur,
eine einzige Bitte –   schlag sie nicht ab!
Mich sollst du hüllen   in deine Kleider,
wie ein Lebenstöter   es leicht nicht tut.

5 Nun muß ich liegen   des Lebens beraubt,
verwundet durch's Schwert   mit vielen Wunden*.

10 Asmund kehrt zu Aesa zurück

Danach starb Hildibrand Hunakappi, und Asmund richtete seine Bestattung würdig aus und bereute seine Tat. Er ging danach nicht mehr zu den Herzögen und zog zu dem Hof, den seine Mutter und Aesa die Schöne, die Königstochter, besaßen. Da wollte gerade ein Mann um sie werben. Als Asmund zur Hallentür kam, sprach er:

6 Wenig erwart' ich   von ihrem Urteil,
daß ich werd' keinem   unterlegen genannt.
Seit zum harten Kampf   die Hunen mich wählten
acht gegen einen   ums Reich des Fürsten.

7 Erst kam es zum Zweikampf,   dann ich gegen zwei,
gegen fünf und vier   der feigen Bankdrücker.
Gegen sechs und dann sieben   selbst auf dem Kampfplatz;
allein gegen acht ich,   aber lebe doch noch.

8 Mal schwankte mir   der Mut in der Brust
als der Krieger elf   zum Kampf mich luden,
doch sagten im Schlaf   die Disen mir,
daß ich das Schwertspiel   spielen sollte.

Schwertspiel: »Kampf«.

9 Da kam der große   Hildibrand
der Hunakappi,   mir zum Verdruß,
und ich zeichnete   ihn inzwischen
mit schwerer Wunde   unter dem Helm.

---

* Die letzte Zeile ist in der Handschrift unsicher.

Da begrüßten ihn die Leute freudig, und er wurde Asmund Kappabani* genannt. Die Königstochter bat ihn, nicht mehr zornig auf sie zu sein, obwohl sie daran beteiligt gewesen war, und sie bat um Verzeihung und sagte, eine große Entscheidung sei da mit Waffen ausgetragen worden. Und obwohl er zornig auf sie gewesen war, erinnerte er sich an seine Liebe zu ihr und heiratete sie und bekam Aesa die Schöne zur Frau. Er erschlug den, der um sie geworben hatte, und dieser wird sonst nicht genannt. Dann wurde Asmund Kappabani ein weithin berühmter und bekannter Mann, und hier endet diese Saga.

---

* Kappabani = Heldentöter.

Die Saga von den Völsungen

1 *Von Odins Sohn Sigi und dessen Sohn Rerir*

Hier beginnt die Geschichte von dem Mann, der Sigi genannt wird und den Beinamen »Sohn Odins« trägt. Ein anderer Mann wird in der Saga erwähnt, der Skadi hieß. Auch er war mächtig und bedeutend, aber nach dem Urteil der Leute zu jener Zeit war Sigi der mächtigere von ihnen und von besserer Abstammung.

Skadi hatte einen Knecht, der in der Saga eine Rolle spielen wird. Er hieß Bredi. Er ist geschickt bei seiner Arbeit, und er beherrschte alle möglichen Künste ebensogut oder vielleicht noch etwas besser als Männer, die sich für mehr wert hielten als er.

Nun ist davon zu berichten, daß Sigi einmal auf die Jagd geht und der Knecht mit ihm, und sie jagen den ganzen Tag bis zum Abend. Aber als sie ihre Jagdbeute am Abend zusammentragen, da hatte Bredi viel mehr und auch größere Beute als Sigi, was diesem sehr mißfiel; er sagt, er wundere sich, daß ein Knecht ihn bei der Jagd übertreffen solle, greift ihn an und erschlägt ihn; dann verscharrt er die Leiche in einer Schneewehe.

Nun geht er am Abend heim und sagt, Bredi sei im Wald von ihm weggeritten, »und ich habe ihn plötzlich aus den Augen verloren und weiß nichts von ihm«. Skadi hat Zweifel an Sigis Geschichte und glaubt, es stecke Verrat dahinter und Sigi habe den Knecht erschlagen. Er schickt Leute aus, um nach ihm zu suchen, und die Suche endet damit, daß sie ihn in einer Schneewehe fanden. Skadi sagte, diese Schneewehe solle von jetzt an Bredafönn* heißen, und seither nennt man jede Schneewehe so, die besonders groß ist.

So kommt es heraus, daß Sigi den Knecht erschlagen und verscharrt hat. Da nennen sie ihn »varg í véum«**, und er darf nun nicht mehr zu Hause bei seinem Vater leben. Odin bringt ihn außer Landes, so weit es nur eben ging, und verließ ihn nicht eher, als bis er ihm Kriegsschiffe verschafft hatte.

Nun geht Sigi mit den Gefolgsleuten, die ihm sein Vater vor der Trennung mitgegeben hatte, auf Heerfahrt, und er hatte viel Erfolg auf den Heerfahrten. So groß wird sein Ruhm, daß er sich wieder ein Land und Reich erkämpfte. Dann verschaffte er sich eine reiche

---

* Bredafönn (*breðafönn*) = »Bredis Schneewehe«.

** *varg i véum* = »Wolf im Heiligtum«.

Heirat, und er wird ein mächtiger und bedeutender König und herrschte über Hunaland und ist ein sehr großer Kriegsherr. Er hat einen Sohn mit seiner Frau, der Rerir hieß. Der wuchs dort bei seinem Vater auf und wird schnell groß und kräftig.

Nun wird Sigi ein alter Mann. Er hatte so viele Neider, daß sich schließlich sogar diejenigen gegen ihn wandten, denen er am meisten vertraute, und das waren die Brüder seiner Frau. Sie greifen ihn an, als er es am wenigsten erwartet und wenig Mannschaft bei sich hatte, und überwältigen ihn. Bei diesem Kampf fiel Sigi mit seinem ganzen Gefolge. Sein Sohn Rerir war nicht dabei; er zieht aus seinen Freunden und den Häuptlingen des Landes ein großes Heer zusammen, so daß er sowohl das Land als auch die Herrschaft von seinem Vater Sigi erbte. Und als ihm das Reich nun gesichert erscheint, da erinnert er sich der Klage, die er gegen seine Mutterbrüder zu führen hatte, die seinen Vater getötet hatten. Und nun sammelt der König sich ein großes Heer und greift seine Verwandten mit diesem Heer an. Er findet, daß sie es zuvor selbst verschuldet haben, daß er ihrer Verwandtschaft nur noch wenig Wert beimißt. Und so läßt er nicht eher von ihnen ab, als bis er alle Mörder seines Vaters erschlagen hatte, obwohl das in jeder Hinsicht ungeheuerlich war. Dann eignet er sich ihr Land, ihre Macht und ihren Besitz an und wird noch bedeutender als sein Vater.

Rerir machte da große Kriegsbeute, und dann nahm er sich eine Frau, die ihm gefiel, und sie sind sehr lange zusammen, aber sie haben keinen Erben und kein Kind. Das erscheint ihnen beiden schlimm, und sie bitten die Götter in großer Sorge, ihnen zu einem Kind zu verhelfen. Es wird nun erzählt, daß Frigg ihre Bitte hört und Odin berichtet, worum sie bitten. Er weiß schnell Rat und nimmt seine Wunschmaid, die Tochter des Riesen Hrimnir, und gibt ihr einen Apfel und befiehlt ihr, ihn dem König zu bringen. Sie nahm den Apfel und zog sich ein Krähengewand an und fliegt, bis sie dorthin kommt, wo der König auf einem Hügel saß. Sie ließ dem König den Apfel in den Schoß fallen. Er nahm den Apfel und dachte sich, er wisse, was das bedeute. Da geht er von dem Hügel nach Hause zu seinen Leuten und ging zur Königin, und sie ißt von dem Apfel.

2 Von Völsung und seinen Kindern Sigmund und Signy

Nun ist zu berichten, daß die Königin bald merkt, daß sie schwanger ist, und es ging lange Zeit so, daß sie das Kind nicht gebären kann. Da geschieht es, daß Rerir auf Kriegszug fahren muß, um sein Land zu befrieden, wie es die Gewohnheit der Könige ist. Auf dieser Fahrt geschah es, daß Rerir krank wurde und schließlich im Sterben lag und beschloß, Odin heimzusuchen; das fanden zu dieser Zeit viele erstrebenswert.

Nun geht es mit der Krankheit der Königin weiterhin so, daß sie das Kind nicht bekommen kann, und so geht es sechs Jahre, daß sie diese Krankheit hat. Da merkt sie, daß sie nicht mehr lange zu leben hat und bat, daß man ihr das Kind aus dem Leib schneiden solle, und es geschah so, wie sie befahl. Es war ein Junge, und dieser Junge war großgewachsen, als er zur Welt kam, wie man erwarten konnte. Es wird erzählt, daß der Junge seine Mutter küßte, bevor sie starb. Er bekommt nun einen Namen und wird Völsung genannt. Er war nach seinem Vater König über Hunaland. Er war früh groß und stark und unternehmungslustig in den Dingen, die man für schwierig und männlich hielt. Er wird ein sehr großer Krieger und war siegreich in den Kämpfen, die er auf seinen Heerfahrten bestand.

Als er nun erwachsen war, da schickt ihm Hrimnir seine Tochter Hljod, von der früher erzählt wurde, daß sie mit dem Apfel zu Rerir, Völsungs Vater, kam. Er heiratet sie, und sie sind lange zusammen, und ihr Zusammenleben ist gut. Sie hatten zehn Söhne und eine Tochter. Ihr ältester Sohn hieß Sigmund und die Tochter Signy. Sie waren Zwillinge und waren in jeder Hinsicht König Völsungs hervorragendste und schönste Kinder – und dabei waren alle seine Kinder sehr vielversprechend. Überhaupt ist lange im Gedächtnis geblieben und gerühmt worden, daß die Völsungen sehr kampflustig und den meisten Männern überlegen gewesen sind, die in den alten Geschichten vorkommen, sowohl an Klugheit und Künsten als auch an aller Art von Tapferkeit.

Es wird berichtet, daß König Völsung eine mächtige Halle bauen ließ, und zwar auf die Weise, daß ein großer Baum in der Halle stand, so daß das Astwerk des Baumes mit den schönen Blüten aus dem Dachstuhl der Halle ragte und der Stamm in der Halle stand; den nannten sie Barnstock.*

3 Siggeir wirbt um Signy. Das Zauberschwert

Ein König hieß Siggeir. Er regierte über Gautland**. Er war ein mächtiger König mit großem Gefolge. Er zog zu König Völsung und hielt um Signy an. Das nimmt der König gut auf und ebenso seine Söhne; sie selbst jedoch war wenig begierig darauf, bittet aber ihren Vater zu entscheiden, wie auch sonst über alles, was sie anging. Dem König erschien es ratsam, sie zu verheiraten, und sie wurde König Siggeir versprochen.

Zum verabredeten Zeitpunkt sollte König Siggeir zum Hochzeitsfest König Völsung aufsuchen. Der König bereitete das Fest aufs beste vor. Und als alles fertig war, kamen König Völsungs und König Siggeirs Boten am verabredeten Tag zusammen, und König Siggeir hat viele würdige Männer bei sich. Es wird erzählt, daß entlang der Längsseiten der Halle große Feuer entfacht worden waren, und in der Mitte der Halle steht der große Apfelbaum, der schon erwähnt wurde.

Nun wird berichtet, daß, als die Männer am Abend an den Feuern saßen, ein unbekannter Mann die Halle betrat. Der Mann ist folgendermaßen gekleidet: Er trägt einen gefleckten Umhang, war barfüßig und hatte gebundene Leinenhosen an den Beinen. In der Hand hatte er ein Schwert, und er hat eine tief herabreichende Kapuze über dem Kopf und geht zum Barnstock. Er war sehr groß und alt und hatte nur ein Auge. Er zieht das Schwert und stößt es in den Stamm, so daß es bis zum Heft im Stamm versinkt. Keiner der Männer wagte es, diesen Mann anzusprechen.

Da ergreift er das Wort und sprach: »Wer dieses Schwert aus dem Stamm zieht, soll es von mir als Geschenk erhalten, und er soll selbst bezeugen, daß er nie ein besseres Schwert in den Händen hielt als dieses.«

Darauf verläßt der alte Mann die Halle, und niemand weiß, wer er

---

* Barnstock (*barnstokkr*) = Kinderbaum (s. Anmerkung).

** Gautland = entspricht dem südschwedischen Götaland.

ist oder wohin er geht. Nun stehen sie auf und gönnen es einander nicht, das Schwert zu berühren. Der scheint es am besten zu haben, der sich als erster nähert. Die bedeutendsten Männer treten zuerst hinzu, und dann einer nach dem anderen. Aber keiner von ihnen kann es herausziehen; es rührt sich überhaupt nicht, wenn sie daran ziehen. Nun kam Sigmund an die Reihe, König Völsungs Sohn, und nahm das Schwert und zog es aus dem Stamm, und bei ihm war es, als ob es lose dastecke. Diese Waffe schien allen so gut, daß keiner glaubte, jemals ein ebenso gutes Schwert gesehen zu haben, und Siggeir bietet ihm das dreifache Gewicht in Gold an.

Sigmund sagt: »Du hättest dieses Schwert ebenso herausziehen können wie ich, als es dort steckte, wenn es für dich bestimmt gewesen wäre; nun aber, wo es in meinen Händen ist, bekommst du es nicht mehr, auch wenn du mir alles Gold anbietest, das du besitzt.« König Siggeir wurde über diese Worte wütend und fand, ihm sei höhnisch geantwortet worden. Und weil es nun mit ihm so beschaffen war, daß er ein sehr hinterlistiger Mann war, tut er einstweilen so, als kümmere ihn diese Rede nicht, aber noch am gleichen Abend dachte er sich heimlich Dinge aus, die später ans Licht kamen.

4 Siggeir verläßt vorzeitig sein Hochzeitsfest

Nun ist zu berichten, daß Siggeir an jenem Abend mit Signy das Brautbett teilte. Am nächsten Tag war gutes Wetter. Da sagt König Siggeir, er wolle heimfahren und nicht abwarten, bis der Wind stärker würde oder das Meer unpassierbar. Es wird nichts darüber berichtet, daß König Völsung oder seine Söhne ihn davon abhielten, zumal Völsung sah, daß Siggeir nichts anderes wollte als von dem Fest wegkommen. Da sagte Signy zu ihrem Vater: »Ich will nicht mit Siggeir wegfahren; ich habe keine Freude an ihm. Und ich weiß durch meine Vorahnung und aus dem bisherigen Schicksal unserer Familie, daß durch diese Ehe großes Unglück entstehen wird, wenn sie nicht schnell gelöst wird.«

»Das sollst du nicht sagen, Tochter«, sagte er, »denn es wäre sowohl für ihn als auch für uns eine große Schande, ohne Grund diese Vereinbarung zu brechen. Wir besäßen dann weder Vertrauen noch Freundschaft bei ihm, und er wird es uns so schlimm vergelten, wie er nur kann; und eines ist richtig, nämlich uns davor zu hüten.«

Nun bereitet König Siggeir sich zur Heimreise vor. Und bevor sie von dem Fest wegfuhren, da lud er König Völsung, seinen Schwiegervater, zu sich nach Gautland ein, und alle seine Söhne mit ihm, auf in drei Monaten und mit so viel Gefolge, wie er bei sich haben wollte und wie es seiner Würde zustand. Damit will nun König Siggeir gutmachen, was an der Hochzeitsfeier fehlte, weil er nicht länger als eine Nacht bleiben wollte, denn es ist nicht üblich, sich so zu verhalten. Da verspricht König Völsung, die Reise zu machen und am vereinbarten Tag zu kommen. Dann trennen die Schwiegerleute sich, und König Siggeir fährt mit seiner Frau heim.

5 Siggeirs Verrat, Völsungs Tod und Sigmunds Rettung

Nun ist von König Völsung und seinen Söhnen zu erzählen, daß sie zur verabredeten Zeit nach Gautland zum Fest ihres Schwagers, König Siggeir, fahren, und sie verlassen das Land mit drei gut ausgerüsteten Schiffen; es wird eine gute Reise, und sie erreichen Gautland mit ihren Schiffen. Das war am späten Abend.

Am selben Abend kam Signy, König Völsungs Tochter, und bittet ihren Vater und ihre Brüder zu einem heimlichen Gespräch. Sie erzählt ihnen von König Siggeirs Plan, daß er ein unbesiegbares Heer zusammengezogen habe, »und er will euch verraten. Nun bitte ich euch«, sagt sie, »daß ihr sofort wieder in euer Reich fahrt und euch ein möglichst großes Gefolge verschafft und dann wieder herkommt und euch rächt und kein Wagnis eingeht, denn ihr entgeht seinem Verrat nicht, wenn ihr nicht die Maßnahmen ergreift, zu denen ich euch rate.«

Da sprach König Völsung: »Alle Welt kann bezeugen, daß ich schon vor meiner Geburt gesagt und das Gelübde abgelegt habe, daß ich weder vor Feuer noch Eisen aus Furcht fliehen werde, und bisher habe ich das Gelübde auch gehalten. Warum sollte ich das jetzt im Alter nicht tun? Und meinen Söhnen sollen die Mädchen bei den Spielen nicht vorwerfen, daß sie den Tod fürchten, denn einmal muß jeder sterben. Keiner kann dem Tod entgehen, wenn er an der Reihe ist. Meine Entscheidung lautet, daß wir auf keinen Fall fliehen und das Ganze so tapfer wie möglich hinter uns bringen. Ich habe hundertmal gekämpft, das eine Mal mit einer kleineren Gefolgschaft, das andere Mal mit einer größeren, und ich habe gleichwohl immer den Sieg davongetragen. Von mir soll nicht erzählt werden, daß ich fliehe oder um Frieden bitte.«

Da weint Signy sehr und bat, sie wolle nicht zu König Siggeir zurück. König Völsung antwortet: »Selbstverständlich sollst du zu deinem Mann zurückkehren und auch bei ihm bleiben, was auch immer mit uns geschicht.«

Nun geht Signy heim, sie aber bleiben während der Nacht zurück. Und am Morgen, als es Tag wird, da befiehlt König Völsung all seinen Männern, aufzustehen und an Land zu gehen und sich zur Schlacht zu rüsten. Da gehen sie alle voll bewaffnet an Land, und es dauert nicht lange, da kommt König Siggeir mit seinem ganzen Heer, und es entbrennt dort ein harter Kampf zwischen ihnen, und der König treibt sein Heer an, so heftig wie möglich anzugreifen. Und es wird berichtet, daß König Völsung und seine Söhne achtmal an diesem Tag König Siggeirs Schlachtreihen durchbrachen und mit beiden Händen zuschlugen. Und als sie noch einmal so vorgehen wollen, da fällt König Völsung inmitten seines Gefolges und dann sein ganzes Heer mit ihm bis auf seine zehn Söhne, denn die Übermacht war viel größer, als daß sie ihr widerstehen konnten. Da werden alle seine Söhne gefangengenommen und in Fesseln gelegt und weggeführt.

Signy erfuhr, daß ihr Vater getötet und ihre Brüder gefangen und zum Tode verurteilt waren. Da bittet sie König Siggeir zu einem Gespräch unter vier Augen. Signy sprach: »Ich will dich darum bitten, daß du meine Brüder nicht gleich töten läßt, sondern sie lieber in den Block setzt, denn es kommt mir so vor, wie gesagt wird, daß das Auge sich zufrieden gibt, solange es etwas sieht, und ich bitte deshalb nicht weiter für sie, weil ich glaube, daß es nichts nützt.«

Da antwortet Siggeir: »Du bist verrückt und unvernünftig, wenn du für deine Brüder ein größeres Übel erbittest, als wenn sie erschlagen würden. Aber du sollst deinen Willen haben, denn es gefällt mir um so besser, wenn sie Schlimmeres erleiden und längere Todesqualen erdulden müssen.«

Nun läßt er es so machen, wie sie gebeten hat, und es wurde ein großer Stamm genommen und den zehn Brüdern irgendwo im Wald über die Beine gefällt, und nun sitzen sie dort den ganzen Tag bis in die Nacht. Aber mitten in der Nacht, da kam eine alte Wölfin aus dem Wald zu ihnen, wo sie im Block saßen. Sie war groß und häßlich. Und es geschah, daß sie einen von ihnen totbeißt. Dann fraß sie ihn ganz auf. Danach ging sie fort. Und später am Morgen, da sandte Signy einen Mann zu ihren Brüdern, dem sie am meisten vertraute, um zu erfahren, was geschehen sei. Und als er zurückkommt, sagt er ihr, daß einer von ihnen tot sei. Ihr schien es schlimm, wenn sie alle so dahingehen würden, aber sie konnte ihnen nicht helfen.

Der Rest ist schnell erzählt. Neun Nächte hintereinander kam die Wölfin um Mitternacht und frißt einen von ihnen auf, bis alle tot sind; nur Sigmund allein ist noch übrig. Und bevor nun die zehnte Nacht herannaht, schickt Signy ihren Vertrauten zu Sigmund und gab ihm Honig mit und sagte, er solle ihn Sigmund aufs Gesicht streichen und ihm etwas in den Mund geben. Und er geht zu Sigmund und tut, wie ihm befohlen, und zog danach wieder heim. In der Nacht kommt die Wölfin wie gewöhnlich und wollte ihn totbeißen wie seine Brüder. Aber da nimmt sie die Witterung auf, wo er mit dem Honig eingerieben wurde und schleckt sein ganzes Gesicht mit ihrer Zunge ab und steckt ihm dann die Zunge in den Mund. Er nimmt allen Mut zusammen und biß in die Zunge der Wölfin. Sie springt umher und reißt heftig und stemmte die Beine so in den Stamm, daß er zerbrach, er aber hielt so fest, daß die Zunge der Wölfin an der Wurzel abriß und sie daran starb. Manche Leute behaupten, diese Wölfin sei die Mutter von König Siggeir gewesen, und sie habe diese Gestalt mit Zauberei und Hexerei angenommen.

6 Sigmund prüft Signys Söhne

Nun ist Sigmund frei und der Stamm zerbrochen, und Sigmund hielt sich im Wald auf. Wieder schickt Signy Leute aus, um zu erfahren, was geschehen sei und ob Sigmund lebe. Und als sie kommen, da berichtet er ihnen alles, wie es mit ihm und der Wölfin gegangen war. Nun gehen sie heim und berichten Signy, was geschehen ist. Da ging sie hin und trifft ihren Bruder, und sie beschließen, daß er sich dort im Wald ein Erdhaus baut, und es geht nun eine Weile so, daß Signy ihn dort versteckt und ihm alles bringt, was er braucht. Aber König Siggeir glaubt, alle Völsungen seien tot.

König Siggeir hatte zwei Söhne mit seiner Frau, und von ihnen wird berichtet, daß Signy den älteren Sohn zu Sigmund schickt, als er zehn Jahre alt ist, damit er ihm Gefolgschaft leistet, wenn dieser etwas plante, um seinen Vater zu rächen. Da geht der Junge in den Wald und kommt spät abends zu Sigmunds Erdhaus, und dieser nimmt ihn gut auf, wie es ihm anstand, und sagte, er solle Brot für sie machen, »und ich will Feuerholz suchen«. Und er gibt ihm einen Mehlbeutel und geht selbst, um Holz zu holen. Und als er zurückkommt, hat der Junge mit dem Brotmachen noch nicht angefangen. Sigmund fragt, ob das Brot fertig sei. Der Junge sagt: »Ich wagte nicht, den Mehlbeutel zu nehmen, denn da lag etwas Lebendiges im Mehl.«

Da glaubt Sigmund zu wissen, daß dieser Junge nicht so tapfer ist, daß er ihn bei sich haben will. Als sich nun die Geschwister treffen, sagt Sigmund, er glaube nicht, an dem Jungen eine Hilfe zu haben. Signy sagte: »Dann nimm ihn und schlag ihn tot. Dann soll er nicht länger leben.« Und so geschah es.

Nun vergeht der Winter. Und im Winter darauf schickt Signy ihren jüngeren Sohn zu Sigmund, und man muß nicht lange davon erzählen, denn es ging genauso, daß er diesen Jungen auf Signys Rat hin erschlug.

7 Signy und Sigmund zeugen Sinfjötli

Es wird nun berichtet, daß Signy einmal in ihrem Zimmer saß, da kam zu ihr eine außerordentlich zauberkundige Hexe. Da spricht Signy mit ihr: »Ich wollte«, sagt sie, »daß wir die Gestalt tauschten.« Und die Hexe antwortet: »Wie du willst.«

Und nun macht sie mit ihrer Kunst, daß sie die Gestalt tauschen, und die Hexe setzt sich auf Signys Rat hin auf deren Platz und geht am Abend mit dem König zu Bett, und er merkt nicht, daß Signy nicht bei ihm ist.

Von Signy aber ist zu erzählen, daß sie in das Erdhaus ihres Bruders geht und ihn bittet, sie über Nacht aufzunehmen, »denn ich habe mich draußen im Wald verlaufen und weiß nicht, wo ich bin«. Er sagte, sie sollte dableiben, denn er wollte sie als einsame Frau im Wald nicht abweisen und glaubte zu wissen, daß sie ihm gute Aufnahme nicht so lohnen würde, daß sie ihn verriete. Da kommt sie zu ihm ins Haus und setzt sich zum Essen. Er mußte sie immer wieder ansehen und fand die Frau schön und stattlich. Und als sie satt sind, da sagt er ihr, daß er will, daß sie in der Nacht das Lager teilen, und sie widersprach nicht, stört sich nicht daran, und so schläft er mit ihr drei Nächte nacheinander. Danach geht sie heim und sucht die Hexe auf und bat sie, wieder die Gestalt zu tauschen, und so geschieht es.

Und nach einiger Zeit bringt Signy einen Knaben zur Welt. Der Junge wurde Sinfjötli genannt. Und als er aufwuchs, ist er sowohl groß als auch stark und schön von Angesicht und dem Völsungengeschlecht sehr ähnlich, und er ist noch keine zehn Jahre alt, als sie ihn ins Erdhaus zu Sigmund schickt.

Sie hatte mit ihren anderen Söhnen einen Versuch gemacht, bevor sie sie zu Sigmund schickte, daß sie ihnen die Ärmel am Handgelenk festnähte mit Haut und Fleisch. Sie konnten es nicht ertragen und schrien dabei. So machte sie es auch mit Sinfjötli. Er wehrte sich nicht dagegen. Da riß sie ihm den Kittel ab, so daß die Haut mit den Ärmeln abging. Sie sagte zu ihm, das müsse wehtun. Er aber sagt: »Wenig schmerzhaft erscheint das einem Völsungen.«

Und nun kommt der Knabe zu Sigmund. Da bat Sigmund ihn, das Mehl zu kneten, und er wollte Feuerholz holen. Er gibt ihm einen Beutel. Dann geht er Holz holen, und als er wiederkam, war Sinfjötli fertig mit Backen. Da fragte Sigmund ihn, ob er etwas in dem Mehl gefunden habe. »Ich bin mir nicht sicher«, sagte er, »ob da nicht erst etwas Lebendiges in dem Mehl war, als ich zu kneten begann; aber was auch immer darin war, ich habe es mit hineingeknetet.« Da sprach Sigmund lachend: »Ich kann dir von diesem Brot heute abend nicht zu essen geben, denn du hast eine große Giftschlange hineingeknetet.« Sigmund war so stark, daß er Gift essen konnte und es ihm nicht schadete. Sinfjötli jedoch konnte Gift zwar äußerlich ertragen, aber davon essen oder trinken konnte er nicht.

8 Sigmund und Sinfjötli nehmen Wolfsgestalt an. Sigmunds Vatersrache

Nun ist zu berichten, daß Sigmund Sinfjötli für zu jung hält, um an seiner Rache teilzunehmen, und daß er ihn zuerst mit einiger Härte vertraut machen wollte. So ziehen sie im Sommer weithin durch den Wald und erschlagen Männer, um sie zu berauben. Der Junge scheint Sigmund sehr dem Geschlecht der Völsungen zu ähneln, und doch glaubt er, es sei ein Sohn von König Siggeir und er habe die Bosheit seines Vaters und den Mut der Völsungen geerbt; er scheint auch nicht sehr familienverbunden, denn er erinnert Sigmund oft an seinen Kummer und stachelt ihn sehr an, König Siggeir zu töten.

Nun geschieht es einmal, daß sie wieder in den Wald gehen, um sich Beute zu verschaffen, und sie finden ein Haus und darin zwei Männer schlafend, mit dicken Goldringen. Sie waren verzaubert worden, denn Wolfshäute hingen im Haus über ihnen. Jeden zehnten Tag konnten sie aus den Häuten heraus. Sie waren Königssöhne. Sigmund und Sinfjötli fuhren in die Häute und konnten nicht herausgelangen, und es ging in der Art, wie es vorher war. Sie gaben Wolfslaute von sich und verstanden auch beide das Wolfsgeheul.

Nun gehen sie wieder in den Wald, und jeder zieht seines Weges. Sie verabreden, daß sie jeden Kampf wagen wollen, auch gegen sieben Männer, aber nicht gegen mehr, und wer in einen Kampf gerate, solle das Wolfsgeheul hören lassen. »Diese Vereinbarung wollen wir nicht brechen«, sagt Sigmund, »denn du bist jung und waghalsig. Man wird sicher versuchen, dich zu jagen.«

Nun geht jeder seines Weges. Und als sie getrennt waren, trifft Sigmund auf sieben Männer und läßt ein Wolfsgeheul los. Und Sinfjötli hört es, kommt dazu und tötet alle. Dann trennen sie sich wieder. Und Sinfjötli ist nicht lange durch den Wald gezogen, da trifft er elf Männer und kämpft mit ihnen, und es geht so, daß er sie alle tötet. Er wird dabei schwer verletzt, legt sich unter eine Eiche und ruht dort aus.

Da kommt Sigmund dazu und sprach: »Warum hast du nicht gerufen?«

Sinfjötli sagte: »Ich wollte dich nicht um Unterstützung bitten. Du brauchtest Hilfe, um sieben Männer zu töten, aber ich bin ein

Kind an Jahren verglichen mit dir und bat nicht um Hilfe, um elf Männer zu töten.« Sigmund sprang ihn so heftig an, daß er davon taumelt und fällt, und er beißt ihn von vorn in die Kehle. An diesem Tag konnten sie nicht aus den Wolfsfellen heraus. Sigmund legt ihn sich nun auf den Rücken und trägt ihn heim in die Hütte, und er wachte über ihn und verfluchte die Wolfsfelle.

Eines Tages sieht Sigmund zwei Wiesel. Das eine beißt dem anderen in die Kehle und rannte dann in den Wald und hebt ein Blatt auf und fährt damit über die Wunde, und das Wiesel springt gesund auf. Sigmund geht hinaus und sieht, wie ein Rabe mit dem Blatt herangeflogen kommt und es ihm bringt. Er zieht es über Sinfjötlis Wunde, und der springt gleich gesund auf, als ob er niemals verletzt gewesen sei. Danach ziehen sie zum Erdhaus und bleiben dort, bis sie aus den Wolfsfellen herauskonnten. Sie nehmen sie und verbrennen sie im Feuer und beschworen sie, niemandem mehr zu schaden.

In dieser Verzauberung vollbringen sie viele Heldentaten in König Siggeirs Reich. Und als Sinfjötli erwachsen ist, da glaubt Sigmund, ihn gründlich erprobt zu haben.

Nun vergeht nicht viel Zeit, bis Sigmund zur Vatersrache schreiten will, wenn sich Gelegenheit dazu ergibt. So verlassen sie das Erdhaus eines Tages und kommen spät am Abend zu König Siggeirs Hof und gehen in den Vorraum, der vor der Halle war, und dort waren Bierfässer, in denen verstecken sie sich. Die Königin weiß nun, wo sie sind, und will sie treffen. Und als sie sich treffen, beschließen sie, die Vatersrache anzugehen, wenn es Nacht würde.

Signy und der König haben zwei kleine Kinder. Die spielen auf dem Boden mit Gold und rollen es über den Boden der Halle und laufen ihm nach. Und ein Goldring rollt dahin, wo Sigmund und Sinfjötli sind, und der Junge läuft ihm nach, um den Ring zu suchen. Da sieht er da zwei große, grimmige Männer sitzen, die haben weit herabreichende Helme und weiße Brünnen. Da läuft er zu seinem Vater in die Halle und sagt ihm, was er gesehen hat. Nun ahnt der König, daß Verrat gegen ihn im Gange ist. Signy hört, was sie sagen. Sie steht auf, nimmt beide Kinder und geht hinaus in den Vorraum zu ihnen und sagte, sie sollten wissen, daß sie sie verraten hätten: »Ich rate euch, sie zu töten.« Sigmund sagt: »Ich will deine Kinder nicht umbringen, auch wenn sie mich verraten haben.«

Aber Sinfjötli zögerte nicht, zieht das Schwert und tötet beide

Kinder und wirft sie in die Halle vor König Siggeir. Da steht der König auf und befiehlt seinen Leuten, die Männer gefangenzunehmen, die sich am Abend im Vorraum versteckt haben. Nun laufen die Männer hinaus dorthin und wollen sie ergreifen, aber sie wehren sich gut und mannhaft, und es trifft immer den am schlimmsten, der ihnen am nächsten ist. Und schließlich werden sie überwältigt und gefangengenommen und dann gefesselt und in Eisen gesetzt, und da sitzen sie die ganze Nacht.

Nun denkt sich der König für jeden den Tod aus, den er ihm geben wollte, und zwar den, der sich am langwierigsten anfühlte. Und als der Morgen kam, da läßt der König einen großen Grabhügel aus Steinen und Grassoden errichten. Und als dieser Hügel fertig ist, da ließ er eine große Felsplatte in die Mitte des Hügels setzen, so daß die eine Kante nach oben zeigte und die andere nach unten. Sie war so groß, daß sie beide Seiten des Hügels berührte und niemand an ihr vorbeikonnte. Nun läßt er Sigmund und Sinfjötli herbringen und in den Hügel setzen, jeden in eine Hälfte, denn ihm erschien es schlimmer, wenn sie nicht beide zusammen waren und doch einer den anderen hören konnte. Und als sie begannen, den Hügel mit Grassoden zu bedecken, kommt Signy dazu und hat Stroh im Arm und wirft es zu Sinfjötli in den Hügel und befiehlt den Sklaven, das dem König zu verheimlichen. Sie versprechen es, und dann wird der Hügel verschlossen.

Und als die Nacht beginnt, da sprach Sinfjötli zu Sigmund: »Ich glaube nicht, daß es uns hier so bald an Essen mangeln wird. Die Königin hat Speck in den Hügel geworfen und Stroh darumgewikkelt.« Und er tastet weiter an dem Speck und stellt fest, daß Sigmunds Schwert darin steckt; er erkannte es am Griff, obwohl es in dem Hügel dunkel war, und erzählt es Sigmund. Da freuen sie sich beide. Nun schiebt Sinfjötli die Schwertspitze über den Felsblock und zieht fest daran. Das Schwert schneidet den Stein. Sigmund ergreift nun die Schwertspitze, und sie schneiden die Felsplatte zwischen sich und lassen nicht eher davon ab, als bis sie durchgeschnitten ist, wie es in der Strophe heißt:

1. Es schnitten mit Stärke den großen Stein
Sigmund mit dem Schwert und Sinfjötli.

Und nun sind sie beide zusammen frei in dem Hügel und schneiden Steine und Eisen und entkommen so aus dem Hügel. Dann gehen sie zurück zu der Halle. Da schlafen alle Männer. Sie tragen Holz zur Halle und legen Feuer. Die drinnen erwachen von dem Rauch und davon, daß die Halle über ihnen brennt. Der König fragt, wer das Feuer gelegt hat. »Hier sind wir, mein Neffe Sinfjötli und ich«, sagte Sigmund, »und wir finden, du solltest wissen, daß nicht alle Völsungen tot sind.«

Er forderte seine Schwester auf, hinauszukommen und von ihm gutes Ansehen und viel Ehre zu empfangen, so daß sich ihr Kummer legt. Sie antwortet: »Nun sollst du entscheiden, ob ich König Siggeir die Ermordung König Völsungs nachgetragen habe. Ich ließ unsere Kinder töten, die mir für die Vatersrache zu träge schienen, und ich kam in den Wald zu dir in der Gestalt einer Seherin, und Sinfjötli ist unser Sohn. Er hat deshalb so viel Tapferkeit, weil er sowohl ein Sohnes- als auch ein Tochtersohn von König Völsung ist. Ich habe alles daran gesetzt, daß König Siggeir den Tod finden sollte. Ich habe so sehr dafür gearbeitet, diese Rache zustande zu bringen, daß ich auf keinen Fall weiterleben darf. Ich werde nun willig mit König Siggeir sterben, den ich nur widerwillig heiratete.« Danach küßte sie ihren Bruder Sigmund und Sinfjötli und ging in das Feuer und wünschte ihnen Lebewohl. Dann starb sie dort mit König Siggeir und seinem ganzen Gefolge.

Vater und Sohn verschaffen sich ein Heer und Schiffe, und Sigmund fährt zu seinem Familienerbe und vertreibt den König aus dem Land, der sich dort nach König Völsung niedergelassen hatte. Sigmund wird nun ein mächtiger und bedeutender König, weise und ehrgeizig. Er hatte eine Frau, die Borghild hieß. Sie hatten zwei Söhne. Einer hieß Helgi, der andere Hamund. Und als Helgi geboren wurde, kamen Nornen dazu und sprachen Prophezeiungen über ihn und sagten, er sollte der berühmteste aller Könige werden.

Sigmund war da von einem Kriegszug gekommen und ging mit einem Lauch seinem Sohn entgegen und gab ihm damit den Namen Helgi und dies als Geschenk zur Namengebung: Hringstad und Solfjöll und ein Schwert. Und er bat darum, daß er gut gedeihen möge und Völsung ähnlich werde. Helgi wurde freigebig und freundlich und den meisten anderen Männern in allen Fähigkeiten überlegen. Es wird berichtet, daß er zum ersten Mal auf Heerfahrt ging, als er 15 Jahre alt war. Da war Helgi König über das Heer und Sinfjötli war ihm zur Seite gestellt, und sie befahlen beide über die Mannschaft.

9 Helgi kämpft um Sigrun

Es wird erzählt, daß Helgi auf dieser Heerfahrt auf einen König trifft, der Hunding hieß. Er war ein mächtiger König und hatte ein großes Gefolge und herrschte über mehrere Länder. Es kam zum Kampf zwischen ihnen, und Helgi griff heftig an, und die Schlacht endete so, daß Helgi den Sieg davonträgt, König Hunding aber fällt, und mit ihm ein großer Teil seines Heeres. Nun glaubt Helgi sehr an Ansehen gewachsen zu sein, weil er einen so mächtigen König besiegt hat. Da ziehen Hundings Söhne ein Heer gegen Helgi zusammen und wollen ihren Vater rächen. Es gibt einen harten Kampf, und Helgi durchbricht die Schlachtreihen der Brüder, greift das Feldzeichen der Hundingssöhne an und tötete diese Söhne Hundings: Alf und Eyjolf, Hervard und Hagbard. Er errang hier einen bedeutenden Sieg.

Und als Helgi vom Kampfplatz weggeht, da trifft er bei einem Wald viele Frauen von würdigem Aussehen, aber eine war doch allen anderen überlegen. Sie reiten mit großartiger Ausrüstung. Helgi fragt die Anführerin nach ihrem Namen. Sie nannte sich Sigrun und sagte, sie sei die Tochter von König Högni. Helgi sprach: »Kommt mit zu uns und seid willkommen.« Da sagt die Königstochter: »Ein anderes Schicksal liegt vor uns, als mit dir zu ziehen.«

Helgi antwortet: »Was denn, Königstochter?« Sie antwortet: »König Högni hat mich dem Hödbrodd, dem Sohn König Granmars versprochen, ich aber habe geschworen, daß ich ihn nicht lieber haben will als ein Krähenjunges. Und doch wird es so gehen, wenn du ihn nicht hinderst und ihm mit einem Heer entgegentrittst und mich mitnimmst, denn mit keinem König wollte ich lieber zusammenleben als mit dir.« – »Sei guten Mutes, Königstochter«, sagte er. »Wir wollen eher unsere Tapferkeit erproben, als daß du mit ihm verheiratet wirst, und wir werden sehen, wer den anderen übertrifft, darauf setze ich mein Leben.«

Danach schickt Helgi Männer mit Gaben los, um ein Gefolge zu sammeln, und ruft das ganze Heer zum Raudabjarg. Dort wartete Helgi, bis eine große Schar von Hedinsey* zu ihm kam, und dort

---

* Hedinsey (*Héðinsey*) = Hiddensee.

stieß auch ein großes Heer aus dem Nörvasund* mit schönen, großen Schiffen zu ihm. König Helgi ruft seinen Schiffsführer zu sich, der Leif hieß, und fragte, ob er ihr Heer gezählt habe. Und er antwortet: »Es ist nicht leicht, Herr, die Schiffe zu zählen, die aus dem Nörvasund gekommen sind. Darauf sind 12 000 Mann, und der Rest ist noch ein halbes Mal mehr.«

Da sprach König Helgi, sie sollten in den Fjord steuern, der Varinsfjord heißt, und so geschah es. Da gerieten sie in einen großen Sturm und in so rauhe See, daß sich die Wellen, wenn sie an die Schiffe schlugen, anhörten, als ob Berge zusammenstürzten. Helgi befahl, sich nicht zu fürchten und die Segel nicht zu reffen, sondern sie noch höher zu setzen als zuvor. Beinahe wären sie untergegangen, bevor sie an Land kamen. Da kam Sigrun, König Högnis Tochter, mit einem großen Gefolge vom Land herunter und wies sie in einen guten Hafen, der Gnipalund heißt.

Davon erfuhren die Landsleute, und vom Land herunter kam der Bruder König Hödbrodds, der über das Gebiet namens Svarinshaug herrschte. Er ruft sie an und fragt, wer dieses große Heer befehle. Sinfjötli steht auf und hat einen Helm auf dem Kopf, der poliert ist wie Glas, und eine Brünne, weiß wie Schnee, einen Speer mit einem mächtigen Feldzeichen in der Hand und einen goldgeränderten Schild vor sich. Er wußte mit Königen zu sprechen: »Sag, wenn du die Schweine und Hunde gefüttert hast und dein Weib triffst, daß hier die Völsungen gekommen sind und daß man in diesem Heer König Helgi finden kann, wenn Hödbrodd ihn treffen will, und es ist sein Vergnügen, ehrenvoll zu kämpfen, während du am Feuer die Mägde küßt.«

Granmar antwortet: »Du scheinst nicht viel Würdiges oder aus alten Überlieferungen sprechen zu können, wenn du so verlogen über Häuptlinge redest. Es ist wohl doch wahr, daß du lange Zeit draußen im Wald mit Wolfsnahrung aufgezogen wurdest und deine Brüder getötet hast, und es ist seltsam, daß du es wagst, hierher mit guten Männern zu kommen, der du vielen kalten Leichen das Blut ausgesaugt hast.«

Sinfjötli antwortet: »Du wirst dich jetzt nicht mehr genau daran erinnern, wie du eine Seherin auf Varinsey warst und sagtest, daß du

---

* Nörvasund = Straße von Gibraltar.

einen Mann brauchst und mich zu dem Dienst wähltest, dein Mann zu sein. Und später warst du eine Walküre in Asgard, und um dich hätten sie sich beinahe alle geschlagen. Und ich zeugte mit dir neun Wölfe auf Laganes und war Vater von allen.« Granmar antwortet: »Gut kannst du lügen. Ich denke, du kannst niemandes Vater sein, weil du von den Töchtern des Riesen auf Thrasnes entmannt wurdest, und du bist der Stiefsohn von König Siggeir und hast mit den Wölfen draußen im Wald gelebt, und ein Unglück nach dem anderen widerfuhr dir. Du hast deine Brüder getötet und dich im schlimmen Sinne berühmt gemacht.«

Sinfjötli antwortet: »Ob du dich noch daran erinnerst, als du die Stute des Hengstes Grani warst und ich dich im vollen *Skeið* auf Bravellir ritt? Später warst du Ziegenhirte beim Riesen Gölnir.« Granmar sagt: »Lieber will ich die Vögel mit deiner Leiche füttern als weiter mit dir reden.« Da sprach König Helgi: »Es wäre besser und klüger für euch zu kämpfen, als Dinge zu sprechen, die schändlich anzuhören sind. Granmars Söhne sind zwar nicht meine Freunde, aber sie sind doch echte Männer.«

Granmar reitet nun weg und zu König Hödbrodd, dorthin, wo es Solfjöll heißt. Ihre Pferde heißen Sveipud und Sveggjud*. Sie treffen ihn am Burgtor und berichten ihm von dem Heer. König Hödbrodd trug eine Brünne und hatte einen Helm auf dem Kopf. Er fragt, wer da wäre, »und warum seid ihr so zornig?«

Granmar sagt: »Die Völsungen sind gekommen und haben 12 000 Mann hier im Land und 7000 auf der Insel namens Sök, aber vor Grindir liegt doch die größte Gruppe, und ich denke, daß Helgi nun kämpfen will.«

Der König sagt: »Wir wollen Aufgebot durch unser ganzes Reich schicken und ihnen entgegenziehen. Es soll keiner zu Hause sitzen, der kämpfen will. Wir wollen auch Nachricht an die Söhne Hrings und an König Högni und an Alf den Alten schicken; das sind große Krieger.« Sie trafen sich dort, wo es Frekastein heißt, und es gab eine harte Schlacht. Helgi ging voraus durch die Reihen der Gegner. Dort gab es schwere Verluste. Da sahen sie eine große Schar Schildmädchen, als wenn man in eine Flamme sähe. Darunter war auch

---

* Sveipud und Sveggjud (*Sveipuðr und Sveggjuðr*): zwei Bezeichnungen für »gedreht«.

Sigrun, die Königstochter. König Helgi griff König Hödbrodd an und tötete ihn unter dem Feldzeichen.

Da sprach Sigrun: »Hab Dank für diese Heldentat. Nun werden die Länder getauscht. Dies ist ein großer Glückstag für mich, und du wirst Ruhm und Ansehen bekommen, weil du einen so bedeutenden König getötet hast.«

König Helgi übernahm das Reich und hielt sich lange dort auf und heiratete Sigrun und wurde ein höchst berühmter und bedeutender König, und in dieser Saga kommt er nicht mehr vor.

10 Sinfjötlis Ende

Die Völsungen fahren nun heim und haben ihren Ruhm noch einmal stark vermehrt. Sinfjötli geht aufs neue auf Heerfahrt. Er sieht eine schöne Frau und begehrt sie sehr. Um diese Frau warb auch der Bruder von Borghild, die mit König Sigmund verheiratet war. Sie entschieden diese Sache durch einen Zweikampf, und Sinfjötli tötete diesen König. Er heert nun weitum und in vielen Schlachten und behält immer den Sieg. Er wird der berühmteste und bedeutendste unter den Männern und kam im Herbst mit vielen Schiffen und großen Reichtümern nach Hause.

Er berichtet darüber seinem Vater, und dieser sagt der Königin davon. Sie befiehlt Sinfjötli, das Reich zu verlassen, und sagt, sie wolle ihn nicht mehr sehen. Sigmund sagt, er lasse ihn nicht wegfahren, und bietet ihr an, sie mit Gold und großen Reichtümern zu versöhnen, obwohl er noch für keinen Mann Buße gezahlt habe. Er sprach, es sei nicht ruhmreich, mit Frauen zu streiten. So kann sie sich nun an dieser Stelle nicht durchsetzen. Sie sprach: »Ihr sollt bestimmen, Herr, so gehört es sich.«

Da veranstaltet sie mit Zustimmung des Königs das Erbmahl für ihren Bruder. Sie bereitet dieses Fest aufs beste vor und lud dazu viele Häuptlinge ein. Borghild brachte den Männern zu trinken. Sie kam mit einem großen Horn zu Sinfjötli und sprach: »Trink, Stiefsohn.« Er nahm es und sah in das Horn und sprach: »Verdorben ist der Trank.« Sigmund sprach: »Dann gib ihn mir.« Er trank ihn aus. Die Königin sprach: »Warum müssen andere Männer das Bier für dich trinken?« Sie kam zum zweiten Mal mit dem Horn: »Trink nun«, und reizte ihn mit vielen Worten. Er nahm das Horn und sprach: »Vergiftet ist der Trank.« Sigmund sprach: »Dann gib ihn mir.« Zum dritten Mal kam sie und forderte ihn auf, auszutrinken, wenn er den Mut der Völsungen habe. Sinfjötli nahm das Horn an und sprach: »Gift ist in dem Trank.« Sigmund antwortet: »Siebe es durch den Bart, Sohn.« Da war der König sehr betrunken, deshalb sagte er das. Sinfjötli trinkt und fällt sofort tot um. Sigmund erhob sich; sein Kummer brachte ihn fast um. Er nahm die Leiche in die Arme, geht in den Wald und kam schließlich an einen Fjord. Da sah er einen Mann in einem kleinen Boot. Dieser Mann fragt, ob er eine Überfahrt über den Fjord brauche. Er bejahte das. Das Schiff war so klein, daß es nicht alles trug. Die Leiche wurde zuerst übergesetzt, und Sigmund ging am Fjord entlang. Und bald verschwand das Boot vor Sigmunds Augen, und auch der Mann.

Danach kehrt Sigmund heim. Er verjagt nun die Königin, und wenig später starb sie. König Sigmund regiert nun wieder sein Reich und wird für einen der größten Helden und Könige der heidnischen Zeit gehalten.

11 Sigmund heiratet Hjördis. Die Schlacht gegen König Lyngvi

Eylimi hieß ein König, der war reich, mächtig und bedeutend. Seine Tochter hieß Hjördis, die schönste und klügste aller Frauen. Und König Sigmund erfährt, daß sie von seiner Art war, wenn es überhaupt eine solche Frau gab.

Sigmund besucht König Eylimi. Der bereitet ein großes Fest zu seinem Empfang für den Fall vor, daß er nicht auf Heerfahrt käme. Es geht nun Botschaft zwischen ihnen, daß man in freundschaftlicher und nicht in kriegerischer Absicht komme. Das Fest wurde aufs beste und mit vielen Teilnehmern gefeiert. Für König Sigmund wurde überall Markt und andere Reisebewirtung gehalten. So kamen sie zu dem Fest, und beide Könige teilten eine Halle. Da war auch König Lyngvi gekommen, ein Sohn König Hundings, und auch er will sich mit König Eylimi verschwägern. Eylimi glaubt zu sehen, daß sie nicht beide mit dem gleichen Anliegen Erfolg haben können. Er glaubt auch zu wissen, daß Unfrieden von demjenigen ausgehen werde, der keinen Erfolg habe.

Da sprach der König mit seiner Tochter: »Du bist eine kluge Frau, und ich habe versprochen, daß du dir einen Mann aussuchen sollst. Wähle nun zwischen den beiden Königen, und meine Entscheidung wird in dieser Angelegenheit dieselbe sein wie die deine.« Sie antwortet: »Schwierig erscheint mir diese Sache, aber ich wähle den berühmteren der beiden Könige, und das ist König Sigmund, auch wenn er schon sehr alt ist.«

Und sie wurde mit ihm verlobt. Aber König Lyngvi zog fort. Da feierte Sigmund Hochzeit und bekam Hjördis zur Frau. Es wurde am einen Tag noch besser und heftiger gefeiert als am anderen. Danach zog König Sigmund heim nach Hunaland und König Eylimi, sein Schwiegervater, mit ihm, und Sigmund hütet nun sein Reich. Aber König Lyngvi und seine Brüder sammeln ein Heer um sich und greifen König Sigmund an, denn sie hatten zwar bisher immer den kürzeren gezogen, aber diese Sache ging zu weit. Jetzt wollten sie dem Übermut der Völsungen zuvorkommen. Nun kommen sie nach Hunaland und senden Nachricht an König Sigmund. Sie wollen ihn nicht unerwartet überfallen und glauben zu wissen, daß er nicht fliehen wird.

König Sigmund sagt, er werde sich der Schlacht stellen. Er zog ein Heer zusammen, aber Hjördis wurde mit einer Magd in den Wald gebracht, und sie nahmen viele Reichtümer mit. Dort hielt sie sich auf, während gekämpft wurde.

Die Wikinger sprangen mit einem unbezwingbaren Heer von den Schiffen. König Sigmund und Eylimi pflanzten ihr Feldzeichen auf, und die Luren wurden geblasen. König Sigmund läßt nun das Horn erklingen, das sein Vater besessen hatte, und treibt seine Männer an. Sigmund hatte ein sehr kleines Heer. Es gab nun eine heftige Schlacht, und obwohl Sigmund alt war, kämpfte er hart und war immer der vorderste unter seinen Männern. Gegen ihn hielt weder Schild noch Brünne stand, und er ging an diesem Tag ständig durch das Heer seiner Feinde, und niemand konnte voraussehen, wie es zwischen ihnen ausgehen würde. Viele Speere und Pfeile waren da in der Luft. Und seine Schicksalsgöttinnen beschützten ihn so, daß er nicht verwundet wurde, und niemand konnte zählen, wie viele Männer er tötete. Er hatte beide Arme blutig bis zu den Achseln.

Und als der Kampf eine Weile gegangen war, da kam ein Mann zu dem Schlachtfeld, der trug einen tief herabgezogenen Hut und einen dunklen Umhang. Er hatte nur ein Auge, und er trug einen

Speer in der Hand. Dieser Mann griff König Sigmund an und erhob den Speer gegen ihn, und als König Sigmund fest zuschlug, traf sein Schwert den Speer und zerbrach in zwei Teile. Danach wendete sich das Schlachtenglück, und König Sigmunds Glück war gewichen, und viele von seinem Heer fielen. Der König schonte sich nicht und treibt das Heer sehr an. Nun geht es aber, wie gesagt wird, daß keiner gegen eine Übermacht bestehen kann.

12 Sigmunds Ende. Hjördis kommt zu König Alf

In dieser Schlacht fielen König Sigmund und König Eylimi, sein Schwiegervater, an der Spitze ihres Heeres, und der größte Teil ihres Heeres mit ihnen.

König Lyngvi zieht nun zum Königshof und will dort die Königstochter holen, aber daraus wurde nichts: Er bekam weder die Frau noch das Geld. Er zieht nun durch das Land und teilt das Reich unter seinen Männern auf. Er glaubt, nun habe er das ganze Geschlecht der Völsungen erschlagen und denkt, er müsse von dieser Seite nichts mehr befürchten.

Hjördis ging in der Nacht nach dem Kampf auf das Schlachtfeld und kam dorthin, wo König Sigmund lag, und fragte ihn, ob er zu retten sei. Aber er antwortet: »Manch einer lebt, wo wenig Hoffnung war, aber mich hat mein Glück verlassen, so daß ich mich nicht retten lassen will. Odin will nicht, daß wir das Schwert ziehen, nachdem es nun zerbrochen ist. Ich habe meine Kämpfe gehabt, solange es ihm gefiel.«

Sie sprach: »Mir würde nichts fehlen, wenn du geheilt würdest und meinen Vater rächtest.« Der König sagt: »Das ist einem anderen bestimmt. Du bist mit einem Jungen schwanger, zieh ihn gut und sorgfältig auf; dieser Junge wird der berühmteste und hervorragendste unseres Geschlechts werden. Bewahre auch die Bruchstücke des Schwertes gut auf. Daraus wird man ein gutes Schwert machen, das Gram heißen soll und das unser Sohn tragen und damit viele Großtaten vollbringen soll, die nie vergessen werden. Sein Name wird bleiben, solange die Welt steht. Damit gib dich zufrieden. Aber meine Wunden machen mich müde, und ich werde nun unsere Verwandten aufsuchen, die mir vorausgegangen sind.«

Hjördis sitzt nun bei ihm, bis er stirbt und der Morgen dämmert.

Da sieht sie viele Schiffe an Land kommen. Sie sprach zu der Magd: »Wir werden nun die Kleider tauschen, und du sollst mit meinem Namen angesprochen werden und Königstochter genannt werden.« Und so machten sie es. Die Wikinger können die vielen Gefallenen sehen und auch, wo die Frauen in den Wald liefen. Sie verstehen, daß hier etwas Bedeutendes geschehen ist, und springen von den Schiffen. Und über diese Schar herrschte Alf, ein Sohn des Königs Hjalprek von Dänemark. Er war mit seinem Heer an der Küste entlanggesegelt. Nun kommen sie auf das Schlachtfeld. Da sehen sie viele Tote.

Der König befiehlt nun, nach den Frauen zu suchen, und so geschah es. Er fragt, wer sie seien, aber an ihrem Aussehen kann man wenig erkennen. Die Magd antwortet für sie und berichtet vom Fall König Sigmunds und des Königs Eylimi und vieler anderer großer Männer und wer das angerichtet habe. Der König fragte, ob sie wüßten, wohin der Besitz des König gebracht worden sei.

Die Magd antwortet: »Das ist wohl zu erwarten, daß wir es wissen«, und zeigt den Weg zu dem Schatz. Und sie fanden so viele Reichtümer, daß die Männer nicht glaubten, so viele oder mehr Kostbarkeiten schon einmal an einem einzigen Ort gesehen zu haben. Sie tragen es zum Schiff von König Alf. Hjördis folgte ihm, und auch die Magd. Er fährt nun heim in sein Reich und berichtet dort, daß die beiden hochberühmten Könige gefallen seien. Der König saß am Steuer, und die Frauen saßen auf der ersten Bank des Schiffes. Er spricht mit ihnen und legt Wert auf das, was sie sagen. Der König kam mit großem Reichtum in sein Reich.

Alf war ein sehr tüchtiger Mann. Und als sie kurze Zeit zu Hause sind, fragt die Königin ihren Sohn Alf: »Warum hat die schönere Frau weniger Ringe und schlechtere Kleider? Mir scheint, daß diejenige die edlere ist, um die du weniger Aufwand treibst.« Er antwortet: »Ich hatte schon den Verdacht, daß an ihr nicht die Art einer Dienerin ist. Und als wir uns trafen, wußte sie wohl, wie man ehrwürdige Männer begrüßt; wir werden sie auf die Probe stellen.«

Einmal beim Trinken geschieht es nun, daß der König sich zu ihnen setzt, um mit ihnen zu sprechen, und sagte: »Woran merkst du, daß es Tag wird, wenn die Nacht alt wird und du keine Sterne siehst?«

Sie antwortet: »Ich habe folgendes Zeichen: Als ich ein Kind war, hatte ich die Gewohnheit, in aller Frühe zu trinken, und als ich damit aufhörte, wachte ich immer noch zu derselben Zeit auf, und das ist mein Zeichen.« Der König lächelte darüber und sprach: »Schlechte Angewohnheiten hatte die Königstochter.«

Dann traf er Hjördis und fragt sie genau dasselbe. Sie antwortet ihm: »Mein Vater gab mir einen kleinen Goldring mit einer besonderen Eigenschaft. Er wird in der Frühe am Finger kalt. Das ist mein Zeichen dafür.« Der König antwortet: »Gold im Überfluß war dort, wo es die Mägde trugen, und du hast dich lange genug vor mir verborgen. Ich hätte mich dir gegenüber verhalten, als wären wir beide die Kinder ein und desselben Königs, wenn du dich offenbart hättest. Aber jetzt sollst du noch besser behandelt werden, so, wie du es verdienst, denn du sollst meine Frau sein, und ich werde dir das Brautgeld geben, sobald du das Kind bekommen hast.« Sie antwortet und sagt die volle Wahrheit über ihre Lage. Nun wird sie in großen Ehren gehalten und gilt als eine sehr würdige Frau.

13 Sigurd wächst bei Hjalprek auf

Nun wird berichtet, daß Hjördis einen Jungen bekommt, und er wird zu König Hjalprek gebracht. Der König war froh, als er die scharfen Augen sah, die der Junge im Kopf trug, und sagte, niemand werde ihm gleichen oder an ihn heranreichen, und er wurde mit Wasser besprengt mit dem Namen Sigurd. Alle sind sich darüber einig, daß in Verhalten und Wuchs niemand ihm gleichkam. Er wurde bei König Hjalprek mit großer Liebe aufgezogen. Und wenn in den Geschichten aus alter Zeit die berühmtesten Könige und Männer genannt werden, dann steht Sigurd ganz vorne, weil er an Kraft und Tüchtigkeit, Mut und Tapferkeit jedem anderen Mann im Nordteil der Welt überlegen war.

Sigurd wuchs bei Hjalprek auf, und jedes Kind hatte ihn gern. Hjalprek verlobte Hjördis mit König Alf und setzte ihr Brautgeld fest. Sigurds Ziehvater hieß Regin und war ein Sohn des Hreidmar. Er lehrte ihn Künste, Brettspiel und Runen und viele Sprachen zu sprechen, wie es sich zu dieser Zeit für einen Königssohn gehörte, und viele andere Dinge.

Einmal fragte Regin Sigurd, als sie zusammen waren, ob er wisse, wieviel Reichtümer sein Vater besessen habe und wer es aufbewahre. Sigurd antwortet und sagt, die Könige bewahrten es auf. Regin sprach: »Traust du ihnen voll und ganz?« Sigurd antwortet: »Es ist nur recht, daß sie es aufbewahren, bis ich es brauche, denn sie können besser darauf achten als ich.«

Ein anderes Mal kommt Regin mit Sigurd ins Gespräch und sagte: »Es ist seltsam, daß du der Pferdeknecht der Könige sein willst und herumläufst wie ein Landstreicher.« Sigurd antwortet: »So ist es nicht, denn ich bestimme gemeinsam mit ihnen über alles. Mir steht das zur Verfügung, was ich haben will.« Regin sprach: »Bitte ihn darum, dir ein Pferd zu geben.« Sigurd antwortet: »Das wird sofort geschehen, wenn ich es will.«

Sigurd ging nun zu den Königen. Da sprach der König zu Sigurd: »Was willst du von uns erbitten?« Sigurd antwortet: »Ein Pferd wollen wir von euch erbitten zu unserem Zeitvertreib.« Der König spricht: »Such dir selbst ein Pferd aus und was du sonst aus unserem Eigentum haben willst.«

Tags darauf ging Sigurd in den Wald und trifft einen alten Mann mit einem langen Bart, der war ihm unbekannt. Der fragt, wohin Sigurd gehen wolle. Er antwortet: »Ein Pferd sollen wir uns aussuchen. Gib uns einen Rat dazu.« Er sprach: »Laß uns gehen und sie zu dem Fluß Busiltjörn treiben.« Sie trieben die Pferde hinaus zu einer tiefen Stelle des Flusses, und alle schwammen zurück an Land bis auf ein Pferd. Das nahm Sigurd. Es war von grauer Farbe und jung, groß gewachsen und schön. Niemand hatte je auf seinem Rücken gesessen. Der Bärtige sprach: »Dieses Pferd ist ein Nachkomme Sleipnirs, und es muß sorgfältig aufgezogen werden, denn es wird jedem anderen Pferd überlegen sein.« Dann verschwand der Mann. Sigurd nannte das Pferd Grani, und dieses Pferd war wirklich das beste von allen. Odin war es, den er getroffen hatte.

Wieder sprach Regin zu Sigurd: »Du hast zu wenig Besitz. Es macht uns Kummer, daß du herumläufst wie die Bauernjungen. Aber ich weiß dir von einem großen Schatz zu sagen, und es ist sehr wahrscheinlich, daß es ehrenhaft wäre, ihn zu suchen, und würdig, wenn du ihn gewinnst.« Sigurd fragt, wo er sei und wer ihn bewache. Regin antwortet: »Der ihn bewacht, heißt Fafnir und haust nicht weit von hier. Der Ort heißt Gnitaheide. Und wenn du dorthin kommst, wirst du es selbst sagen: Niemals sahst du mehr Reichtum in Gold auf einem Fleck, und du wirst nicht mehr benötigen, auch wenn du der älteste und berühmteste aller Könige wirst.«

Sigurd antwortet: »Ich kenne die Art dieser Schlange, auch wenn ich jung bin, und ich habe erfahren, daß niemand wagt, ihr entgegenzutreten, wegen ihrer Größe und Bosheit.« Regin antwortet: »So ist es nicht. Er ist so groß wie eine Heideschlange und wird viel größer gemacht, als er ist, und so wäre er deinen früheren Verwandten auch vorgekommen. Und auch wenn das Geschlecht der Völsungen in dir ist, so scheinst du doch nicht ihre Art zu haben, wie zuerst überall erzählt wurde.« Sigurd antwortet: »Mag sein, daß wir nicht viel von ihrer Kampfkraft und ihrer Schläue haben, aber es ist nicht nötig, uns das vorzuwerfen, wo wir kaum aus dem Kindesalter heraus sind. Warum hetzt du in dieser Sache so sehr?« Regin antwortet: »Dazu gibt es eine Geschichte, und ich will sie dir erzählen.« Sigurd sprach: »Laß hören.«

14 Regins Geschichte vom Drachenhort

»Die Geschichte beginnt damit, daß mein Vater Hreidmar hieß, groß und reich war er. Ein Sohn hieß Fafnir, der zweite Ot, und ich war der dritte und der kleinste an Fähigkeiten und Ansehen. Ich konnte Eisen bearbeiten, und aus Silber und Gold und jedem Stoff machte ich etwas Neues. Mein Bruder Ot hatte andere Fähigkeiten und war von anderer Art. Er war ein großer Fischer und übertraf andere darin und lebte tagsüber in Ottergestalt und war immer im Fluß und holte Fische mit seinem Mund herauf. Seine Beute brachte er seinem Vater, und diesem war das eine große Unterstützung. Er hatte viel von einem Otter an sich, kam spät nach Hause und aß mit geschlossenen Augen und allein, denn er mochte nicht mit ansehen, wie das Essen weniger wurde. Fafnir war bei weitem der größte und häßlichste von uns und wollte alles sein eigen nennen, was es gab.

Ein Zwerg heißt Andvari«, sagt Regin. »Er hielt sich immer in Gestalt eines Hechts in dem Wasserfall auf, der Andvarafoss heißt, und holte sich dort Nahrung, denn es gab eine Menge Fische in diesem Wasserfall. Mein Bruder Ot zog immer in diesen Wasserfall und holte Fische mit dem Mund herauf und legte einen nach dem anderen an Land.

Odin, Loki und Hönir kamen des Weges und kamen zum Andvarafoss. Ot hatte einen Lachs gefangen und aß ihn mit geschlossenen Augen am Flußufer. Loki nahm einen Stein und warf den Otter zu

Tode. Die Asen freuten sich sehr über die Beute und zogen dem Otter das Fell ab. Am gleichen Abend kamen sie zu Hreidmar und zeigten ihm, was sie erbeutet hatten. Da nahmen wir sie gefangen und erlegten ihnen als Buße und Lösegeld auf, daß sie den Balg mit Gold füllten und ihn auch von außen mit rotem Gold umhüllten.

Da sandten sie Loki, um das Gold zu besorgen. Er kam zu Ran und bekam ihr Netz. Dann ging er zum Andvarafoss und warf das Netz nach dem Hecht aus, und der ging ins Netz. Da sprach Loki:

2 Was für ein Fisch schwimmt da im Flusse,
kann sich vor Schaden nicht schützen?
Dein Haupt nur aus Hel du löst,
findest du Flammen der Fluten.

3 Andvari heiß' ich, Oin mein Vater,
weithin durchzog ich den Wasserfall.
In Urzeit bestimmte die Unglücksnorne
mich dazu, im Wasser zu waten.

Loki sieht das Gold, das Andvari besaß. Und als er das Gold hervorgeholt hatte, da besaß er noch einen Ring, und Loki nahm ihm auch den ab. Der Zwerg ging in einen Stein und sprach, daß jeder dem Tode geweiht sei, der den Goldring und das ganze Gold besaß.

Die Asen bezahlten Hreidmar das Geld, stopften den Otterbalg aus und stellten ihn auf die Füße. Dann sollten die Asen das Gold aufhäufen und ihn von außen umhüllen. Und als das getan war, da trat Hreidmar vor und sah ein Schnurrhaar und befahl, das auch noch einzuhüllen. Da zog Odin den Ring von seinem Arm, den Andvaranaut*, und umhüllte das Haar. Da sprach Loki die Strophe:

4 Das Gold ist gezahlt. Große Buße
hast du bekommen für mein Haupt.
Kein sanftes Schicksal sei deinem Sohn.
Das Gold bringt euch beiden den Tod.

»Später erschlug Fafnir seinen Vater«, sagt Regin, »und verscharrte ihn, und ich bekam nichts von dem Schatz. Er wurde so bösartig, daß er in die Wildnis zog und niemandem gönnte, etwas von dem Reichtum zu nutzen, außer sich selbst, und später wurde er zu der

* Andvaranaut = Andvaris Geschenk.

schlimmsten Schlange, und er liegt nun auf dem Schatz. Dann zog ich zum König, und ich wurde sein Schmied. Und das ist meine Geschichte, daß ich das Vatererbe und die Bruderbuße verlor. Das Gold wurde später Otterbuße genannt, und daraus ist eine Redensart entstanden.«

Sigurd antwortet: »Viel hast du verloren, und sehr böse waren deine Verwandten. Mach nun mit deinen Fähigkeiten ein Schwert, wie kein besseres jemals gemacht wurde, und wenn mein Mut dazu reicht, werde ich Großtaten vollbringen, wenn du willst, daß ich diesen großen Drachen erschlage.« Regin sagt: »Das tue ich getrost; sicher kannst du Fafnir mit diesem Schwert töten.«

15 Regin schmiedet das Schwert Gram

Regin fertigt nun ein Schwert und gibt es Sigurd. Er nahm das Schwert entgegen und sprach: »Das ist deine Schmiedekunst, Regin«, und schlägt auf den Amboß, und das Schwert zerbrach. Er wirft die Klinge weg und befahl ihm, ein anderes, besseres zu schmieden.

Regin macht ein zweites Schwert und bringt es Sigurd. Er sah es an: »Dieses wird dir gefallen, aber es ist schwierig, für dich zu schmieden.« Sigurd erprobt dieses Schwert und zerbricht es wie das erste. Da sprach Sigurd zu Regin: »Du scheinst genau wie deine früheren Verwandten unzuverlässig zu sein.«

Er ging nun zu seiner Mutter. Sie begrüßte ihn freundlich. Sie sprechen nun miteinander und trinken. Da sprach Sigurd: »Habe ich richtig gehört, daß König Sigmund euch das Schwert Gram in zwei Teilen gab?« Sie antwortet: »Das ist wahr.« Sigurd sprach: »Gib es mir, ich will es haben.« Sie sagte, er werde wahrscheinlich Ruhm gewinnen, und gibt ihm das Schwert. Sigurd trifft nun Regin und befahl ihm, daraus ein Schwert zu schmieden, das dem Rohstoff gerecht werde. Regin wurde wütend und ging mit den Bruchstücken des Schwertes zur Schmiede und fand, Sigurd sei allzu heikel mit der Schmiedekunst. Regin fertigt nun ein Schwert. Und als er es aus der Esse hob, schien es den Schmiedeknechten, als ob Feuer aus den Kanten lodere.

Er bittet nun Sigurd, dieses Schwert anzunehmen, und meint, er könne kein Schwert machen, wenn dieses versage. Sigurd schlug auf den Amboß und spaltete ihn bis hinunter zum Fuß, und die Klinge wurde weder verdorben, noch zerbrach sie. Er lobte das Schwert sehr und ging mit einer Wollflocke zum Fluß und wirft diese gegen die Strömung, und sie wurde zerschnitten, als er das Schwert dagegenhielt. Da ging Sigurd froh heim.

Regin sprach: »Jetzt, da ich das Schwert gemacht habe, mußt du dein Versprechen halten und zu Fafnir gehen.« Sigurd antwortet: »Erst müssen wir wohl doch etwas anderes erledigen, nämlich meinen Vater rächen.« Sigurd wurde von allen um so mehr geliebt, je älter er wurde, so daß jedes Kind ihn gern hatte.

16 Gripirs Weissagung

Gripir hieß ein Mann, und er war ein Mutterbruder von Sigurd. Und kurz nachdem das Schwert gemacht worden war, besuchte Sigurd Gripir, denn dieser war zukunftskundig und wußte um das Schicksal der Menschen. Sigurd fragt danach, wie sein Leben verlaufen werde. Gripir zögerte lange und sagte schließlich doch, auf das eindringliche Bitten Sigurds hin, sein ganzes Schicksal voraus, wie es sich später erfüllte.

Und als Gripir ihm diese Dinge gesagt hatte, wie er gebeten hatte, da ritt Sigurd heim. Und kurz danach trifft er sich mit Regin. Da sprach dieser: »Töte Fafnir, wie du versprochen hast.« Sigurd antwortet: »Das soll geschehen, aber noch etwas zuvor, nämlich König Sigmund zu rächen und unsere anderen Verwandten, die in jener Schlacht fielen.«

17 Sigurds Vatersrache

Nun sucht Sigurd die Könige auf und sprach zu ihnen: »Ich bin jetzt eine Weile hiergewesen und muß euch für Liebe und viel Ehre danken. Aber nun will ich außer Landes ziehen und die Hundingssöhne aufsuchen, denn ich will, daß sie wissen, daß nicht alle Völsungen tot sind. Dazu brauche ich eure Unterstützung.«

Die Könige versprachen, ihm alles zu geben, um was er bitte. Nun wird ein großes Heer ausgerüstet und alles aufs beste vorbereitet, Schiffe und die ganze Kriegsausrüstung, damit seine Fahrt ansehnlicher würde als jede zuvor. Sigurd steuert das größte und großartigste Drachenschiff. Seine Segel waren sehr aufwendig gemacht und prächtig anzusehen. Sie segeln nun mit gutem Wind. Und als wenige Tage vergangen waren, da kam ein großes Unwetter mit Sturm, und die See war wie Blut. Sigurd befahl, die Segel nicht zu reffen, auch wenn sie rissen; eher befahl er, sie höher zu setzen als vorher. Und als sie um einen Bergvorsprung segelten, da rief ein Mann hinauf zum Schiff und fragt, wer über die Mannschaft zu bestimmen habe. Man sagte ihm, daß es Häuptling Sigurd Sigmundsson sei, der berühmteste unter den jungen Männern.

Der Mann antwortet: »Alle sagen übereinstimmend von ihm, daß andere Königssöhne sich nicht mit ihm messen können. Ich wollte, daß ihr die Segel auf einem eurer Schiffe fallen ließet und mich mitnähmet.« Sie fragten ihn nach seinem Namen. Er antwortet:

5 Hnikar hieß ich, als ich Hugin erfreute,
Völsung, du junger, und viele erschlug.
Anreden magst du den Alten vom Berge
Feng oder Fjölnir, Fahrt nehm' ich an.

Sie wandten sich zum Land und nahmen den Alten auf ihr Schiff. Da legte sich das Unwetter, und sie fahren, bis sie im Reich der Hundingssöhne Land erreichen. Da verschwand Fjölnir.

Sie lassen gleich Feuer und Eisen sprechen, töten Männer und verbrennen Häuser und vernichten alles, wo sie durchziehen. Eine Menge entkam ihnen zu König Lyngvi und berichtet, daß ein Heer ins Land gekommen ist und mit beispiellosem Ungestüm vorgehe. Sie sagten, die Hundingssöhne seien nicht sehr weitsichtig gewesen, als sie meinten, die Völsungen seien nicht mehr zu fürchten. »Denn nun befehligt Sigurd Sigmundsson dieses Heer.«

König Lyngvi läßt nun in seinem ganzen Reich ein Heer zusammenrufen; er will nicht fliehen und befiehlt alle Männer zu sich, die ihm Gefolgschaft leisten wollen. Da greift Sigurd mit einem riesigen Heer an, und seine Brüder mit ihm. Da kam es zwischen ihnen zu einer sehr schweren Schlacht. In der Luft konnte man viele Speere und viele Pfeile sehen, Äxte wurden heftig geschwungen, Schilde gespalten und Brünnen zerschnitten, Helme zerschlagen und Köpfe gespalten, und viele Männer stürzten zu Boden. Und als der Kampf sehr lange so getobt hat, gelangt Sigurd bis zum gegnerischen Feldzeichen und hat das Schwert Gram in der Hand. Er schlägt Männer und Pferde und durchbricht die Schlachtreihen und hat beide Arme blutig bis zu den Achseln, und die Leute flohen, wo er hinkam, und es widerstand weder Helm noch Brünne, und keiner glaubte, zuvor einen solchen Mann gesehen zu haben. Es war ein langer Kampf mit vielen Verlusten und heftigen Gefechten. Es ging, wie es selten passiert, wenn das einheimische Heer angreift, daß es keinen Erfolg hatte. Es fielen dort so viele von den Leuten der Hundingssöhne, daß niemand ihre Zahl wußte. Und Sigurd war an der Spitze seiner Truppen. Da greifen ihn König Hundings Söhne an. Sigurd schlägt nach König Lyngvi und spaltete seinen Helm, seinen Kopf und den Leib mitsamt der Brünne, dann schlägt er Lyngvis Bruder Hjörvard in zwei Stücke, und dann erschlug er alle Hundingssöhne, die noch lebten, und den größten Teil ihres Heeres.

Nun zog Sigurd nach Hause mit einem schönen Sieg und viel Beute und mit dem Ruhm, den er sich auf dieser Fahrt erworben hatte. Da wurden zu Hause Feste zu seinem Empfang vorbereitet. Und als Sigurd kurze Zeit zu Hause gewesen ist, kommt Regin, um mit Sigurd zu sprechen, und sagt: »Nun wirst du Fafnir den Helm vom Kopf schlagen wollen, wie du es versprochen hast. Denn nun hast du deinen Vater und deine anderen Verwandten gerächt.« Sigurd antwortet: »Wir werden erfüllen, was wir versprochen haben, und wir haben es nicht vergessen.«

18 Sigurd tötet den Drachen Fafnir

Nun reiten Sigurd und Regin hinauf auf die Heide auf dem Weg, den Fafnir gewöhnlich benutzte, wenn er zum Wasser kroch, und es wird gesagt, der Felsen sei drei Faden hoch gewesen, wo er am Wasser lag, wenn er trank.

Da sprach Sigurd: »Du sagtest, Regin, dieser Drache sei nicht größer als eine Heideschlange, aber mir scheinen seine Spuren sehr groß.« Regin sprach: »Mach eine Grube und setz dich hinein. Und wenn die Schlange zum Wasser kriecht, ziel auf ihr Herz und töte sie so. Damit gewinnst du großen Ruhm.« Sigurd sprach: »Wie wird es gehen, wenn ich mit dem Blut der Schlange in Berührung komme?« Regin antwortet: »Dir ist nicht zu helfen, wenn du bei allem so ängstlich bist; du bist deinen Verwandten nicht ähnlich, was den Mut angeht.«

Nun reitet Sigurd auf die Heide, aber Regin macht sich ängstlich davon. Sigurd machte eine Grube. Und als er noch dabei ist, kommt zu ihm ein alter Mann mit langem Bart und fragt ihn, was er da tue. Er sagt es ihm. Da antwortet der alte Mann: »Das ist unvernünftig. Mach mehrere Gruben und laß das Blut hineinfließen. Und du setz dich in eine und ziel auf das Herz der Schlange.« Dann verschwand der Mann.

Und Sigurd machte Gruben, wie ihm gesagt worden war. Und als die Schlange zum Wasser kroch, gab es ein großes Erdbeben, so daß die ganze Erde in der Nähe zitterte. Sie schnaubte auf dem ganzen Weg Gift vor sich her, aber Sigurd war weder ängstlich noch entsetzt von dem Getöse. Und als die Schlange über die Grube kroch, da stößt Sigurd ihr das Schwert unter die linke Schulter, so daß es bis zum Griff einsank. Dann springt Sigurd aus der Grube und zieht das Schwert zu sich und hat die Arme blutig bis zu den Achseln. Und als die große Schlange ihre Todeswunde erkannte, da schüttelte sie den Kopf und den Schwanz so, daß alles entzweiging, was davon getroffen wurde.

Und als Fafnir den Todesstoß bekam, fragte er: »Wer bist du oder wer ist dein Vater oder wer ist deine Familie, der du so dreist warst, daß du es wagst, Waffen gegen mich zu erheben?« Sigurd antwortet: »Meine Familie ist den Menschen unbekannt. Ich heiße edles Tier und habe weder Vater noch Mutter, und einsam bin ich herumgezogen.« Fafnir antwortet: »Wenn du weder Vater noch Mutter hast, durch welches Wunder bist du dann geboren? Und auch wenn du mir deinen Namen an meinem Sterbetag nicht nennst, so weißt du, daß du jetzt lügst.«

Er antwortet: »Ich heiße Sigurd und mein Vater Sigmund.« Fafnir antwortet: »Wer reizte dich zu dieser Tat, und warum ließest du dich dazu reizen? Weißt du nicht, daß alle Menschen mich und meinen Schreckenshelm fürchten? Du Junge mit den blitzenden Augen, du hattest einen mutigen Vater.« Sigurd antwortet: »Zu dieser Tat reizte mich mein harter Sinn, und unterstützt wurde ich durch diese starke Hand und dieses scharfe Schwert, das du nun kennst. Kaum einer ist im Alter hart, wenn er in der Kindheit weich ist.«

Fafnir sagt: »Deine Kampfkraft wäre nur natürlich, wenn du bei deinen Verwandten aufgewachsen wärest, vor allem, wenn du wütend bist. Aber seltsam ist, daß ein Kriegsgefangener es wagt, nach mir zu schlagen, denn wenige Kriegsgefangene sind kampflustig.«

Sigurd sprach: »Wirfst du mir vor, ich sei geringer als meine Verwandten? Obwohl ich Kriegsgefangener bin, wurde ich nicht gefesselt, und du hast wohl festgestellt, daß ich frei war.«

Fafnir antwortet: »Du legst alles als Gehässigkeit aus, was ich sage. Aber das Gold, das ich besessen habe, wird dir den Tod bringen.« Sigurd antwortet: »Jeder will Geld besitzen bis zu diesem einen Tag, und einmal muß jeder sterben.«

Fafnir sprach: »Du wirst kaum auf meinen Rat hören. Aber du wirst ertrinken, wenn du unvorsichtig zur See fährst, bleib lieber auf dem Lande, bis es ruhig ist.«

Sigurd sprach: »Sag mir, Fafnir, wenn du sehr weise bist: Welches sind die Nornen, die Kinder und Mütter trennen?« Fafnir antwortet: »Sie sind zahlreich und verschiedenartig. Manche sind aus dem Geschlecht der Asen, manche aus dem der Alben, manche sind Töchter Dvalins.«

Sigurd sprach: »Wie heißt die Insel, auf der Surt und die Asen des anderen Blut vergießen?« Fafnir antwortet: »Sie heißt Oskapt*.« Und weiter sprach Fafnir: »Mein Bruder Regin verursacht meinen Tod, und es macht mich lachen, daß er auch deinen Tod verursacht und dann bekommt, was er wollte.« Weiter sprach Fafnir: »Ich trage den Schreckenshelm vor allen Menschen, seit ich auf dem Erbe meines Bruders liege. Und ich schnaubte überall Gift vor mir her, so daß niemand wagte, in meine Nähe zu kommen, und keine Waffe schreckte mich, und nie stand ich so vielen Männern gegenüber, daß ich mich nicht für viel stärker hielt, und alle fürchteten mich.«

Sigurd sprach: »Der Schreckenshelm, von dem du erzählst, gibt wenigen den Sieg, denn jeder, der viele andere trifft, wird einmal feststellen, daß niemand der einzig Mutige ist.« Fafnir antwortet: »Das rate ich dir, daß du dein Pferd nimmst und so schnell wie möglich wegreitest, denn es geschieht oft, daß der, der die Todeswunde empfängt, sich selber rächt.« Sigurd antwortet: »Das ist dein Rat, aber ich muß etwas anderes tun. Ich werde zu deinem Lager reiten und das viele Gold holen, das deine Verwandten besessen haben.«

Fafnir antwortet: »Du wirst dorthin reiten, wo du so viel Gold findest, daß es für deine Tage reicht. Und genau dieses Gold wird dir den Tod bringen und auch jedem anderen, der es besitzt.«

---

* Oskapt (*óskapt*) = unerschaffen.

Sigurd stand auf und sprach: »Ich würde heimreiten und auf diesen großen Schatz verzichten, wenn ich wüßte, daß ich niemals sterben würde. Aber jeder tapfere Mann will Besitz haben bis zu seinem letzten Tag. Und du, Fafnir, sollst im Todeskampf liegen, bis Hel dich holt.« Und dann starb Fafnir.

19 Regin trinkt Fafnirs Blut

Danach kam Regin zu Sigurd und sprach: »Heil, mein Herr. Einen großen Sieg hast du errungen, als du Fafnir getötet hast, denn niemand war vor dir so tapfer, daß er es auch nur wagte, an seinem Weg zu sitzen, und diese Heldentat wird bestehen bleiben, solange die Welt steht.« Dann stand Regin da und sah eine lange Weile zu Boden. Und danach sprach er sehr bewegt: »Du hast meinen Bruder getötet, und ich bin an dieser Tat kaum unschuldig.«

Nun nimmt Sigurd sein Schwert Gram, trocknet es am Gras ab und sprach zu Regin: »Du bist weit weggegangen, als ich diese Tat vollbrachte und dieses scharfe Schwert mit meinen Händen erprobte. Ich stellte meine Kraft gegen die der Schlange, während du in einem Heidekrautbusch lagst und nicht wußtest, wo oben und unten ist.« Regin antwortet: »Diese Schlange würde noch lange auf ihrem Lager liegen, wenn du nicht das Schwert benutzt hättest, das ich dir mit meinen Händen gemacht habe. Ohne dieses Schwert hättest weder du noch irgendein anderer diese Tat vollbracht.« Sigurd antwortet: »Wo Männer zum Kampf antreten, ist Beherztheit wichtiger als ein scharfes Schwert.«

Da sprach Regin zu Sigurd mit großem Kummer: »Du hast meinen Bruder getötet, und ich bin an dieser Tat kaum unschuldig.«

Da schnitt Sigurd der Schlange mit dem Schwert, das Ridil hieß, das Herz heraus. Dann trank Regin Fafnirs Blut und sprach: »Gewähre mir eine Bitte, die dir gering erscheinen wird. Geh mit dem Herz zum Feuer und brate es und gib es mir zu essen.« Sigurd ging und briet es an einem Zweig. Und als es daraus schäumte, da nahm er seinen Finger und prüfte, ob es gar sei. Er steckte den Finger in seinen Mund. Und als ihm das Herzblut der Schlange auf die Zunge kam, da verstand er die Stimmen der Vögel. Er hörte, wie die Vögel im Gebüsch bei ihm zwitscherten:

20 Die Vogelweissagung. Sigurd ißt das Drachenherz, tötet Regin und holt Fafnirs Schatz

»Da sitzt du, Sigurd, und brätst Fafnirs Herz. Er sollte es selbst essen. Dann würde er der weiseste aller Männer.« Ein zweiter sagte: »Da liegt Regin und will den betrügen, der ihm traut.« Der dritte sprach: »Er sollte ihm den Kopf abschlagen, dann könnte er über das viele Gold allein bestimmen.« Da sprach der vierte: »Es wäre weiser, wenn er es so machte, wie ihm geraten wurde, und danach zu Fafnirs Lager ritte und das viele Gold nähme, das dort ist. Und wenn er danach hinauf nach Hindarfjall ritte, wo Brynhild schläft. Dort wird er große Weisheit lernen. Und weise wäre er, wenn er auf euren Rat hörte und an seinen eigenen Nutzen dächte. Denn dort vermute ich einen Wolf, wo ich die Ohren sehe.« Da sprach der fünfte: »Er ist nicht so klug, wie ich dachte, wenn er ihn schont, nachdem er seinen Bruder getötet hat.« Da sprach der sechste: »Es wäre ein kluger Rat, wenn er ihn erschlüge und den Schatz allein besäße.«

Da sprach Sigurd: »Das Unglück wird mich nicht treffen, daß Regin mein Tod wird; lieber sollen beide Brüder denselben Weg gehen.« Er zog das Schwert Gram und schlug Regin den Kopf ab.

Danach ißt er einen Teil des Schlangenherzens und bewahrt den anderen Teil auf. Dann springt er auf sein Pferd und reitet Fafnirs Spur nach zu dessen Wohnplatz und fand ihn offen und aus Eisen alle Türen und ebenso alle Türbeschläge, und aus Eisen waren auch alle Pfosten in dem Haus, und in die Erde eingegraben. Sigurd fand dort ungeheuer viel Gold und das Schwert Hrotta, und dort nahm er den Schreckenshelm mit und eine Goldbrünne und viele Kostbarkeiten. Er fand dort so viel Gold, daß er dachte, zwei oder drei Pferde könnten es nicht wegtragen. Er nahm das ganze Gold mit und packte es in zwei große Kisten; dann nahm er das Pferd Grani am Zügel. Das Pferd wollte nicht gehen, und es nützte nichts, es anzutreiben. Sigurd findet nun heraus, was das Pferd will. Er sprang ihm auf den Rücken und gab ihm die Sporen, und da rannte das Pferd wie losgelassen.

21 *Sigurd trifft Brynhild*

Sigurd reitet nun weit, bis er schließlich auf das Hindarfjall kommt und auf den Weg Richtung Frakkland* stieß. Auf dem Berg sah er vor sich ein großes Licht, als ob ein Feuer brenne, und davon leuchtete es bis zum Himmel. Und als er herankam, stand da vor ihm eine Schildburg, und oben sah ein Feldzeichen heraus. Sigurd ging in die Schildburg und sah, daß dort ein Mann in voller Rüstung lag und schlief. Als er ihm den Helm vom Kopf nahm, sah er, daß es eine Frau war. Sie trug eine Brünne, und die saß so fest, als wäre sie angewachsen. Da schnitt er die Brünne auf, von der Halsöffnung hinunter und dann quer an beiden Armen entlang, und es schnitt sich wie Stoff. Sigurd sagte zu ihr, sie habe zu lange geschlafen. Sie fragte, was so mächtig sei, daß es die Brünne zerschneide, »und meinen Schlaf unterbrach. Oder ist hier Sigurd Sigmundsson gekommen und hat Fafnirs Helm und dessen Todbringer in der Hand?«

Da antwortet Sigurd: »Der diese Tat vollbracht hat, ist vom Geschlecht der Völsungen, und ich habe erfahren, daß du die Tochter des Königs über dieses Reich bist. Auch hat man uns von deiner Schönheit und Klugheit berichtet, und das will ich erproben.«

Brynhild sagt, zwei Könige hätten gekämpft: »Der eine hieß Hjalmgunnar, er war alt und ein sehr großer Krieger, und Odin hatte ihm den Sieg versprochen, und der andere Agnar oder Audabrodir. Ich fällte Hjalmgunnar im Kampf, aber Odin stach mich zur Strafe dafür mit dem Schlafdorn und sagte, ich solle niemals mehr den Sieg bestimmen, und sagte, ich solle verheiratet werden. Aber ich leistete den Eid dagegen, daß ich niemanden heiraten werde, der Furcht kenne.«

Sigurd sprach: »Lehre uns Weisheit der großen Dinge.« Sie antwortet: »Du solltest es besser wissen. Aber mit Freuden will ich euch lehren, wenn es etwas gibt, das wir wissen, das euch gefallen könnte, über Runen und alle anderen Dinge. Wir wollen zusammen trinken, und die Götter mögen uns einen guten Tag geben, daß du Neues und Ruhm von meiner Weisheit erlangst und du dich an das erinnerst, über was wir reden.«

---

* Frakkland = Frankenland.

Brynhild füllte ein Gefäß und reichte es Sigurd und sprach:

6 Bier bring ich dir, Brünnenthings Meister,
mit Stärke gemischt und großem Stolz.
Mit Liedern gefüllt und lindernden Stäben,
mit freundlichem Zauber und Freudenrede.

Brünnenthings Meister: »Krieger«.

7 Siegrunen muß kennen, wer klug sein will,
und schneiden in den Schwertgriff,
auf der Klinge Mitte, auf des Schwertes Spitze,
und zweimal Tyr dabei nennen.

8 Mach Wogenrunen, willst du bergen
auf dem Sund die Pferde des Segels.
Auf den Steven ritz' sie und aufs Steuerblatt
brenn' sie mit Brand in die Ruder.
Fallen bös auch die Brecher und blauen Wogen:
Sie helfen dir heil vom Meer.

Pferde des Segels: »Schiffe«.

9 Sprechrunen schnitze, soll niemand dir
mit Schandworten Schaden vergelten.
Winde sie, webe sie,
setze sie alle zusammen,
auf dem Thing, wo die Tapferen sollen
zum gerechten Gerichte fahren.

10 Bierrunen brauchst du, soll die Buhle des andern
dich nicht betrügen, solang du ihr traust.
Ritz beim Trinken aufs Horn, auf den Rücken der Hand,
und auf den Nagel die Rune »Naud«.

11 Den Becher segne, vor Bösem hüt' dich,
tunke den Lauch in den Trunk.
Dann weiß ich gewiß, du wirst nie erhalten
tückisch gemischten Trank.

12 Bergerunen brauchst du, hilfst du beim Gebären,
zu lösen die Frucht von der Frau.
Schreib sie in deine Hand, umspann die Handgelenke,
die Disen bitte, zu dienen.

13 Astrunen mußt du kennen, wenn du Arzt sein willst
und schlimme Wunden beschauen.
Auf die Borke des Baums, auf die Blätter des Baums,
dessen Äste sich neigen nach Osten.

14 Lerne Weisheitsrunen, wenn du jedem
an Weisheit willst überlegen sein.
Sie wurden gelöst, sie wurden geschnitzt,
sie wurden von Hropt erdacht.

Hropt: »Odin«.

15 Auf dem Schild sie stehen, vor dem strahlenden Gott,
auf Arvaks Ohr, auf Alsvinns Kopf,
auf dem Rad, das den Wagen Hrungnirs rollt,
auf Sleipnirs Zaum und auf Schlittendeichseln,

16 auf Bärentatzen und Bragis Zunge,
auf alten Wolfes Klauen und Adlers Schnabel,
auf blutigen Schwingen und Brückenenden,
auf helfenden Händen und heilender Spur,

17 auf Glas und Gold und gutem Silber,
in Wein und Bier und der Völva Sitz,
in Fleisch des Mannes und auf Glaupnirs Spitze
auf der Trollfrau Brust und der Norne Nagel
und auf den Schnabel der Eule.

18 Alles geritzte, ward abgeschabt,
und verrührt mit dem heiligen Met
und gesandt auf weite Wege.
Sie sind bei den Alben, bei den Asen auch,
bei den weisen Vanen, bei sterblichen Menschen.

19 Es sind die Buchrunen und Bergerunen
und alle Bierrunen,
und berühmten Kraftrunen,
alle zum Nutzen, unverdorben, unbeschädigt,
um sich Heil zu holen.
Nutze sie, hast du sie nun gelernt,
bis die Götter vergehen.

20 Nun sollst du wählen,   wie Wahl dir geboten,
Ahorn der scharfen Waffen.
Sagen oder Schweigen   selbst erwäge.
Alles ist schon abgemessen.

Sigurd antwortet:

21 Ich werde nicht fliehen,   ob geweiht auch dem Tode,
ich bin nicht feige geboren.
Deinen liebenden Rat   will ich lernen ganz
solange ich lebe.

22 Brynhilds Weisheit

Sigurd sprach: »Niemals gibt es eine weisere Frau auf der Welt als dich; lehre mich mehr Weisheit.« Sie antwortet: »Es ist recht, eurem Willen zu entsprechen und euch guten Rat und Weisheit zu geben, wie ihr erbittet.« Dann sprach sie: »Sei gut zu deinen Verwandten und nimm wenig Rache an ihnen und ertrage sie mit Geduld, und du wirst davon anhaltendes Lob erhalten. Hüte dich vor üblen Dingen, vor der Liebe eines Mädchens und einer verheirateten Frau; daraus entsteht oft Schlimmes. Sei nicht mürrisch gegen Dummköpfe, wo sich viele Männer treffen. Sie sprechen oft schlimmer, als sie es wissen, und du wirst gleich Feigling genannt, und man wird denken, daß es zu Recht geschieht. Töte ihn am nächsten Tag, und vergelte ihm so seine Haßworte. Wenn du einen Weg nimmst, an dem böse Geister wohnen, sei vorsichtig. Nimm keine Unterkunft am Weg, auch wenn es Nacht wird, denn oft wohnen dort böse Geister, die die Menschen verwirren. Laß dich nicht von schönen Frauen verführen, auch wenn du sie beim Fest siehst, so daß sie dir im Schlaf erscheinen oder du davon verwirrt wirst. Locke sie nicht zu dir mit Küssen und anderen Zärtlichkeiten. Und wenn du alberne Worte von betrunkenen Männern hörst, streite nicht mit dem, der vom Wein betrunken ist und seinen Verstand verliert. Solche Sachen bringen vielen großen Verdruß oder den Tod. Schlage dich lieber mit deinen Feinden, als verbrannt zu werden. Und schwöre keinen falschen Eid, denn grausige Rache folgt dem Friedensbrecher. Handle sorgfältig gegen Tote, seien sie an Krankheit gestorben oder auf See oder durch Waffen. Kümmere dich gewissenhaft um ihre Leiche. Und traue niemandem, dem du den Vater oder Bruder oder einen anderen nahen Verwandten getötet hast, auch wenn er noch jung ist. Oft schlummert ein Wolf in einem jungen Sohn. Hüte dich vor dem Verrat deiner Freunde. Wir können nur wenig von deinem weiteren Leben sehen, aber sieh zu, daß nicht die über dich kommen, mit denen du verschwägert bist.«

Sigurd sprach: »Es gibt niemanden, der weiser ist als du, und das schwöre ich, daß ich dich heiraten will; du bist nach meiner Art.« Sie antwortet: »Dich will ich am liebsten heiraten, und wenn ich unter allen Männern wählen könnte.« Und das bekräftigten sie mit Eiden.

23 Sigurds Aussehen und Wesen

Nun reitet Sigurd fort. Sein Schild war bemalt und mit rotem Gold eingelegt, und ein Drache war darauf gemalt. Er war oben dunkelbraun und unten hellrot, und ebenso waren sein Helm und Sattel und Waffenrock bemalt. Er hatte eine Goldbrünne, und alle seine Waffen waren vergoldet. Und dann war ein Drache auf alle seine Waffen gemalt, so daß, wenn er gesehen wurde, jeder ihn erkannte, der erfahren hatte, daß er den großen Drachen getötet hatte, den die Väringer Fafnir nennen. Und alle seine Waffen waren deshalb vergoldet und von brauner Farbe, weil er allen anderen Männern in höfischem Benehmen und Anstand und in fast allen anderen Dingen weit überlegen war. Und wenn die größten Helden und die berühmtesten Häuptlinge aufgezählt werden, dann wird er immer als erster genannt, und sein Name ist in allen Sprachen nördlich des griechischen Meeres geläufig, und so wird es bleiben, solange die Welt besteht.

Sein Haar war braun und schön anzusehen und fiel in großen Locken. Sein Bart war dicht und kurz und hatte dieselbe Farbe. Er hatte eine hohe Nase und ein breites Gesicht mit starken Wangenknochen. Sein Blick war so scharf, daß kaum jemand wagte, unter seine Brauen zu schauen. Seine Schultern waren so breit, als sähe man zwei Männer. Sein Körper war in Höhe und Breite gut gebaut und in jeder Hinsicht so, wie es einem am besten vorkommt. Und das ist ein Zeichen für seine Größe: Wenn er sich das Schwert Gram umband – und das war sieben Spannen lang – und damit durch ein ausgewachsenes Roggenfeld ging, dann berührte das Ortband gerade die aufrechtstehenden Halme. Und seine Kraft war noch größer als sein Wuchs. Er konnte gut mit dem Schwert umgehen, den Speer werfen, den Wurfspieß schleudern und den Schild halten, den Bogen spannen und reiten, und viele höfische Tugenden lernte er schon in seiner Kindheit.

Er war ein so weiser Mann, daß er noch nicht geschehene Dinge im voraus wußte. Er verstand die Stimmen der Vögel. Und deshalb überraschten ihn nur wenige Dinge. Er konnte lange und so gut reden, daß er ein Thema nur aufzunehmen brauchte, und schon schien es allen, daß es nicht anders gehen könnte als er sagte, bevor er noch aufgehört hatte zu sprechen. Sein größtes Vergnügen war es, seine Leute zu unterstützen und sich selbst in Heldentaten zu erproben, seinen Feinden Reichtümer abzunehmen und sie seinen Freunden zu geben. Es fehlte ihm nicht an Mut, und er fürchtete sich nie.

24 Sigurd kommt zu Brynhilds Schwager Heimir

Sigurd reitet nun, bis er zu einem großen Hof kommt. Da ritt ihm ein großer Häuptling entgegen, der Heimir hieß. Er war mit Brynhilds Schwester verheiratet, die Bekkhild hieß, denn sie war zu Hause gewesen und hatte Handarbeiten gelernt. Brynhild dagegen zog mit Helm und Brünne in den Kampf, deshalb wurde sie Brynhild genannt. Heimir und Bekkhild hatten einen Sohn, der Alsvinn hieß, ein sehr vornehmer Mann.

Die Männer spielten draußen. Als sie sahen, wie der Mann zum Hof geritten kam, unterbrachen sie ihr Spiel und bewunderten ihn, denn sie hatten noch nie einen wie ihn gesehen. Sie gingen ihm entgegen und begrüßten ihn freundlich. Alsvinn lud ihn ein, bei ihm zu bleiben und von ihm zu begehren, was immer er will. Er nimmt an. Es wurde alles vorbereitet, um ihn ehrenvoll zu bedienen. Vier Männer hoben das Gold vom Pferd, und ein fünfter bediente ihn. Da konnte man viele schöne und seltene Kostbarkeiten sehen. Man unterhielt sich damit, die Brünnen und Helme und großen Ringe und wunderbar großen Goldbecher und alle möglichen Kriegswaffen anzusehen. Sigurd blieb dort lange und in großer Ehre. Nun verbreitete sich die Nachricht von der Heldentat über alle Länder, daß er den schrecklichen Drachen getötet hatte. Die Männer unterhielten sich gut und waren einander wohlgesonnen. Sie beschäftigten sich damit, ihre Waffen bereit zu machen und ihre Pfeile zu schäften und mit ihren Falken zu jagen.

25 Sigurd trifft Brynhild bei Heimir

Heimirs Ziehtochter Brynhild war zu Besuch gekommen. Sie saß mit ihren Mägden in einer Kammer. Sie beherrschte mehr kunstvolle Arbeiten als andere Frauen. Sie bestickte ihre Wandteppiche mit Gold und stickte die Heldentaten darauf, die Sigurd vollbracht hatte, die Tötung der Schlange, den Raub des Goldes und den Tod Regins.

Und von einem Tag wird erzählt, daß Sigurd mit seinen Hunden und Falken und vielen Männern in den Wald ritt. Und als er heimkam, flog sein Falke auf einen hohen Turm und setzte sich in ein Fenster. Sigurd folgte dem Falken. Da sah er eine schöne Frau und erkannte, daß es Brynhild war. Er war beeindruckt von allem – von ihrer Schönheit und von dem, was sie tat –, kam zurück in die Halle und wollte nicht an der Unterhaltung der Männer teilnehmen.

Da sprach Alsvinn: »Was bist du so still? Dieses Verhalten bekümmert uns und deine Freunde. Warum willst du dich nicht mit uns freuen? Deine Falken lassen den Kopf hängen und ebenso das Pferd Grani, und das werden wir nicht so bald wieder in Ordnung bringen.«

Sigurd antwortet: »Guter Freund, höre, worüber ich nachdenke. Mein Falke flog auf einen Turm, und als ich ihn holte, sah ich eine schöne Frau. Sie saß an einem goldbestickten Wandbehang und stickte dort meine vergangenen und zukünftigen Taten.« Alsvinn antwortet: »Du hast Brynhild Budladottir gesehen, die eine ganz hervorragende Frau ist.« Sigurd antwortet: »Das mag wahr sein. Wie kam sie hierher?« Alsvinn antwortet: »Es war wenig Zeit zwischen euer beider Ankunft.« Sigurd sagt: »Das wissen wir seit wenigen Tagen. Diese Frau erschien uns als die beste in der Welt.«

Alsvinn sprach: »Achte nicht auf eine Frau, ein solcher Mann wie du! Es ist schlecht, das zu begehren, was man nicht bekommt.« –

»Ich werde sie treffen«, sagte Sigurd, »und ihr Gold geben und ihre Freude und gegenseitige Zuneigung erreichen.« Alsvinn antwortet: »Es fand sich noch keiner, den sie bei sich sitzen ließ oder dem sie Bier zu trinken gab. Sie will in den Kampf ziehen und alle Arten von Ruhm erlangen.« Sigurd sprach: »Das ist noch nicht ausgemacht, ob sie uns antwortet oder nicht oder uns bei sich sitzen läßt.« Und am folgenden Tag ging Sigurd zur Frauenkammer. Und Alsvinn stand bei der Kammer draußen und schäftete seine Pfeile.

Sigurd sprach: »Sei gegrüßt, Frau, wie geht es dir?« Sie antwortet: »Gut geht es uns. Die Verwandten und Freunde leben, aber es ist ungewiß, welche Gaben die Männer tragen bis zu ihrem letzten Tag.« Er setzte sich zu ihr. Danach kamen vier Frauen herein mit großen Tischbechern aus Gold und mit dem besten Wein und standen vor ihnen. Da sprach Brynhild: »Dieser Platz ist nur wenigen vergönnt, abgesehen von meinem Vater.« Er antwortet: »Nun ist er dem vergönnt, der uns gefällt.« Der Raum war mit kostbaren Teppichen verkleidet, und Stoff bedeckte den ganzen Boden. Sigurd sprach: »Nun ist es so gekommen, wie ihr uns versprochen habt.« Sie antwortet: »Ihr sollt hier willkommen sein.«

Dann stand sie auf und die vier Mädchen mit ihr und trat mit einem Goldbecher vor ihn hin und bat ihn zu trinken. Er streckte die Hand nach dem Becher aus und nahm ihre Hand mit und setzte sie zu sich. Er umarmte und küßte sie und sprach: »Keine Frau ist schöner als du.« Brynhild sprach: »Es ist ein weiser Rat, sein Vertrauen nicht in die Macht einer Frau zu geben, denn sie halten selten ihre Versprechen.« Er sprach: »Der beste Tag für uns wäre, wenn wir einander genießen könnten.« Brynhild antwortet: »Es ist nicht unser Schicksal, daß wir zusammen leben. Ich bin eine Schildmaid und habe einen Helm bei den Heerkönigen. Ich muß sie unterstützen, und es ist mir nicht leid zu kämpfen.«

Sigurd antwortet: »Dann wären wir am glücklichsten, wenn wir zusammen leben könnten, und der Schmerz wird schwerer zu verbergen sein als eine scharfe Waffe.« Brynhild antwortet: »Ich muß die Kriegerschar mustern, und du wirst Gudrun Gjukadottir heiraten.« Sigurd antwortet: »Keines Königs Tochter reizt mich, darin bin ich mir völlig sicher, und das schwöre ich zu den Göttern, daß ich dich haben will oder keine andere Frau.« Sie sprach ebenso.

Sigurd dankte ihr für diese Worte und gab ihr einen Goldring, und sie schworen ihre Eide von neuem, und er ging fort zu seinen Männern und hielt sich dort eine Weile sehr vergnügt auf.

26 König Gjuki und seine Familie. Gudruns Fahrt zu Brynhild

Gjuki hieß ein König. Er besaß das Reich südlich des Rheins. Er hatte drei Söhne, die hießen Gunnar, Högni und Guttorm. Gudrun hieß seine Tochter, die war weithin berühmt. Gjukis Kinder waren anderen Königskindern in jeder Hinsicht überlegen, sowohl an Schönheit als auch Wuchs. Sie waren immer auf Kriegsfahrt und vollbrachten viele Heldentaten. Gjuki war verheiratet mit der zauberkundigen Grimhild.

Budli hieß ein König. Er war noch mächtiger als Gjuki, obwohl sie beide mächtig waren. Atli hieß ein Bruder von Brynhild. Atli war ein grimmiger Mann, groß und schwarz und doch vornehm, und ein sehr großer Krieger.

Grimhild war eine Frau mit grausamem Sinn.

Die Macht der Gjukungen stand in schönster Blüte, vor allem wegen der Kinder, die den meisten sehr weit überlegen waren.

Einmal sagte Gudrun zu ihren Mägden, sie könne nicht mehr froh sein. Eine Frau fragte sie, was sie unglücklich mache. Sie antwortet: »Ich hatte einen unglücklichen Traum, der mir Kummer im Herzen bereitet. Deute mir den Traum, wenn du schon danach fragst.« Sie antwortet: »Sag ihn mir und laß dich nicht erschrecken, denn man träumt immer vor einem Unwetter.« Gudrun antwortet: »Es war nicht das Unwetter. Es träumte mir, ich sähe einen schönen Falken auf meiner Hand. Seine Federn waren von goldener Farbe.« Die Frau antwortet: »Viele haben von deiner Schönheit, Klugheit und Vornehmheit gehört. Ein Königssohn wird um dich werben.« Gudrun antwortet: »Nichts erschien mir besser als der Falke, und all meinen Besitz wollte ich lieber verlieren als ihn.« Die Frau antwortet: »Der, den du bekommst, wird ein gut erzogener Mann sein, und du wirst ihn sehr lieben.« Gudrun antwortet: »Es ärgert mich, daß ich nicht weiß, wer er ist, und ich werde Brynhild aufsuchen. Sie wird es wissen.«

Sie schmückten sich mit Gold und viel Pracht und reisten mit ihren Mägden, bis sie zu Brynhilds Halle kamen. Diese Halle war mit Gold geschmückt und stand auf einem Berg. Und als man ihren Zug sah, da wurde Brynhild gemeldet, daß viele Frauen zur Burg gefahren kamen mit vergoldeten Wagen. »Das wird Gudrun Gjukadottir sein«, sagt sie. »Ich habe heute nacht von ihr geträumt. Gehen wir also hinaus und ihr entgegen. Nie wird uns eine schönere Frau besuchen.«

Sie gingen hinaus und ihnen entgegen und begrüßten sie gut. Sie gingen in die schöne Halle. Der Saal war innen bemalt und mit viel Silber verkleidet. Stoff wurde unter ihren Füßen ausgebreitet, und alle bedienten sie. Sie hatten viele Arten von Spielen. Gudrun aber war wortkarg.

Brynhild sprach: »Warum kannst du nicht fröhlich sein? Tu das nicht. Laß uns alle zusammen Vergnügen haben und über mächtige Könige und ihre Großtaten sprechen.« – »Tun wir das«, sagt Gudrun. »Und weißt du, wer die besten Könige gewesen sind?« Brynhild antwortet: »Die Söhne des Hamund, Haka und Hagbard. Sie vollbrachten viele Großtaten im Kampf.« Gudrun antwortet: »Sie waren groß und bedeutend, aber Sigar raubte ihre Schwester und hat eine andere in ihrem Haus verbrannt, und beide blieben ungerächt. Und warum erwähnst du nicht meine Brüder, die heutzutage für die hervorragendsten Männer gehalten werden?« Brynhild sagt: »Das ist wegen ihrer guten Anlagen, aber sie sind noch nicht sehr erprobt, und ich weiß einen, der ihnen weit überlegen ist, und das ist Sigurd, der Sohn von König Sigmund. Er war ein Kind, als er König Hundings Söhne tötete und seinen Vater und seinen Großvater Eylimi rächte.« Gudrun sprach: »Was ist der Beweis dafür? Sagst du, er wurde geboren, als sein Vater fiel?« Brynhild antwortet: »Seine Mutter ging auf das Schlachtfeld und fand König Sigmund verwundet und bot ihm an, seine Wunden zu verbinden, aber er sagte, er sei zu alt, um noch zu kämpfen, und bat sie, sich damit zu trösten, daß sie einen ganz hervorragenden Sohn gebären werde, und das war die Prophezeiung eines weisen Mannes. Nach König Sigmunds Tod zog sie mit König Alf, und dort wurde Sigurd in großen Ehren aufgezogen, und er vollbrachte große Heldentaten und ist der bedeutendste Mann in der Welt.«

Gudrun sprach: »Aus Liebe hast du das Wissen über ihn erworben. Aber ich bin deshalb hierhergekommen, um dir einen Traum zu erzählen, der mir schweren Kummer bereitet hat.« Brynhild antwortet: »Laß dich von so etwas nicht beunruhigen. Bleib bei deinen Verwandten, die dich alle glücklich machen wollen.«

27 Brynhild deutet Gudruns Traum

»Es träumte mir«, sagte Gudrun, »daß viele von uns gemeinsam die Kammer verließen und einen großen Hirsch sahen. Er war anderen Tieren weit überlegen. Sein Fell war aus Gold. Wir alle wollten das Tier fangen, aber ich allein erreichte ihn. Das Tier erschien mir in jeder Hinsicht besser als alles andere. Dann erschossest du das Tier vor meinen Füßen. Das war mir ein so großer Kummer, daß ich ihn kaum ertragen konnte. Später gabst du mir einen Wolfswelpen. Der bespritzte mich mit dem Blut meiner Brüder.«

Brynhild antwortet: »Ich werde dir sagen, was passieren wird. Sigurd, den ich mir zum Mann erwählt habe, wird zu dir kommen. Grimhild gibt ihm einen verzauberten Trank, der uns alle in großen Streit bringen wird. Du wirst ihn bekommen und ihn bald verlieren. Du wirst dann König Atli heiraten. Du wirst deine Brüder verlieren, und dann wirst du Atli töten.« Gudrun antwortet: »Sehr kummervoll ist es, derartiges zu wissen.« Und nun ziehen sie fort und heim zu König Gjuki.

28 Sigurd bleibt bei den Gjukungen und heiratet Gudrun

Sigurd reitet nun fort mit dem vielen Gold. Sie trennen sich als Freunde. Er reitet auf Grani, in voller Rüstung und mit seinem ganzen Schatz. So reitet er, bis er zur Halle des Königs Gjuki kommt. Er reitet nun in die Burg. Und das sieht einer der Königsmänner und sprach: »Ich glaube, daß hier einer der Götter reitet. Dieser Mann ist ganz in Gold gekleidet. Sein Pferd ist viel größer als andere Pferde, und besonders schön ist seine Ausrüstung. Er ist anderen Männern weit voraus und übertrifft die meisten Männer.«

Der König kam mit seinem Gefolge heraus, sprach den Mann an und fragt: »Wer bist du, der in die Burg reitet, was niemand ohne Erlaubnis meines Sohnes wagt?« Er antwortet: »Ich heiße Sigurd und bin ein Sohn von König Sigmund.« König Gjuki antwortet: »Du sollst bei uns willkommen sein, verlange, was du willst.« Und er geht in die Halle, und alle waren klein, verglichen mit ihm, und alle dienten ihm, und er stand dort in hoher Gunst. Sie ritten oft zusammen, Sigurd, Gunnar und Högni, und Sigurd war ihnen in allen Fähigkeiten überlegen, obwohl sie doch alle großartige Männer waren.

Grimhild findet heraus, wie sehr Sigurd Brynhild liebte und wie oft er sie erwähnte. Sie denkt bei sich, es sei günstiger, wenn er sich dort niederließe und die Tochter von König Gjuki heirate, denn sie sah, daß niemand mit ihm verglichen werden konnte. So war seine Unterstützung wichtig, und außerdem war er viel reicher als irgend jemand vor ihm. Der König behandelte ihn wie seine Söhne, und diese hielten ihn mehr in Ehren als sich selbst.

Eines Abends, als sie beim Trinken saßen, stand die Königin auf und trat vor Sigurd und sprach ihn an und sagte: »Eine Freude ist uns deine Gegenwart, und alles Gute wollen wir dir vorlegen. Nimm dieses Horn und trink.« Er nahm es und trank davon. Sie sprach: »König Gjuki soll dein Vater sein und ich deine Mutter, Gunnar und Högni und alle, die den Eid schwören, deine Brüder, und dann wird dir niemand gleichkommen.« Sigurd nahm das freudig auf. Durch den Trank erinnerte er sich nicht mehr an Brynhild. Er hielt sich dort eine Weile auf.

Und einmal trat Grimhild vor König Gjuki und legte die Arme um seinen Hals und sprach: »Hier ist nun der größte Held gekommen, den es auf der Welt gibt. Von ihm wäre viel Unterstützung zu erwarten. Verheirate deine Tochter mit ihm mit reicher Mitgift und so viel Macht, wie er will, und es könnte ihm hier gefallen.« Der König antwortet: »Es ist eine seltsame Angelegenheit, seine Tochter anzubieten, aber es bringt mehr Ehre, sie ihm anzubieten, als wenn andere um sie werben.«

Und eines Abends schenkte Gudrun ein. Sigurd sieht, daß sie eine schöne Frau ist und in jeder Hinsicht von sehr vornehmer Art. Als Sigurd nun fünf Halbjahre dort gewesen war und sie in Ruhm und Freundschaft lebten, redeten die Könige miteinander. König Gjuki sprach: »Viel Gutes tust du für uns, Sigurd, und du hast unsere Macht sehr gestärkt.« Gunnar sprach: »Alles wollen wir daran setzen, daß du lange hierbleibst, sogar das Reich und unsere Schwester wollen wir dir anbieten; kein anderer würde sie bekommen.« Sigurd antwortet: »Habt Dank für die Ehre; ich nehme an.«

Nun schworen sie sich Brüderschaft, als wenn sie von Geburt an Brüder wären. Dann wurde ein prächtiges Fest gefeiert, das dauerte mehrere Tage. Sigurd heiratete Gudrun. Da gab es allerlei Vergnügung und Unterhaltung, und ein Tag war festlicher als der andere.

Nun zogen sie weithin durch die Länder, begingen viele Großtaten und erschlugen viele Königssöhne; niemand brachte so viele Heldentaten zustande wie sie. Sie ziehen mit großer Beute heim.

Sigurd gab Gudrun von Fafnirs Herz zu essen, und danach war sie viel häßlicher, aber auch klüger als zuvor. Ihr Sohn hieß Sigmund.

Und einmal ging Grimhild zu ihrem Sohn Gunnar und sprach: »Dein Ruhm steht in voller Blüte bis auf eine Sache, nämlich, daß du unverheiratet bist. Wirb um Brynhild, das ist der beste Rat. Sigurd wird mit dir reiten.« Gunnar antwortet: »Gewiß ist sie schön, und ich bin dem nicht abgeneigt«, und erzählte seinem Vater und den Brüdern und Sigurd davon, und alle waren einverstanden.

29 Gunnar wirbt mit Sigurds Hilfe um Brynhild

Nun bereiten sie ihre Fahrt sorgfältig vor. Sie reiten über Berg und Tal zu König Budli. Sie tragen ihm ihre Bitte vor. Er nahm die Werbung günstig auf, vorausgesetzt, daß Brynhild selbst sie nicht ablehnte, und sagt, sie sei so stolz, daß sie nur den Mann heiraten würde, den sie will. Da reiten sie nach Hlymdal. Heimir nimmt sie gut auf. Gunnar trägt ihm die Angelegenheit vor. Heimir sagte, es sei ihre Entscheidung, wen sie heiraten wolle. Er sagt, ihr Saal sei nahebei, und er vermute, daß sie nur den nehmen werde, der durch das brennende Feuer reite, das um ihren Saal gezogen ist. Sie finden den Saal und das Feuer und sehen eine goldene Burg stehen, und das Feuer brannte außen herum.

Gunnar ritt auf Goti und Högni auf Hölkvi. Gunnar treibt das Pferd in das Feuer, aber es scheut. Sigurd sprach: »Warum zögerst du, Gunnar?« Er antwortet: »Das Pferd will nicht durch dieses Feuer laufen«, und bat Sigurd, ihm Grani zu leihen. »Das ist nur recht«, sagte Sigurd.

Gunnar reitet nun zu dem Feuer, aber Grani will nicht gehen. Gunnar kann also nicht durch dieses Feuer reiten. Da tauschten sie ihr Aussehen, Sigurd und Gunnar, wie sie es von Grimhild gelernt hatten. Dann reitet Sigurd und hat Grani am Zügel und bindet sich goldene Sporen an die Füße. Grani springt dem Feuer entgegen, als er die Sporen spürte. Es gibt einen großen Lärm, als das Feuer anstieg, und die Erde begann zu beben. Die Flamme reichte bis zum Himmel. Das hatte niemand zuvor zu tun gewagt, und es war, als ob er im Dunkeln ritt. Dann legte sich das Feuer, und er stieg vom Pferd und ging in den Saal. So wie es in der Strophe heißt:

22 Es brennt das Feuer, es bebt die Erde,
die hohe Flamme hebt sich zum Himmel.
Nur wenige Männer des Königs wagten,
durchs Feuer zu reiten oder drüberzusteigen.

23 Spüren ließ Sigurd die Sporen den Grani,
das Feuer erlosch vor dem Fürsten.
Die Flammen legten vor dem Feurigen sich,
das Reitzeug blitzte, das Regin besaß.

Und als Sigurd durch die Flamme hineinkommt, fand er da einen schönen Raum, und darin saß Brynhild. Sie fragt, wer dieser Mann ist. Er nannte sich Gunnar Gjukason: »Du bist durch Jawort deines Vaters und mit Zustimmung deines Pflegevaters als meine Frau vorgesehen, wenn ich durch deine Waberlohe ritte.« – »Ich weiß kaum, was ich darauf antworten soll«, sagt sie. Sigurd stand aufrecht auf dem Boden und stützte sich auf seinen Schwertgriff und sprach zu Brynhild: »Ich werde dir eine große Brautgabe zukommen lassen in Gold und schönen Kostbarkeiten.«

Sie antwortet bekümmert aus ihrem Sitz wie ein Schwan von einer Welle herunter; sie hat ein Schwert in der Hand und einen Helm auf dem Kopf und trug eine Brünne. »Gunnar«, sagt sie, »sprich nur dann auf diese Weise mit mir, wenn du der hervorragendste aller Männer bist; denn du mußt alle töten, die um mich angehalten haben, wenn du es wagst. Ich habe mit dem König von Gardariki* gekämpft, und unsere Waffen waren von Menschenblut gefärbt, und danach gelüstet es mich immer noch.« Er antwortet: »Viele Heldentaten hast du vollbracht. Aber nun erinnere dich an dein Versprechen, daß du mit dem Mann gehen würdest, der dieses Feuer durchreitet.« Sie findet diese Antwort und den Sinn dieser Rede richtig, steht auf und heißt ihn willkommen.

---

* Gardariki (*Garðaríki*) = Wikingerreich im russischen Novgorod.

Er blieb drei Nächte dort, und sie teilten das Lager. Er nimmt das Schwert Gram und legt es zwischen ihre Ruhestätten. Sie fragt, warum er es dorthin lege. Er sagte, so sei es bestimmt, daß er so mit seiner Frau Hochzeit halte, oder er müsse sterben. Er nahm ihr den Ring Andvaranaut ab, den er ihr gegeben hatte, und sie bekam einen anderen Ring aus Fafnirs Erbe. Danach reitet er durch dasselbe Feuer zu seinem Gefährten, und sie tauschen wieder die Gestalt und reiten dann nach Hlymdal und berichten, wie es abgelaufen war.

Am selben Tag zog Brynhild heim zu ihrem Ziehvater und berichtete ihm heimlich, daß ein König zu ihr gekommen sei, »und er ritt durch meine Waberlohe und sagte, er sei gekommen, um mich zu gewinnen, und nannte sich Gunnar. Aber als ich den Eid auf dem Berg leistete, dachte ich, das könnte nur Sigurd tun, und er ist mein erster Mann.« Heimir sagte, jetzt sei daran nichts mehr zu ändern.

Brynhild sprach: »Meine Tochter mit Sigurd, Aslaug, soll hier bei dir aufwachsen.« Nun ziehen die Könige heim, und Brynhild zog zu ihrem Vater. Grimhild empfängt sie gut und dankt Sigurd für seine Begleitung. Dann wurde alles zum Fest vorbereitet. Da kam eine große Menschenmenge, auch König Budli mit seiner Tochter und Atli, sein Sohn. Und dieses Fest dauerte viele Tage. Und als es zu Ende war, da erinnerte sich Sigurd all seiner Eide mit Brynhild, aber er ließ sich nichts anmerken. Brynhild und Gunnar saßen bei der Unterhaltung und tranken guten Wein.

30 Gudrun und Brynhild geraten in Streit

Nun geschieht es eines Tages, daß sie zum Fluß Rhein gehen, um sich zu waschen. Da watete Brynhild weiter den Flußlauf hinauf. Gudrun fragt, wie das angehe. Brynhild sagt: »Wie soll ich mich darin oder in irgend etwas anderem mit dir vergleichen? Ich dachte, mein Vater sei mächtiger als deiner und mein Mann habe mehr Großtaten vollbracht und sei durch brennendes Feuer geritten, während dein Hausherr ein Knecht von König Hjalprek war.« Gudrun antwortet zornig: »Du wärest klüger, wenn du schwiegest, statt über meinen Mann zu lästern. Alle sagen, daß es keinen Mann auf der Welt gibt, der sich in irgendeiner Hinsicht mit ihm vergleichen kann. Und es steht dir nicht zu, über ihn zu lästern, denn er war dein erster Mann, und er tötete Fafnir und ritt durch die Waberlohe, du aber glaubtest, es sei König Gunnar, und er lag bei dir und nahm dir den Ring Andvaranaut von der Hand, und hier kannst du ihn sehen.« Brynhild sieht nun diesen Ring und erkennt ihn. Da wird sie bleich, als ob sie tot wäre. Brynhild ging heim und sprach an diesem Abend kein Wort.

Und als Sigurd ins Bett kommt, fragt Gudrun: »Warum ist Brynhild so verstimmt?« Sigurd antwortet: »Ich weiß es nicht genau, aber ich vermute, daß wir bald Näheres erfahren werden.« Gudrun sprach: »Warum freut sie sich nicht am Reichtum und am Lob aller Männer und daran, daß sie den Mann bekommen hat, den sie wollte?« Sigurd sprach: »Wo war sie, als sie sagte, daß sie den besten bekommen habe oder den, den sie am liebsten wollte?« Gudrun antwortet: »Ich werde sie morgen danach fragen, wen sie am liebsten wollte.« Sigurd antwortet: »Davon rate ich dir ab, und du wirst es bereuen, wenn du es tust.«

Am Morgen saßen sie in ihrer Kammer, und Brynhild war schweigsam. Da sprach Gudrun: »Sei wieder fröhlich, Brynhild. Ärgert dich noch unser Gespräch, oder was trübt deine Freude?« Brynhild antwortet: »Bosheit läßt dich so etwas fragen; du hast ein grausames Herz.« – »Sei nicht so«, sagt Gudrun, »und sprich lieber.« Brynhild antwortet: »Frag nur das, was gut für dich zu wissen ist, so gehört es sich für vornehme Frauen. Und es ist leicht, zufrieden zu sein, wenn alles dir nach Wunsch verläuft.« Gudrun antwortet: »Es ist zu früh zu prahlen, und dies ist eine Art Weissagung. Was stört dich an mir? Ich habe nichts getan, um dich zu ärgern.« Brynhild antwortet: »Du sollst dafür bezahlen, daß du Sigurd besitzt, und ich gönne dir weder ihn noch das viele Gold.« Gudrun antwortet: »Ich wußte nichts von eurer Verabredung, und mein Vater durfte wohl eine Heirat für mich planen, ohne dich zu fragen.«

Brynhild antwortet: »Wir haben keine heimliche Absprache gehabt, sondern wir haben Eide geschworen, und du wußtest, daß du mich betrügst, und das werde ich rächen.«

Gudrun antwortet: »Du bist besser verheiratet, als du es verdienst, und dein Stolz wird kaum nachlassen, und dafür werden viele bezahlen.« – »Ich wäre schon zufrieden«, sagt Brynhild, »wenn nicht du einen bedeutenderen Mann hättest als ich.« Gudrun antwortet: »Du hast einen so bedeutenden Mann, daß es ungewiß ist, welcher der größere König ist. Genug Reichtum und Land besitzt du auch.«

Brynhild antwortet: »Sigurd erschlug Fafnir, und das ist mehr wert als König Gunnars ganzes Reich, wie es in der Strophe heißt:

24 Sigurd schlug die Schlange, so soll von nun an
immer es heißen, solang die Erde steht.
Aber dein Bruder war zu bang,
durch die Flamme zu reiten, noch drüberzusteigen.

Gudrun antwortet: »Grani lief unter König Gunnar nicht durch das Feuer, sonst hätte er es gewagt, hindurchzureiten; an Mut fehlt es ihm nicht.« Brynhild antwortet: »Ich verberge nicht, daß ich über Grimhild nicht gut denke.« Gudrun antwortet: «Sprich nicht schlecht über sie, denn sie behandelt dich wie eine Tochter.« Brynhild antwortet: »Sie hat den ganzen Ursprung für das Unglück gelegt, das an mir nagt. Sie gab Sigurd böses Bier, so daß er sich nicht an meinen Namen erinnerte.« Gudrun antwortet: »Viele böse Worte sprichst du, und das ist eine große Lüge.«

Brynhild antwortet: »Genieße Sigurd so, als ob du mich nicht betrogen hättest, aber euer Zusammensein ist unverdient, und es soll euch so ergehen, wie ich denke.« Gudrun antwortet: »Ich werde ihn besser genießen, als du willst, und niemand hat jemals behauptet, daß er es zu gut mit mir hätte.« Brynhild antwortet: »Übel sprichst du, und später wirst du es bereuen; wir wollen jetzt keine Haßworte mehr sprechen.« Gudrun sagt: »Du hast mir zuerst Haßworte entgegengeschleudert. Jetzt tust du so, als wolltest du es gut machen, aber darunter lauert Bosheit.« – »Wir sollten das unnütze Geschwätz beenden«, sagt Brynhild. »Ich habe lange über den Kummer geschwiegen, der in meiner Brust wohnt. Aber ich liebe nur deinen Bruder, und nun laß uns über etwas anderes sprechen.« Gudrun sagt: »Dein Sinn sieht weit voraus.« Und so entstand daraus großes Unglück, daß sie zum Fluß gingen und sie den Ring erkannte und daraus ihr Gespräch entstand.

31 Brynhild wird krank vor Kummer

Nach diesem Gespräch legt Brynhild sich ins Bett, und die Nachricht kommt vor König Gunnar, daß Brynhild krank sei. Er sucht sie auf und fragt, was mit ihr sei. Aber sie antwortet nicht und liegt wie tot. Und als er heftig weiterforscht, da antwortet sie: »Was hast du mit dem Ring getan, den ich dir gab, den König Budli mir beim letzten Abschied gab, als ihr Söhne König Gjukis zu ihm kamt und ihm drohtet, zu heeren und zu brennen, wenn du mich nicht bekämest? Später führte er mich zum Gespräch und fragte, welchen ich von denen wählte, die gekommen waren. Ich aber bot ihm an, das Land zu verteidigen und ein Drittel des Heeres anzuführen. Da gab es zwei Möglichkeiten: Entweder würde ich mit dem verheiratet, den er aussuchte, oder ich müßte ohne alle Güter und ohne seine Freundschaft leben. Er sprach, seine Freundschaft würde mir mehr nützen als sein Zorn. Da überlegte ich, ob ich seinem Willen gehorchen oder viele Männer töten solle. Es schien mir unnütz, mit ihm zu streiten, und so kam es, daß ich dem versprochen wurde, der das Pferd Grani mit Fafnirs Erbe durch meine Waberlohe reiten würde und diejenigen tötete, die ich ihm nannte. Nun wagte aber niemand hindurchzureiten als allein Sigurd. Er ritt durch das Feuer, denn ihm fehlte nicht der Mut dazu. Er erschlug den Drachen und Regin und fünf Könige, und nicht du, Gunnar, der du bleich wurdest wie ein Toter, denn du bist weder König noch Krieger. Und das schwor ich zu Hause bei meinem Vater, daß ich nur den einen lieben würde, der der hervorragendste der Geborenen sei, und das ist Sigurd. Nun sind wir eidbrüchig geworden, weil ich ihn nicht geheiratet habe, und dafür werde ich deinen Tod verursachen. Und Grimhild muß ich Übles vergelten. Es gibt keine herzlosere und schlimmere Frau als sie.«

Gunnar antwortet so, daß es nur wenige hören: »Viele Schmähworte hast du gesprochen, und du bist eine böse Frau, wenn du die Frau beschuldigst, die dir weit überlegen ist, und sie war nicht so unzufrieden mit dem ihren, wie du es bist, oder quälte tote Männer, und sie mordete niemanden und lebt in Ehren.«

Brynhild antwortete: »Ich habe keine heimlichen Treffen gehabt oder Untaten begangen; meine Art ist anders, und ich wäre sehr geneigt, dich zu töten.« Dann wollte sie König Gunnar töten, aber Högni legte sie in Fesseln. Da sprach Gunnar: »Ich will nicht, daß sie in Fesseln lebt.« Sie antwortet: »Kümmere dich nicht darum, denn niemals mehr siehst du mich froh in deiner Halle oder trinken oder spielen oder geistvoll sprechen oder schöne Kleider mit Gold bestikken oder dir einen Rat geben.«

Sie sagte, ihr größter Kummer sei, daß sie Sigurd nicht hätte. Sie setzte sich auf und schlug auf ihren Tisch, so daß er entzweiging, und befahl, die Kammertür zu öffnen, so daß man ihr Klagen weithin hören konnte. Nun herrschte dort großer Kummer, und man hörte es am ganzen Hof. Gudrun fragt ihre Kammerfrauen, warum sie so bekümmert und bedrückt seien: »Und was ist mit euch, und warum lauft ihr herum wie Wahnsinnige? Welcher Schrecken ist in euch gefahren?« Da antwortet eine der Mägde, die Svafurlöd hieß: »Dies ist ein schlimmer Tag. Unsere Halle ist voll Kummer.«

Da sprach Gudrun zu ihrer Freundin: »Steh auf. Wir haben lange geschlafen. Wecke Brynhild, wir wollen ans Weben gehen und fröhlich sein.« – »Das tue ich nicht,« sagte sie, »weder sie wecken noch mit ihr sprechen; viele Tage hat sie weder Met noch Wein getrunken, und sie ist sehr zornig.« Da sprach Gudrun mit Gunnar: »Such sie auf«, sagt sie, »und sage ihr, ihr Kummer bedrückt uns.« Gunnar antwortet: »Sie hat mir verboten, sie aufzusuchen oder ihren Reichtum zu teilen.«

Trotzdem ging Gunnar, um sie aufzusuchen, und sprach auf manche Weise mit ihr, bekam aber keinerlei Antwort. Da ging er weg und traf Högni und bat ihn, sie aufzusuchen. Der sagte, er habe keine Lust, ging aber doch und bekam ebenfalls keine Antwort von ihr. Da suchte man Sigurd auf und bat ihn, zu ihr zu gehen. Er antwortete nicht, und so wurde es Abend.

Und am nächsten Tag, als er von der Jagd nach Hause kam, ging er zu Gudrun und sprach: »Es kommt mir so vor, als ob aus diesem Schrecken noch vieles entstehen wird, und Brynhild wird sterben.« Gudrun antwortet: »Mein Herr, viele seltsame Dinge gehen mit ihr vor. Sie hat jetzt sieben Tage geschlafen, so daß niemand wagte, sie zu wecken.« Sigurd antwortet: »Sie schläft nicht. Sie schmiedet schlimme Pläne gegen mich.« Da sprach Gudrun weinend: »Es ist ein großer Kummer, von deinem Tod zu wissen. Geh lieber und suche sie auf und sieh, ob ihr Zorn sich gelegt hat. Gib ihr Gold und mildere ihre Wut.«

Sigurd ging hinaus und fand den Saal offen. Er glaubte, sie schliefe und zupfte an ihrem Gewand und sprach: »Wach auf, Brynhild. Die Sonne scheint über dem ganzen Hof, und jetzt hast du lange genug geschlafen. Wirf den Kummer von dir ab, und sei froh.« Sie sprach: »Woher nimmst du die Dreistigkeit, mich aufzusuchen? Schlimmer erging es mir nie bei diesem Verrat.« Sigurd fragt: »Warum sprichst du mit niemandem, und was bekümmert dich?« Brynhild antwortet: »Dir werde ich meinen Zorn erklären.«

Sigurd sprach: »Du bist verblendet, wenn du glaubst, ich dächte schlecht von dir, und derjenige ist dein Mann, den du gewählt hast.« – »Nein«, sagt sie. »Gunnar ritt nicht durch das Feuer zu mir, und er bezahlte mir nicht das Brautgeld in erschlagenen Männern. Ich wunderte mich über den Mann, der in meinen Saal kam, und glaubte, deine Augen zu erkennen, aber ich bekam keine Gewißheit wegen des Schleiers, der über meinem Geschick lag.«

Sigurd sagt: »Ich bin kein bedeutenderer Mann als die Gjukisöhne. Sie töteten den Dänenkönig und großen Häuptling, König Budlis Bruder.« Brynhild antwortet: »Viel Böses habe ich ihnen heimzuzahlen; erinnere mich nicht an meinen Kummer. Du, Sigurd, hast den Drachen getötet, das Feuer durchritten und um mich angehalten, nicht die Gjukisöhne.«

Sigurd antwortet: »Ich wurde nicht dein Mann und du nicht meine Frau, und ein edler König bezahlte dein Brautgeld.« Brynhild antwortet: »Nie sah ich Gunnar so, daß er nach meinem Sinn war, und ich hasse ihn, auch wenn ich es vor anderen verberge.« – »Es ist schrecklich«, sagt Sigurd, »einen solchen König nicht zu lieben. Aber was stört dich am meisten? Mir scheint, seine Liebe ist mehr für dich wert als Gold.« Brynhild antwortet: »Mein bitterster Kummer ist, daß es mir nicht gelingt, ein scharfes Schwert in deinem Blut zu röten.«

Sigurd antwortet: »Sprich nicht so. Du mußt nicht lange warten, bevor ein scharfes Schwert in meinem Herzen stecken wird, und du wirst nichts Schlimmeres für dich erbitten, denn du wirst mich nicht überleben. Uns bleiben von jetzt an nur noch wenige Tage zu leben.« Brynhild antwortet: »Deine Worte entstehen aus großem Haß, nachdem du mich um alle Freude betrogen hast; mir ist mein Leben nichts mehr wert.« Sigurd antwortet: »Lebe und liebe König Gunnar und mich. All meinen Reichtum will ich geben, damit du nicht stirbst.«

Brynhild antwortet: »Du kennst meine Art nicht wirklich. Du übertriffst alle Männer, aber keine Frau haßt dich mehr als ich.« Sigurd antwortet: »Etwas anderes ist wahr. Ich liebe dich mehr als mich selbst, obwohl ich von dem Betrug betroffen war, und der kann nun nicht mehr rückgängig gemacht werden; immer, wenn ich bei mir war, bekümmerte es mich, daß du nicht meine Frau warst. Aber ich trug es nach außen hin, wie ich mußte, denn ich war ja in der Halle des Königs, und ich war doch froh, daß wir alle zusammen waren. Es kann sein, daß das geschieht, was vorhergesehen ist, und davon wollen wir nicht sprechen.« Brynhild antwortet: »Zu spät hast du mir gesagt, daß meine Trauer dich bekümmert; jetzt gibt mir das keine Genugtuung mehr.«

Sigurd antwortet: »Ich wollte gern, daß wir beide das Lager teilten und du meine Frau wärest.« Brynhild antwortet: »Davon kann keine Rede sein. Ich will nicht zwei Könige in einer Halle haben, und eher will ich mein Leben lassen, als König Gunnar betrügen.« Und sie erinnert ihn daran, wie sie sich auf dem Berg getroffen haben und sich Eide schworen, – »aber jetzt ist alles anders, und ich will nicht mehr leben«.

»Ich erinnerte mich nicht an deinen Namen«, sagte Sigurd, »und ich erkannte dich nicht, bevor du verheiratet warst, und das ist der größte Kummer.« Da sprach Brynhild: »Ich habe geschworen, den zum Mann zu nehmen, der durch meine Waberlohe reitet, und diesen Eid will ich halten oder sterben.« – »Bevor du stirbst, will ich dich heiraten und Gudrun verlassen«, sagt Sigurd, und seine Seiten schwollen so an, daß seine Brünnenringe zersprangen. »Ich will dich nicht«, sagte Brynhild, »und auch keinen anderen.« Sigurd ging fort. So heißt es im Sigurdlied:

25 Hinaus ging Sigurd   der Helden Freund,
gramgebeugt   von dem Gespräch,
so kaum noch fähig   der Kampfesfreude,
daß Seiten zersprangen   an seiner Brünne.

Und als Sigurd in die Halle kommt, fragt Gunnar, ob er wisse, was ihr Kummer sei und ob sie ihre Sprache wiedergefunden habe. Sigurd sagte, sie könne sprechen. Und nun ging Gunnar ein zweites Mal zu ihr und fragte, was ihr Kummer sei und womit man ihn beheben könne. »Ich will nicht mehr leben«, sagte Brynhild, »denn Sigurd hat mich betrogen und du nicht weniger, als du ihn in mein Bett steigen ließest. Nun will ich aber nicht zwei Männer in einer Halle haben, und deshalb muß entweder Sigurd sterben oder ich oder du, denn er hat alles Gudrun gesagt, und sie hält es mir vor.«

32 Die Gjukisöhne töten Sigurd

Danach ging Brynhild hinaus und setzte sich an ihre Kammerwand und klagte laut. Sie sagte, sie hasse alles, Land und Reich, wenn sie Sigurd nicht hätte. Und wieder kam Gunnar zu ihr. Da sprach Brynhild: »Du sollst alles verlieren: Macht und Reichtum, dein Leben und mich, und ich werde zu meinen Verwandten zurückkehren und dort traurig sitzen bleiben, wenn du nicht Sigurd und seinen Sohn tötest. Zieh das Wolfsjunge nicht auf!«

Da war Gunnar sehr verzweifelt, und es schien ihm schwierig zu entscheiden, was ihm am nächsten lag, denn er war durch Eid an Sigurd gebunden. Und es ging ihm vieles durch den Kopf, aber er fühlte doch, daß er am ehrlosesten dastehen werde, wenn ihn seine Frau verließe.

Gunnar sprach: »Brynhild ist mir in allem überlegen, und sie ist die schönste aller Frauen, und ich will lieber sterben als ihre Liebe verlieren.« Und er rief seinen Bruder Högni zu sich und sprach: »Ich bin in großen Schwierigkeiten.« Er sagt, er wolle Sigurd töten, und behauptete, dieser habe sein Vertrauen mißbraucht. »Wir könnten dann auch über das Gold und über das ganze Reich bestimmen.«

Högni sagt: »Es ist nicht richtig von uns, den Schwur mit Unfrieden zu brechen. Er vertraut uns fest. Kein König ist uns zu vergleichen, so lange der hunische König lebt, und so einen Schwager bekommen wir niemals wieder, und denke daran, wie gut es wäre, einen solchen Schwager und solche Neffen zu besitzen. Aber ich sehe schon, woher das kommt. Brynhild hat dich aufgehetzt, und ihr Rat bringt uns Schande und großen Schaden.«

Gunnar antwortet: »Es muß nach meinem Willen gehen. Wir wollen unseren Bruder Guttorm dazu aufstacheln. Er ist jung und unwissend und steht außerhalb aller Eide.« Högni sagt: »Das scheint mir ein übler Rat, und selbst, wenn es gelingt, werden wir dafür bezahlen müssen, daß wir einen solchen Mann betrügen.« Gunnar sagt, Sigurd müsse sterben, »sonst muß ich sterben.« Er bittet Brynhild, aufzustehen und fröhlich zu sein. Sie stand auf und sagte trotzdem, Gunnar werde nicht das Bett mit ihr teilen, bevor die Tat vollbracht sei.

Nun sprachen die Brüder miteinander. Gunnar sagt, es sei ein todeswürdiges Verbrechen, daß er Brynhilds Jungfernschaft genommen habe: »Und wir wollen Guttorm aufhetzen, die Tat zu vollbringen.« Und sie rufen ihn zu sich und bieten ihm Gold und viel Macht, damit er es tut. Sie nahmen eine Schlange und Wolfsfleisch und ließen sie kochen und gaben sie ihm zu essen, wie der Skalde dichtete:

26 Vom Waldfisch sie nahmen, vom Wolfsaas sie schnitten,
sie gaben Wolfsfleisch dem Guttorm zum Bier.

Und viele andere Dinge kamen mit in den Zauber. Und durch dieses Mahl und alles zusammen und die Vorhaltungen Grimhilds wurde er so wild und gewalttätig, daß er versprach, es zu tun. Sie versprachen ihm auch große Ehre dafür. Sigurd wußte nichts von diesem Verrat. Er konnte ohnehin gegen sein Schicksal und seinen Tod nichts unternehmen. Auch wußte er nicht, womit er Verrat von ihnen verdient hatte.

Guttorm ging am nächsten Morgen zu Sigurd hinein, als dieser in seinem Bett lag. Und als er ihn ansah, wagte Guttorm nicht, ihm Schaden zuzufügen und ging wieder hinaus. Und so ging er ein zweites Mal hinein. Sigurds Augen waren so scharf, daß kaum einer es wagte, hineinzusehen. Und er ging ein drittes Mal hinein, und da war Sigurd eingeschlafen. Guttorm zog das Schwert und hieb so auf Sigurd ein, daß die Schwertspitze unter ihm in den Kissen steckte. Sigurd erwacht von der Wunde, Guttorm aber ging zur Tür hinaus. Da nahm Sigurd das Schwert Gram und warf es nach ihm, und es traf ihn am Rücken und schnitt ihn in der Mitte durch. Der untere Teil fiel in die eine Richtung und der Kopf und die Arme in die andere, zurück in die Kammer.

Gudrun hatte in Sigurds Arm geschlafen und erwachte mit unaussprechlichem Kummer, als sie in seinem Blut schwamm. Und sie klagte so sehr, unter Tränen und Klagereden, daß Sigurd sich aufrichtete und sprach: »Weine nicht«, sagte er. »Deine Brüder leben zu deiner Freude. Aber ich habe einen allzu jungen Sohn, der sich nicht gegen seine Feinde schützen kann, und für ihre eigenen Angelegenheiten haben sie schlecht gesorgt. Nie mehr bekommen sie einen solchen Schwager, um mit ihnen im Heer zu reiten, und nie mehr einen solchen Neffen, wenn es ihm erlaubt ist aufzuwachsen. Und nun ist das geschehen, was schon seit langem vorausgesagt wurde; ich habe es bezweifelt, aber keiner kann etwas gegen sein Schicksal tun. Dies alles hat Brynhild verursacht, die mich mehr liebte als jeden anderen Mann. Und das will ich schwören, daß ich Gunnar nichts angetan habe und unseren Eid nicht verletzt habe und nicht ein übergroßer Freund seiner Frau war. Wenn ich hiervon früher gewußt hätte und mit meinen Waffen auf den Beinen gewesen wäre, hätten viele ihr Leben verloren, bevor ich fiel, und alle deine Brüder wären erschlagen, und es wäre für sie schwieriger gewesen, mich zu töten, als das größte Wisent oder den wildesten Eber.«

Und der König starb. Gudrun aber seufzte gequält auf. Das hörte Brynhild und lachte, als sie ihr Seufzen hörte. Da sprach Gunnar: »Du lachst jetzt nicht, weil du im Herzen froh bist; warum sonst hättest du deine Gesichtsfarbe verloren? Du bist ein Ungeheuer, und es ist wahrscheinlicher, daß du todgeweiht bist, und nichts hättest du mehr verdient, als wenn König Atli getötet würde vor deinen Augen und du müßtest dabeistehen. Nun werden wir über unseren Schwager und Brudermörder zu Gericht sitzen.« Sie antwortet: »Man kann nicht tadeln, daß hier nicht genug getötet worden sei. Aber König Atli kümmert sich nicht um eure Drohungen und euren Zorn; er wird länger leben als ihr und mehr Macht besitzen.« Högni sprach: »Nun ist das geschehen, was Brynhild vorhersagte, und diese Untat können wir nie wieder gutmachen.«

Gudrun sprach: »Meine Verwandten haben meinen Mann getötet. Wenn ihr von nun an mit dem Heer reitet, und es zum Kampf kommt, dann werdet ihr spüren, daß Sigurd nicht mehr an eurer Seite ist. Und dann werdet ihr erkennen, daß Sigurd eure Kraft und Stärke war, und wenn er solche Söhne hätte, wie er selbst war, dann hättet ihr euch mit seinen Nachkommen und Verwandten stärken können.« Nun konnte keiner verstehen, daß Brynhild lachend anzettelte, was sie jetzt weinend betrauerte. Da sprach sie: »Es träumte mir, Gunnar, daß ich ein kaltes Bett hatte und du deinen Feinden in die Arme rittest, und eurem ganzen Geschlecht wird es schlimm ergehen, weil ihr Eidbrecher seid. Und als du ihn verraten hast, erinnertest du dich ungenau, wie ihr euer Blut mischtet, Sigurd und du, und du hast ihm übel gelohnt, daß er dir alles mögliche Gute getan hat und dir überall den Vortritt ließ. Als er zu mir kam, legte er den Beweis dafür ab, wie er seine Eide hielt, indem er das scharfschneidige Schwert zwischen uns legte, das mit Gift gehärtet war. Und bald schon habt ihr geplant, ihm und mir zu schaden, als ich bei meinem Vater daheim war und alles hatte, was ich begehrte, und ich wollte nicht, daß einer von euch mein werden sollte, als ihr drei Könige in den Hof rittet. Später nahm mich Atli zur Seite, um mit mir zu sprechen, und fragte, ob ich den nehmen wollte, der Grani ritt. Der sah euch nicht ähnlich. Und da versprach ich mich dem Sohn König Sigmunds und keinem anderen. Und es wird nicht nach eurem Willen gehen, auch wenn ich sterbe.«

Da stand Gunnar auf und legte seine Arme um ihren Hals und bat sie, zu leben und eine Geldbuße anzunehmen, und auch alle anderen wollten sie davon abhalten zu sterben. Aber sie stieß jeden von sich, der zu ihr kam, und sagte, es nütze nichts, sie von ihren Plänen abzuhalten. Danach wandte sich Gunnar an Högni und fragte ihn um Rat und bat ihn, zu gehen und herauszufinden, ob er ihren Sinn erweichen könne, und sagte, es sei sehr wichtig, ihren Kummer zu beruhigen, bevor allzuviel Zeit vergehe. Högni antwortet: »Niemand soll sie daran hindern, zu sterben, denn sie hat uns und niemandem jemals genützt, seit sie hierherkam.«

Nun bat sie, viel Gold herzubringen, und bat alle herzukommen, die Gold annehmen wollten. Dann nahm sie ein Schwert und stach es sich unter den Arm und sank zurück in die Kissen und sprach: »Nun soll jeder Gold nehmen, der es annehmen will.« Alle schwiegen. Brynhild sagte: »Nehmt das Gold und benutzt es gut.« Dann sprach sie zu Gunnar: »Nun will ich dir kurz sagen, was weiterhin geschehen wird. Du wirst dich schnell mit Gudrun versöhnen durch den Rat der zauberkundigen Grimhild. Gudruns und Sigurds Tochter heißt Svanhild. Sie wird die schönste Frau sein, die jemals geboren wurde. Gudrun wird gegen ihren Willen mit Atli verheiratet. Du wirst Oddrun heiraten wollen, aber Atli wird es verbieten. Dann wirst du sie heimlich besitzen, und sie wird dich lieben. Atli wird dich verraten und in eine Schlangengrube setzen, und später werden Atli und seine Söhne getötet werden, und es wird Gudrun sein, die sie tötet. Dann werden große Wellen sie zur Burg des Königs Jonak tragen. Dort wird sie edle Söhne gebären. Svanhild wird aus dem Land geschickt und mit König Jörmunrek verheiratet werden. Bikkis Ränke werden sie vernichten. Und dann wird es aus sein mit eurem ganzen Geschlecht, und Gudruns Kummer wird sich noch vermehren.

33 Brynhilds Tod

Nun bitte ich dich, Gunnar, um ein letztes. Laß einen großen Scheiterhaufen auf dem Abhang für uns alle machen: für mich und Sigurd und diejenigen, die mit ihm getötet wurden. Laß ein Zelt darüberspannen, mit Männerblut gefärbt, und laß dort diesen hunischen König mit mir an seiner einen Seite verbrennen, zu seiner anderen Seite meine Männer, zwei am Kopfende und zwei zu seinen Füßen, und zwei Falken. So ist es gerecht aufgeteilt. Laßt dort zwischen uns ein gezogenes Schwert liegen, wie damals, als wir das Brautbett teilten und versprachen, Mann und Frau zu werden. Die Tür wird sich nicht gleich hinter ihm schließen, wenn ich ihm folge, und unser Grabgefolge wird nicht unwürdig sein, wenn ihm die fünf Mägde und acht Diener folgen, die mein Vater mir gab. Und dort sollen auch die brennen, die mit Sigurd getötet wurden. Ich würde noch mehr sagen, wenn ich nicht verwundet wäre, aber nun rauscht die Woge, und die Wunde öffnet sich, und ich habe dennoch wahr gesprochen.«

Nun bereitete man Sigurds Leiche nach alter Sitte vor und machte einen großen Scheiterhaufen. Und als er kräftig brannte, da wurde der Leichnam des Sigurd Fafnisbani und der seines dreijährigen Sohnes, den Brynhild töten ließ, obenauf gelegt, und auch Guttorms Leichnam. Und als der Scheiterhaufen vollständig brannte, ging Brynhild hinaus und befahl ihren Kammerfrauen, sich das Gold zu nehmen, das sie ihnen geben wollte. Und danach stirbt Brynhild und verbrannte dort mit Sigurd, und so endete ihr Leben.

34 Gudrun wird gezwungen, Atli zu heiraten

Nun sagt jeder, der von dieser Nachricht hört, daß kein Mann von dieser Art auf der Welt übrig ist und daß auch nie wieder ein Mann geboren wird, der Sigurd in irgendeiner Weise gleicht, und daß sein Name in der deutschen Sprache und in den Ländern des Nordens niemals in Vergessenheit geraten wird, solange die Welt besteht.

Es wird erzählt, daß Gudrun eines Tages in ihrer Kammer saß und sprach: »Besser wäre unser Leben, wenn ich Sigurd hätte. Er war allen anderen Männern so überlegen wie das Gold dem Eisen oder der Lauch den anderen Kräutern oder Hirsche anderen Tieren, bis meine Brüder mich eines solchen Mannes beraubten, der allen voraus war. Sie konnten nicht schlafen, ehe sie ihn getötet hatten. Großen Lärm machte Grani, als er seinen Herrn verwundet sah. Später sprach ich mit ihm wie mit einem Menschen, aber er ließ den Kopf zu Boden hängen und wußte, daß Sigurd gefallen war.«

Dann machte sich Gudrun auf in den Wald und hörte überall um sich Wolfsgeheul, und sie wollte lieber sterben, als so weiterleben. Gudrun zog weiter, bis sie zu der Halle des Königs Half kam, und blieb für sieben Halbjahre bei Thora Hakonsdottir in Dänemark und lebte dort in großer Gunst, und sie webte einen Teppich für sie und webte viele und große Taten hinein und schöne Spiele, die zu diesen Zeiten üblich waren, Schwerter und Brünnen und allen Königsstaat und das Schiff König Sigmunds, das vom Land wegfährt. Und sie webten hinein, wie Sigar und Siggeir in Fjon im Süden kämpften. Daran hatten sie ihre Freude, und Gudrun war in ihrem Kummer etwas getröstet.

Grimhild fand heraus, wo Gudrun untergekommen war. Sie holte ihre Söhne zum Gespräch und fragte, wie sie Gudrun den Tod ihres Sohnes und Mannes büßen wollten, und sie sagte, das seien sie ihr schuldig. Gunnar spricht. Er sagt, er wolle ihr Gold geben und so ihren Kummer lindern. Sie schicken nach ihren Freunden und bereiten ihre Pferde, Helme, Schilde, Schwerter und Brünnen und die ganze Rüstung vor. Und diese Fahrt wurde aufs prächtigste vorbereitet, und keiner der großen Helden blieb da daheim. Ihre Pferde waren gepanzert, und jeder Reiter hatte entweder einen goldenen oder einen hell polierten Helm. Grimhild beschloß, mit ihnen zu reisen und sagte, ihr Anliegen sei nur dann vollständig zu erreichen, wenn sie nicht zu Hause bliebe. Sie waren insgesamt 500 Männer. Sie hatten auch berühmte Männer bei sich. Da war Valdemar von Dänemark und Eymod und Jarisleif.

Sie betraten König Halfs Halle. Da waren Langobarden, Franken und Sachsen. Sie gingen in voller Rüstung und trugen rote Umhänge, wie es in dem Gedicht heißt:

27 Kurze Brünnen, kunstvolle Helme,
die Schwerter gegürtet, und braun der Schopf.

Sie wollten ihrer Schwester gute Gaben schenken und sprachen freundlich mit ihr, aber sie glaubte keinem von ihnen. Dann gab Grimhild ihr einen schädlichen Trank, und sie mußte ihn trinken und wußte danach von keiner Anklage mehr. Dieser Trank war mit der Kraft der Erde und des Meeres und mit dem Blut ihres Sohnes gemischt, und in das Horn waren alle möglichen Runen geritzt und mit Blut gerötet, wie hier gesagt wird:

28 Im Innern des Hornes   alle Runen
geritzt und gerötet   und nicht zu erraten.
Eine lange Schlange   aus der Haddinge Land,
ungeschnitt'ne Ähren   und Eingeweide.

29 Es war in das Bier   viel Böses gemischt:
viele Kräuter,   verbrannte Eicheln,
schwarzer Herdtau,   Schweineleber.
Die Klage betäubt   mit Eingeweiden.

Und danach, als sie sich einig waren, wurde ein großes Freudenfest gefeiert. Da sprach Grimhild, als sie Gudrun traf: »Alles Gute für dich, Tochter. Ich gebe dir Gold und allerlei Edelsteine aus dem Erbe deines Vaters, kostbare Ringe und das Bettzeug der schönsten hunischen Mädchen, um Buße zu zahlen für deinen Mann. Dann soll dich König Atli der Mächtige heiraten. Du wirst über seinen Reichtum bestimmen. Verlaß nicht deine Verwandten wegen eines Mannes, und tu lieber, was wir verlangen.« Gudrun antwortet: »Niemals will ich König Atli heiraten; es bringt keine Ehre, unser Geschlecht auf diese Weise zu vergrößern.«

Grimhild antwortet: »Du darfst jetzt nicht auf Rache sinnen; tu so, als ob Sigurd und Sigmund lebten, wenn du Söhne hast.« Gudrun sagt: »Ich werde nicht aufhören, an ihn zu denken. Er war der beste aller Männer.« Grimhild sagt: »Dieser König ist dir zur Ehe bestimmt, oder du sollst keinen bekommen.« Gudrun sagt: »Bietet mir nicht diesen König an, denn daraus wird diesem Geschlecht Unheil drohen, und er wird unsere Söhne grausam behandeln, und später wird grausige Rache über ihn kommen.« Grimhild nahm ihr diese Worte über ihre Söhne übel und sprach: »Tu, wie wir befehlen, und du wirst dafür viel Ehre und unsere Freundschaft erhalten, und außerdem die Orte, die so heißen: Vinbjörg und Valbjörg.« Ihre Worte wogen so schwer, daß es so kommen mußte. Gudrun sprach: »Es muß wohl so geschehen, aber gegen meinen Willen, und daraus wird wenig Freude entstehen, sondern Kummer.«

Dann stiegen sie auf ihre Pferde, und die Frauen wurden in Wagen gesetzt, und so reisten sie sieben Tage zu Pferde und weitere sieben zu Schiff und noch weitere sieben auf dem Landweg, bis sie zu einer hohen Halle kamen. Da kam ihr eine große Menschenmenge entgegen, und ein großartiges Fest war vorbereitet, wie vorher schon zwischen ihnen verabredet war, und es ging mit Ehre und großer Pracht vor sich. Und bei diesem Fest feiert Atli Hochzeit mit Gudrun. Aber ihre Gedanken lachten niemals mit ihm, und ihr Zusammenleben war wenig freundlich.

35 Atli plant Verrat gegen Gudruns Brüder

Nun wird von einer Nacht erzählt, daß König Atli aus dem Schlaf erwachte. Er sprach mit Gudrun: »Es träumte mir«, sagt er, »daß du mit einem Schwert auf mich zieltest.« Gudrun deutete den Traum und sprach, es weise auf Feuer hin, wenn man von Eisen träume, »und auf deinen Selbstbetrug, wenn du glaubst, du seist der beste der Männer«.

Atli sagte: »Mir träumte, es seien hier zwei Schilfrohre gewachsen, und ich wollte ihnen niemals schaden. Dann wurden sie mit den Wurzeln ausgerissen und waren rot von Blut und wurden zum Tisch gebracht und mir zu essen angeboten. Weiter träumte ich, zwei Falken seien von meiner Hand geflogen, aber sie hatten keine Beute und flogen zur Hel. Ihre Herzen schienen mir mit Honig gemischt, und ich schien sie zu essen. Dann schien es mir, als lägen zwei schöne Welpen vor mir und schrien laut, und ich aß ihre Leichen, ohne es zu wollen.« Gudrun sagt: »Deine Träume sind nicht gut, aber es wird so kommen. Deine Söhne werden todgeweiht sein, und viele schwere Dinge werden über uns kommen.« – »Weiter träumte ich«, sagt er, »daß ich auf dem Krankenlager lag und mein Tod sei beschlossen.«

Nun verging die Zeit, und ihr Zusammenleben war kümmerlich. Da fragte sich Atli, was aus dem vielen Gold geworden sei, das Sigurd besessen hatte und über das nun König Gunnar und seine Brüder verfügten.

Atli war ein großer und mächtiger König, weise und mit großem Gefolge. Er beratschlagt nun mit seinen Männern, wie man vorgehen soll. Er weiß, daß Gunnar und die seinen viel mehr Reichtum besaßen, als daß sich irgend jemand mit ihnen vergleichen konnte.

Nun beschließt er, Männer zu den Brüdern zu schicken und sie zu einem Fest einzuladen und ihnen auf viele Weise Ehre zu erweisen. Der Mann, der sie anführte, wurde Vingi genannt.

Die Königin erfuhr von dem heimlichen Treffen und vermutet, es könne Verrat gegen ihre Brüder geplant sein. Gudrun ritzt Runen, und sie nimmt einen Goldring und knüpft ein Wolfshaar hinein und gibt das den Boten des Königs. Dann zogen sie los, wie der König befohlen hatte. Und bevor sie an Land stiegen, sah Vingi die Runen und veränderte sie so, daß Gudrun in Runen drängte, daß sie zu dem Fest kämen. Dann kamen sie in König Gunnars Halle und wurden freundlich aufgenommen, und es wurden große Feuer für sie gemacht. Und dann tranken sie mit Freuden den besten Trank.

Da sprach Vingi: »König Atli schickt mich hierher und will, daß ihr ihn besucht mit großer Ehre und von ihm viel Ehre annehmt, Helme und Schilde, Schwerter und Brünnen, Gold und gutes Tuch, Truppen und Pferde und ein großes Lehen, und ihr sollt am liebsten sein Reich bekommen.«

Da schüttelte Gunnar den Kopf und sprach zu Högni: »Was sollen wir von diesem Angebot halten? Er bietet uns großen Reichtum an, dabei weiß ich keinen König, der so viel Gold besitzt wie wir, denn wir haben all das Gold, das auf der Gnitaheide lag, und wir besitzen große Kammern voll mit Gold und mit den besten Schlagwaffen und allen Arten von Rüstung. Ich weiß, daß mein Pferd das beste ist, mein Schwert das schärfste und mein Gold das wertvollste.«

Högni antwortet: »Ich wundere mich über sein Angebot, denn das hat er selten getan, und es ist nicht ratsam, zu ihm zu ziehen. Und das wunderte mich, als ich die Schmuckstücke sah, die König Atli uns sandte, daß ich ein Wolfshaar in einen Goldring geknüpft sah. Mag sein, daß Gudrun ihn des Verrats an uns verdächtigt und nicht will, daß wir fahren.«

Vingi zeigt ihm nun die Runen, von denen er behauptete, Gudrun habe sie gesandt. Nun ging jedermann zum Schlafen, aber sie tranken mit einigen Männern. Da trat Högnis Frau dazu, die Kostbera hieß, eine sehr schöne Frau, und schaute auf die Runen. Gunnars Frau hieß Glaumvör, eine ganz großartige Frau. Sie schenkten ein. Die Könige wurden entsetzlich betrunken.

Das merkte Vingi und sprach: »Es ist nicht zu verheimlichen, daß König Atli allzu schwerfällig und alt geworden ist, um sein Reich zu verteidigen; und seine Söhne sind noch jung und zu nichts nütze. Er will euch die Macht über sein Reich geben, solange ihr noch so jung seid, und er wäre sehr froh, wenn ihr davon Gebrauch machen würdet.«

Nun war es so, daß Gunnar sehr betrunken war und daß ihm viel Macht angeboten wurde; außerdem konnte er seinem Schicksal nicht entgehen. Da versprach er die Reise und sagte es seinem Bruder Högni. Der antwortete: »Euer Versprechen muß gehalten werden, und ich werde dir folgen, aber ich bin nicht begierig auf diese Reise.«

Und als die Männer soviel getrunken hatten, wie sie wollten, da gingen sie schlafen. Kostbera begann die Runen zu betrachten und las die Zeichen und sah, daß etwas anderes darübergeritzt war, als darunterstand, und daß die Runen verfälscht worden waren. In ihrer Weisheit verstand sie sie dennoch. Danach ging sie zu ihrem Mann ins Bett.

Und als sie erwachten, sprach sie zu Högni: »Du planst eine Reise weg von hier, aber das ist nicht ratsam. Geh lieber ein anderes Mal. Und du kannst nicht sehr runenkundig sein, wenn du meinst, deine Schwester habe dich diesmal eingeladen. Ich las die Runen und wunderte mich, daß eine so kluge Frau wie sie falsch geritzt hatte. Aber darunter scheint euer Tod angedeutet zu sein; entweder hat ihr ein Stab gefehlt oder jemand anders hat die Runen verfälscht. Und nun sollst du meinen Traum hören:

36 Kostberas Warnung

Ich träumte, es käme mir so vor, als ob ein reißender Fluß hier hereingeströmt sei und die Balken in der Halle zerbrochen hätte.« Er antwortet: »Du siehst oft Böses voraus, und ich bin nicht von der Art, feindlich gegen Männer vorzugehen, wenn es nicht gerechtfertigt ist. Er wird uns freundlich empfangen.«

Sie sagt: »Ihr werdet es ja herausfinden, aber diese Einladung ist nicht aus Freundschaft ausgesprochen worden. Und weiter träumte ich, daß ein zweiter Fluß hereinströmte und schrecklich rauschte und alle Bänke in der Halle und die Beine deiner Brüder brach; das muß etwas bedeuten.« Er antwortet: »Was dir wie ein Fluß vorkam, werden Äcker sein, denn wenn wir durch ein Feld gehen, verdecken oft große Halme unsere Beine.«

»Ich träumte«, sagt sie, »daß deine Bettdecke brannte, und das Feuer flackerte bis hinauf in die Halle.« Er antwortet: »Ich weiß genau, was das ist. Unsere Kleider liegen hier ein wenig unordentlich, und sie brannten, wo es dir wie die Bettdecke vorkam.« – »Mir schien es, als käme ein Bär herein«, sagt sie, »und zerbrach den Hochsitz des Königs und schüttelte seine Tatzen so sehr, daß wir alle erschraken, und später hatte er uns alle in seinem Maul, so daß wir nichts tun konnten, und daraus entstand großer Schrecken.« Er antwortet: »Es wird ein großes Unwetter kommen, wo du einen weißen Bären gesehen hast.«

»Ein Adler schien mir hereinzukommen«, sagt sie, »und durch die Halle zu fliegen, und er bespritzte mich und uns alle mit Blut; das muß etwas Böses bedeuten, denn es schien mir, als hätte er König Atlis Gestalt.« Er antwortet: »Oft schlachten wir viel und schlagen einen großen Ochsen zu unserem Vergnügen; es kündigt Ochsen an, wenn man von Adlern träumt; Atli will uns wohl.« Und dann beendeten sie dieses Gespräch.

37 Glaumvörs Warnung. Die Gjukisöhne ziehen zu Atli

Nun ist von Gunnar zu berichten, daß dort dasselbe geschah, als sie erwachten, daß Glaumvör, Gunnars Frau, ihm ihre vielen Träume erzählte, die ihr auf Verrat hinzudeuten schienen, aber Gunnar widersprach ihr in allen Fällen. »Dies war einer von ihnen«, sagte sie, »daß es mir vorkam, als würde ein blutiges Schwert hier in die Halle gebracht, und du wurdest von diesem Schwert durchbohrt, und an beiden Enden des Schwertes heulten Wölfe.« Der König antwortet: »Kleine Hunde wollen uns beißen, und Hundegebell wird oft von Waffen mit blutiger Farbe angekündigt.«

Sie sprach: »Dann schienen mir Frauen hereinzukommen, die waren häßlich und wählten dich zum Mann. Mag sein, daß das deine Disen gewesen sind.« Er antwortet: »Jetzt wird es schwierig zu deuten, aber keiner kann seinem Schicksal entgehen, und es ist nicht unwahrscheinlich, daß wir ein kurzes Leben haben werden.«

Und am Morgen standen sie auf und sollten aufbrechen, andere aber wollten sie aufhalten. Da sprach Gunnar mit einem Mann namens Fjörnir: »Steh auf und gib uns aus dem großen Faß mit gutem Wein zu trinken, denn es kann sein, daß dies unser letztes Fest wird. Der alte Wolf wird das Gold bekommen, wenn wir sterben, und der Bär wird nicht versäumen, mit seinen Kampfzähnen zuzubeißen.«

Danach begleitete das Gefolge sie weinend hinaus. Högnis Sohn sprach: »Lebt wohl und viel Glück.« Der größte Teil ihres Gefolges blieb zurück. Solar und Snaevar, Högnis Söhne, gingen mit, und ein großer Held, der Orkning hieß. Er war der Bruder von Bera*. Die Leute geleiteten sie zu den Schiffen und versuchten, sie von der Reise abzuhalten, aber es nützte nichts.

Da sprach Glaumvör: »Vingi«, sagt sie, »es steht zu erwarten, daß großes Unglück aus deinem Besuch entsteht und daß sich bedeutende Ereignisse aus deiner Reise ergeben.« Er antwortet: »Ich schwöre, daß ich nicht lüge; der hohe Galgen und alle bösen Geister sollen mich haben, wenn ich mit einem Wort lüge.« Und er schonte sich nicht mit solchen Worten.

Da sprach Bera: »Lebt wohl und viel Glück.« Högni antwortet: »Seid fröhlich, was auch immer mit uns geschieht.« Dort trennten sie sich, jeder mit seinem Schicksal vor sich.

Dann rudern sie so schnell und mit so viel Kraft, daß der Kiel sich zur Hälfte vom Schiff löste. Sie legten sich kräftig und mit großen Schlägen in die Ruder, so daß Handgriffe und Dollen brachen. Und als sie an Land kommen, befestigen sie ihre Schiffe nicht. Dann reiten sie auf ihren ausgezeichneten Pferden eine Weile durch einen dunklen Wald. Nun sehen sie den Königshof. Von dort hören sie großen Lärm und Waffengeklirr und sehen eine große Menschenmenge und die großen Vorbereitungen, die sie trafen, und an allen Burgtoren wimmelte es von Männern. Sie ritten zu der Burg, aber sie war verschlossen. Högni brach das Tor auf, und nun reiten sie in die Burg.

Da sprach Vingi: »Das hättest du besser nicht getan, und nun wartet hier, während ich euren Galgenbaum aussuche. Ich lud euch freundlich ein, aber Verrat wohnte darunter. Nun dauert es nur noch eine kleine Weile, bis ihr aufgeknüpft werdet.« Högni antwortet: »Wir werden vor dir nicht zurückweichen, und ich glaube

---

* Bera = Kostbera, Högnis Frau.

kaum, daß wir zittern, wo Männer kämpfen, und es nützt dir nichts, uns zu erschrecken, denn mit dir wird es böse enden.« Dann warfen sie ihn zu Boden und erschlugen ihn mit den stumpfen Seiten ihrer Äxte.

38 Der Kampf in Atlis Burg

Nun reiten sie zur Königshalle. König Atli teilt sein Heer zum Kampf ein; die Gruppen wurden getrennt, so daß ein Hof zwischen ihnen lag. »Seid willkommen bei uns«, sagt er, »und gebt mir das viele Gold, das uns gehört, den Schatz, der Sigurd gehörte, jetzt aber Gudrun.«

Gunnar sagt: »Niemals bekommst du den Schatz, und du wirst hier auf tapfere Männer treffen, bevor wir unser Leben lassen, wenn du uns feindlich gegenübertrittst. Kann sein, daß du dieses Fest großartig und freigebig für Adler und Wolf vorbereitest.« – »Lange schon habe ich im Sinn«, sagt Atli, »euch das Leben zu nehmen und über das Gold zu bestimmen und euch die Schandtat zu vergelten, daß ihr euren besten Schwager verrietet; ich werde ihn rächen.« Högni antwortet: »Es nützt dir nichts, daß du diesen Plan lange erwogen hast, wenn er noch nicht fertig ist.«

Nun begann ein harter Kampf, zunächst mit Geschoßhagel. Davon erfuhr Gudrun, und als sie das hörte, wurde sie zornig und warf ihr Kleid ab. Dann ging sie hinaus und begrüßte die, die gekommen waren, küßte ihre Brüder und zeigte ihnen ihre Liebe; das war ihr letztes Treffen. Sie sprach: »Ich dachte, ich hätte eine Möglichkeit gefunden, euer Kommen zu verhindern. Aber keiner kann seinem Schicksal entgehen.« Dann sprach sie: »Wird es etwas nützen, nach einem Vergleich zu suchen?« Aber das lehnten alle rundheraus ab.

Nun sieht sie, daß das Blatt sich gegen ihre Brüder wendet, und faßt einen kühnen Entschluß, fuhr in eine Brünne und nahm sich ein Schwert und kämpfte mit ihren Brüdern und griff an wie der tapferste Mann. Und alle sagten übereinstimmend, daß sie nie eine Verteidigung wie diese gesehen hätten. Es gab große Verluste, doch der Angriff der Brüder war erfolgreich. Der Kampf dauerte lange an, bis zur Mitte des Tages. Gunnar und Högni durchbrachen König Atlis Reihen, und es wird berichtet, daß der ganze Abhang im Blut schwamm. Högnis Söhne greifen nun heftig an.

König Atli sprach: »Wir haben ein großes und freies Heer und viele Kämpen, aber nun sind viele von uns gefallen, und wir haben euch Übles heimzuzahlen: Erschlagen sind 19 von meinen Kämpen, und nur noch elf sind übrig.« Und es gab eine Kampfpause.

Da sprach König Atli: »Wir waren vier Brüder, und ich bin als einziger übrig. Ich erwarb mir vornehme Verwandtschaft und dachte, das würde mir nützen. Ich hatte eine schöne und weise Frau, hochherzig und entschlossen, aber ich kann ihre Weisheit nicht nutzen, weil wir uns selten einig sind. Nun habt ihr viele meiner Verwandten getötet und mich um das Reich und den Schatz betrogen und den Tod meiner Schwester verschuldet, und das bekümmert mich am meisten.« Högni sagt: »Warum redest du jetzt so? Du hast den Frieden als erster gebrochen. Du hast meine Verwandten genommen und sie verhungern lassen und ermordet und den Schatz gestohlen, und das war nicht königlich. Und lächerlich erscheint es mir, daß du hier deine Kümmernisse aufzählst; ich will den Göttern danken, wenn es dir schlecht ergeht.«

39 Gunnar und Högni werden gefangengenommen und getötet

Nun hetzt König Atli sein Heer zu einem harten Angriff auf. Sie kämpfen tapfer, und die Gjukungen greifen so fest an, daß König Atli in die Halle gedrängt wird und nun drinnen kämpft; und es war ein wilder Kampf. Er brachte große Verluste, und es endete so, daß die ganze Truppe der Brüder fiel, bis sie nur noch zu zweit dastanden, und vorher fuhren viele Männer zur Hel durch ihre Waffen. Nun wird König Gunnar angegriffen, und wegen der Übermacht wurde er gefangengenommen und gefesselt. Danach kämpfte Högni allein mit großer Tapferkeit und Mannhaftigkeit und tötete 20 von König Atlis größten Kämpfern. Er schleuderte viele in das Feuer, das in der Halle gemacht worden war. Alle waren sich einig, daß sie niemals einen solchen Mann gesehen hatten. Dennoch wurde er schließlich überwältigt und gefangengenommen. König Atli sprach: »Ein großes Wunder ist das, wie viele Männer er hier gefällt hat. Nun schneidet ihm das Herz heraus, das soll sein Tod sein.«

Högni sprach: »Macht es, wie es euch gefällt. Ich werde freudig erwarten, was du tun wirst, und du wirst sehen, daß mein Herz nicht furchtsam ist und daß ich zuvor schon harte Prüfungen erlebt habe; ich wäre begierig darauf, Männerproben zu erdulden, wenn ich unverletzt wäre. Nun aber bin ich schwer verwundet, und da wirst du über den Ausgang unseres Streits entscheiden.«

Da sprach ein Ratgeber König Atlis: »Ich sehe eine bessere Möglichkeit. Nehmen wir lieber den Sklaven Hjalli als Högni. Dieser Sklave ist ohnehin todgeweiht. Er ist lästig, solange er lebt.«

Der Sklave hört das und schreit laut und lief fort dorthin, wo er Rettung vermutete. Er sagte, er habe ein schlechtes Los aus ihrem Streit gezogen und müsse nun bezahlen. Er sagte, das sei ein schlechter Tag, wenn er von seinem guten Leben und dem Schweinehüten wegsterben müsse. Sie ergriffen ihn und zogen die Messer. Er schrie laut, schon bevor er die Spitzen spürte. Da sprach Högni, wie es nur bei wenigen üblich ist, wenn sie in Todesgefahr kommen, daß er für das Leben des Sklaven bat, und sagte, er wolle das Kreischen nicht hören, es sei für ihn leichter, dieses Spiel zu spielen. Der Sklave wurde losgelassen und behielt sein Leben.

Nun lagen sie beide in Fesseln, Gunnar und Högni. Da sagte König Atli zu König Gunnar, er solle ihm sagen, wo das Gold liege, wenn er sein Leben behalten wolle. Er antwortet: »Eher will ich das blutige Herz meines Bruders Högni sehen.«

Und nun ergriffen sie den Sklaven ein zweites Mal und schnitten ihm das Herz heraus und brachten es vor König Gunnar. Er antwortet: »Hier kann man das Herz des feigen Hjalli sehen; es ist dem Herzen des tapferen Högni ganz unähnlich, denn es zittert sehr, und es zitterte noch mehr, als es in seiner Brust lag.«

Nun gingen sie auf Drängen von König Atli auf Högni los und schnitten ihm das Herz heraus. Und so groß war seine Stärke, daß er lachte, während er diese Qual ertrug, und alle staunten über seinen Mut, und das ist später im Gedächtnis geblieben. Sie zeigten Gunnar Högnis Herz.

Er antwortet: »Hier kann man das Herz des tapferen Högni sehen, und es ist ganz anders als das Herz des feigen Hjalli, denn es zittert wenig, und noch weniger zitterte es, als es in seiner Brust lag. Und so wirst du, Atli, dein Leben lassen, wie wir nun das unsere lassen. Und nun weiß ich allein, wo das Gold ist, und Högni wird es dir nicht sagen. Ich mußte vieles bedenken, solange wir noch beide lebten, aber nun habe ich allein für mich zu entscheiden. Lieber soll der Rhein das Gold besitzen, als daß es die Hunnen an ihren Armen tragen.«

König Atli sprach: »Bringt den Gefangenen fort.« Und so geschah es. Gudrun sammelte nun Männer um sich, trifft Atli und sagt: »Es soll dir schlecht ergehen, nach dem Maß, wie du gegen mich und Gunnar Wort gehalten hast.«

Nun wurde König Gunnar in eine Schlangengrube gesetzt. Darin waren viele Schlangen, und seine Hände waren festgebunden. Gudrun schickte ihm eine Harfe, und er zeigte seine Kunst und schlug die Harfe mit großer Kunstfertigkeit, indem er die Saiten mit den Zehen zupfte; und er spielte so gut und großartig, daß wenige ein so gutes Spiel mit den Händen gehört hatten. Und dazu spielte er so, daß die Schlangen alle einschliefen, bis auf eine große und bösartige Natter, die zu ihm kroch und ihren Kopf so weit hineingrub, daß sie sein Herz traf. Und da ließ er sein Leben mit großer Tapferkeit.

40 Gudrun tötet Atli und die gemeinsamen Söhne

König Atli glaubte nun, einen großen Sieg errungen zu haben, und sprach mit Gudrun in spottendem Ton, als ob er scherze: »Gudrun«, sagte er, »nun hast du deine Brüder verloren, und du selbst hast es verursacht.« Sie antwortet: »Das gefällt dir gut, mich dieses Totschlags zu bezichtigen. Aber es kann sein, daß du es bereust, wenn du merkst, was daraus folgt, und das Erbe lebt am längsten, Grausamkeit nicht zu mildern, und es wird dir nicht gut gehen, solange ich lebe.«

Er antwortet: »Wir sollten nun Frieden schließen, und ich will dir für deine Brüder Gold und kostbare Edelsteine nach deinem Wunsch als Buße zahlen.« Sie antwortet: »Lange war ich nicht einfach im Umgang, und ich konnte es noch ertragen, solange Högni lebte. Du wirst niemals meine Brüder so büßen, daß es mich zufriedenstellt, aber oft werden wir Frauen durch eure Gewalt gezwungen. Nun sind meine Verwandten alle tot, und du allein kannst nun über mich bestimmen. Ich werde dieses Los annehmen; laß uns ein großes Fest machen, denn ich will meinen Brüdern und auch deinen Verwandten das Erbmahl bereiten.«

Sie tat nun sanft mit ihren Worten, aber darunter war sie doch angegriffen. Er ließ sich überzeugen und glaubte ihren Worten, als sie so leicht redete. Gudrun bereitet nun das Erbmahl für ihre Brüder und König Atli ebenso für seine Männer, und dieses Fest wurde mit großem Trubel gefeiert.

Nun dachte Gudrun an ihren Kummer und wartet darauf, dem König eine große Schande zuzufügen. Und am Abend nahm sie ihre Söhne mit König Atli, als diese beim Bettpfosten spielten. Die Jungen bekamen Angst und fragten, was sie sollten. Sie antwortet: »Fragt nicht. Ihr sollt beide sterben.« Sie antworteten: »Du kannst mit deinen Kindern tun, was du willst, das kann dir niemand verbieten, aber du wirst Schande davontragen, wenn du das tust.« Da schnitt sie ihnen die Kehle durch.

Der König fragte später, wo seine Söhne seien. Gudrun antwortet: »Ich werde es dir sagen und dein Herz erfreuen. Du hast uns großen Kummer bereitet, als du meine Brüder tötetest. Nun sollst du meine Entscheidung hören. Du hast deine Söhne verloren, und ihre Schädel sind beide als Tischbecher hier, und du selbst hast ihr Blut, mit Wein vermischt, getrunken. Dann nahm ich ihre Herzen und briet sie am Spieß, und du hast sie gegessen.«

König Atli antwortet: »Grausam bist du, daß du deine Söhne tötest und mir ihr Fleisch zu essen gabst; wenig Zeit läßt du zwischen deinen Bosheiten vergehen.« Gudrun sagt: »Es wäre mein Wunsch, dir viel Schande zu bereiten; es ergeht einem solchen König niemals schlimm genug.« Der König sprach: »Du hast beispiellose Untaten begangen, und es ist viel Dummheit in solch harten Reden. Es wäre richtig, dich auf einem Scheiterhaufen zu verbrennen und dich zuvor noch zu Tode zu steinigen; dann bekämest du, was du für dein Tun verdienst.« Sie antwortet: »Das prophezeist du für dich selbst, ich aber werde einen anderen Tod zugeteilt bekommen.« Sie sprachen voller Haß miteinander.

Högni hatte noch einen Sohn, der Niflung hieß. Er haßte König Atli sehr und sagte Gudrun, er wolle seinen Vater rächen. Sie nahm das gut auf, und sie berieten sich. Sie sagte, es wäre großes Glück in dieser Tat, wenn sie vollbracht würde. Und am Abend, als der König getrunken hatte, ging er schlafen. Und als er eingeschlafen war, kamen Gudrun und Högnis Sohn. Gudrun nahm ein Schwert und stieß es in König Atlis Brust. Sie taten es zusammen, sie und Högnis Sohn.

König Atli erwachte von der Wunde und sprach: »Hier gibt es nichts mehr zu verbinden oder zu versorgen. Aber wer verursachte mir diese Wunde?« Gudrun sagt: »Ich habe einen Teil verursacht und einen Teil Högnis Sohn.« König Atli sprach: »Es brachte dir keine Ehre, das zu tun, obwohl es einigen Grund dafür gab. Du warst mit Zustimmung deiner Verwandten mit mir verheiratet, und ich habe dir die Brautgabe bezahlt, dreißig gute Ritter und ehrbare Jungfrauen und viele andere Männer; aber du wolltest dich nicht zufriedengeben, bevor du über die Länder regiertest, die König Budli besessen hatte, und deine Schwiegermutter ließest du oft weinend sitzen.«

Gudrun sprach: »Vieles Unwahres hast du gesagt, und ich kümmere mich nicht darum. Zwar war ich oft schwierig in meiner Art, aber du hast das noch vermehrt. Hier an deinem Hof gab es oft großen Unfrieden, und oft kämpften Verwandte und Freunde gegeneinander, und einer war dem anderen feindlich gesinnt; ich hatte ein besseres Leben, als ich bei Sigurd war. Wir erschlugen Könige und bestimmten über ihr Eigentum und gaben denen Frieden, die ihn wünschten, und die Anführer unterwarfen sich uns, und wir gaben denen Macht, die sie wollten. Dann verlor ich ihn, und es war wenig, den Witwennamen zu tragen, aber am meisten bekümmert mich, daß ich zu dir kam, zuvor aber den großartigsten König zum Mann gehabt hatte; niemals kamst du so aus einem Kampf, daß du nicht den kürzeren gezogen hättest.«

König Atli antwortet: »Das ist nicht wahr, und durch solches Geschwätz bessert sich weder dein Los noch meins, denn wir haben beide gleich viel Recht und Unrecht. Nun verhalte dich ehrenhaft und laß meinen Leichnam mit Pracht herrichten.« Sie sagt: »Das werde ich tun, dir eine ansehnliche Bestattung und einen würdigen Steinsarg zukommen zu lassen und dich in schöne Tücher hüllen und alle deine Bedürfnisse bedenken.«

Danach stirbt er. Sie aber tat, wie sie versprochen hatte, und dann ließ sie Feuer an die Halle legen. Und als das Gefolge mit Schrecken erwachte, da wollten die Männer nicht das Feuer erdulden und gaben sich selbst den Tod. So endete dort das Leben König Atlis und seines ganzen Gefolges. Gudrun wollte nun nach dieser Tat nicht mehr leben, aber der Tag ihres Endes war noch nicht gekommen.

Die Völsungen und die Gjukungen sind nach dem, was die Leute sagen, die verwegensten und mächtigsten Männer gewesen, und so findet es sich auch in allen alten Liedern. Und nun wurde dieser Kampf so beendet, wie es hier erzählt ist.

41 *Gudrun heiratet Jonak*

Gudrun hatte eine Tochter mit Sigurd, die Svanhild hieß. Sie war eine sehr schöne Frau und hatte scharfe Augen wie ihr Vater, so daß nur wenige es wagten, unter ihre Brauen zu blicken. Sie war anderen Frauen an Schönheit so weit überlegen, wie die Sonne den anderen Himmelskörpern.

Gudrun ging einmal zum Meer und nahm Steine in den Arm und ging ins Meer hinaus und wollte sich umbringen. Da brachten große Wellen sie über das Meer, und mit ihrer Hilfe kam sie hinüber und gelangte schließlich zu König Jonaks Burg. Er war ein mächtiger König mit großem Gefolge. Er heiratete Gudrun. Ihre Kinder waren Hamdir, Sörli und Erp. Svanhild wurde dort aufgezogen.

42 *Svanhilds Tod*

Jörmunrek hat ein König geheißen. Er war ein mächtiger König zu dieser Zeit. Sein Sohn hieß Randver. Der König holte seinen Sohn zu einem Gespräch und sprach: »Du sollst gemeinsam mit meinem Ratgeber Bikki in meinem Auftrag eine Reise zu König Jonak unternehmen. Dort wächst Svanhild auf, die Tochter von Sigurd Fafnisbani, von der ich weiß, daß sie das schönste Mädchen unter der Sonne ist. Sie will ich am liebsten heiraten, und du sollst für mich um sie anhalten.« Er sagt: »Das bin ich euch schuldig, Herr, für euch auf Sendfahrt zu gehen.« Da läßt er ihre Fahrt prächtig ausrüsten. Sie fahren nun, bis sie zu König Jonak kommen, sehen Svanhild und bewerten ihre Schönheit sehr hoch.

Randver bat den König zum Gespräch und sagte: »König Jörmunrek will euch Verschwägerung anbieten. Er hat von Svanhild erfahren und will sie zu seiner Frau wählen, und es ist kaum wahrscheinlich, daß sie einen mächtigeren Mann heiraten wird als ihn.« Der König sagt, das sei ein würdiger Plan, »denn er ist sehr berühmt«.

Gudrun sagt: »Glück ist ein zu unzuverlässiges Ding, um darauf zu vertrauen, daß es nicht bricht.« Aber durch das Drängen des Königs und nachdem man alles durchdacht hatte, wurde es nun beschlossen, und Svanhild zog nun mit würdiger Begleitung zum Schiff und saß im Vordersteven bei dem Königssohn.

Da sprach Bikki zu Randver: »Es wäre passender, wenn du eine so schöne Frau hättest und nicht ein so alter Mann.« Das gefiel ihm gut, und er sprach freundlich mit ihr und sie mit ihm.

Sie kamen zurück an Land und trafen den König. Bikki sprach: »Es ist nur recht, Herr, daß du weißt, was geschehen ist, auch wenn es schwierig zu berichten ist, aber es geht um Betrug gegen dich, denn dein Sohn besitzt Svanhilds ganze Liebe, und sie ist seine Geliebte; laß das nicht ungestraft.«

Viele schlimme Ratschläge hatte er ihm schon früher gegeben, aber dieser übertraf alle seine bösen Ränke. Der König hörte auf seine vielen üblen Ratschläge. Er entschied – denn er konnte seinen Zorn nicht zügeln –, daß Randver festgenommen und am Galgen aufgehängt werden sollte.

Und als Randver zum Galgen geführt wurde, da nahm er einen Falken und rupfte ihm alle Federn aus und sagte, den sollte man seinem Vater zeigen. Und als der König das sah, sprach er: »Daran kann man sehen, daß es ihm scheint, als hätte ich so viel Ehre verloren wie dieser Falke Federn« – und er befahl, ihn vom Galgen abzunehmen. Aber Bikki war inzwischen tätig gewesen, und er war tot.

Weiter spach Bikki: »Niemandem mußt du mehr gram sein als Svanhild. Laß sie mit Schande sterben.« Der König antwortet: »Wir nehmen deinen Rat an.« Dann wurde sie im Burgtor angebunden und Pferde auf sie gehetzt. Aber als sie die Augen öffnete, da wagten die Pferde nicht, sie zu zertrampeln. Und als Bikki das sah, befahl er, ihr einen Sack über den Kopf zu ziehen. Und so wurde es getan, und dann verlor sie ihr Leben.

43 Gudruns Hetzrede

Gudrun erfährt nun von Svanhilds Ende und sprach zu ihren Söhnen: »Wie sitzt ihr so ruhig oder sprecht freudige Worte, wo doch Jörmunrek eure Schwester tötete und sie schändlich von Pferdehufen zertreten ließ? Ihr habt nicht den gleichen Sinn wie Gunnar oder Högni. Sie würden ihre Verwandte rächen.« Hamdir antwortet:

»Wenig hast du Gunnar und Högni gelobt, als sie Sigurd töteten und du von seinem Blut rot gefärbt warst, und übel war deine Brudersrache, als du deine Söhne getötet hast. Besser könnten wir alle zusammen König Jörmunrek töten; aber wir können die Vorwürfe nicht mehr ertragen, so hart, wie wir hier aufgestachelt werden.«

Gudrun ging lachend davon und gab ihnen aus drei großen Bechern zu trinken, und danach gab sie ihnen große, gute Brünnen und andere Rüstungsgegenstände. Da sprach Hamdir: »Hier trennen wir uns zum letzten Mal, und du wirst die Nachricht hören und dann für uns und Svanhild das Erbmahl feiern.« Dann zogen sie davon.

Gudrun aber ging mit noch größerem Kummer in die Kammer und sprach: »Mit drei Männern war ich verheiratet. Zuerst mit Sigurd Fafnisbani, er wurde verraten, und das war mein größter Kummer. Dann wurde ich mit König Atli verheiratet, aber mein Herz war so grausam gegen ihn, daß ich unsere Söhne im Zorn tötete. Dann ging ich ins Meer, und es trug mich mit Wellen an Land, und ich wurde mit diesem König verheiratet. Später verheiratete ich Svanhild fort aus dem Land mit vielen Reichtümern, und das ist mein schlimmster Kummer nach dem über Sigurd, daß sie von Pferdehufen zertreten wurde. Das war das Grausamste für mich, als Gunnar in die Schlangengrube gesetzt wurde, und das am härtesten, als Högni das Herz herausgeschnitten wurde, und es wäre besser, Sigurd käme mir entgegen und ich könnte mit ihm gehen. Hier bleiben weder Sohn noch Tochter zurück, um meiner zu gedenken. Erinnerst du dich, Sigurd, worüber wir sprachen, als wir das Lager teilten, daß du mich besuchen würdest und in der Hel warten?« Und damit enden ihre Klagen.

44 Gudruns Söhne Hamdir und Sörli rächen Svanhild

Nun ist von Gudruns Söhnen zu berichten, daß sie deren Rüstung so vorbereitet hatte, daß Eisen sie nicht biß. Und sie warnte sie, Steinen oder anderen großen Gegenständen niemals zu schaden, und sagte ihnen, es würde ihnen übel ergehen, wenn sie sich nicht daran hielten. Und als sie losgezogen waren, trafen sie ihren Bruder Erp und fragen, wie er ihnen helfen werde. Er antwortet: »So wie die Hand der Hand hilft oder der Fuß dem Fuß.« Das schien ihnen nichts zu sein, und sie töteten ihn.

Dann zogen sie ihrer Wege, und es dauerte nur eine kleine Weile, da stolperte Hamdir und stützte sich auf die Hand und sprach: »Erp muß die Wahrheit gesprochen haben. Ich wäre jetzt gefallen, wenn ich mich nicht auf die Hand gestützt hätte.« Wenig später stolpert Sörli und stützte sich auf den Fuß und fand sein Gleichgewicht wieder und sprach: »Jetzt wäre ich gefallen, wenn ich mich nicht mit beiden Füßen abgestützt hätte.« Da sagten sie, sie hätten sich ihrem Bruder Erp gegenüber übel verhalten.

Sie zogen nun weiter, bis sie zu König Jörmunrek kamen, und traten vor ihn und griffen ihn sofort an. Hamdir schlug ihm beide Hände ab und Sörli beide Füße. Da sprach Hamdir: »Der Kopf wäre jetzt auch ab, wenn unser Bruder Erp lebte, den wir auf dem Weg erschlugen; wir sehen das zu spät ein. So heißt es auch in einer Strophe:

30 Der Kopf wär dahin nun, lebte der kampflustige
Erp, unser Bruder, den wir erschlugen.

Dabei hatten sie aber das Gebot ihrer Mutter mißachtet, indem sie ihn mit Steinen angegriffen hatten. Nun drangen die Männer auf sie ein. Aber sie wehrten sich gut und mannhaft und konnten viele Männer töten. Da biß sie kein Eisen.

Da kam ein Mann herzu, groß und alt, mit nur einem Auge, und sprach: »Ihr seid nicht sehr klug, wenn ihr diese Männer nicht töten konntet.« Der König antwortet: »Gib uns einen Rat, wenn du kannst.« Er sprach: »Ihr sollt sie zu Tode steinigen.« So geschah es, und da flogen aus allen Richtungen Steine auf sie zu, und das war ihr Ende.

Die Saga von Ragnar Lodbrok

1 *Heimirs Tod und Aslaugs Kindheit*

Heimir in Hlymdal erfährt nun, daß Sigurd und Brynhild tot sind, und ihre Tochter Aslaug, Heimirs Pflegekind, war da drei Jahre alt. Er weiß, daß man danach streben wird, das Mädchen zu töten und damit ihre Familie auszulöschen. So groß ist sein Kummer um seine Pflegetochter Aslaug, daß er sich weder um sein Reich noch um seinen Besitz kümmerte.

Er sieht ein, daß er das Mädchen dort nicht versteckt halten kann. Da läßt er eine Harfe machen, so groß, daß er das Mädchen Aslaug und viele Kostbarkeiten in Gold und Silber darin unterbrachte, und zieht dann weithin durch die Lande und schließlich hierher in den Norden. Seine Harfe war so geschickt gemacht, daß er sie an den Fugen auseinandernehmen und zusammensetzen konnte, und es war seine tägliche Gewohnheit, wenn er an Wasserläufen vorbeikam, aber niemals in der Nähe bewohnten Gebietes, daß er die Harfe auseinandernahm und das Mädchen wusch. Er hatte einen Weinlauch und gab ihr davon zu essen. Es liegt nämlich in der Natur dieses Lauchs, daß man lange davon leben kann, auch wenn man nichts anderes zu essen hat. Und wenn das Mädchen weinte, spielte er auf der Harfe, und dann war sie wieder still, denn Heimir war in den Künsten geschickt, die damals üblich waren. Er hatte auch viele kostbare Stoffe und viel Gold für sie in der Harfe.

Und so reiste er, bis er nach Norwegen und zu einem kleinen Hof kommt, wo es Spangereid heißt; dort wohnte ein Bauer, der Aki hieß. Er hatte eine Frau, die hieß Grima. Mehr Leute wohnten dort nicht außer ihnen.

An diesem Tag war der Alte in den Wald gegangen, aber die Frau war zu Hause, und sie begrüßt Heimir und fragt, was für ein Mann er sei. Er sagt, er sei ein Bettler, und bat die Frau um Unterkunft. Sie sagt, es kämen nicht so viele dorthin, daß sie ihn nicht gut aufnehmen könne, wenn er bleiben wolle. Und nach einer Weile sagt er, es erschiene ihm die größte Hilfe, wenn man ein Feuer für ihn anzünde und ihn dann ins Schlafhaus brächte, wo er schlafen sollte. Und als die Frau das Feuer angezündet hatte, da stellt er die Harfe auf der Schlafbank neben sich auf.

Die Frau aber war redselig. Sie sah oft zu der Harfe hin, denn die Fransen eines kostbaren Stoffes hingen aus der Harfe. Und als er sich am Feuer wärmte, da sieht sie einen kostbaren Goldring aus seinen

Lumpen hervorschimmern; denn er war schlecht gekleidet. Und als er sich genug gewärmt hatte, bekam er sein Nachtessen. Danach bat er die Frau, ihn dorthin zu führen, wo er in der Nacht schlafen sollte.

Da sagt die Frau zu ihm, es werde für ihn draußen besser sein als drinnen, »denn mein Mann und ich sind oft noch gesprächig, wenn er heimkommt.«

Er bat sie, darüber zu bestimmen. Dann geht er hinaus, und sie auch. Er greift die Harfe und nimmt sie mit. Die Frau geht hinaus und zu einer Gerstenscheune und läßt ihn hinein und sagte, dort solle er sich einrichten, und meinte, es sei wohl zu erwarten, daß er dort seinen Schlaf genießen werde. Und nun geht die Frau fort und erledigt ihre Arbeit, und er geht schlafen.

Der Mann kommt heim, als der Abend verging, aber da hat die Frau nur wenig von ihrer Arbeit erledigt. Er aber war müde, als er heimkam, und gereizter Stimmung, weil nichts von dem erledigt war, um was sie sich kümmern sollte. Der Mann sagte, ihre Lage sei sehr unterschiedlich, wenn er jeden Tag mehr arbeite, als er könne, sie aber nichts anpacke, was Nutzen bringe.

»Sei nicht böse, mein Alter«, sagte sie, »denn es kann sein, daß du nur noch eine kleine Weile arbeiten mußt, damit wir für unser ganzes Leben glücklich sind.«

»Was ist das?« sagt der Mann. Die Frau antwortet: »Es ist zu uns als Nachtgast ein Mann gekommen, und ich denke, er hat sehr viel Besitz bei sich. Er ist schon alt und muß einmal ein sehr großer Held gewesen sein, doch jetzt ist er sehr müde; ich glaube nicht, daß ich einen derartigen Mann schon einmal gesehen habe, auch wenn er nun erschöpft und schläfrig ist.«

Da sagt der Mann: »Es scheint mir nicht ratsam, die wenigen zu betrügen, die hierherkommen.« – »So wird kaum etwas aus dir, wenn in deinen Augen alles ins Erschreckende wächst. Entscheide dich nun: Entweder erschlägst du ihn, oder ich nehme ihn zum Mann, und wir jagen dich fort. Und ich kann dir die Worte sagen, die er mir gestern abend sagte, und sie werden dir wenig gefallen. Er führte verliebte Reden mit mir, und ich bin entschlossen, ihn zum Mann zu nehmen und dich zu verjagen oder zu töten, wenn du nicht tust, was ich will.«

Es wird aber erzählt, daß der Mann ein ziemlicher Pantoffelheld war, und sie redet auf ihn ein, bis er auf ihr Hetzen hört, seine Axt nimmt und sie sehr scharf schleift. Und als er fertig ist, bringt ihn die

Frau dorthin, wo Heimir schläft, und da war lautes Schnarchen zu hören.

Da sprach die Frau zu dem Mann, er solle ihn so heftig angreifen wie möglich, »und dann lauf schnell fort, denn du wirst seine Laute und Schreie nicht ertragen, wenn er dich zu fassen bekommt«. Sie nimmt die Harfe und läuft damit fort.

Nun geht der Mann dahin, wo Heimir schläft. Er schlägt nach ihm, und es gibt eine große Wunde, und seine Axt kommt frei. Er läuft sofort weg, so schnell er konnte. Nun erwacht Heimir von der Wunde, und sie machte ihm den Garaus. Und es wird erzählt, daß bei seinem Todeskampf so großer Lärm entstand, daß die Balken des Hauses umfielen und das ganze Haus zusammenfiel und es ein großes Erdbeben gab, und so endete sein Leben.

Nun kam der Mann dahin, wo die Frau war. Er sagt nun, daß er ihn getötet hat, »aber es war ein solcher Kampf, daß ich nicht wußte, wie er ausgehen würde. Dieser Mann war entsetzlich stark, und doch gelang es mir, daß er nun in der Hel ist.« Die Frau sagte ihm Dank für die Tat. »Und ich vermute, daß wir nun genug Geld besitzen; wir wollen sehen, ob ich die Wahrheit gesagt habe.«

Nun zünden sie ein Feuer an, und die Frau nimmt die Harfe und wollte sie öffnen, konnte es aber nicht anders erreichen, als indem sie sie zerbrach, denn sie war nicht geschickt genug. Und nun gelingt es ihr, die Harfe zu öffnen, und da sieht sie ein Mädchen, und es scheint ihr, daß sie etwas Derartiges noch nicht gesehen hat; es war tatsächlich auch viel Geld in der Harfe.

Da sprach der Mann: »Nun wird es gehen wie schon oft, daß es übel ist, den zu betrügen, der einem vertraut. Es scheint mir, als sei uns da jemand in die Hände geraten, der der Unterstützung bedarf.« Die Frau antwortet: »Es ist nicht so gegangen, wie ich plante, aber daraus soll nun kein Vorwurf entstehen.«

Und nun fragt sie, aus welcher Familie sie sei. Aber das kleine Mädchen antwortet nichts, als ob sie noch nicht sprechen gelernt hätte. »Nun wird es gehen, wie es mir vorkam, daß unser Tun übel ausgeht«, sagt der Mann. »Wir haben ein großes Verbrechen begangen. Wie sollen wir für dieses Kind sorgen?« – »Das ist einfach«, sagte Grima. »Sie soll nach meiner Mutter Kraka* heißen.«

---

* Kraka (*Kráka*) = Krähe.

Nun sprach der Mann: »Wie sollen wir für dieses Kind sorgen?« Die Frau antwortet: »Ich sehe eine gute Möglichkeit. Wir werden sagen, daß sie unsere Tochter ist, und sie aufziehen.« – »Das wird niemand glauben«, sagte der Mann. »Dieses Kind ist viel hübscher als wir. Wir sind beide ganz häßlich, und niemandem wird es wahrscheinlich vorkommen, daß wir ein solches Kind haben, so scheußlich, wie wir sind.« Nun sprach die Frau: »Du weißt nicht, ob ich nicht einige Kniffe kenne, damit es nicht so unwahrscheinlich erscheint. Ich werde sie kahl scheren lassen und sie mit Teer und anderem einreiben, das erwarten läßt, daß das Haar so bald nicht wieder wächst. Sie soll eine tiefe Kapuze tragen. Auch soll sie nicht gut gekleidet sein, sondern dasselbe tragen wie wir. Vielleicht glauben die Leute, das ich sehr schön war, als ich jung war. Außerdem soll sie die schlimmsten Arbeiten verrichten.«

Der Mann und die Frau dachten, daß sie nicht sprechen konnte, denn sie antwortet ihnen niemals. Nun geschieht alles so, wie die Frau geplant hat. Sie wuchs dort in großer Armut auf.

2 *Thoras Lindwurm*

Herraud hieß ein reicher und mächtiger Jarl in Gautland. Er war verheiratet. Seine Tochter hieß Thora. Sie war eine sehr schöne Frau von Aussehen und in jeder Hinsicht von der höfischsten Art, auch in all jenen Handarbeiten, die man braucht. Ihr Beiname war Borgarhjört*, denn sie war allen Frauen an Schönheit so überlegen wie der Hirsch den anderen Tieren.

Der Jarl liebte seine Tochter sehr. Er ließ ihr ein Häuschen nahe bei der Halle des Königs machen, und um dieses Häuschen war ein Lattenzaun. Der Jarl machte es sich zur Gewohnheit, seiner Tochter jeden Tag etwas zu ihrer Unterhaltung zu schicken, und er sagte, so werde er es weiterhin halten.

Nun wird erzählt, daß er ihr eines Tages einen besonders schönen, kleinen Lindwurm schicken ließ. Der gefiel ihr gut, und sie ließ ihn in ihre Truhe und schob ihm Gold unter. Nicht lange war er dort, da wuchs er sehr, und ebenso das Gold unter ihm. Es kam so-

---

* Borgarhjört = »Burghirsch«.

weit, daß er keinen Platz mehr in der Truhe hatte, und so lag er außen rund um die Truhe. Und wenig später hatte er keinen Platz in dem Häuschen, und das Gold wuchs unter dem Lindwurm ebensosehr wie er selbst.

Nun liegt er außen um das Haus, so daß Kopf und Schwanzspitze aneinanderstießen, und er ist so bösartig, daß niemand es wagt, sich dem Haus zu nähern wegen dieses Wurmes, außer dem Mann, der ihm Futter bringt, und dafür braucht es jedesmal einen Ochsen.

Dem Jarl erscheint das sehr schlimm, und er gelobt, daß er dem Mann seine Tochter geben werde, wer er auch sei, der den Wurm töte. Und das Gold, das unter dem Wurm liegt, solle die Mitgift sein. Diese Neuigkeit verbreitete sich weithin, aber niemand wagte es, es mit diesem großen Wurm aufzunehmen.

3 Ragnar tötet den Lindwurm

Zu dieser Zeit regierte in Dänemark Sigurd mit dem Beinamen Ring. Er war ein mächtiger König und ist berühmt geworden durch den Kampf, den er mit Harald Hilditönn* auf Bravellir ausfocht. Wie im ganzen Nordteil der Welt bekannt ist, unterlag ihm Harald.

Sigurd hatte einen Sohn, der Ragnar hieß. Er war groß gewachsen, schön von Angesicht und durchaus klug; er war großzügig zu seinen Männern und grausam zu seinen Feinden. Als er das Alter dazu hatte, verschafft er sich ein Heer und Kriegsschiffe und wird ein sehr großer Kriegsherr, so daß es kaum seinesgleichen gibt. Er erfährt, was Jarl Herraud versprochen hat, achtet aber nicht darauf und tut, als wisse er nichts davon. Er läßt sich auf seltsame Weise einen Anzug machen, Lodenhosen und einen Lodenmantel. Und als sie nun fertig sind, da läßt er sie in Pech wälzen. Dann verwahrt er sie.

Eines Sommers hielt er sich mit seinem Heer in Gautland auf und legte mit einem Schiff in einer geheimen Bucht an, und von da war es nicht weit bis zu dem Gebiet, über das der Jarl regierte. Und als Ragnar dort eine Nacht verbracht hatte, erwachte er früh am

---

* Hilditönn = »Kampfzahn«.

Morgen, stand auf und zog die Rüstung an, von der schon erzählt wurde, fährt hinein und nimmt einen großen Speer in die Hand und geht allein von Bord an den Strand, und dort wälzt er sich im Sand. Und bevor er geht, nimmt er den Nagel aus seinem Speer und geht nun allein vom Schiff zu der Burg des Jarls und kommt dort früh am Tag an, so daß alle noch schliefen.

Nun geht er zu dem Häuschen. Und als er an den Zaun kommt, wo der Lindwurm war, zielt er mit seinem Speer auf ihn und zieht den Speer zu sich zurück. Und noch einmal zielt er. Dieser Stoß trifft den Rücken des Lindwurms, und nun gelingt es ihm mit Schwung, daß der Speer aus dem Schaft ging, und es gab einen solchen Lärm bei dem Todeskampf, daß bald alles bebte. Dann dreht Ragnar sich weg. Da traf ihn ein Blutstrahl zwischen den Schultern, und er schadete ihm nicht, so gut schützten ihn die Kleider, die er sich machen ließ. Aber die, die in dem Häuschen waren, erwachen von dem Lärm und treten heraus. Nun sieht Thora einen großen Mann vom Haus weggehen und fragt ihn nach seinem Namen und wen er suche. Er bleibt stehen und sprach diese Strophe:

1 Mein Leben wagt' ich,
das ich doch liebe;
den Wurm erschlug ich
erst fünfzehn Winter alt.
Tapfer trag ich
plötzlichen Tod;
vielleicht trifft der Heidelachs
mich nicht ins Herz.

Heidelachs: »Schlange«.

Dann geht er fort und spricht nicht weiter mit ihr. Aber der Speer steckte in der Wunde, und er hatte den Schaft bei sich. Als sie nun diese Strophe gehört hat, verstand sie, daß er über sein Anliegen sprach und sagte, wie alt er war. Und nun denkt sie bei sich, wer er sein mag, und scheint nicht zu wissen, ob er ein menschliches Wesen ist oder nicht, denn sein Wuchs kommt ihr so groß vor, wie von Ungeheuern gesagt wird in dem Alter, das er hatte, und sie geht wieder ins Haus und schläft.

Und als die Männer am Morgen herauskommen, stellen sie fest, daß der Wurm tot war und daß er mit einem großen Speer erlegt worden war und daß dieser fest in der Wunde steckte. Nun läßt der Jarl ihn wegschaffen, und er war so groß, daß er nur wenigen als Waffe dienen konnte. Nun erinnert sich der Jarl, was er gesagt hatte über den Mann, der den Wurm töte, und er scheint nicht zu wissen, ob das einem menschlichen Wesen gelungen ist oder nicht, und nun berät er mit seinen Freunden und mit seiner Tochter, wie man nach ihm suchen solle, und es erscheint ihnen wahrscheinlich, daß derjenige den Preis bekommen muß, der dies zuwege gebracht hat.

Da rät sie dazu, die Versammlung der Gefolgsleute darüber entscheiden zu lassen. »Und ich befehle, daß alle die Männer hierher kommen, die sich nicht dem Zorn des Jarls aussetzen wollen und auf irgendeine Weise am Thing teilnehmen wollen, und wenn der darunter ist, der dem Lindwurm die Todeswunde zugefügt hat, dann muß er den Schaft besitzen, der zu dem Speer gehört.«

Das erschien dem Jarl gut, und er läßt nun zum Thing rufen. Und als der Tag kommt, an dem das Thing sein soll, kommt der Jarl und viele andere Anführer. Es wird eine große Menschenmenge.

4 Ragnars Ehe mit Thora

Auf Ragnars Schiff wird bekannt, daß dort ein Thing einberufen worden war. Und nun geht Ragnar mit fast seinem ganzen Heer vom Schiff zum Thing. Als sie dorthin kommen, bleiben sie etwas von den anderen Männern entfernt stehen, denn Ragnar sieht nun, daß eine größere Menschenmenge gekommen war als gewöhnlich.

Da steht der Jarl auf und verschafft sich Gehör und spricht. Er dankt den Männern, daß sie seiner Botschaft so gut Folge geleistet haben, und nennt dann die Umstände, warum es dazu gekommen ist. Zuerst darüber, was er dem Mann versprochen hatte, der den Lindwurm töte; dann, daß der Wurm nun tot sei und daß derjenige, der diese Heldentat vollbracht habe, den Speer in der Wunde habe stecken lassen: »Und wenn jemand hierher zum Thing gekommen ist, der den Schaft besitzt, der zu diesem Speer paßt, dann soll er ihn herbringen und so seine Geschichte bezeugen. Dann werde ich erfüllen, was ich versprochen habe, ob er nun von hohem oder niederem Rang ist.«

Und er beendete seine Rede so, daß er jeden Mann auf dem Thing seinen Speer vorzeigen ließ und gebot, ihm zu sagen, wer er sei, der damit komme, und ob er den passenden Schaft besitze. So geschieht es. Es findet sich niemand, der den Schaft hätte.

Nun kommt die Reihe dorthin, wo Ragnar ist, und der Speer wird ihm gezeigt, und beides paßt zusammen, Schaft und Speer. Da glauben die Männer zu wissen, daß er den Wurm getötet hat, und er wird wegen dieser Tat sehr berühmt im ganzen Norden. Und er hält nun um Thora, die Tochter des Jarls, an, und der nimmt das gut auf, und sie wird mit ihm verheiratet, und es gibt ein großes Fest nach dem besten Vermögen in diesem Reich.

Bei diesem Fest heiratet Ragnar. Und als das Fest beendet ist, zieht Ragnar in sein Reich und regiert dort und liebt Thora sehr. Sie haben zwei Söhne. Der ältere hieß Erik, der jüngere Agnar. Sie waren groß gewachsen und gutaussehend. Sie waren viel stärker als die meisten anderen Männer, die damals lebten. Sie lernten alle möglichen Fertigkeiten.

Einmal geschah es, daß Thora krank wurde, und sie starb an dieser Krankheit. Ragnar trauerte darüber so sehr, daß er nicht weiter sein Land regieren wollte und es anderen Männern übertrug, gemeinsam mit seinen Söhnen über das Reich zu herrschen. Er aber begann nun wieder mit der gleichen Beschäftigung, die er früher gehabt hatte, und fuhr auf Heerfahrt, und wo immer er fuhr, trug er den Sieg davon.

5 Ragnar trifft Aslaug

Nun geschieht es eines Sommers, daß er sein Schiff nach Norwegen steuert, denn dort hatte er viele Verwandte und Freunde, und die wollte er treffen. Er kommt mit seinem Schiff am Abend in einen kleinen Hafen, und da war ein Hof nahe dabei, der hieß Spangereid, und sie lagen in dieser Nacht dort in dem Hafen.

Und als der Morgen kam, sollten die Köche an Land gehen und Brot backen. Sie sahen, daß ein Hof in der Nähe war, und dachten sich, es könnte sich besser treffen, zu dem Haus zu gehen und dort zu arbeiten. Und als sie zu dem kleinen Hof kommen, da sprechen sie einen Menschen an, und das war die Frau, und sie fragen sie, ob sie die Hausfrau sei und wie sie heiße. Sie sagt, sie sei die Hausfrau, »und mein Name ist nicht schwierig. Ich heiße Grima. Und wer seid ihr?«

Sie sagten, sie seien Ragnar Lodbroks Dienstleute, und wollten mit ihrer Beschäftigung fortfahren: »Und wir wollen, daß du mit uns arbeitest.« Die Frau antwortet, ihre Hände seien sehr steif, aber früher sei es so gewesen, »daß ich meine Arbeit gut tun konnte. Aber ich habe da eine Tochter, die euch helfen kann und bald heimkommen wird, und sie heißt Kraka. Es ist nun soweit gekommen, daß ich kaum noch mit ihr zurechtkomme.«

Kraka war am Morgen mit dem Vieh weggegangen und sieht, daß viele große Schiffe an Land gekommen waren, und nun beginnt sie sich zu waschen. Das hatte die Alte ihr verboten, denn sie wollte nicht, daß die Männer ihre Schönheit sähen, denn sie war die schönste aller Frauen, und ihr Haar war so lang, daß es um sie herum bis auf die Erde reichte, und so schön wie die schönste Seide. Und nun kam Kraka heim. Die Köche aber hatten Feuer gemacht, und nun sieht Kraka, daß da Männer gekommen sind, die sie nie zuvor gesehen hat. Sie sieht die Männer an, und die Männer sehen sie an. Und nun fragen sie Grima: »Ist das deine Tochter, dieses schöne Mädchen?«

»Es ist nicht gelogen«, sagt Grima, »daß dies meine Tochter ist.« – »Schrecklich ungleich müßt ihr sein«, sagen sie, »so häßlich, wie du bist. Wir haben noch nie ein so schönes Mädchen gesehen, und wir sehen keinerlei Ähnlichkeit mit dir, denn du bist ein großes Scheusal.« Grima antwortet: »Ihr dürft mich jetzt nicht ansehen. Mein Aussehen ist anders, als es einmal war.«

Nun verlangen sie, daß sie mit ihnen arbeitet. Sie fragt: »Was soll ich arbeiten?« Sie sagten, sie wollten, daß sie Brotteig knete, und sie wollten dann backen. Und da beginnt sie mit der Arbeit, und es geht ihr gut von der Hand. Sie aber sahen sie unentwegt an, so daß sie nicht auf ihre Arbeit achteten und das Brot verbrannte. Als sie ihre Arbeit beendet hatten, gingen sie zum Schiff. Und als sie ihre Verpflegung auspacken sollten, sagten alle, sie hätten noch nie so schlecht gearbeitet, und sie hätten Strafe verdient. Und nun fragt Ragnar, wie sie dieses Essen zubereitet hätten. Sie erzählten, sie hätten eine so schöne Frau gesehen, daß sie nicht auf ihre Arbeit geachtet hätten, und sie meinten, eine schönere gebe es auf der Welt nicht mehr. Und weil sie so viel Aufhebens von ihrer Schönheit machten, sagte Ragnar, er wolle es wissen und sehen, ob sie so schön sei, wie Thora gewesen sei. Sie sagten, sie sei nicht weniger schön.

Da sprach Ragnar: »Nun werde ich Männer dorthin schicken, die genau hinschauen können. Wenn es so ist, wie ihr sagt, dann ist euch eure Unaufmerksamkeit vergeben. Aber wenn die Frau auf irgendeine Weise weniger schön ist, als ihr erzählt, dann müßt ihr eine schwere Strafe auf euch nehmen.«

Und nun schickt er seine Männer zu diesem schönen Mädchen, aber der Gegenwind war so stark, daß sie an diesem Tag nicht fahren konnten, und Ragnar sagte zu seinen Gesandten: »Wenn euch dieses junge Mädchen so schön vorkommt, wie uns erzählt wurde, bittet sie, mich aufzusuchen, und ich will sie treffen. Ich will, daß sie mein sei. Ich will, daß sie weder bekleidet noch unbekleidet ist, weder satt noch hungrig, und sie soll nicht allein gehen, und doch soll niemand sie begleiten.«

Nun gingen sie, bis sie zu dem Haus kamen, und betrachten Kraka genau, und diese Frau erscheint ihnen so schön, daß sie von keiner schöneren wußten. Und nun sagen sie ihr die Worte ihres Herrn Ragnar und wie sie kommen sollte. Kraka dachte darüber nach, was der König gesagt hatte und wie sie kommen sollte, aber Grima fand, das sei unmöglich und der König müsse von Sinnen sein.

Kraka sagt: »Er hat es so gesagt, und so soll es sein, wenn ich richtig verstehe, worauf er hinaus will. Und gewiß werde ich euch nicht heute begleiten, aber morgen früh werde ich zu eurem Schiff kommen.« Nun gingen sie fort und sagen Ragnar, es sei so vorbereitet, daß sie zu ihnen kommen werde. Und sie hält sich die Nacht über zu Hause auf.

Früh am Morgen sagt Kraka zu dem Alten, sie werde Ragnar aufsuchen. »Aber ich werde meine Bekleidung etwas ändern. Du hast ein Forellen-Netz, in das werde ich mich wickeln, und außen herum lasse ich mein Haar fallen, dann bin ich keineswegs nackt. Und ich werde einen Lauch zu mir nehmen – das ist wenig Essen, und doch kann man merken, daß ich etwas gegessen habe. Und ich werde mich von deinem Hund begleiten lassen, dann gehe ich nicht allein, und doch begleitet mich kein Mensch. Und als die Alte ihren Plan hört, denkt sie, daß sie sehr klug ist.

Und als Kraka fertig ist, geht sie ihres Weges, bis sie zu den Schiffen kommt, und es war schön anzuschauen, daß ihr Haar hell war, als wäre es aus Gold. Und nun spricht Ragnar sie an und fragt, wer sie sei und wen sie suche. Sie antwortet und spricht eine Strophe:

2 Ich will nicht mißachten,
noch verweigern,
den Befehl des Fürsten,
dich zu finden, Ragnar.
Niemand ist bei mir,
doch nackt bin ich nicht,
hab' gutes Gefolge,
geh' ich auch allein.

Nun schickt er ihr Männer entgegen und läßt sie auf sein Schiff bringen. Sie aber spricht, sie werde nicht mitkommen, wenn ihr und ihrem Fahrtgenossen nicht freies Geleit zugesichert werde. Nun wird sie auf das Schiff des Königs gebracht, und als sie in den Vorderraum kommt, greift er nach ihr, aber der Hund beißt ihn in die Hand. Seine Männer laufen herzu und erschlagen den Hund und winden Bogenseiten um seinen Hals, und davon stirbt er – besser wurde der ihr zugesicherte Friede nicht gehalten. Nun legt Ragnar sie im Frachtraum zu sich und spricht mit ihr, und sie gefiel ihm gut, und er war zärtlich zu ihr. Er sprach eine Strophe:

3 Es würd' wohl der Hüter
der Vätererde,
fände er Liebe,
von der Frau umarmt.

Hüter der Vätererde: »Mann«.

Sie sprach:

Frei sollst du,
hältst du den Frieden,
fahren mich lassen;
hab den Fürsten besucht.

6 Ragnar heiratet Aslaug

Nun sagt er, daß sie ihm gut gefällt und daß er wolle, daß sie mit ihm fährt. Da sprach sie, das könne nicht sein. Da sprach er, er wolle, daß sie die Nacht auf dem Schiff verbringe. Sie sagt, das könne nicht sein, bevor er von der Fahrt heimkehrt, die er geplant hat: »Und es kann sein, daß ihr dann anders denkt.«

Da ruft Ragnar nach seinem Viehhirten und bat ihn, das Hemd zu holen, das Thora besessen habe und das ganz mit Gold bestickt war, und ihm zu bringen. Ragnar bietet es Kraka auf diese Weise an:

4 Willst du das nehmen,
was Thora besaß,
das bestickte Hemd mit Silber?
Es steht dir gut!
Mit weißen Händen fuhr
über's weiße Gewand,
die bis zum Tode
traf meine Liebe.

Kraka entgegnete:

5 Ich wag' nicht zu nehmen,
was Thora besaß,
das schöne Hemd; zu mir
passen schlechte Kleider.
Drum heiß' ich Kraka,
weil kohlschwarz gekleidet
ich zog durchs Geröll,
mit den Ziegen am Strand.

»Und ich will ganz gewiß nicht dieses Hemd annehmen«, sagt sie. »Ich will nicht prächtig gekleidet sein, solange ich bei dem Alten lebe. Kann sein, daß ich euch besser gefalle, wenn ich besser gekleidet bin. Nun will ich heimgehen. Und du kannst Männer zu mir schicken, wenn du das immer noch im Sinn hast und willst, daß ich mit dir ziehe.«

Ragnar sagt, sein Sinn werde sich nicht ändern, und sie ging heim. Und sie fuhren, wie sie es geplant hatten, sobald es Wind gab, und er führte seine Pläne aus, wie er es im Sinn gehabt hatte. Und als er zurückkam, legte er in dem gleichen Hafen an wie zuvor, als Kraka zu ihm gekommen war. Und noch am gleichen Abend schickte er Männer zu ihr, um Ragnars Worte auszurichten, daß sie nun mitkommen müsse. Aber sie sagt, sie werde erst am Morgen kommen.

Kraka stand früh auf und ging an das Bett des Mannes und der Frau und fragt, ob sie wach sind. Sie sagten, sie seien wach, und fragten, was sie wolle. Sie aber sagt, sie wolle fort und nicht länger bleiben: »Ich weiß, daß ihr meinen Pflegevater Heimir erschlagen habt, und niemandem habe ich Schlimmeres zu vergelten als euch. Nur deshalb werde ich euch nichts antun lassen, weil ich lange bei euch gelebt habe. Aber nun will ich euch auferlegen, daß für euch ein Tag schlimmer werde als der andere und der letzte am schlimmsten, und nun trennen wir uns.«

Dann zog sie ihres Weges zu den Schiffen, und dort wurde sie gut aufgenommen. Es gab gutes Wetter. Am selben Abend, als die Männer die Liegestätten herrichten sollten, da sagt Ragnar, er wolle mit Kraka zusammen ruhen. Sie sagt, das könne nicht sein: »Ich will, daß du mit mir Hochzeit feierst, wenn du in dein Reich kommst, und das erscheint mir für mich ebenso ehrenvoll wie für dich und unsere Erben, wenn wir welche bekommen.«

Er versprach es ihr, und es erging ihnen gut. Ragnar kommt nun heim in sein Land, und ein prächtiges Fest wird für ihn vorbereitet, und da wurde beides gefeiert: die Begrüßung für ihn und seine Hochzeit. Und am ersten Abend, als sie in ein Bett gingen, will Ragnar mit seiner Frau schlafen, aber sie lehnt ab, und sie sagt, es werde ihnen schaden, wenn sie ihren Willen nicht bekäme. Ragnar sprach, er glaube nicht an so etwas, und sagte, ihre Pflegeeltern seien nicht zukunftskundig. Er fragte, wie lange das so gehen sollte.

Da sprach sie:

6 Der Nächte drei sollen sie
liegen bei'nander,
doch jeder für sich,
eh' den Göttern wir opfern.
Dann wird meinem Sohn
kein Schaden je drohen,
doch du willst schnell zeugen
den Knochenlosen.

Und obwohl sie das sagte, gab Ragnar nichts darauf und setzte seinen Willen durch.

7 *Ivar Beinlauss*[*]

Nun vergeht einige Zeit, und ihr Zusammenleben war gut und sehr liebevoll. Und Kraka fühlte ihre Stunde kommen und bekommt einen Sohn, und der Junge wurde mit Wasser besprengt, und es wurde ihm ein Name gegeben, und er wurde Ivar genannt. Aber der Junge war ohne Knochen, und wo die Knochen sein sollten, war es wie Knorpel. Als er jung war, war er so groß gewachsen, daß ihm niemand gleichkam. Er war der schönste aller Männer von Angesicht und so klug, daß nicht bekannt ist, wer ein größerer Weiser gewesen ist als er.

Sie bekommen noch mehr Kinder. Ihr zweiter Sohn hieß Björn, der dritte Hvitserk[**], der vierte Rögnvald. Sie waren alle große und sehr tapfere Männer, und sobald sie konnten, lernten sie alle Arten von Fertigkeiten. Und wo immer sie gingen, ließ Ivar sich auf Stangen tragen, denn er konnte nicht gehen, sollte ihnen aber bei allem raten, was sie sich vornahmen.

Erik und Agnar, Ragnars Söhne, sind großartige Männer, so daß sich kaum ihresgleichen findet, und sie verbringen jeden Sommer auf Kriegsschiffen und sind erfolgreich auf ihren Kriegsfahrten.

Und nun geschieht es eines Tages, daß Ivar mit seinen Brüdern Hvitserk und Björn redet, wie lange es noch so weitergehen soll, daß sie zu Hause sitzen und sich keinen Ruhm erwerben. Sie aber sagen, sie würden in dieser wie auch in anderen Angelegenheiten nach seinem Rat verfahren.

»Ich will«, sagt Ivar, »daß wir darum bitten, uns Schiff und Mannschaft zu geben, so daß sie gut ausgerüstet sind, und dann will ich, daß wir uns Reichtümer und Ruhm erwerben, wenn es sich ergibt.«

Und auf diesen Rat hin sagen sie Ragnar, sie wollten, daß er ihnen ein Schiff gibt und dem Schiff eine Mannschaft, die auf Heerfahrten erprobt sei und in jeder Hinsicht gut ausgerüstet. Und er erfüllt ihre Bitte.

Und als nun diese Mannschaft ausgerüstet ist, fahren sie außer Landes, und dort, wo sie mit Männern kämpfen, behalten sie die Oberhand und erwerben sich viel Gefolge und Reichtum. Da sagt

---

* Beinlauss = »ohne Knochen«.

** Hvitserk (*Hvítserkr*) = »weißes Hemd«.

Ivar, er wolle, daß sie dorthin fahren, wo mehr Übermacht zu erwarten ist, und so ihre Tapferkeit erproben. Sie fragen, wo er eine solche Gelegenheit wisse. Da nennt er eine Stadt, die Hvitabaer heißt, und dort sei ein Opferplatz. »Viele haben versucht, sie zu erobern, aber noch keiner hat gesiegt.« Selbst Ragnar sei dorthin gekommen und habe wieder umkehren müssen und nichts ausgerichtet.

»Ist das Heer so groß«, sagen sie, »und so unerschrocken, oder gibt es dort andere Schwierigkeiten?« Ivar sagt, es seien dort sowohl viele Menschen als auch eine große Opferstätte und das habe alle besiegt und keiner habe sich halten können. Und nun sagen sie, er solle ihnen raten, ob sie dorthin fahren sollten oder nicht. Aber er sagt, er wolle gerne herausfinden, was mehr wert sei: ihre Unerschrockenheit oder das Opfern der Landsleute.

8 Rögnvalds Tod

Nun steuern sie dorthin, und als sie in jenes Land kommen, bereiten sie sich zum Angriff vor. Es scheint ihnen notwendig, daß ein Teil der Mannschaft die Schiffe bewacht. Ihr Bruder Rögnvald war da noch jung, so daß sie ihn für ungeeignet hielten für eine so große Mannesprobe, wie sie sie erwarteten, und sie ließen ihn die Schiffe mit einem Teil der Mannschaft bewachen. Aber bevor sie die Schiffe verließen, sagt Ivar, die Leute in der Stadt hätten zwei Rinder und das seien Färsen und alle seien deshalb vor ihnen geflüchtet, weil niemand ihr Brüllen und ihre Hexerei ertragen könne. Dann sagte Ivar: »Seid tapfer, auch wenn es euch Angst einflößt, denn sonst wird euch nichts nützen.«

Nun stellen sie ihr Heer in Schlachtordnung auf. Und als sie sich der Stadt nähern, bemerken es die Stadtbewohner. Sie beginnen, die Rinder loszulassen, an die sie glaubten. Und als die Kühe losgelassen werden, laufen sie schnell und brüllen schrecklich. Das sieht Ivar dort, wohin er auf einem Schild getragen wurde, und befiehlt, ihm einen Bogen zu geben, und so geschah es. Nun schießt er auf die schrecklichen Kühe, so daß beide getötet wurden, und damit war der Teil des Kampfes beendet, den die Männer am meisten gefürchtet hatten.

Da ergreift Rögnvald auf dem Schiff das Wort und sprach zu seinen Leuten, die Männer seien glücklich, die einen solchen Zeitvertreib hätten wie seine Brüder: »Und sie wollten unbedingt, daß ich zurückbleibe, denn sie wollen die Ehre davon allein haben. Jetzt werden wir alle an Land gehen.«

Und so geschieht es. Als sie das Heer erreichen, geht Rögnvald kräftig in den Kampf, und es endet damit, daß er fällt. Die Brüder jedoch gelangten in die Stadt, und dort beginnt der Kampf aufs neue und endet so, daß die Leute in der Stadt in die Flucht geschlagen werden. Und sie verfolgen die Fliehenden. Und als sie zur Stadt zurückkehren, spricht Björn eine Strophe:

7 Den Kriegsschrei wir riefen;
gut bissen die Klingen
– die Wahrheit sag ich –
weithin im Gnipafjord.
Ein jeder Held wurde
vor Hvitabaer
zum Schlächter der Männer,
schonte nicht die Schwerter.

Und als sie in die Stadt zurückkehren, nehmen sie alle bewegliche Habe und verbrennen jedes Haus, das in der Stadt war, und schleifen alle Stadtmauern. Und nun gehen sie zu ihren Schiffen.

9 Ragnars Verlobung mit Ingibjörg. Sigurd »Schlange im Auge« wird geboren

Eystein hieß ein König, der über Svithjod* regierte. Er war verheiratet und hatte eine Tochter, die hieß Ingibjörg. Sie war eine sehr schöne Frau und hatte ein sehr hübsches Aussehen. König Eystein war mächtig und hatte ein großes Gefolge; er war bösartig und doch klug. Er hatte seinen Sitz in Uppsala. Er war ein eifriger Opferer, und in Uppsala war zu dieser Zeit ein großer Opferplatz, wie es keinen größeren im ganzen Norden gab. Sie verehrten dort besonders

---

* Svithjod (*Svíþjóð*) entspricht etwa der Landschaftsbezeichnung Svealand im heutigen Schweden.

eine Kuh, und die nannten sie Sibylja. Ihr wurde so viel geopfert, daß niemand ihr Brüllen ertragen konnte. Der König hatte die Gewohnheit, sie vor den Schlachtreihen gehen zu lassen, wenn ein feindliches Heer zu erwarten war. So viel Teufelskraft war in ihr, daß seine Feinde ganz von Sinnen wurden, wenn sie sie hörten, so daß sie aufeinander einschlugen und ihre eigenen Leute nicht mehr erkannten; deshalb war es friedlich in Svithjod, weil niemand es wagte, es mit dieser Übermacht aufzunehmen.

König Eystein war mit vielen Männern und Häuptlingen befreundet. Und es wird berichtet, daß zu dieser Zeit zwischen Ragnar und König Eystein gute Freundschaft herrschte und daß sie es sich deshalb zur Gewohnheit gemacht hatten, sich abwechselnd jeden zweiten Sommer zu einem Fest zu besuchen.

Nun war es so, daß Ragnar König Eystein zu einem Fest aufsuchen sollte. Und als er nach Uppsala kam, wurde er mit seiner Schar gut aufgenommen. Und als sie am ersten Abend trinken, läßt der König sich und Ragnar von seiner Tochter bedienen. Und Ragnars Männer sprachen unter sich, daß es nicht anders gehen könnte, als daß er um König Eysteins Tochter anhielte und die Tochter des Alten nicht länger bei sich hätte. Es ging so weit, daß jeder seiner Leute ihm das vortrug, und es endet damit, daß ihm die Frau versprochen wird, aber sie sollten noch sehr lange verlobt bleiben.

Als das Fest beendet war, zog Ragnar heim, und es ging ihm gut, und von seiner Fahrt wird nichts erzählt, bis er kurz vor der Burg war und sein Weg durch einen Wald führte. Da ließ Ragnar seine Leute anhalten und verschaffte sich Gehör und befiehlt allen Männern, die mit ihm auf der Fahrt nach Svithjod gewesen waren, daß niemand den Plan verraten sollte, der wegen König Eysteins Tochter gemacht worden war. Das war ihm so wichtig, daß er sagte, wer etwas verrate, solle nicht weniger verlieren als sein Leben. Und als er so gesagt hatte, was er wollte, zog er in die Burg ein.

Die Leute waren froh, daß er wiederkommt, und es wurde ein Willkommenstrunk für ihn getrunken. Und als er auf dem Hochsitz sitzt und noch nicht lange dort gesessen hat, kommt Kraka in die Halle zu Ragnar, setzt sich auf seine Knie und legt die Arme um seinen Hals und fragt, was es Neues gebe.

Er aber sagt, er habe nichts zu erzählen. Und als der Abend fortschritt, begannen die Männer zu trinken und gingen dann schlafen.

Und als sie zusammen ins Bett gehen, Ragnar und Kraka, fragt sie ihn noch einmal danach, was es Neues gebe, aber er sagt, er wisse nichts.

Nun will sie viel mit ihm plaudern, aber er sagt, er sei schläfrig und müde von der Reise. »Dann werde ich dir eine Neuigkeit erzählen«, sagt sie, »wenn du mir nichts erzählen willst.« Er fragt, was das sei. »Das nenne ich eine Neuigkeit«, sagt sie, »wenn einem König eine Frau versprochen wird, einige aber sagen, er habe bereits eine.« – »Wer hat dir das gesagt?« sagt Ragnar. »Deine Männer sollen Leben und Glieder behalten, denn von ihnen hat es mir keiner gesagt«, sagt sie. »Du wirst gesehen haben, daß drei Vögel im Baum bei euch saßen. Die berichteten mir diese Neuigkeit. Ich will, daß du diesen Plan nicht ausführst. Ich will dir nun sagen, daß ich eine Königstochter bin und nicht die eines einfachen Mannes. Mein Vater war ein unvergleichlich mächtiger Mann, und meine Mutter war die schönste und weiseste aller Frauen, und ihr Name wird bleiben, solange die Welt besteht.«

Nun fragt er, wer ihr Vater war, wenn sie nicht die Tochter dieses armen Mannes von Spangereid war. Sie sagt, sie sei die Tochter von Sigurd Fafnisbani, dem Drachentöter, und Brynhild, der Tochter von König Budli. »Das scheint mir ganz und gar unwahrscheinlich«, sagt er, »daß deren Tochter Kraka heißen soll oder daß ihr Kind in solcher Armut aufwachsen sollte, wie sie auf Spangereid herrschte.« Da antwortet sie: »Die Geschichte ist die«, und nun erzählt sie ihm alles, und die Geschichte beginnt dort, wo sie sich auf dem Berg treffen, Sigurd und Brynhild, und wo sie gezeugt wurde: »Und als Brynhild niederkam, wurde mir ein Name gegeben, und ich wurde Aslaug genannt.« Und nun erzählt sie alles, was geschehen war, seit sie zu den Alten kam.

Da antwortet Ragnar: »Das ist eine seltsame Geschichte von Aslaug, die du da erzählst.« Sie antwortet: »Du weißt, daß ich schwanger bin, und es wird ein Junge sein, den ich bekomme. Und an diesem Jungen wird das Zeichen sein, daß es aussieht, als ob eine Schlange um sein Auge liegt. Und wenn das so geschieht, bitte ich, daß du nicht nach Svithjod ziehst zu der Zeit, wo du König Eysteins Tochter heiraten sollst. Wenn es aber nicht so kommt, dann tu, was du willst. Und ich will, daß dieser Junge nach meinem Vater genannt wird, wenn an seinem Auge das Mal ist, wie ich hoffe.«

Nun rückte die Zeit der Geburt heran, und sie bekam einen Sohn. Da nahmen die Mägde den Jungen und zeigten ihn ihr. Sie sprach, man solle ihn zu Ragnar tragen und ihm zeigen. Und so geschah es, daß dieser junge Mann in die Halle getragen wurde und Ragnar auf den Mantelschoß gelegt wurde. Und als er den Jungen sah, wurde er gefragt, wie er heißen sollte. Da sprach er eine Strophe:

8 Sigurd soll er heißen,
und Sieg wird er haben,
seiner Mutter ähnlich
und dem Vater ähnlich genannt.
Der Verwandte Odins
wird viele überwinden,
und andere sterben lassen,
dem eine Schlange im Auge liegt.

Dann zog er einen Goldring von seiner Hand und gab ihn dem Jungen als Geschenk zur Namensgebung. Und als er die Hand mit dem Gold ausstreckte, berührte er den Rücken des Jungen, und das deutete Ragnar so, daß er das Gold hassen würde. Und nun sprach er eine Strophe:

9 Der Tochtersohn Brynhilds
hat ein tapferes Herz,
so scheint's den Männern,
und ein scharfes Auge
Der Krieger wird frühreif,
an Kraft alle übertreffen,
Budlis rüstiger Nachfahr
haßt die roten Ringe.

Und weiter sprach er:

10 Ich sah keinem Knaben
außer Sigurd allein
in den Steinen der Brauen
eine Schlange liegen.
Dieser tapfere Kerl,
ist leicht dran zu kennen,
hat des Haines Ring
im Hof der Lider.

Brauen: »Augen«.
Des Haines Ring: »Schlange«.
Der Hof der Lider: »Auge«.

Dann sprach er, man solle den Jungen hinaus in die Frauenkammer tragen. Und da war es damit vorbei, daß er nach Svithjod fahren würde. Und nun kommt Aslaugs Herkunft heraus, so daß jeder weiß, daß sie die Tochter von Sigurd Fafnisbani und Brynhild, der Tochter Budlis, ist.

10 König Eystein von Uppsala kämpft gegen die Ragnarssöhne

Als nun die Zeit verstrichen war, wo Ragnar nach der Verabredung zum Fest nach Uppsala kommen sollte und er nicht kam, nahm König Eystein das als Verrat gegen sich und seine Tochter auf, und da war es mit der Freundschaft der Könige vorbei.

Und als Ragnars Söhne Erik und Agnar davon erfahren, da reden sie untereinander, daß sie sich ein großes Heer verschaffen müssen, so groß, wie sie es vermögen, und in Svithjod auf Kriegszug gehen. Da ziehen sie ein großes Heer zusammen und machen ihre Schiffe bereit. Damals hielt man es für ein mächtiges gutes Vorzeichen, wenn es gut gelang, die Schiffe zu Wasser zu lassen. Nun geschah es aber, daß Agnars Schiff von den Rollen rutschte, und es stand ein Mann davor und kam zu Tode, und das nannten sie »Rollenrötung«. Das schien ihnen kein guter Anfang zu sein, aber sie wollten deshalb ihre Fahrt nicht aufgeben.

Und als ihr Heer bereit war, fuhren sie mit ihrer Schar nach Svithjod, und als sie in König Eysteins Reich kamen, zogen sie mit dem Heerschild darüber hin. Aber die Leute im Land erfuhren davon und zogen nach Uppsala und berichten König Eystein, daß ein Heer ins Land eingedrungen war. Der König ließ in seinem Reich mobilmachen und zog ein ganz erstaunlich großes Heer zusammen. Und mit diesem Heer zog er los, bis er in einen Wald kam, und dort schlug er sein Heerlager auf, und er hatte die Kuh Sibylja bei sich, aber viele Opfer waren nötig, bevor sie weiterziehen wollte.

Und als sie in dem Wald sind, sprach König Eystein: »Ich habe erfahren«, sagt er, »daß die Ragnarssöhne auf den Abhängen vor dem Wald sind, und es ist mir glaubwürdig berichtet worden, daß ihr Heer nicht einmal ein Drittel so groß ist wie das unsere. Nun wollen wir unsere Scharen zum Kampf aufteilen, und ein Drittel unseres Heeres soll sie angreifen. Sie sind so unerschrocken, daß sie denken werden, sie haben unser Schicksal in der Hand. Genau dann wollen wir sie mit aller Kraft angreifen, und die Kuh soll vor dem Heer ziehen, und ich hoffe, daß sie ihrem Brüllen nicht standhalten werden.«

Und so geschieht es, und als die Brüder König Eysteins Heer sehen, schien es ihnen keine Übermacht zu sein, und sie dachten nicht, daß das Heer größer wäre. Doch gleich danach kam das ganze Heer aus dem Wald, und die Kuh wurde losgelassen und lief vor dem Heer und brüllte schrecklich. Da gab es einen solchen Lärm für die Krieger, die es hörten, daß sie sich untereinander angriffen, wenn die beiden Brüder sie nicht daran hinderten. Und dieses böse Wesen tötete an jenem Tag mit seinen Hörnern viele Männer. Und obwohl die Ragnarssöhne sehr tapfer waren, konnten sie der Übermacht und der Zauberei der Gegner nicht standhalten; doch sie leisteten heftigen Widerstand und kämpften gut und mannhaft und sehr ruhmreich.

Erik und Agnar und ihre Leute waren an diesem Tag in der vordersten Schlachtreihe, und oft durchbrachen sie König Eysteins Schlachtreihen. Da fiel Agnar. Erik sieht das und kämpft nun besonders tapfer und achtet nicht mehr darauf, ob er umkommt oder nicht. Schließlich wird er überwältigt und gefangengenommen.

Da sprach Eystein, der Kampf solle beendet werden, und bot Erik freies Geleit an. »Und das will ich dir noch zusätzlich zusagen«, sagt er, »daß ich meine Tochter mit dir verheiraten werde.«

Erik sprach und sagte eine Strophe:

11 Von Buße will ich
für den Bruder nichts hören
noch mit edlen Ringen werben,
Eystein erschlug Agnar.
Um mich weint keine Mutter,
will auf dem Schlachtfeld sterben,
und den Baum des Speers
laßt mich durchbohren.

Nun sagt er, er wolle, daß die Männer, die ihm gefolgt seien, freies Geleit bekommen und gehen können, wohin sie wollen: »Und ich will, daß so viele Speere wie möglich genommen werden und in den Abhang gestoßen werden, und darauf will ich mich legen lassen, und dort will ich mein Leben lassen.«

Da sagt König Eystein, daß es so geschehen soll, wie er befiehlt, obwohl er das gewählt habe, was die schlimmere von zwei Möglichkeiten sei. Nun werden die Speere hineingestoßen, und Erik sprach eine Strophe:

12 Kein Sohn wird,
so ich Beispiel weiß,
edler sterben
zur Atzung des Raben.
Der schwarze Bluttrinker
wird schnell drüber krächzen,
zerreißen die Brüder
beide für schlechten Lohn.

Der schwarze Bluttrinker: »Rabe«.

Dann geht er dahin, wo die Speere in den Boden gesteckt sind, und nimmt einen Ring von seinem Arm und wirft ihn denen zu, die ihm gefolgt sind und freies Geleit zugesagt bekamen, und schickt den zu Aslaug und sprach eine Strophe:

13 Tragt zu Aslaug letztes Wort
– die Ostfahrten sind vorbei –,
daß die Maid soll haben
meine roten Ringe.
Dann wird mit Trauer,
wenn mein Tod bekannt wird,
meine Stiefmutter den milden
Söhnen ihn melden.

Und nun wird er auf die Speere gehoben. Da sieht er einen Raben fliegen und sprach weiter:

14 Hier jubelt der Rabe
über meinem Haupt,
nun, wo der Rabe fordert
ohne Recht meine Augen.
Weißt du, wenn der Rabe
reißt meine Brauensteine,
lohnt mir der Rabe
den großen Raub schlecht.

Brauensteine: »Augen«.

Dann ließ er sein Leben mit großem Heldenmut. Seine Boten aber zogen heim und rasteten nicht eher, als bis sie dorthin kamen, wo Ragnar seinen Königssitz hatte. Er aber war zu einem Königstreffen gefahren. Auch Ragnars Söhne waren noch nicht von ihrer Heerfahrt zurück.

Nun sind sie drei Nächte dort, bis sie Aslaug aufsuchen. Und als sie vor Aslaugs Hochsitz treten, grüßen sie sie ehrerbietig, und sie erwidert ihren Gruß. Sie hatte ein Leintuch auf ihren Knien und wollte sich kämmen und hatte ihr Haar gelöst. Nun fragt sie, wer sie seien, denn sie hatte sie vorher noch nicht gesehen. Sie ergriffen das Wort und sagten, sie seien Gefolgsleute von Erik und Agnar, den Ragnarssöhnen. Da sprach sie eine Strophe:

15 Gibt's Neues, Königsmänner?
Gibt's Nachricht aus eurem Land?
Sind die Svear im Lande
oder draußen auf See?
Ich hörte, daß fuhren,
hab mehr nicht gehört,
von Süden die Dänen
und suchten den Kampf.

Er entgegnete mit einer Strophe:

16 Dir, Frau, wir sagen,
weil freilich es nottut,
vom Tod der Thora-Söhne,
von der Trauer deines Mannes.
An schwerer Nachricht wissen wir,
nichts Neueres als diese,
ausgerichtet hab ich's nun:
Der Adler flog über Leichen.

Nun fragt sie, wie das zugegangen sei. Und nun sprach er die Strophe, die Erik gesprochen hatte, als er ihr den Ring schickte. Da sahen sie, daß sie Tränen vergoß, die sahen aus wie Blut und waren hart wie Hagelkörner. Niemand hatte jemals gesehen, daß sie weinte, weder vorher noch nachher.

Nun sagte sie, sie könne nichts zur Rache vorbereiten, bevor Ragnar oder seine Söhne heimgekehrt seien. »Aber ihr sollt solange hierbleiben, und es soll nicht daran gespart werden, zur Rache zu reizen, wie wenn sie meine eigenen Söhne wären.«

Nun bleiben sie dort. Und es geht so zu, daß Ivar früher heimkommt als Ragnar, und sie sind nicht lange zu Hause, da sucht Aslaug ihren Sohn auf. Sigurd war da drei Jahre alt; er ging mit seiner Mutter. Und als sie in die Halle kommt, über die die Brüder bestimmen, empfangen sie sie gut und fragen nach anderen Neuigkeiten, und sie berichten ihr vom Fall der Rögnvaldssöhne und von den Ereignissen, die passiert waren. Aber das bewegt sie nicht sehr, und sie sprach:

17 Meerwärts sehen ließen mich
die Söhne lange Zeit.
Ihr könnt kaum ziehen
zwischen heim und fort.
Der tapfere Rögnvald färbte
rot im Blut den Schild;
als jüngster der Söhne
zu Odin er kam.

»Ich kann nicht sehen«, sagt sie, »daß er lebend mehr Ruhm erlangt hätte.« Nun fragen sie, wovon sie spricht. Sie antwortet: »Vom Fall Eriks und Agnars, eurer Brüder und meiner Stiefsöhne, der Männer, die ich für die besten hielt. Es gehört sich, daß ihr da nicht zögert, sondern eine große Rache vollbringt. Und darum will ich euch bitten und euch bei allem unterstützen, damit dies eher mehr als weniger gerächt wird.«

Nun sagt Ivar: »Das ist sicher, daß ich nicht nach Svithjod ziehe, um gegen König Eystein und all die Hexerei zu kämpfen, die es dort gibt.« Sie drängt sehr, aber Ivar spricht für alle und verweigert die Fahrt ganz und gar. Da sprach sie eine Strophe:

18 Ihr Brüder wäret
bald kein halbes
Jahr wohl ungerächt,
wärt ihr zuerst gestorben,
– wenig verberge ich es –
wären noch am Leben
Erik und Agnar,
ungeboren von mir.

»Es ist nicht sicher«, sagt Ivar, »ob es etwas nützt, wenn du eine Strophe nach der anderen sprichst. Weißt du denn genau, welche Schwierigkeiten dem entgegenstehen?« – »Das weiß ich nicht genau«, sagt sie, »aber was kannst du sagen, welche Schwierigkeiten es dabei gibt?« Ivar sagt, daß dort so viel geopfert wird, daß er niemals gehört habe, daß es etwas Ähnliches gebe, »und dieser König ist mächtig und bösartig.« – »Woran glaubt er am meisten bei seinem Opfern?« – Er sagt: »Das ist eine große Kuh, und sie wird Sibylja genannt. Sie ist so sehr durch Zauberkraft gestärkt, daß seine Feinde nicht mehr fest stehen, wenn sie ihr Gebrüll losläßt, und man hat dort kaum gegen Menschen allein zu kämpfen. Ich glaube, daß man den Zauber mehr bekämpfen muß als den König, und dem will ich weder mich selbst noch mein Heer aussetzen.«

»Darauf kannst du dich verlassen«, sagt sie, »daß du nicht gleichzeitig der größte Mann heißen kannst und nichts vollbringen.« Und da es ihr nun scheint, daß sie vergeblich gekommen ist, will sie fort. Es schien ihr, als gäben sie nicht viel auf ihre Worte.

Da sagte Sigurd »Schlange im Auge«: »Ich muß dir sagen, Mutter«, sagt er, »was mir durch den Kopf geht, aber über die Antwort kann ich nicht bestimmen.« – »Das will ich hören«, sagt sie. Da sprach er eine Strophe:

19 In drei Nächten,
nützt es dir, Mutter,
– hart ist der Weg –
ist das Heer bereit.
Uppsala regieren,
soll Eystein nicht,
ob Gold er auch bietet,
wenn gut sind die Klingen.

Und als er diese Strophe gesprochen hatte, wandelte sich der Sinn der Brüder etwas. Und nun sprach Aslaug: »Deutlich zeigst du nun, mein Sohn, daß du meinen Willen erfüllen willst. Aber ich kann nicht sehen, wie wir damit weiterkommen, wenn wir nicht die Unterstützung deiner Brüder haben, und die müßte so sein, daß mir diese Rache gut ausgeführt erscheint, und ich finde, daß du dich gut verhältst, mein Sohn.« Da sprach Björn eine Strophe:

20 Taugen muß Herz und Sinn
in des Helden Brust,
– mag er auch nicht sprechen –
des Mannes Mut.
Wohl liegt nicht im Auge
mir Wurm oder Schlange
doch liebt' ich die Brüder
und deine Stiefsöhne.

Und nun sprach Hvitserk eine Strophe:

21 Laßt vorm Raten bedenken,
daß Rache soll folgen
Agnars Tod
zum Übel der andern.
Schiebt das Schiff ins Meer,
schlagt das Eis weg vorm Bug,
sehen wir, welches Boot
bereit ist am schnellsten.

Hvitserk sprach deshalb davon, daß das Eis zerschlagen werden sollte, weil großer Frost herrschte und ihre Schiffe eingefroren waren. Und nun ergriff Ivar das Wort und sagt, es sei nun so weit gekommen, daß auch er Anteil daran haben wollte, und nun sprach er eine Strophe:

22 Mut habt ihr reichlich,
auch mächtige Tapferkeit;
besser noch wäre
Bosheit dabei.
Den Kriegern voran
tragt den Knochenlosen.
Rachehände hab ich wohl,
richten sie auch sonst nichts aus.

Und jetzt ist es das Beste«, sagt Ivar, »daß wir alle Kraft, die wir haben, darauf verwenden, die Schiffe auszurüsten und die Mannschaft zusammenzuziehen, denn wir dürfen an nichts sparen, wenn wir siegen sollen.«

Da ging Aslaug fort.

11 *Aslaug und die Brüder ziehen nach Svithjod*

Sigurd hatte einen Pflegevater gehabt, und dieser übernahm es, Schiffe für ihn bereitzustellen und Mannschaft anzuwerben, so daß sie voll ausgerüstet waren. Und nun geht es ihnen so schnell von der Hand, daß die Mannschaft, die Sigurd stellen sollte, fertig war, als drei Nächte vergangen waren, und er hatte fünf wohlausgerüstete Schiffe. Und als fünf Nächte vergangen waren, hatten Hvitserk und

Björn vierzehn Schiffe ausgerüstet, und Ivar hatte zehn Schiffe und Aslaug weitere zehn, als sieben Nächte vergangen waren seit dem Mal, wo sie miteinander gesprochen und die Fahrt vereinbart hatten.

Nun treffen sie alle zusammen, und jeder sagt den anderen, wieviel Mannschaft er angeworben hat. Ivar berichtet, er habe ein Reiterheer auf dem Landweg losgeschickt. Aslaug sagt: »Hätte ich gewußt, daß ein Landheer von Vorteil sein könnte, dann hätte ich ein großes Heer geschickt.«

»Damit soll jetzt keine Zeit verloren werden«, sagt Ivar. »Wir wollen jetzt mit dem Heer losziehen, das wir zusammengezogen haben.« Nun sagt Aslaug, daß sie mit ihnen ziehen will: »Dann weiß ich jederzeit genau, wie begierig ihr darauf seid, die Brüder zu rächen.«

»Es ist sicher«, sagt Ivar, »daß du nicht auf unsere Schiffe kommst. Aber es soll so sein, wenn du willst, daß du über das Heer bestimmst, das auf dem Landweg zieht.« Sie sprach, so solle es sein. Da bekommt sie einen neuen Namen, und sie wird nun Randalin* genannt.

Nun brachen beide Heere auf, und Ivar bestimmte zuvor, wo sie sich treffen sollten. Beiden Heeren ergeht es gut auf dem Zug, und sie treffen sich dort, wo es abgesprochen ist. Und wohin sie auch in Svithjod in Eysteins Reich kamen, fahren sie mit dem Heerschild darüber weg, verbrannten alles, was ihnen in den Weg kam, und erschlugen jeden einzelnen Menschen. Sie gingen sogar so weit, daß sie alles töteten, was lebendig war.

12 *Die Schlacht gegen Eystein*

Es ergibt sich aber, daß Männer zu König Eystein entkommen und ihm berichten, daß ein großes Heer in sein Reich eingedrungen sei und so schrecklich vorginge, daß sie nichts verschonten, und sie hätten alles verwüstet, wo sie vorbeigezogen seien, und kein Haus stehe mehr aufrecht. Als nun König Eystein diese Nachricht hört, glaubt er zu wissen, wer diese Wikinger sein könnten. Und nun läßt er das

---

* Randalin (*Randalín*) = »Schildträgerin«.

Heergebot durch sein ganzes Reich gehen und ruft alle zusammen, die seine Männer sind und ihm Gefolgschaft leisten wollen und den Schild tragen konnten.

»Wir werden die Kuh Sibylja, unsere Göttin, mitnehmen und sie vor dem Heer laufen lassen, und ich hoffe, daß es wieder so geht wie früher, daß sie ihr Gebrüll nicht ertragen können. Ich will mein ganzes Heer so anfeuern, daß es am besten tauglich wird, und so werden wir dieses große, schreckliche Heer von uns abschütteln.«

Und nun geschieht es so, daß Sibylja losgelassen wird. Ivar sieht ihr Verhalten und hört das schreckliche Gebrüll, das von ihr kam. Da befiehlt er, daß das ganze Heer großen Lärm machen solle, sowohl mit Waffen als auch mit Kriegsgeschrei, damit sie möglichst wenig von dem Gebrüll dieses schrecklichen Wesens hörten, das ihnen entgegenkam. Seinen Trägern aber befahl Ivar, sie sollten ihn ihr entgegentragen, so nah sie könnten. »Und wenn die Kuh auf uns zukommt, werft mich auf sie, und dann wird eines von beidem geschehen: Entweder werde ich mein Leben lassen, oder sie wird sterben. Nun sollt ihr einen großen Baumstamm nehmen und daraus einen Bogen schnitzen und Pfeile dazu.« Da wird ihm der starke Bogen und die großen Pfeile gebracht, die er hatte machen lassen; und es schien, als ob sie niemand anderer benutzen konnte. Nun feuert Ivar jeden Mann an, sich äußerst tapfer zu zeigen.

Die Heere ziehen mit großer Kampflust und großem Lärm voran, Ivar aber wurde vor den Schlachtreihen hergetragen. Als aber die Sibylja zu brüllen begann, entstand ein so großer Lärm, daß sie ihn ebenso hören konnten, als ob sie schwiegen und stillstanden. Das wirkte so auf sie, daß sich das Heer untereinander schlagen wollte, außer den Brüdern. Und als dies Unglaubliche geschieht, sehen die, die Ivar trugen, daß er seinen Bogen spannt, als ob er einen schwachen Ulmenzweig in der Hand hält, und dabei schien es ihnen, als ob er den Bogen über die Pfeilspitze hinaus überspannte. Dann hören sie, daß die Sehne so laut ertönte, wie sie sie niemals zuvor gehört hatten. Und nun sehen sie, daß seine Pfeile so schnell flogen, als hätte er sie mit der stärksten Armbrust abgeschossen, und so gezielt, daß jeder in ein Auge der Kuh Sibylja traf. Und nun stürzt sie, und danach schlug sie mit dem Kopf auf den Boden, und nun ist ihr Gebrüll noch viel schlimmer als zuvor. Und als sie auf sie zukommt, befiehlt er, ihn auf sie zu werfen, und er kam ihnen so leicht vor, als wenn sie ein kleines Kind warfen, dabei waren sie der Kuh noch nicht allzu nahe, als sie ihn warfen. Er landete auf dem Rücken der Kuh Sibylja und wurde dort so schwer, als wenn ein Felsbrocken auf sie herunterfiele. Ihr werden alle Knochen gebrochen, und daran stirbt sie.

Nun befiehlt er den Männern, ihn schnell wieder hochzuheben. Und er wird hochgehoben, und nun ist seine Stimme so gellend, daß es dem Heer schien, wenn er sprach, daß er nahe bei ihnen sei, auch wenn er weit weg war, und auf sein Gebot hin wurde es ganz still. Und er beendete seine Rede so, daß der Kampf untereinander von ihnen allen wich, der über sie gekommen war; er hatte noch nicht viel geschadet, denn ihr Heer hatte nur eine kleine Weile gekämpft. Nun feuert Ivar sie an, daß sie die Feinde aufs heftigste angreifen sollen: »Und nun scheint mir der schlimmste Feind erledigt, nachdem die Kuh erschlagen ist.«

Beide Seiten haben ihre Heere aufgestellt und beginnen den Kampf, und die Schlacht ist so heftig, daß alle Svear sagten, sie seien niemals einer solchen Prüfung ausgesetzt gewesen. Die Brüder Hvitserk und Björn greifen so heftig an, daß keine Schlachtreihe gegen sie bestehen kann. Und nun fallen so viele aus König Eysteins Heer, daß nur ein kleiner Teil noch aufrecht steht und einige wenige durch Flucht entkommen. Und die Schlacht endet damit, daß König Eystein fällt und die Brüder den Sieg davontragen. Denen, die noch übrig waren, gewährten sie freies Geleit.

Da sagt Ivar, daß er nicht weiter dieses Land verheeren will, weil es nun ohne Anführer sei: »Ich will lieber, daß wir dorthin ziehen, wo wir einer größeren Übermacht gegenüberstehen.«

Randalin aber zog mit einigem Gefolge nach Hause.

13 Die Belagerung und Eroberung von Vifilsborg

Nun beschließen sie untereinander, im Südreich auf Heerfahrt zu gehen. Und Sigurd »Schlange im Auge«, Aslaugs Sohn, fuhr von da an mit seinen Brüdern auf jede Heerfahrt. Auf dieser Fahrt greifen sie jede große Stadt an und stellten es so an, daß ihnen keine widerstand.

Da erfahren sie von einer Stadt, die beides sei, schwierig einzunehmen und gut bemannt. Ivar sagt, er wolle dorthin steuern. Und es wurde auch gesagt, wie diese Stadt hieß und wer über sie herrschte. Dieser Häuptling nämlich wurde Vifil genannt, und nach ihm hieß die Stadt Vifilsborg.

Sie fahren nun so mit dem Heerschild darüber, daß sie alle Städte verwüsteten, auf die sie stießen, bis sie nach Vifilsborg kamen. Der Anführer war nicht daheim in seiner Burg, und ein großes Heer begleitete ihn. Da stellen sie ihre Zelte auf den Abhängen auf, die bei der Stadt sind, und verhielten sich an dem Tag, an dem sie zu der Stadt gekommen waren, ruhig und verhandelten mit den Stadtbewohnern. Sie ließen ihnen die Wahl, ob sie lieber die Stadt aufgeben wollten – dann würde allen Männern Friede gewährt –, oder ob sie ihre Übermacht und Tapferkeit erproben wollten – aber dann werde es keine Gnade geben. Sie aber sagten ihnen kurz und knapp, daß sie die Stadt niemals gewinnen könnten, indem sie aufgegeben würde: »Und ihr werdet euch vorher erproben und uns eure Tapferkeit und Kampfkraft zeigen müssen.«

So vergeht eine Nacht. Und am nächsten Tag versuchen sie, die Stadt zu erobern, aber es gelingt ihnen nicht. Sie belagern die Stadt einen halben Monat lang und versuchen jeden Tag auf andere Weise, sie zu erobern. Aber es ging um so schlechter, je länger sie es versuchten, und so planten sie davonzuziehen.

Als die Stadtbewohner bemerken, daß sie den Abzug planen, da gehen sie hinaus auf die Stadtmauer und breiten kostbare Decken über der ganzen Stadtmauer aus und die schönsten Stoffe, die sich in der Stadt befanden, und zeigten ihnen verlockend Gold und die schönsten Kleinode, die in der Stadt waren.

Dann ergreift einer aus ihrer Schar das Wort und sprach: »Wir dachten, daß diese Männer, Ragnars Söhne und ihr Gefolge, tapfere Männer wären, aber wir müssen sagen, daß es ihnen nicht anders ergangen ist als allen anderen.« Danach schrien sie und schlugen auf die Schilde und reizten sie, sosehr sie nur konnten. Und als Ivar das hört, wurde er sehr zornig; er wurde davon so schwer krank, daß er sich überhaupt nicht mehr rühren konnte, und sie mußten abwarten, bis es entweder besser mit ihm wurde oder bis er starb. Den ganzen Tag bis zum Abend lag er und sprach kein Wort. Dann sagte er zu den Männern, die bei ihm waren, sie sollten Björn, Hvitserk und Sigurd ausrichten, daß er sie und ihre klügsten Männer treffen wollte.

Und als sie nun alle zusammenkommen, die die größten Anführer in ihrem Heer sind, da fragt Ivar, ob sie eine Möglichkeit sähen, mit der sie den Sieg wahrscheinlicher erringen würden als bisher. Sie aber antworten alle, daß sie nicht klug genug dazu seien, sich eine List auszudenken, die den Sieg erwarten lasse: »Es ist wie so oft, daß wir deinen Rat brauchen.« Da antwortet Ivar: »Mir ist eine Möglichkeit in den Sinn gekommen, die wir noch nicht versucht haben. Es gibt nicht weit von hier einen großen Wald, und wenn nun die Nacht kommt, wollen wir uns heimlich aus unseren Zelten in den Wald zurückziehen, aber unsere Zelte sollen stehenbleiben. Und wenn wir in den Wald kommen, soll sich jeder Mann ein Bündel zusammenbinden. Und wenn das geschehen ist, wollen wir mit aller Macht zur Stadt ziehen und das Holz anzünden und einen großen Scheiterhaufen machen, und ihre Stadtmauern werden durch das Feuer ihren Mörtel verlieren, und dann werden wir die Steinschleudern holen und sehen, wie sicher die Stadt noch ist.«

Und so geschah es, daß sie in den Wald zogen. Sie blieben dort so lange, wie Ivar wollte. Dann gehen sie nach seiner Anweisung zur Stadt, und als sie Feuer an das viele Holz legten, gab es einen so großen Brand, daß die Mauern nicht standhalten konnten und ihren Mörtel verloren, und dann holten sie die Steinschleudern zur Stadt und brachen viele Breschen in die Mauer, und nun begann die Schlacht. Und weil sie gleich viele Kämpfer haben, fällt das Heer der Stadtbewohner, und manche fliehen, und der Kampf endet damit, daß sie jeden einzelnen Menschen töten, der in der Stadt war und alles Gut mitnehmen, die Stadt aber niederbrennen, bevor sie davonziehen.

14 Die Reise nach Rom

Nun ziehen sie weiter, bis sie zu der Stadt kommen, die Luna hieß. Da hatten sie fast jede Stadt und jede Festung im ganzen Südreich zerstört, und nun sind sie so berühmt in der ganzen Welt, daß kein noch so kleines Kind ihren Namen nicht kannte. Da beschlossen sie, nicht eher nachzulassen, bis sie nach Rom kämen, denn diese Stadt war ihnen als groß und stark bevölkert und berühmt und reich geschildert worden. Sie wußten aber nicht genau, wie weit es bis dorthin ist, und sie hatten ein so großes Heer, daß sie nicht genug Verpflegung bekamen.

So bleiben sie in der Stadt Luna und beraten über ihre Fahrt. Da kommt ein alter, freundlicher Mann zu ihnen. Sie fragen ihn, wer er sei. Er aber sagt, er sei ein Bettler und sei sein ganzes Leben lang über Land gezogen.

»Du müßtest uns viele Neuigkeiten erzählen können, die wir wissen wollen.« Der alte Mann antwortet: »Ich bin nicht sicher, nach welchen Ländern ihr fragen wolltet, über die ich euch nichts zu sagen wüßte.« – »Wir wollen, daß du uns sagst, wie weit es von hier nach Rom ist.« Er antwortet: »Ich kann euch ein Zeichen dafür sagen. Ich könnt hier diese Eisenschuhe sehen, die ich an meinen Füßen trage; sie sind nun alt, und ein anderes Paar habe ich auf meinem Rücken, das ist nun auch verschlissen. Als ich aber von dort wegging, band ich mir die an die Füße, die jetzt verschlissen sind und die ich jetzt auf meinem Rücken trage; damals waren beide neu, und auf diesem Weg bin ich seitdem die ganze Zeit.«

Als aber der alte Mann das gesagt hatte, war ihnen klar, daß sie die Reise nicht unternehmen konnten, die sie sich vorgenommen hatten, nach Rom zu ziehen. Und so drehen sie mit ihrem Heer um und gewinnen viele Städte, die bisher noch nie erobert worden sind, und die Zeichen davon sieht man noch heute.

15 Ragnar zieht nach England und wird dort getötet

Nun ist die Erzählung wieder dort aufzunehmen, wo Ragnar zu Hause in seinem Reich sitzt und nicht weiß, wo seine Söhne und seine Frau Randalin sind. Aber jeden seiner Männer hörte er sagen, daß sich niemand mit seinen Söhnen vergleichen konnte, und daran merkte er, daß ihr Ruhm unvergleichlich war. Da überlegt er, nach welchem Ruhm er streben könnte, der nicht weniger groß wäre. Er faßt einen Entschluß und besorgt sich Zimmerleute und läßt Holz für zwei große Schiffe fällen. Man sah, daß es zwei so große Handelsschiffe waren, wie sie noch nie in den Nordländern gebaut worden waren. Und gleichzeitig läßt er in seinem ganzen Reich große Waffenvorräte herstellen. An diesen Vorbereitungen kann man erkennen, daß er eine Heerfahrt außer Landes plant.

Das wird weitum in den Nachbarländern bekannt. Und nun fürchten die Menschen und die Könige, die über die Länder herrschten, daß sie nicht in ihren Ländern oder Reichen bleiben könnten. Und so lassen sie alle Wache um ihre Länder halten für den Fall, daß Ragnar sie angriffe.

Einmal fragte Randalin Ragnar, was für eine Fahrt er plane. Er sagt ihr, er wolle nach England und habe nicht mehr Schiffe als zwei Handelsschiffe und soviel Mannschaft, wie darauf fahren kann. Da sagt Randalin: »Diese Fahrt, die du da planst, scheint mir unüberlegt. Es wäre ratsamer, mehr kleinere Schiffe zu haben.« – »Das wäre nicht ruhmreich«, sagt er, »wenn man mit vielen Schiffen ein Land erobert. Aber dafür gibt es kein Beispiel, mit zwei Schiffen ein solches Land zu erobern, wie es England ist. Und wenn ich unterliege, ist es um so besser, wenn ich weniger Schiffe von hier mitgenommen habe.«

Da antwortet Randalin: »Mir scheint, daß es nicht weniger kosten wird, bis diese Schiffe fertig ausgerüstet sind, als wenn du viele Langschiffe zu dieser Fahrt hättest. Und du weißt, daß es schwierig ist, in England zu landen, und wenn es so geht, daß dein Schiff verlorengeht und die Mannschaft doch an Land kommt, dann sind sie sofort verloren, wenn ein Landheer dazukommt, und es ist leichter, mit Langschiffen einen Hafen anzulaufen als mit Handelsschiffen.«

Nun sprach Ragnar eine Strophe:

23 Spar nicht am Bernstein des Rheines,
brauchst du die tapfersten Burschen.
Kaum nützt dem Fürsten die Menge
der Ringe wie die der Männer.
Schlecht ist es, unterm Stadttor
zu stehen mit brandroten Ringen;
zu viele Herrscher weiß ich
tot, wo der Hort noch lebt.

Bernstein des Rheines: »Gold«.

Er läßt nun seine Schiffe ausrüsten und sammelt sich eine Mannschaft, so daß die Handelsschiffe voll besetzt sind. Über sein Vorhaben wurde unterschiedlich geredet. Und abermals sprach er eine Strophe:

24 Was höre ich vom Berge
um den Brecher der Ringe für Jammern,
soll der Verschwender des Goldes
die Schlangen des Meeres bergen?
Doch befinden soll darüber,
der Feind des Aal-Lagers
ohne große Furcht,
wenn die Götter es wollen.

Die Schlangen des Meeres: »Schiffe«.
Aal-Lager: »Gold«; *Feind des Goldes:* »Fürst«.

Und als seine Schiffe und die Mannschaft, die ihm folgen sollte, fertig sind und der Wind aufkam, der ihm günstig schien, sagt Ragnar, nun wolle er an Bord. Und als er bereit war, begleitete sie ihn zum Schiff. Und bevor sie sich trennten, sprach sie, sie wolle ihm das Hemd vergelten, das er ihr gegeben habe. Er fragt, auf welche Weise das geschehen solle. Sie aber sprach eine Strophe:

25 Ich gebe dir ein langes Hemd,
ganz ohne jede Naht,
mit ganzem Mut gemacht
aus grauen Haarsträhnen.
Die Wunde wird nicht bluten,
die Waffe wird nicht schneiden
in dem guten Hemd,
das den Göttern geweiht.

Er sagt, er wolle diesen Rat annehmen. Aber als sie sich trennten, war deutlich sichtbar, daß ihr dieser Abschied sehr zu Herzen ging.

Nun steuert Ragnar seine Schiffe nach England, wie er geplant hatte. Er geriet in einen heftigen Sturm, so daß seine beiden Handelsschiffe vor England Schiffbruch erlitten. Aber seine ganze Mannschaft rettete sich an Land und behielt Kleider und Waffen, und wo er zu Dörfern, Städten und Festungen kam, da eroberte er sie.

Der König, der zu dieser Zeit über England herrschte, hieß Ella. Er hatte von Ragnar gehört, als dieser außer Landes fuhr. Er hatte Wachen aufgestellt, damit er gleich erführe, wenn das Heer ins Land einfiel. Nun zogen diese Männer zu König Ella und sagen ihm von dem Heer. Da läßt er in seinem ganzen Reich Botschaft ergehen und befahl jeden Mann zu sich, der den Schild halten oder ein Pferd reiten konnte und zu kämpfen wagte, und er zieht ein so großes Heer zusammen, daß es ganz fürchterlich war. Nun rüsteten König Ella und die seinen zur Schlacht. Da sprach König Ella zu seinem Gefolge: »Wenn wir in dieser Schlacht siegreich bleiben und ihr bemerkt, daß Ragnar gekommen ist, dann sollt ihr ihn nicht angreifen, denn er hat Söhne, die niemals von uns ablassen werden, wenn er fällt.«

Ragnar bereitete sich nun auf die Schlacht vor. Und er trug das Kleidungsstück, das Randalin ihm zum Abschied geschenkt hatte, als Brünne und den Spieß in der Hand, mit dem er den Lindwurm getötet hatte, der um Thoras Saal lag und den niemand anderer zu töten gewagt hatte, und er trug keine andere Rüstung als einen Helm.

Als sie aufeinander trafen, begann die Schlacht. Ragnar hatte das viel kleinere Heer. Die Schlacht war nicht lange im Gange, da fiel ein großer Teil von Ragnars Schar. Aber wo er selbst war, wich man vor ihm zurück, und er ging durch die Schlachtreihen an diesem Tag, und wo er auf Schilde, Brünnen oder Helme hieb oder stieß, waren seine Schläge so mächtig, daß nichts ihm widerstehen konnte; aber niemals wurde so nach ihm geschlagen oder geschossen, daß ihm irgendeine Waffe schadete, und er zog sich keine einzige Wunde zu, tötete aber viele aus Ellas Gefolgschaft.

Die Schlacht endete aber doch so, daß Ragnars ganzes Heer fiel; er aber wurde zwischen Schilden eingeschlossen und gefangengenommen. Nun wurde er gefragt, wer er sei. Er aber schwieg und antwortete nichts. Da sprach König Ella: »Dieser Mann muß auf eine größere Probe gestellt werden, wenn er uns nicht sagen will, wer er ist. Man soll ihn in eine Schlangengrube werfen und ihn dort sehr lange sitzen lassen, und wenn er etwas sagt, aus dem wir erkennen können, daß er Ragnar ist, dann soll man ihn so schnell wie möglich herausholen.« So wird er nun dorthin gebracht, und er sitzt dort sehr lange, aber die Schlangen setzten sich nicht an ihm fest.

Da sprachen die Männer: »Dieser Mann ist sehr bedeutend. Erst verletzten ihn die Waffen heute nicht, und nun schaden ihm auch die Schlangen nicht.« Da sprach König Ella, man solle ihm das Kleid ausziehen, das er zuoberst trug. Und so geschah es, und da hingen die Schlangen auch schon von allen Seiten an ihm. Da sprach Ragnar: »Grunzen würden die Ferkel, wenn sie wüßten, was der Alte erduldet.« Und obwohl er das sagte, wußten sie immer noch nicht genau, ob er Ragnar war oder ein anderer König. Da sprach er eine Strophe:

26 Der Schlachten einundfünfzig
schlug ich, die man ruhmreich
fand, brachte vielen Fürsten
Furcht und Tod und Schaden.
Nie dacht' ich, daß Schlangen
dereinst mein Leben beenden;
oft geschieht, was Menschen
am mindesten erwarten.

Und weiter sprach er:

27 Grunzen würden die Ferkel,
über die Gram des Ebers.
Die Schlangen sind mein Verderben,
schlagen in mich ihre Zähne.
Und kräftig und gewaltig
saugen mich die Schlangen;
nun werd' ich bald ein Leichnam
und nah bei den Tieren sterben.

Dann läßt er sein Leben und wird von dort weggebracht. König Ella aber glaubte zu wissen, daß es Ragnar war, der da gestorben war. Nun überlegte er bei sich, wie er es anstellen und dabei vorgehen sollte, daß er sein Reich behalten würde, und wie er herausfinden könnte, wie es Ragnars Söhne aufnehmen würden, wenn sie es erführen. Er beschließt, ein Schiff auszurüsten und einen Mann darüber befehlen zu lassen, der sowohl klug als auch tapfer war, und er gab ihm Mannschaft, so daß das Schiff gut bemannt war, und sagt, er wolle es zu Ivar und den Brüdern schicken und ihnen vom Tod ihres Vaters berichten. Aber diese Fahrt erschien den meisten so unerfreulich, daß nur wenige fahren wollten.

Da sprach der König: »Darauf sollt ihr sorgfältig achten, welchen Eindruck diese Nachricht auf jeden einzelnen der Brüder macht. Fahrt eures Weges, sobald der Wind günstig steht.« Und er ließ sie für die Reise so ausrüsten, daß es ihnen an nichts fehlte. Und so fahren sie, und es ging alles gut.

Die Ragnarssöhne aber hatten überall im Südreich geheert. Dann wandten sie sich wieder den nördlichen Ländern zu und hatten die Absicht, ihr Reich aufzusuchen, in dem Ragnar herrschte. Sie wußten aber nichts von seiner Heerfahrt, was daraus geworden sei, und waren doch sehr begierig zu hören, wie sie verlaufen sei. Nun fahren sie von Süden her durch das Land. Aber überall, wo die Menschen von der Fahrt der Brüder hörten, zerstörten sie selbst ihre Städte und brachten ihr Hab und Gut weg und flohen, so daß sie kaum Lebensmittel für ihr Heer hatten.

Eines Morgens erwachte Björn Jarnsida und sprach eine Strophe:

28 Hier rast jeden Morgen
rauschend über die Städte
der dunkle Rabe, heilen Leibes
muß Hungers er sterben.
Soll er südwärts ziehen zum Strand,
sehen, wo wir uns schlugen,
dort bekommt er toter Männer
Tau aus vielen Wunden.

Tau aus vielen Wunden: »Blut«.

Und weiter sprach er:

29 Das war zuerst, als wir fuhren
– Freys Spiel begann ich –,
daß mit den Leuten wir kämpften
im Land der Römer.
Mein Schwert ließ ich dort ziehen
über schwarzgraue Bärte
im großen Morden, als der Adler
über den Männern schrie.

Freys Spiel: »Kampf«.

16 Ragnars Söhne erfahren vom Tod des Vaters

Nun geschah es, daß sie früher ins Dänenreich kamen als die Gesandten des Königs Ella, und sie sitzen nun ruhig mit ihrem Heer. Aber die Gesandten kommen mit ihrem Gefolge zu der Stadt, wo die Ragnarssöhne bewirtet werden, und gehen in die Halle, wo sie trinken, und treten vor den Hochsitz, in dem Ivar liegt. Sigurd

»Schlange im Auge« und Hvitserk der Schnelle sitzen am Spieltisch, und Björn Jarnsida schnitzt auf dem Hallenboden einen Speerschaft. Und als Ellas Gesandte vor Ivar treten, grüßen sie ihn würdevoll. Er erwidert ihren Gruß und fragt, woher sie seien und was für Neuigkeiten sie zu berichten haben. Und ihr Anführer sagt, sie seien Engländer, und König Ella habe sie hierher gesandt, um die Nachricht zu bringen, daß Ragnar, ihr Vater, gefallen sei.

Hvitserk und Sigurd lassen sofort das Spielbrett fallen und achten nun genau auf das, was berichtet wird. Björn steht auf dem Boden der Halle und stützt sich auf seinen Speerschaft. Ivar aber fragt genau, unter welchen Umständen sein Tod geschehen sei. Und als der Bericht an die Stelle gekommen war, wo er sagte: »Grunzen würden die Ferkel«, da drückte Björn den Speerschaft in seiner Hand, und zwar so fest, daß man den Handabdruck später sah. Als die Gesandten ihren Bericht beendeten, schüttelte Björn den Speer, so daß er in zwei Teile zersprang. Hvitserk aber hielt einen Spielstein in der Hand, den er geschlagen hatte, und er preßte ihn so fest, daß ihm das Blut unter allen Fingernägeln hervorsprang. Und Sigurd »Schlange im Auge« hatte ein Messer in der Hand gehalten und sich die Nägel gereinigt, als dieser Bericht gegeben wurde, und er hörte so genau zu, daß er nicht eher etwas spürte, als bis das Messer auf den Knochen traf, und er kümmerte sich nicht darum.

Ivar aber fragt ganz genau nach allem, und seine Gesichtsfarbe war einmal rot und einmal blau, aber die meiste Zeit war er bleich, und er war so angeschwollen, daß seine Haut ganz aufgeblasen war von dem Zorn in seiner Brust.

Nun ergreift Hvitserk das Wort und sagte, die Rache möge gleich damit beginnen, daß man König Ellas Gesandte tötete. Ivar sagt: »Das soll nicht geschehen. Sie sollen in Frieden ziehen, wohin sie wollen, und wenn es ihnen an etwas fehlt, so sollen sie es mir sagen, und ich werde es ihnen geben.« Und als sie nun ihr Anliegen beendet haben, verlassen sie die Halle wieder und gehen zu ihrem Schiff. Und als es Wind gibt, stechen sie in See und haben eine gute Fahrt, bis sie zu König Ella kommen und ihm davon berichten, wie ihre Nachricht aufgenommen worden ist.

Und als König Ella das hört, da sprach er: »Es ist zu erwarten, daß wir Ivar zu fürchten haben werden oder keinen, nach dem, was ihr von ihm berichtet; die anderen denken im Innern gut, und vor ihnen werden wir unser Reich halten können.« Nun läßt er sein ganzes Reich rundum bewachen, so daß ihn kein Heer unverhofft angreifen kann.

Als aber die Gesandten des Königs Ella weggefahren waren, beraten die Brüder, wie sie ihren Vater rächen könnten. Da sprach Ivar: »Ich will mich nicht daran beteiligen und kein Heer dazu stellen, denn Ragnar ist es so ergangen, wie ich es mir dachte. Er bereitete seine Sache von Anfang an schlecht vor, und es ist schon oft so gegangen, wenn man mit Unrecht allzu große Heldentaten plant, daß es ehrlos endet. Ich will Geldbußen von König Ella annehmen, wenn er sie mir anbietet.« Aber als das seine Brüder hören, werden sie sehr wütend und sagen, niemals würden sie so in Schande geraten, selbst wenn er es so wolle: »Viele würden von uns sagen, daß wir das Falsche tun und das Richtige unterlassen, wenn wir unseren Vater nicht rächen. Wir sind mit dem Heerschild weit durch die Welt gezogen und haben manchen Mann ohne Grund getötet. Das soll nicht geschehen, im Gegenteil: Jedes seetüchtige Schiff in Dänemark soll ausgerüstet werden. Es soll eine so große Mannschaft gesammelt werden, daß jeder Mann, der gegen König Ella einen Schild tragen kann, mitfahren soll.«

Ivar aber sagt, er werde dableiben und auch alle Schiffe, über die er zu bestimmen habe, »bis auf das eine, das ich selbst besitze.« Als bekannt wurde, daß Ivar sich nicht beteiligt, bekommen sie ein viel kleineres Heer, fahren aber trotzdem. Und als sie nach England kommen, bekommt König Ella Kunde davon und läßt sogleich das Horn erschallen und befiehlt alle Männer zu sich, die ihm folgen wollen. Und nun bekommt er ein so großes Heer zusammen, daß niemand es zählen konnte, und zieht den Brüdern entgegen. Und als sie aufeinandertreffen, nahm Ivar nicht an dem Kampf teil.

Die Schlacht endet so, daß Ragnars Söhne in die Flucht geschlagen werden, König Ella aber den Sieg davonträgt. Und als dieser zur Verfolgung der Flüchtenden ansetzte, sagt Ivar, er habe nicht die Absicht, in sein Land zurückzukehren. »Ich will versuchen, ob König Ella mir etwas Ehre erweisen wird oder nicht, und es erscheint mir besser, Buße von ihm anzunehmen, als noch mehr solche Unglücksfahrten zu unternehmen wie diese.« Hvitserk sagt, er wolle sich daran nicht beteiligen. Er könne in seiner Angelegenheit verfahren, wie er wolle, »aber wir werden niemals für unseren Vater Geld annehmen«. Ivar sagt, dann müßten sie sich trennen, und er wies sie an, das Land so zu regieren, als wenn sie es alle zusammen besäßen: »Mir aber sollt ihr soviel Geld schicken, wie ich sage.« Und als er gesprochen hatte, wünschte er ihnen eine gute Reise. Dann kehrte er um zu König Ella. Und als er vor ihn kommt, grüßt er den König ehrerbietig und beginnt so zu sprechen: »Ich bin zu dir gekommen und will über einen Vergleich mit dir verhandeln und über die Ehre, die du mir erweisen willst. Ich sehe nun, daß ich nichts gegen dich auszurichten vermag, und es scheint mir besser, von dir die Ehre anzunehmen, die du mir gewähren willst, als daß noch mehr von meinen Leuten oder gar ich selbst vor dir fallen.« Da antwortet König Ella: »Manche sagen, dir sei nicht gut zu trauen; du sprichst oft schön, denkst aber böse, und es wird schwierig für uns sein, uns vor dir oder deinen Brüdern zu hüten.« – »Ich will nur kleine Forderungen stellen, und wenn du sie erfüllst, werde ich dir schwören, daß ich dir niemals feindlich gegenüberstehen werde.« Nun fragt der König, über welche Art der Buße er verhandeln wolle. »Ich will«, sagt Ivar, »daß du mir so viel von deinem Land gibst, wie von einer Ochsenhaut bedeckt wird, und rundherum soll der Grund für einen Wall vorbereitet werden. Mehr verlange ich nicht von dir, und wenn du dies nicht willst, sehe ich, daß du mir keine Ehre gönnen willst.« – »Ich weiß nicht«, sagt der König, »inwiefern es uns schadet, wenn du so viel von meinem Land hast, und sicherlich will ich es dir geben, wenn du mir schwören willst, mich nicht anzugreifen; ich fürchte auch deine Brüder nicht, wenn du mir treu bist.«

17 Ivar gründet London und sorgt für König Ellas Tod

Nun beschließen sie, daß Ivar ihm den Eid leistet, daß er nicht auf ihn schießen wird und keine Pläne gegen ihn schmieden wird, dafür aber so viel von England bekommt, wie die größte Ochsenhaut bedeckt, die er sich beschaffen kann. Da besorgt sich Ivar eine Ochsenhaut und läßt sie aufweichen und dreimal spannen. Dann läßt er sie so fein wie möglich zerschneiden und dann noch beides voneinander trennen, Haarseite und Fleischseite. Und als dies geschehen war, war daraus ein so langer Riemen geworden, daß es ganz ungeheuerlich war und daß niemand geglaubt hätte, daß es so etwas gäbe.

Und diesen Riemen läßt er auf einer Ebene ausbreiten, und es war ein so weites Stück Land, daß da viel Platz für eine Stadt war, und außen herum läßt er einen Wall abstecken wie für eine große Stadtmauer. Und dann besorgt er sich viele Handwerker und läßt auf der Ebene viele Häuser errichten, und dort läßt er eine große Stadt gründen, die heißt Lundunarborg.* Es ist die größte und berühmteste Stadt im ganzen Norden. Als er nun diese Stadt hatte erbauen lassen, war all sein loser Besitz aufgebraucht. Er war so freigebig, daß er mit beiden Händen gab, und seine Klugheit wurde so sehr geschätzt, daß ihn alle in ihren Angelegenheiten und Schwierigkeiten aufsuchten. Und er schlichtete alle Rechtssachen so, daß jeder zufrieden war, und er wird so beliebt, daß er überall Freunde hatte, und König Ella ist er eine große Stütze bei der Regierung des Landes, so daß der König ihn über vieles entscheiden und Rechtssachen schlichten läßt und nicht selbst dabeisein muß.

Und als Ivar es soweit gebracht hatte, daß Ella sich in Sicherheit wiegt, sendet er Männer zu seinen Brüdern, damit sie ihm soviel Gold und Silber schicken sollen, wie er verlangte. Als aber diese Männer zu seinen Brüdern kommen, sagen sie ihnen ihren Auftrag und auch, wie weit er es gebracht hatte. Weil man ja nicht wußte, welche List er gerade vorbereitete, verstanden es die Brüder so, daß er nicht mehr die Sinnesart hätte, die man von ihm kannte. Nun senden sie ihm die Habe, die er verlangte.

Und als die Boten zu Ivar kommen, gibt er den ganzen Besitz den bedeutendsten Leuten im Land und entzog König Ella so die Unterstützung. Und alle versprachen, sich ruhig zu verhalten, wenn er dort einen Kriegszug unternähme. Und als Ivar sich so Gefolgschaft verschafft hat, sendet er Männer zu seinen Brüdern, um ihnen sagen zu lassen, er wolle, daß sie in ihrem Herrschaftsgebiet ein Heer zusammenziehen und daß sie jeden Mann zu sich befehlen, den sie bekommen können. Und als diese Botschaft zu den Brüdern gelangte, merken sie schnell und begreifen, daß ihm jetzt die Gelegenheit sehr günstig erscheinen muß, den Sieg zu erringen. Nun sammeln sie ein Heer in ganz Dänemark und Gautland und in dem ganzen Reich, über das ihre Herrschaft reicht, und sie ziehen ein unbesiegbares Heer zusammen und nehmen alles Volk mit.

---

* Lundunarborg = London.

Dann steuern sie ihre Schiffe nach England, sowohl bei Tage als auch bei Nacht, damit die Kunde davon nicht vor ihnen dort ankäme. Nun wird aber König Ella die Nachricht von dem Heer überbracht. Da sammelt er sich ein Heer, bringt aber nur wenig zusammen, weil Ivar ihm viel Unterstützung entzogen hatte. Ivar zieht nun König Ella entgegen und sagt, er werde erfüllen, was er versprochen habe: »Über das Verhalten meiner Brüder habe ich keine Macht, aber ich will das unternehmen, daß ich sie aufsuche und herausfinde, ob sie ihr Heer anhalten und nicht noch mehr Schaden anrichten, als sie schon angerichtet haben.«

Nun zieht Ivar zu seinen Brüdern und stachelt sie sehr an, daß sie aufs heftigste vorrücken sollen, so daß es so schnell wie möglich zur Schlacht käme, denn der König habe nur ein sehr kleines Heer. Sie aber antworten, es sei nicht notwendig, sie aufzustacheln; ihr Sinn sei noch genauso wie früher.

Nun geht Ivar und trifft König Ella und sagt ihm, sie seien viel zu hitzig und kampflustig, als daß sie auf seine Worte hören würden: »Und als ich einen Waffenstillstand zwischen euch vermitteln wollte, schrien sie dagegen an. Nun werde ich meinen Eid erfüllen, daß ich nicht gegen dich kämpfen werde, und ich werde mich mit meinem Heer ruhig verhalten, und die Schlacht zwischen euch soll gehen, wie sie mag.«

Nun sehen König Ellas Leute das Heer der Brüder und rücken so stürmisch vor, daß es ganz schrecklich war. Da sprach Ivar: »Jetzt ist es Zeit, König Ella, daß du dein Heer aufstellst; ich vermute, daß es bald zu einem schweren Angriff kommen wird.« Und gleich, als die Heere aufeinandertrafen, entsteht eine große Schlacht, und die Ragnarssöhne durchbrechen hart König Ellas Schlachtreihen, und sie sind so kampflustig, daß sie nur daran denken, so viele Heldentaten wie möglich zu vollbringen; und dieser Kampf war sowohl lang als auch hart. Und es endete so, daß König Ella und sein Heer die Flucht ergriffen, und er wurde gefangengenommen. Da war Ivar dort in der Nähe und sprach, man solle es mit seinem Tod folgendermaßen angehen: »Nun ist dazu zu raten«, sagt er, »sich daran zu erinnern, was für einen Todestag er unserem Vater bereitete. Nun soll derjenige, der am geschicktesten mit der Schwertspitze ist, ihm so tief wie möglich einen Adler auf den Rücken ritzen, und dieser Adler soll mit seinem Blut rot gefärbt werden.« Der Mann, der für diese Aufgabe ausgesucht wurde, tat es so, wie Ivar befahl. König

Ella aber wurde schwer verwundet, bevor die Sache endete. Er läßt nun sein Leben, und sie denken, daß sie ihren Vater gerächt haben. Ivar sagt, er wolle ihnen das Reich überlassen, das sie alle zusammen besessen hatten, und sagt, er wolle über England herrschen.

18 Der Tod der Ragnarssöhne

Danach kehren Hvitserk und Björn zurück in ihr Reich und Sigurd ebenso, Ivar aber bleibt und regiert über England. Von da an hielt jeder für sich sein Heer zusammen, und sie gingen in verschiedenen Ländern auf Heerfahrt. Ihre Mutter Randalin aber lebte noch lange.

Einmal war ihr Sohn Hvitserk auf Heerfahrt nach Osten gewesen, da geriet er an eine derartige Übermacht, daß er keinen Widerstand dagegen leisten konnte, und er wurde gefangengenommen. Er wünschte sich die Todesart, daß aus Menschenköpfen ein Scheiterhaufen gemacht werden sollte, dort wollte er verbrennen, und so ließ er sein Leben. Als Randalin davon erfuhr, sprach sie eine Strophe:

30 Ein Sohn, den ich hatte,
suchte den Tod im Osten;
genannt ward er Hvitserk,
nie dachte er an Flucht.
Er brannte auf den Köpfen
der im Kampf Erschlagenen,
diesen Tod wählte der
tapfere Fürst sich selbst.

Und weiter sprach sie:

31 Schichten ließ man viele
Schädel um den Fürsten,
daß das Feuer um den Krieger,
den todgeweihten konnte singen.
Konnte ein Krieger ein besseres
Bett unter sich bereiten?
Ein König fällte ihn,
der König starb mit Ruhm.

Von Sigurd »Schlange im Auge« stammt aber ein großes Geschlecht ab. Seine Tochter hieß Ragnhild, die Mutter von Harald Harfagri*, der als erster allein über Norwegen regierte.

Aber Ivar regierte bis zu seinem Tod über England, und er starb an einer Krankheit. Und als er im Sterben lag, sprach er, er wolle dahin überführt werden, wo am ehesten ein Heer landen würde, und er meinte, er erwarte, daß diejenigen, die dort an Land kämen, nicht den Sieg davontragen würden. Und als er starb, da wurde es so ausgeführt, wie er zuvor bestimmt hatte, und er wurde dort in einem Hügel beigesetzt. Und viele Leute sagen, als Harald Sigurdsson nach England kam, sei er dort angekommen, wo Ivar lag, und er fiel auf diesem Kriegszug. Und als Wilhelm der Bastard ins Land kam, ging er hin und zerstörte Ivars Grabhügel und sah Ivar noch unverwest. Da ließ er einen großen Scheiterhaufen machen und Ivar darauf verbrennen. Und danach ging er an Land und siegte.

Und auch von Björn Jarnsida stammen viele Männer ab. Seine Nachkommen bilden eine große Familie, die des großen Häuptlings Thord, der auf dem Hof Höfdi am Höfdastrand wohnte.

Und als alle Ragnarssöhne gestorben waren, zerstreute sich ihr Heer, das ihnen gefolgt war, in verschiedene Richtungen, und alle, die mit den Ragnarssöhnen unterwegs gewesen waren, hielten sich für mehr wert als andere Häuptlinge. Zwei von ihnen zogen weit durch die Länder, um zu sehen, ob sie irgendeinen Häuptling fänden, dem sie dienen konnten, ohne sich schämen zu müssen, aber sie zogen nicht gemeinsam.

19 Zwei Gefolgsleute der Ragnarssöhne treffen sich wieder

Es geschah im Ausland, daß ein König zwei Söhne hatte, und er wurde krank und starb, und seine Söhne wollten das Erbmahl für ihn halten. Sie luden so zu diesem Fest ein, daß alle Männer dorthin kommen sollten, die in den nächsten drei Wintern davon erführen. Das wurde nun weithin bekannt. Und während der drei Winter be-

---

* Harfagri (*hárfagri*) = »Schönhaar«.

reiten sie sich auf das Fest vor. Und als der Sommer kommt, in dem das Erbmahl gefeiert werden sollte, und der Zeitpunkt, der abgesprochen war, da kommt eine so große Menschenmenge zusammen, daß niemand ein Beispiel dafür wußte, wie groß sie war, und es waren viele große Hallen und auch viele Zelte draußen besetzt.

Spät am ersten Abend kommt ein Mann zu dieser Halle. Dieser Mann war größer als jeder andere, und man sah an seiner Ausrüstung, daß er bei vornehmen Männern gewesen war. Und als er in die Halle kommt, tritt er vor die Brüder und grüßt sie und fragt, wo sie ihm einen Platz zum Sitzen anwiesen. Er gefiel ihnen gut, und sie forderten ihn auf, auf der obersten Bank zu sitzen. Er brauchte Platz für zwei. Und sobald er sich gesetzt hatte, wurde ihm wie den anderen Männern zu trinken angeboten, und kein Horn war so groß, daß er es nicht in einem Zug leerte, und jeder schien sehen zu können, daß er alle anderen nicht ganz ernst nahm.

Da geschieht es, daß ein zweiter Mann zu diesem Fest kommt. Der war eher noch größer als der erste. Beide Männer tragen tief hinabreichende Hüte. Und als dieser Mann vor den Hochsitz der jungen Könige tritt, grüßt er sie kunstvoll und bittet darum, ihm einen Platz anzuweisen. Sie sprachen, dieser Mann solle näher bei ihnen auf der obersten Bank sitzen. Da geht er zu seinem Platz, und die beiden zusammen sind so groß, daß fünf Männer für sie aufstehen müssen.

Der erste war der schlechtere Trinker von den beiden. Der zweite trank so schnell, daß er jedes Horn fast in sich hineinschüttete, und doch konnte niemand an ihm feststellen, daß er betrunken wurde, und er zeigte sich eher unfreundlich gegenüber seinen Sitznachbarn und drehte ihnen den Rücken zu. Der, der zuerst gekommen war, forderte ihn auf, zusammen Spaß zu haben, »und ich will anfangen«. Er streckte die Hand nach ihm aus und sprach eine Strophe:

32 Sag von deinen Taten,
so ich will dich fragen:
Wo sahst du Raben satt vom Blut
sich wiegen auf dem Strauch?
Öfter nimmst du von anderen
oben auf dem Hochsitz,
als du blutige Leichen
ins Tal bringst für die Raben.

Da findet man, der andere sei durch diese Anrede herausgefordert, und er sprach eine Strophe dagegen:

33 Schweig, Stubenhocker,
was ist das für ein Schwafeln,
du hast nie gewonnen,
wovor ich versagte.
Du gabst mit dem Schwert
dem großen Aastier nie zu essen,
gabst niemals Pferde des Meeres,
was willst du Geck beim Gelage?«

Pferde des Meeres: »Schiffe«.

Nun antwortet der, der zuerst kam:

34 Die Pferde des Meeres ließen wir
den Bug durch die Wogen pflügen,
während von blitzenden Brünnen
Blut über unsere Seiten floß.
Der Wolf riß den Rachen
auf am Nacken der Recken,
raubte so manchem das Leben,
wir aber fanden Ringe.

Und nun sprach der, der als zweiter kam:

35 Keinen von euch sah ich,
als wir aufgebrochen fanden,
Helavags Brust
für das helle Schiff.
Und mit gesenktem Anker
steuerten wir an Land
führten schwarzen Raben
vor dem roten Steven.

Und wieder sprach der, der als erster kam:

36 Gut ist es nicht für uns,
beim Gelage vorm Hochsitz zu streiten,
wer mehr von uns als der and're
meisterte im Kampf.
Du standest dort, wo die Wellen
wiegten das Schiff übers Meer,
ich saß dort, wo die Rahe
den Steven trieb zum Hafen.

Und nun antwortet der, der später kam:

37 Wir folgten beide Björn
in jedem bösen Kampf,
manchmal auch Ragnar,
geprüfte Recken.
Ich war, wo die Burschen
kämpften im Bulgarenland.
Dort bekam ich eine Wunde an der Seite,
setz dich näher, Nachbar.

Und da erkannten sie sich endlich wieder und nahmen weiter an dem Gelage teil.

20 Der Holzmann auf Samsey

Ögmund hieß ein Mann, der wurde Ögmund der Däne genannt. Er fuhr einmal mit fünf Schiffen und lag vor Samsey* im Munarvag**. Es wird erzählt, daß die Köche an Land gingen, um das Essen zuzubereiten. Und die anderen Männer gingen zum Vergnügen in den Wald, und da fanden sie einen alten Holzmann, der war vierzig Fuß hoch und moosbewachsen, aber man konnte ihn doch ganz erkennen. Und sie sprachen untereinander darüber, wer wohl diesem großen Gott geopfert hätte. Und da sprach der Holzmann:

---

* Samsey = Samsø, eine dänische Insel im Großen Belt.

** Munarvag (*Munarvágr*) = Großer Belt.

38 Es war vor langem, da kamen des Weges
mächtig viele Männer des Häkling
Weit auf Rollenrossen auf dem salzigen Weg der Lachse
Da wurde ich dieser Höhe Bewohner.

Rollenrosse: »Schiffe«.
Weg der Lachse: »Meer«.

39 Und deshalb setzten die Schwertkühnen mich
südlich ans Meer, die Söhne Lodbroks.
Mir trugen sie Opfer für den Tod der Männer
auf Samseys südlicher Küste.

40 Dort ließen sie stehen, solange der Strand besteht,
den Mann bei den Dornen und moosbewachsen.
Nun tropft auf mich der Wolken Träne,
schützt mich nicht Fleisch noch Kleid.

Und das erschien den Männern wunderlich, und später erzählten sie anderen Männern davon.

Die Saga von König Half und seinen Männern

1 Alrek heiratet Geirhild

Alrek hieß ein König, der wohnte auf Alreksstadir. Er regierte über Hördaland und war verheiratet mit Signy, der Tochter des Königs von Vör. Ein Gefolgsmann von ihm hieß Koll, und er begleitete den König nordwärts nach Sogn und erzählte dem König sehr viel von der Schönheit der Geirhild, der Tochter Drifs, denn er hatte sie beim Bierbrauen gesehen und meinte, diese Heirat werde dem König von Vorteil sein. Hödd, der in Wirklichkeit Odin war, suchte Geirhild auf, als sie am Leinen arbeitete. Er vereinbarte mit ihr, daß König Alrek sie heiraten sollte, sie aber sollte dafür Odin bei allem anbeten.

Der König sah sie, als er heimfuhr, und heiratete sie noch im gleichen Herbst. Er belohnte Koll seine Treue gut und gab ihm die Jarlswürde und als Sitz Kollsey südlich von Hardsey, das ist ein dicht besiedeltes Gebiet.

König Alrek konnte nicht mit beiden Frauen verheiratet sein ohne ihre Zustimmung und entschied da, er werde die bei sich behalten, die ihm das bessere Bier braue, wenn er vom Kriegszug heimkäme. So brauten sie um die Wette. Signy rief Freyja an und Geirhild Hödd. Der gab ihr seinen Speichel als Hefe und sagte, er wolle zum Lohn für seine Hilfe das haben, was zwischen dem Braukessel und ihr war. Das Bier erwies sich als gut. Da sprach Alrek:

1 Geirhild höre: Gut ist dies Bier,
wenn ihm nicht anhängt ungutes Zeichen.
Hängen seh ich am hohen Galgen
als Opfer den Sohn, dem Odin, Frau.

In diesem Jahr wurde Vikar geboren, Alreks und Geirhilds Sohn.

2 Alreks Nachkommen

Ogvald, der König von Rogaland, wohnte auf dem Hof Roga auf der Jösurheide. Die liegt zwischen Rogaland und Telemark, dort, wo man es jetzt Vidda nennt. Er ging auf die Jagd. Sein Gefolge begleitete ihn, und da gebar die Königin einen Knaben, der Jösur genannt wurde. Er wurde bei Gunvald, dem Jarl von Stord, aufgezogen. Der Wikinger Häkling überfiel mit seinem Heer König

Ogvald. In diesem Kampf fiel König Ogvald, und er wurde auf Ogvaldsnes in einem Hügel bestattet. Der Landnahmemann auf Akranes, Finn der Reiche, lag vor Ogvaldsnes, als er alles vorbereitet hatte, um nach Island zu fahren, und fragte, vor wie langer Zeit König Ogvald fiel. Da hörte er diese Strophe aus dem Hügel:

2 Es war vor langem, da kamen des Weges
mächtig viele Männer des Häkling.
Segelten über salzige Spur des Lachses
da wurde ich dieser Wohnung Besitzer.

Spur des Lachses: »Meer«.

Der Jarl Gunvald und Koll warben beide um dieselbe Frau, und Gunvald bekam sie. Danach drang Koll mit einer großen Mannschaft heimlich in Stord ein und legte Feuer an Gunvalds Haus. Gunvald konnte herausgelangen, wurde aber getötet. Da war Jösur schon eine Weile König gewesen. Er fuhr mit einer großen Mannschaft, um seinen Ziehvater zu rächen, aber als Koll ihn heransegeln sah, da sprang er auf sein Kriegsschiff und segelte nordwärts nach Hardsey in der Bucht von Grafdal. Da kam König Alrek dem Koll nur mit wenigen Männern entgegen, denn er wußte nichts von einer Kriegsgefahr. Da kämpften sie gegen König Jösur, und König Alrek und Koll und der größte Teil ihres Heeres fielen. Alreks Sohn Vikar kam erst vom Sammeln der Mannschaft dazu, als König Jösur schon fortgefahren war. Bei dieser Reise unterwarf sich Jösur das ganze Reich, das Koll besessen hatte.

Viele Winter später griff König Vikar mit vielen Männern Jösur an, als er sich in dem Reich aufhielt, das Koll besessen hatte, und es kam zur Schlacht, und da fiel König Jösur und alle Bauern dieser Gegend. Deshalb heißt diese Gegend »kvenna herad«*, weil dort danach nur Witwen lebten. Dann eignete sich Vikar das ganze Gebiet an, das Koll gehört hatte. Deshalb zog Jösurs Sohn gegen Vikar in den Krieg, und es ging lange zwischen ihnen hin und her, und sie hatten abwechselnd das größere Kriegsglück, und schließlich schlossen sie einen Vergleich.

Vikars Sohn war Vattnar, der in Vattnars Hügel bestattet ist. Seine Söhne waren Snjall und Hjall, die im Brüderhügel liegen. König

---

* kvenna herad (*kvenna herað*) = »Frauen-Bezirk«.

Kjor, Jösurs Sohn, war ein mächtiger König. Er starb an einer Krankheit und wurde in Rogaland in einem Hügel bestattet. Sein Sohn war Hjörleif, der König von Hördaland. Er herrschte auch über Rogaland und war ein sehr mächtiger König. Er wurde Hjörleif der Frauenheld genannt. Er war verheiratet mit Aesa der Hellen, der Tochter von Eystein, dem Jarl von Valdres.

Hjörleif litt wegen seiner Freigebigkeit an Geldmangel. Er ließ sich mit Sorgfalt ein Schiff machen und fuhr nach Bjarmaland. Högni der Reiche wohnte in Njardey am Ausgang des Naumudal. Er nahm König Hjörleif gut auf, und er blieb drei Nächte lang dort und heiratete Högnis Tochter Hild mit dem Beinamen »die Schmale«, bevor er wegfuhr, und sie fuhr mit ihm nach Bjarmaland, und ebenso ihr Bruder Sölvi.

Aber als König Hjörleif an die Mündung der Wina* kam, teilte er sein Heer in drei Teile auf. Auf seinem Schiff waren 90 Mann. Ein Drittel des Heeres kämpfte gemeinsam mit ihm gegen die Bewohner des Landes, das zweite Drittel des Heeres bewachte mit dem Steuermann das Schiff, und das dritte Drittel brach mit dem Bootsmann den Grabhügel auf, und sie machten große Beute.

Am Südrand der Finnmark unterhalb von Gjardey rastete König Hjörleif eine Nacht lang, und die Männer machten an Land ein Feuer, und zwei Männer gingen los, um nach Wasser von einem Bach zu suchen, der vom Felsen herabfiel. Dort sahen sie einen Riesen und berichteten König Hjörleif davon. Darauf erhitzt der König einen Speer im Feuer und schoß nach dem Riesen. Der König sprach:

3 Geh vom Brunnen, zu deinem Bau!
Ärg're mich nicht, elender Knecht!
Ich werde dir senden sausenden Speer,
der wird dir verschmieren dein Schnurrhaar mit Blut.

Dann holten sie das Wasser, und der Riese verschwand im Berg. Als sie aber am Feuer saßen, da sprach der Riese aus dem Berg eine Strophe:

---

* Wina = Dwina.

4 Nicht weiß genau   dein Weib, König,
was ihr Glück   vergällen mag.
Liebe wird zeigen   dir lumpigem
Hjörleif – komm her   zur Flamme – die Hild.

Da schoß Hjörleif mit demselben Speer dem Troll ins Auge. Högni bat Sölvi und Hild, dort zu bleiben, aber der König wollte das nicht. Da zogen zwei Mägde mit Hild und 20 Knechte mit Sölvi. Aesa war unzufrieden mit dem König und seiner Mannschaft, aber alle anderen waren zufrieden. König Hjörleif fuhr mit dem Schiff nach Konungahella, mit dem er auch nach Bjarmaland fuhr.

Reidar, der König von Seeland, stellte seine Zelte auf und rastete dort. Heri, König Reidars Sohn, freundete sich mit König Hjörleif an. Bei diesem Treffen drängte er seinen Vater, König Hjörleif zu sich einzuladen. König Reidar sagte, das werde kein Glück bringen, aber er gab doch seine Zustimmung und Geld dazu.

Sie segelten gemeinsam nach Dänemark. Bei dem Fest sah König Hjörleif Hringja, König Reidars Tochter. Heri drängte zur Heirat und brachte sie mitsamt aller Ladung und Mannschaft zum Hafen des Schiffes.

Im jütländischen Meer geriet König Hjörleif in eine Flaute, und im Sonnenaufgang sah er im Norden einen großen Felsen aus dem Meer aufsteigen, der war genauso gewachsen wie ein Mensch. Der sprach:

5 Hringja seh ich,   vom Hügel bedeckt
und sinken den Heri,   vom Speer durchbohrt.
Ich sehe auch Hjörleif,   mit Stricken umwunden,
und hängen den Reidar   am hohen Galgen.

Da kam das Schiff nicht voran. Der König befahl, zu den Rudern zu greifen, da fühlte Hringja sich krank. Sie zogen die Ruder ein. Sie starb so schnell, wie sie krank geworden war. Ihr Sarg wurde über Bord geworfen, und sie trieb darin so schnell zurück nach Süden, wie wenn ein Boot mit sechs Rudern gerudert wurde. Heri fand den Sarg angetrieben, nahe beim Bootshaus seines Vaters, und berichtete ihm davon und sagte, König Hjörleif müsse sie ermordet haben.

3 König Hjörleif kämpft gegen Reidar

In diesem Herbst ruderten ein Vater und sein Sohn zum Fischfang; der eine hieß Hand und der andere Hrind. Sie fingen einen Meermann, den brachten sie Hjörleif. Der König übergab ihn einer Frau in seinem Gefolge und befahl ihr, ihn gut zu behandeln. Niemand erfuhr etwas von ihm.

Einmal machten die Kerzenträger einen Ringkampf und löschten das Licht. In diesem Augenblick schüttete Hild ein Trinkhorn über Aesas Umhang. Der König schlug mit der Hand nach ihr, aber Aesa sagte, das habe der Hund getan, der auf dem Boden lag. Da schlug der König den Hund. Da lachte der Meermann. Der König fragte, weshalb er lachte. Er antwortet: »Weil du dumm warst, denn der Hund könnte dein Leben retten.« Der König fragte ihn noch mehr. Er antwortet nicht. Da tat der König so, als würde er ihn zum Meer bringen, und forderte ihn auf, ihm das zu sagen, was er wissen mußte. Während er zum Meer ging, sprach er:

6 Ich sehe es leuchten weit südlich im Meer.
Der König der Dänen sein Kind will rächen.
Schon hat er draußen der Schiffe viele,
er fordert Hjörleif zum Holmgang auf.

7 Hüte dich weise, wenn du willst.
Ich will zurück ins Wasser.

Und als sie mit ihm dorthin ruderten, wo sie ihn herausgezogen hatten, da sprach er:

8 Nachricht weiß ich für Haleygis Nachfahr'n,
doch keine gute, wenn hören ihr könnt.
Von Süden kam Svards Tochter her
von Dänemark, besprengt mit Blut.

Svards Tochter: »Sturm«.

9 Es trägt auf dem Haupt gespannten Helm,
hartes Feldzeichen, Hedins Frau.
Bald sind die Männer – ich merke, was ist –,
Hild zu erwarten, hierher unterwegs.

10 Krachen wird, seh' ich   der Klang des Bogens,
die Männer des Landes   mächtig zu rächen.
Spitzen soll jeder   Speere genug,
bevor kräftig entsteht   der Kampflärm danach.

11 Doch wird es schlecht enden,   wenn wahr das ist:
Ein feindliches Jahr,   wenn der Frühling kommt.

Da ließ König Hjörleif ihn über Bord. Da hielt ihn ein Mann an der Hand fest und fragte, was das Beste für den Mann sei. Der Meermann antwortet:

12 Frische den Augen   und Fleisch den Zähnen,
Leinen dem Leichnam,   laß mich zurück ins Meer.
Zieh mich wahrlich   nicht wieder ans Licht,
vom Meeresgrund   den Mann ins Schiff.

Der König gab Hand und Hrind einiges Land zum Bebauen und dazu einen Knecht und eine Magd. Dann ließ er Heergebot ergehen und sammelte sich ein Heer. In derselben Nacht bellte sein Hund Floki, der nur dann bellte, wenn er den König in Gefahr wußte. In der Nacht kam König Reidar mit seinem Heer und umringte König Hjörleifs Hof. König Hjörleif sprang über den Ring aus Männern und schleuderte einen Speer nach dem Heer. Da hörte er, daß Heris Tod gemeldet wurde. König Hjörleif sah vom Wald aus seinen Hof brennen und daß König Reidar mit reicher Beute wegsegelte.

Im gleichen Herbst kam König Hjörleif mit einem Schiff des Nachts zu König Reidars Hof und ging allein in das Schlafhaus. Alle Frauen waren aus den Betten, außer allein Aesa. Der König befahl ihr, König Reidar zu holen. Sie versteckte ihn in ihrer Wäschekiste und sagte es dann König Reidar. König Hjörleif wurde auf Aesas Rat hin in der Halle des Königs zwischen zwei Feuern mit seinen eigenen Schuhbändern gefesselt.

Das Gefolge aber saß beim Trinken. Inzwischen erwachte Hild und goß Bier ins Feuer und sagte, Hjörleif sei da. Sie machte ihn los, indem sie mit dem Schwert die Schuhbänder zerschnitt. König Reidar saß schlafend im Hochsitz, und Aesa saß auf seinen Knien. König Hjörleif stieß ihm die Waffe in die Brust und ging dann zum Schiff nach seiner Mannschaft und ließ König Reidars Gefolge fesseln und gab ihnen freies Geleit. König Reidar aber ließ er tot an den

Galgen hängen, wie dieser es ihm zugedacht hatte. An demselben Abend, als König Hjörleif kam, hörte König Reidar die Strophe:

13 Vergiß nicht, Reidar   wo Heri fiel.
Schlimmste Gefahr   schlummert vor der Tür.
Zurückkehren soll   in deinen Saal
die glückreiche Frau,   gedulde dich, König.

König Hjörleif unterwarf sich das Reich, das König Reidar besessen hatte, und setzte Sölvi Högnason hinein und gab ihm die Jarlswürde. Er selbst aber zog nach Norwegen und nahm Hild und Aesa mit und berief ein Thing ein. Da urteilte das Volk des Landes, daß Aesa im Moor ertränkt werden sollte. König Hjörleif jedoch schickte sie mit Begleitung hinauf in ihr Land. Hjörleifs und Aesas Sohn war Oblod, der Vater Otryggs, des Vaters von Högni dem Weißen, des Vaters von Ulf dem Kahlen, von dem die Leute auf Reykjanes abstammen.

4 Hjörleifs älterer Sohn Hjörolf

König Hjörleif und Hild die Schmale hatten zwei Söhne. Der ältere hieß Hjörolf und der jüngere Half. König Hjörleif fiel auf einem Wikingerzug. Ein König hieß Asmund; er heiratete Hild die Schmale und zog König Hjörleifs Söhne auf.

Als Hjörolf acht Winter alt war, da begann er, auf Heerfahrt zu gehen. Er eignete sich jedes Schiff an, das er bekommen konnte, sei es klein oder groß, neu oder alt, und auch jeden Mann, dessen er habhaft wurde, freiwillig oder gezwungenermaßen. Viele von ihnen hatten als Waffen nur Spieße oder Keulen oder Haken. Deshalb wurde dergleichen später Hjörolfs Werkzeug genannt. Als er aber in einen Kampf mit Wikingern geriet, da verließ er sich auf die Größe seines Heeres und griff an. Er hatte aber eine unerfahrene und waffenlose Mannschaft; ein großer Teil seiner Leute fiel, und einige flohen und kamen im Herbst wieder, und so wurde er ein geringgeachteter Mann.

5 *Hjörleifs jüngerer Sohn Half und seine Mannschaft*

Im Frühjahr darauf war Half zwölf Winter alt, und niemand war so groß und stark wie er. Er bereitete sich darauf vor, auf Heerfahrt zu gehen, und er hatte ein neues, gut ausgerüstetes Schiff. In Hördaland herrschte ein Jarl, der Alf der Alte hieß. Er war verheiratet mit Gunnlöd, einer Schwester des Hersen Hamund des Kühnen. Sie hatten zwei Söhne, die hießen beide Stein. Der ältere war damals 18 Winter alt und ein Ratgeber von König Half. Niemand sollte mit auf Fahrt gehen, solange er jünger oder jugendlicher war als er. Im Hof stand ein großer Stein. Niemand sollte auf Fahrt gehen, bevor er diesen Stein nicht vom Boden heben konnte. Auch sollte niemand auf Fahrt gehen, der nicht ein so tapferer Mann war, daß er sich niemals fürchtete oder Angst äußerte oder das Gesicht verzog. Gunnlöds Sohn Stein der Jüngere war wegen seines Alters noch nicht so weit, denn er war erst zwölf Winter alt.

Der Herse Hamund hatte zwei Söhne; der eine hieß Hrok der Schwarze und der andere Hrok der Weiße. Sie waren für diese Fahrt ausgewählt.

Aslak hieß ein reicher Bauer; seine Söhne waren Egil und Elling. Sie waren vielversprechende Männer. König Halfs Bannerträger hieß Vemund. Vier Mann aus dem Gefolge begleiteten ihn. In elf Gegenden wurde gemustert, und man fand zwölf Krieger. Es waren die beiden Brüder Hauk und Val, Styr der Starke, Dag der Prächtige, Börk und Brynjolf, Bölverk und Haki, Hring und Halfdan, Stari und Steingrim, Stuf und Gauti, Bard und Björn. Sie waren 23 Mann, als sie losfuhren.

Am ersten Abend, als sie anlegten, regnete es sehr. Da befahl Stein, Zelte aufzustellen. Der König antwortete: »Willst du noch Zelte aufstellen, als wärest du zu Hause?« Von da an nannten sie ihn Innstein*.

Am Tag darauf ruderten sie in rauhem Wetter um eine Landzunge. Ein Mann stand auf der Landzunge und bat um Fahrgelegenheit. Der König befahl ihm, bis zum Abend am Steuer zu stehen. Das nannte er wohl gesprochen und sagte, er wolle gern nahe beim König eingeteilt werden. So geschah es. Dieser Mann war

---

* Innstein (*Innsteinn*) = »Drinnen-Stein«.

Gunnlöds Sohn Stein der Jüngere, und er wurde von da an Utstein genannt*.

Es wurde nun vieles an heldenhaften Taten unternommen. Eine Regel war, daß keiner von ihnen ein längeres Schwert haben sollte als eine Elle, so daß man nahe an den Gegner heranmußte. Sie ließen sich Äxte machen, mit denen sie stärker zuschlagen konnten. Keiner von ihnen hatte weniger Kraft als zwölf durchschnittliche Männer. Keiner von ihnen tat Frauen oder Kindern etwas an. Keiner sollte seine Wunden verbinden, bevor ein Tag vergangen war. Und keiner wurde in ihre Schar aufgenommen, der weniger Kraft oder Tapferkeit besaß, als hier gesagt wurde. Sie plünderten weit und breit und behielten immer den Sieg.

König Half war 18 Sommer auf Heerfahrt und war immer siegreich. Es war ihre Gewohnheit, immer vor Landzungen zu liegen. Eine andere Gewohnheit war, daß sie auf dem Schiff nie ein Zelt aufschlugen und niemals wegen des Windes die Segel refften. Sie wurden Halfs Helden genannt, und er hatte niemals mehr Besatzung auf dem Schiff als 60 Mann.

6 Innsteins Traum

König Half kam von einer Heerfahrt in sein Reich zurück. Da gerieten sie auf dem Meer in einen heftigen Sturm. Ihr Schiff konnte nicht leergeschöpft werden. Da wurde beschlossen, auszulosen, wer über Bord geworfen würde, aber das war nicht nötig, denn jeder bot an, für seine Gefährten über Bord zu gehen. Und wenn sie über Bord stiegen, dann sagten sie nur: »Kein Stroh ist da hinter der Wand.«

Als nun König Half nach Hördaland kam, da besuchte ihn König Asmund und wurde sein Gefolgsmann und schwor ihm die Treue und lud ihn mit der Hälfte seiner Mannschaft zum Fest ein. Am nächsten Morgen, als der König sich bereitmachte und sagte, daß die Hälfte des Heeres auf den Schiffen zurückbleiben sollte, da sprach Innstein:

* Utstein (*Útsteinn*) = »Draußen-Stein«.

14 Aufwärts wollen alle wir gehen,
die stärksten Krieger von unserem Schiff.
Laß uns verbrennen das Land der Fürsten
und alle vernichten in Asmunds Heer.

Der König sprach:

15 Die Hälfte wird des Heeres hier
suchen den Frieden von der See.
Asmund hat uns angeboten
rote Ringe den Recken zu geben.

Innstein sprach:

16 Siehst du nicht den Sinn des Asmund?
Falschheit trägt dieser Fürst in der Brust.
Sicher sollst du, Herr, wenn wir bestimmen,
deinem Verwandten wenig trauen.

Der König sprach:

17 Asmund hat uns gezeigt
wahrhafte Treue, das wissen die Männer.
Kann den Vergleich der König nicht suchen,
nicht ein Fürst den andern in Frieden besuchen?

Innstein sprach:

18 Euch ist geworden Odin zum Feind,
wenn ihr Asmund allzusehr traut.
Er wird alle uns vernichten,
findest du nicht dem Feind eine List.

Der König sprach:

19 Nie freute es dich, Furcht zu zeigen,
dieser Fürst kann nicht den Frieden brechen.
Gold holen wir dort und große Kostbarkeiten,
rote Ringe, aus seinem Reich.

Innstein sprach:

20 Half, ich träumte – traue mir! –,
es spielten die Flammen um unsere Schar.
Kaum war's möglich, daraus zu entkommen.
Wie denkst du, Fürst, zu deuten den Traum?

Der König sprach:

21 Schutzpanzer tragen um ihre Schultern,
die furchtlos folgen des Fürsten Wort.
Das mag wohl wie Flammen die Freunde des Kämpfers
lodernd erleuchten im hellen Licht.

Innstein sprach:

22 Wieder ich träumte, zum weiteren Mal:
Auf baren Schultern brannte das Feuer.
Ich zweifle ganz, ob Gutes das bringt,
Wie denkst du, Fürst, zu deuten den Traum?

Der König sprach:

23 Haben sollen Helm und Brünne,
die flinken Männer, die mir folgen.
Das wird leuchten, wie loderndes Feuer,
wie Skjöldungs Heer vom strahlenden Berg.

Innstein sprach:

24 Diesmal mir träumte zum dritten Mal,
daß wir ins Sinken sind gekommen.
Ein uns hüllte allzuviel Wasser.
Wie denkst du, Fürst, zu deuten den Traum?

Der König sprach:

25 Nun ist genug närrisch gesprochen.
Nicht mehr als gar nichts meint dies alles.
Sag niemandem so, daß ich es vernehme
von deinen Träumen die nächsten Tage.

Innstein sprach:

26 Hört mich, ihr Helden, Hrok mit Namen,
und weiter auch Utstein meine Worte.
Alle uns laßt hinaufgehn vom Ufer.
Als kennten wir nicht des Königs Rede.

Utstein sprach:

27 Laß den Fürsten für uns entscheiden,
für die Mannschaft auf unserer Fahrt.
Laß uns, Bruder, das Leben wagen,
daß es dem Fürsten, gefällt, dem großen.

Innstein sprach:

28 Oft hat der König auf unseren Fahrten
auf guten Rat gut gehört.
Nun seh ich keinen, was ich auch sage,
der hören kann. Kaum kommen wir wieder.

7 Asmund verrät Half

König Half ging mit der Hälfte seines Heeres hinauf zu König Asmunds Hof. Dort waren schon sehr viele Männer. Das Festmahl war fürstlich und die Getränke so stark, daß Halfs Helden fest einschliefen. König Asmund und sein Gefolge legten Feuer an die Halle. Und als der erste von Halfs Helden erwachte, da sah er, daß die Halle voller Rauch war. Er sprach: »Jetzt raucht es wohl um unsere Falken«, sagte er. Dann legte er sich nieder und schlief. Da erwachte ein zweiter und sah, daß die Halle brannte und sprach: »Nun wird wohl das Wachs von den Äxten tropfen.« Dann legte er sich nieder. Da erwachte König Half. Er stand auf und weckte das Heer und befahl, zu den Waffen zu greifen. Da sprangen sie an die Wände, so daß die Haken aus den Holzbalken rissen.

Da sprach Innstein:

29 Es raucht um die Falken, und des Fürsten Halle.
wahrlich nun tropft, das Wachs von den Äxten.
Wir kamen, um Gold und Kostbarkeiten
mit Helmen zu tauschen, von Halfs Helden.

30 Nun wünsche ich mir: mag Half erwachen.
Zur Freude nicht ist Feuer entzündet.
Nun, Fürst, mußt du dem finsteren Schwager,
dem grausam gestimmten, die Gaben lohnen.

31 Hau'n wir in Stücke die Halle des Bieres;
nun reißen die Pfosten den Rauch entzwei.
So lang wird bestehen, wie Menschen leben,
der Half-Helden Fahrt zum Herzog hinauf.

32 Mächtig müssen die Männer des Fürsten
schlagen die Axt und niemanden schonen.
Es sollen die Männer selbst sich retten
die Knochen blutig vor Kampflärms Ende.

33 Mutig dreht euch, tapfere Männer,
aus dem Feuer mit dem Fürsten.
Es ist nicht einer, der ewig lebt;
vor'm Tod soll den Brecher der Ringe nicht bangen.

Brecher der Ringe: »Fürst«.

8 Half fällt mit seinen Helden im Kampf gegen Asmund

Es wird erzählt, daß König Half und seine Helden aus dem Feuer entkamen und daß sie vor der Übermacht der Gegner fielen. Innstein sprach, als der König gefallen war:

34 Alle sah ich dem einen folgen,
kühn folgen dem Königssohn.
Wir finden uns eher, geht's fort von hier.
Leichter ist nicht das Leben als Sterben.

Da kamen diejenigen von Halfs Helden zum Kampf, die bei den Schiffen gewesen waren. Da fiel ein großer Teil von ihnen. Der Kampf tobte bis in die Nacht, bevor Innstein fiel. Innstein sprach:

35 Hrok ist gefallen mit dem Fürsten;
furchtlos am Ende der Führer der Leute.
Wir haben Odin Übles zu lohnen,
wenn diesem König das Kampfglück er raubte.

36 Ich bin auf der See der Sommer achtzehn
dem Weisen gefolgt, die Waffe zu röten.
Ich will nicht folgen anderem Fürsten,
der auszieht zur Fahrt, und alt nicht werden.

37 Hier wird Innstein zur Erde sinken,
sinken zu Füßen dem Führer des Heeres.
Es sollen die Krieger in Sagas erzählen,
daß König Half hell lachend starb.

Gunnlöd ging in der Nacht auf das Schlachtfeld, um ihre Söhne zu suchen. Sie fand Innstein tot und Utstein tödlich verletzt und Bard und Björn. Sie brachte sie zum Hof und heilte sie auf heimliche Weise und schickte sie südwärts nach Svithjod. Björn und Bard suchten König Halfs Onkel, König Sölvi, auf, und Utstein zog nach Dänemark zu König Eystein, seinem Verwandten. Hrok der Schwarze hatte viele und große Wunden. Er ging während der Nacht vom Schlachtfeld weg und kam zu einem Kätner, der Skogkarl[*] hieß. Dort blieb er, und seine Wunden wurden verbunden. Der Alte brachte ihn nordwärts nach Sogn zu seinem Onkel, dem Hersen Geirmund. Dort wurde er heimlich geheilt und zog im Herbst nach Uppland und ostwärts nach Gautland[**]. Er kam zu König Haki nach Skåne und verbrachte den Winter bei ihm.

9 Utsteins Kampf gegen Ulfs Söhne

Utstein war bei König Eystein. König Eysteins Ratgeber hieß Ulf der Rote. Er hatte acht Söhne, das waren die größten und besten Krieger. Sie waren bösartig zu Utstein, und er schlug sich mit ihnen beim Gelage. Das kam, weil Utstein vom Tod König Halfs berichtete. Da sprach er die Strophe:

---

* Skogkarl = »Waldkerl«.

** Gautland = Götaland.

38 Zum Lachen bringt mich vor lauter Freude,
daß Asmund nicht schläft und schlummert in Ruhe.
Drei sind gefallen aus dem Gefolge,
Eynefs Söhne, doch einer lebt.

Utstein sprach, als sich Ulf mit ihm verglich, und reizte ihn mit dieser Strophe:

39 Aufstehen woll'n wir und hinausgeh'n
und kräftig draußen die Klingen rühren.
Mit Helmen werden hierher wohl kommen
nach Dänemark draußen unsere Disen.

Ulf sprach:

40 Euch sind gestorben alle Disen;
vergangen ist, mein' ich das Glück von Halfs Männern.
Ich sah im Traum, daß unsere Söhne
größer waren, wo wir auch gingen.

Utstein sprach:

41 Sieg erwart' ich mir wahrhaft bessern,
als Ulf wohl würde wünschen dem Stein.
Schwindeln wird euch bei der Schlacht
das Haupt abgeschlagen, der Hals blutrot.

Ulf sprach:

42 Sieger werden die Söhne Ulfs:
Odd und Örnolf, Ati der Starke,
Börk und Brynjolf, Bui, Hardskafi,
der mächtige Röd auch, magst du's erproben.

Utstein:

43 Wirf nicht mit Steinen zu sehr nach den Staren.
Sollen sie kämpfen mit den Söhnen Ulfs.
Es konnte mein Bruder kaum noch dämpfen
den elenden Kerlen den Übermut.

44 Weder für Hrok noch für Halfdan
war's schwer, zu fechten gegen die Feigen.
Als wir vier von ihnen fallen ließen
der Jarle acht auf der Landzunge.

45 Laß Ulfs Söhne sich sammeln zum Kampf:
der Männer acht gegen einen Kopf.
Er wird bestehen, auch wenn Stein
hat weniger Männer in seiner Mannschaft.

46 Ich träumte, daß Half mich trieb zum Kampf,
zum Folgen rief mich der furchtlose Fürst.
Vertraut war mir im Traum der König,
wo wir kamen zum heftigen Kampf.

Dann gingen Ulfs Söhne und Utstein hinaus und kämpften. Er tötete alle Ulfssöhne und ging wieder hinein und trat vor den König und sprach:

47 Eintreten will ich, um Ulf zu sagen,
daß seine Söhne sind erschlagen.
Wenn du nun, Eystein, willst, so laß
mehr sich erheben gegen den Helden.

Eystein sprach:

48 Selbst sich verbietet, solches zu tun.
Es sind Halfs Helden härter als alle.
Von dir hört ich reden als höchstem der Recken
den mutigsten, der acht Männer erschlug.

Utstein sprach:

49 Alle würd' ich aus Eysteins Schar
mit der Waffe treffen, auf selbe Weise,
gäbst du zu solcher Tat mir den Grund,
und gäbe es Anlaß durch garstigen Kampf.

50 Die Kraft soll erproben keiner an mir,
denn mir ist hohes Alter verheißen.
Ich trage ein hartes Herz in der Brust,
das in der Jugend Odin mir gab.

10 Hrok der Schwarze bei König Haki in Skåne

Hrok der Schwarze war bei König Haki. König Hakis Tochter war Brynhild. Ein König hieß Svein der Siegreiche; der hatte um Brynhild geworben, aber König Haki lehnte ab. Svein versprach, den Mann zu töten, der Brynhild bekäme, und ihren Vater dazu. Ein Jarl von König Haki hieß Hedin, und sein Sohn hieß Vifil. Er warb um Brynhild, und sie wurde ihm versprochen, wenn er Svein besiegte. Hrok der Schwarze war dort nicht bekannt und wurde von niemandem geehrt und saß bei den Gästen. Eines Tages zog das Gefolge zur Jagd und die Frauen zum Nüssesammeln in den Wald. Da sah die Königstochter Brynhild, daß ein Mann bei einer Eiche stand. Sie hörte, wie er sprach:

51 Nun soll sagen der Sohn des Hamund,
von welcher Art waren wir Brüder.
Mein Vater stand mit Falkensinn
weit höher noch als Haki, der eure.

52 Es wollte sich keiner mit Vifil messen,
selbst wenn er Hamunds Herde nur hütet.
Ich sah noch keinen Hirten der Sauen
mit weniger Ehre als Hedins Erben.

53 Mein Dasein war damals viel besser,
als König Half, dem klugen, wir folgten
Wir waren alle eines Sinnes
und öde legten wir jedes Land.

54 Wir hatten die Schar der härtesten Männer,
wo auch der Weise die Wildheit erprobte.
Wir gingen hindurch mit grauen Helmen,
riesig alle durch neun Reiche.

55 Half sah ich kämpfen mit beiden Händen;
kein Schild gab seinem Körper den Schutz.
Niemand wird finden, fährt er auch weit,
ein besseres Herz, einen härteren Sinn.

56 Es reden die Männer, die nichts recht wissen,
Halfs Dreistigkeit sei Dummheit gewesen.
Doch wer dem König Dummheit zuspricht,
muß schlecht kennen den Mann aus Halogaland.

57 Den Tapf'ren verbot er, den Tod zu fürchten,
und Worte der Angst jemals zu sprechen.
Keiner durfte dem König folgen,
der nicht das Schicksal der seinen teilte.

58 Es sollten nicht stöhnen, wenn schwere Wunden
sie fingen im Kampf, die Freunde des Fürsten.
Die Wunden nicht umwinden lassen,
bis zur gleichen Stunde, am nächsten Tag.

59 Gefangene durften sie grausam nicht quälen,
noch Übles antun einer Frau.
Er befahl, jedes Mädchen für Brautgeld zu kaufen
mit feinem Gold und des Vaters Ja.

60 Und waren der Männer wir wenig auf Schiffen,
so wählten als erste nicht wir die Flucht.
Mochten wir weniger Mannschaft auch haben,
daß es gar stand elf gegen einen.

61 Wir waren alle eines Sinnes,
wo auch die Schlacht die Schilde zerbrach.
Nur einen kannte ich so mutig wie den König:
König Sigurd in Gjukis Saal.

62 Es waren auf den Schiffen nicht wenige Männer
so furchtlos und gut wie er selbst, der Fürst.
Börk und Brynjolf, Bölverk, Haki,
Egil und Elling, Aslaks Söhne.

63 Am liebsten waren von allen Leuten
mir Hrok, mein Bruder, und Half, der König,
Styr und die »Steine«, die beiden starken,
sehr klugen Männer, Gunnlöds Söhne.

64 Hring und Halfdan, die harten Falken,
gerechte Richter des Dänenvolks.
Dag der Starke, Stari und Steingrim,
Styr und Gauti: stärkere du nicht findest.

65 Val und Hauk auf Wikingerzug,
beide kühne Königsfreunde.
Wenige Helden aus Hakis Reich
wären besser als diese beiden.

66 Kein Mann war in dieser Mannschaft,
der mich niedriger schätzte als mein Geschlecht.
Sie kannten mich nur als den kühnsten Mann,
denn einer suchte des anderen Ehre.

67 Das Zeichen trug Vemund, der zu kämpfen wagte,
vor dem besten König mit Björn und Bersi.
Es führte kühn der tapfere Fürst
seine Männer, solang er's vermochte.

68 Es fand nicht so langes Leben, wie er sollte,
der kühne Fürst, für seine Taten.
Zwölf Winter führte der Fürst den Heerzug,
im dreißigsten Jahr, da starb der Held.

69 Das verschafft mir wenig Schlaf
manche Nacht, und noch mehr Wachen,
daß mein Bruder verbrennen sollte
lebend im Feuer mit den Leuten des Königs.

70 Das war der traurigste Tag für mich
in der Welt, soweit Menschen wissen.
Niemals, so weiß ich, werd' ich verwinden,
daß ich den Brüdern nicht beistehen konnte.

71 Mein Los wäre leichter für mich,
könnte ich rächen König Half,
wenn mit des scharfen Schwertes Klinge
die Brust des Mörders durchbohren ich könnte.

72 Rache tut Not den Neidern Halfs,
die den Frieden brachen mit dem Fürsten.
Es schuf den Mord und Schaden der Männer
König Asmund zu aller Unglück.

73 Es wird erprobt, es wird entschieden,
wenn Svein und ich kommen zum harten Kampf,
wer im Kampf der kühnere ist,
Hamunds Sohn oder Hakis Männer.

74 Den Vers ich sage der klugen Frau,
daß ich würde um Brynhild werben,
gäb' es zu wissen guten Grund,
daß sie Hrok liebte Hamunds Sohn.

75 Hoffnung gäb es auf harte Kerle,
kühne Männer, gemeinsam gezeugt.
Denn ich kenn' keine Frau, die klüger war
an keinem Hof, als Hakis Tochter.

76 Niemals fand ich, so weit ich auch fuhr,
eine tüchtige Frau wie die Tochter des Haki.
Sicher ist sie, nach meinem Sinn.

77 Man sieht mich hier in Hakis Reich
als Eckenhocker für jedermann.
Hier werden alle, selbst halbe Weiber,
höher geachtet, als Halfs Gefährten.

11 Hroks und Utsteins weiteres Schicksal. Halfs Enkel, Geirmund und Hamund Heljarskinn

Brynhild sagte ihrem Vater, was sie gehört hatte, und meinte, da müsse einer von Halfs Helden angekommen sein. Aber als der König davon erfuhr, da führte er Hrok zum Ehrenplatz, und er stand von da an in höchster Freundschaft mit dem König. Hrok der Schwarze bekam Hakis Tochter Brynhild zur Frau. Im Frühjahr griff Hrok mit einem Heer Svein den Siegreichen an, und es kam zum Kampf. Da fiel Svein, Hrok aber kehrte siegreich zu König Haki zurück.

Im Sommer trafen sich König Sölvi und König Haki und Hrok der Schwarze und König Eystein und Utstein bei ihm. Sie fuhren nach Norwegen, kämpften gegen König Asmund und töteten ihn. Hjör hieß Halfs Sohn, der damals König über Hördaland war.

Hrok und Utstein waren danach lange auf Wikingerfahrt und waren sehr tapfere Männer. Die Tochter von Hrok dem Schwarzen und Brynhild war Gunnlöd, die Mutter von Hromund Gripsson. König Halfs Sohn Hjör hatte Hagny zur Frau, die Tochter von König Haki Hamundsson.

Hjör fuhr zu einem Königstreffen, und währenddessen gebar Hagny zwei Söhne, die waren schwarzhaarig und schrecklich häßlich; der eine hieß Hamund und der andere Geirmund. Da bekam auch eine Magd einen Sohn und nannte ihn Leif. Der war sehr hübsch. Da tauschte die Königin ihre Söhne für den der Magd ein und zeigte ihn dem König.

Der König fuhr ein zweites Mal fort, da waren die Jungen drei Winter alt. Leif war klein, wie in seinem Alter üblich, aber Hamund und Geirmund waren außerordentlich groß und konnten sprechen. Da kam der Skalde Bragi zu einem Gastmahl. Eines Tages waren alle Männer in den Wald gegangen und alle Frauen zum Nüssesammeln, und niemand war zu Hause in der Halle außer Bragi, der auf dem Ehrenplatz saß. Aber die Königin versteckte sich dort und war unter Bettzeug verborgen. Leif saß im Hochsitz und spielte mit Gold, aber Hamund und Geirmund waren im Stroh unten auf dem Boden. Da gingen sie zu Leif und schubsten ihn aus dem Sitz und nahmen ihm das Gold weg, daß er weinte. Da stand Bragi auf und ging dorthin, wo die Königin lag und schlug mit einem Stock auf das Bettzeug und sprach:

78 Ganze zwei sind, ich glaube wohl beide,
Hamund und Geirmund, zum Herren geboren.
Der dritte der Knaben, Leif, ist ein Knechtssohn,
von dir kaum geboren, Königin.

Da tauschte Hagny die Söhne wieder mit der Magd. Als aber König Hjör heimkam, da brachte sie die Knaben zu ihm und sagte, sie seien seine Söhne. Der König antwortet: »Trag sie fort«, sagte er, »niemals sah ich solche Höllenhaut.« Und so wurden sie beide von da an genannt. Sie waren große Helden an Kraft, und ein großes Geschlecht auf Island stammt von ihnen ab.

Thorir auf Espihol war ein Sohn von Hamund. Von ihm stammen die Espelinger ab. Geirmund Heljarskinn* siedelte am Medalfells-Strand im Breidafjord. Seine Tochter hieß Yri, und von ihr stammt eine große Familie ab.

* Heljarskinn = »Höllenhaut«.

Die Saga von Örvar-Odd

1 Odds Geburt und Kindheit

Ein Mann hieß Grim Lodinkinni*; er trug diesen Beinamen, weil er so geboren war. Er war ein Sohn des Ketil Hoeng**, des Sohnes von Hallbjörn, der Halbtroll genannt wurde. Grim wohnte in Hrafnista; er war reich an Besitz und regierte über ganz Halogaland und darüber hinaus. Er war verheiratet, und seine Frau hieß Lopthöna. Sie war eine Tochter des Hersen Harald, der am Ostufer der Vik*** lebte.

Grim erfuhr aus der Vik, daß sein Schwiegervater Harald gestorben war. Da bereitete er seine Fahrt dorthin nach Osten vor, denn Lopthöna war das einzige Kind, und es gab dort ungeheuren Reichtum an Boden und beweglichem Besitz einzufordern. Obwohl sie schwanger war, sollte Lopthöna mit Grim ziehen, denn Grim liebte sie sehr. Als sie reisefertig waren und es günstigen Wind gab, da fuhren sie mit zwei Schiffen nach Osten an der Küste entlang und kamen zu der Ansiedlung, die Berurjod heißt. Dort übernachteten sie, und da spürte sie, daß die Geburt begann. Ein Mann wurde zu der Ansiedlung geschickt. Dort wohnte der Bauer Ingjald; seine Frau hieß Olöf. Sie hatten einen Sohn, der Asmund hieß, der war jung und schön anzuschauen. Sie waren reich an losem Besitz.

Als Ingjald von Grims Reise hörte, da ging er mit seinem Zugtier zum Strand und lud Grim und seine ganze Mannschaft zu einem Fest ein, so viele er mitnehmen wollte. Grim nahm das gern an. Da wurden sie zum Hof gezogen, und dort wurden sie gut aufgenommen. Lopthöna wurde ins Frauenhaus gebracht, Grim aber in die Stube, und er bekam den Ehrenplatz. Sie wurden aufs schönste bewirtet, mit guten Getränken und anderen Dingen.

Bei Lopthöna erreichten die Wehen ihren Höhepunkt, und sie brachte einen Knaben zur Welt, der war groß und sehr hübsch. Lopthöna ließ ihn zum Vater bringen und sagte, er solle ihm einen Namen geben. Da wurde der Junge mit Wasser besprengt, und er bekam einen Namen und wurde Odd genannt.

Da gab es nun drei Nächte lang das schönste Fest. Dann sagte

* Lodinkinni (*loðinkinni*) = »haarige Wange«.

** Ketil Hoeng (*Ketill hœngr Hallbjarnarson*) = Ketil Hakenlachs.

*** Vik = Oslofjord.

Lopthöna, sie sei reisefertig. Grim sprach, dann wolle man weiterziehen. Ingjald sagte, er wolle Lohn für seine Gastfreundschaft haben. Grim sagte, das sei nur recht: »Such dir einen Lohn aus, denn wir haben genug Wertgegenstände und Geld bei uns.« Ingjald sprach: »Besitz habe ich genug; ich will vielmehr deine Unterstützung und Freundschaft haben und das damit besiegeln, daß ich deinen Sohn Odd aufziehe.« – »Ich weiß nicht«, sagt Grim, »ob Lopthöna das recht ist.« Sie war bei ihrem Gespräch zugegen und sprach: »Ich will annehmen, was so freundlich angeboten wird.« Da fuhren Grim und Lopthöna mit ihren Gefährten weiter, und Odd blieb auf Berurjod. Grim und die seinen fuhren bis an ihr Ziel und blieben so lange am Ostufer der Vik, wie sie passend fanden, und segelten dann wieder westwärts.

Und als sie sich Berurjod näherten, da schlug Grim vor, die Segel einzuholen und anzulegen. Lopthöna fragt, was das solle. »Ich dachte«, sagt Grim, »du würdest gern nach deinem Sohn sehen.« Lopthöna sagt: »Ich habe ihn mir angesehen, bevor wir uns trennten, und es schien mir, daß er nicht gerade liebevolle Blicke auf uns Leute von Hrafnista warf; laß uns unseres Weges ziehen.« So geschah es, und sie kamen heim nach Hrafnista und blieben auf ihrem Hof.

Odd wächst auf Berurjod auf und ist größer und schöner als jeder andere Mann, der in Norwegen oder anderswo aufwuchs. Er lernte alle Fertigkeiten, die Männer kennen müssen. Auch Asmund war in diesen Fertigkeiten gut zuwege und diente Odd in allem. Auch er war ein vielversprechender Mann. Zwischen ihnen entstand eine feste Ziehbruderschaft. Nie wollte Odd an Spielen teilnehmen oder raufen, wie es junge Männer sonst oft tun. Sie hielten sich auf dem Sund oder am Schießhang auf, und zwischendurch lernte er von seinem Ziehvater Ingjald etwas aus der Geschichte der Menschen oder fremde Sprachen zu sprechen, denn Ingjald war ein sehr weiser Mann.

Ingjald zog Odd in jeder Hinsicht dem Asmund vor. Odd gewann viele Spielkameraden für sich, aber Asmund folgte ihm am festesten von allen. Niemals wollte Odd opfern; er glaubte nur an seine eigene Kraft und Stärke. Er sagte, er fände es erbärmlich, sich vor Holzstücken oder Steinen zu verneigen. Danach richtete sich auch Asmund, und das kam nicht etwa davon, daß Ingjald kein großer Opferer war.

Odd ließ sich eine Menge Pfeile machen, die viel größer waren als die anderer Männer. Einmal ließ Ingjald einen schwarzen Ziegenbock töten und ihn mit den Hörnern abziehen, und Odd sagte, er wollte, daß Ingjald ihm den gäbe, und so geschah es. Da packte Odd seine Pfeile hinein und hörte nicht eher auf, als bis der Balg voll war. Auf die gleiche Weise ließ er sich einen Bogen machen.

Odds Werktagskleidung war ein scharlachroter Kittel, ein schmaler Gürtel, schöne lange Strümpfe und Schuhe, ein Goldband um den Kopf, seinen Köcher auf dem Rücken und den Bogen in der Hand. Eine andere Waffe hatte er nicht. Für jeden hatte er ein gutes Wort, und alle hatten ihn gern. Auf diese Weise ging es nun, bis Odd zwölf Winter alt war, Asmund aber fünfzehn. Da war Odd so stark, daß kaum jemand fand, ihm fehle es an Kraft, was auch immer er anging.

2 Die Weissagung der Seherin

Eine Frau hieß Heid; sie war eine Seherin und Zauberin und wußte wegen ihrer Klugheit noch nicht geschehene Dinge im voraus. Sie fuhr weithin durch das Land und ließ sich bewirten, wenn die Bauern sie einluden. Sie sagte den Menschen die Zukunft voraus, das Wetter und andere Dinge. Sie hatte 30 Leute bei sich, 15 Männer und 15 Mädchen. Das war ein großer Chor, weil viel Gesang notwendig war, wo sie war.

Einmal ergab es sich auf ihrer Reise, daß sie nicht weit von Ingjalds Hof zu Gast war. Eines Morgens früh war Ingjald auf den Beinen, er ging dorthin, wo die Ziehbrüder schliefen, zog sie am Fuß und sagte: »Ich will euch heute auf einen Botengang schicken«, sagt er, »wenn ihr gehen wollt.« – »Wohin?« sagt Odd. Ingjald sprach: »Ihr zwei sollt die Seherin zum Gastmahl hierher einladen.« – »Den Weg mache ich nicht«, sagt Odd, »und ich fände es auch schlecht, wenn sie käme; an jeden anderen Ort würde ich gehen, wenn du mich schickst.« Ingjald sprach: »Dann sollst du gehen, Asmund, über dich kann ich bestimmen.« Odd sagt: »Ich werde etwas anderes tun, was dir nicht besser erscheint.«

Nun zieht Asmund mit vier weiteren Männern los und lädt die Seherin nach Berurjod ein. Sie nahm die Einladung gern an und sagte, sie werde kommen, und am selben Abend traf sie mit ihrem ganzen Gefolge ein. Ingjald ging ihr mit vielen Leuten entgegen und führte sie in die Stube, und dort gab es ein schönes Gastmahl. Odd war in der kleinen Stube und wollte nicht in Sichtweite der Heid geraten, »denn ich will nicht mit ihr zusammentreffen«.

Ingjald und die Seherin planten für die Nacht einen großen Zauber; da ging sie mit ihren Leuten hinaus, als die anderen sich schlafen legten, und zauberte. Am nächsten Morgen ging Ingjald zu Heid, um das Orakel zu befragen, und fragte, ob der Zauber gelungen sei. »Ich denke«, sagt sie, »daß ich die Dinge gesehen habe, die dich angehen und die du mich vorauszusagen gebeten hast.« – »Dann setz dich in den Sitz«, sagt Ingjald, »und jeder kommt, um dich für sich zu befragen.« So geschah es. Der Bauer Ingjald fragte zuerst nach der Witterung und dem Wetter, und sie sagte ihm, wonach er fragte. Dann trat er vor sie und sprach: »Nun will ich mein zukünftiges Schicksal wissen.« – »Ja«, sagt sie, »das ist gut zu wissen. Du sollst mit großer Ehre bis ins Alter in Berurjod wohnen. Möge es dir und allen deinen Freunden viel Ehre bringen.« Dann trat er zur Seite.

Da trat Asmund vor sie hin. Sie sprach: »Es ist gut, Asmund«, sagt sie, »daß du hergekommen bist, denn dein Ruhm wird weit in die Welt hinausgehen; du wirst kein hohes Alter erreichen, aber überall als der beste Kerl gelten, wo du hinkommst.« Und Asmund ging zurück zu seinem Platz.

Auf diese Weise kamen alle Leute zu ihr, und sie sagte so jedem, was vorausbestimmt war. Alle waren sehr zufrieden. Bauer Ingjald dankte ihr für ihre Mühe, und da sprach die Seherin: »Waren nun alle bei mir, die hier sind, um mich zu befragen?« Ingjald sagt: »Ich denke, richtig vorgegangen zu sein.« Die Seherin sprach: »Aber was liegt dort drüben in der Stube unter dem Fell? Mir scheint, daß es sich manchmal bewegt.« Da warf Odd das Fell ab und setzte sich auf und sprach: »Es ist so, wie du denkst, daß dies ein Mann ist, und zwar einer, der will, daß du sofort schweigst und nichts über meine Zukunft daherschwatzt, denn ich glaube nicht an das, was du sagst. Eher schlage ich dir mit einem Stock über die Nase, als daß ich der nächste bin.« Heid sprach: »Ich kümmere mich nicht um deine Drohung, denn nach deiner Zukunft ist gefragt worden, also muß ich sie auch weissagen, und du sollst zuhören.« Und dann entstand aus ihrem Mund eine Strophe:

1 Fährst du auch über'n breiten Fjord
und mit Mannschaft über Meer und Land,
stürzt auch die Welle steil über dich:
Verbrennen sollst du auf Berurjod.

2 Eine Schlange dich beißen wird in dein Bein,
flink aus des alten Faxi Kopf.

Das ist dir zu sagen, Odd, was dir gut zu wissen erscheinen wird. Du wirst viel älter werden als andere Männer. Du sollst 100 Jahre leben, du sollst von Land zu Land fahren und der beste und hervorragendste Mann genannt werden, wohin du auch kommst. Dein Ruhm wird durch alle Länder gehen, durch die du kommst, aber so weit er auch reicht – sterben sollst du hier auf Berurjod. Hier im Stall steht ein Pferd, von grauer Farbe und mit andersfarbiger Mähne. Der Kopf dieses Faxi soll dir den Tod bringen.« Odd sprach: »Sei verflucht für deine Geschichte, Frau.« Er sprang auf, während er das sagte, und schlug mit einem Stock der Alten auf die Nase, daß sofort Blut auf den Boden lief. Sie rief und befahl, ihre Sachen zu packen: »Ich will so schnell wie möglich fort; nirgendwo, wohin ich kam, hat man sich mir gegenüber so benommen wie hier.« Ingjald sprach: »Bleib drei Nächte als Gast bei mir, wie es geplant war, und dann will ich dir Gastgeschenke machen.« Heid sagte: »Gib mir, was du willst, für diesen Mann, aber ich muß schnell weg von hier mit meinen Leuten.« So geschah es, wie sie wollte, sie bekam Geschenke vom Bauer Ingjald und verschwand sofort von dem Gastmahl.

3 Faxis Tod

Wenig später rief Odd Asmund zu sich; sie gingen zu Faxi und legten ihm das Zaumzeug an und führten ihn in einen Talkessel und machten dort eine Grube, die war fast zwei Mannshöhen tief. Dann erschlugen sie Faxi so, daß er hineinfiel. Danach machten die Ziehbrüder darüber einen großen Steinhaufen, soweit ihre Kräfte reichten, und bedeckten jeden Stein mit Erde und Sand. So warfen sie dort einen Hügel auf. Dann sprach Odd: »Nun dürfte ich dem Schicksal entkommen sein, daß Faxi mir den Tod bringt.« Danach gingen sie heim.

4 Odd verläßt seinen Ziehvater Ingjald

Einige Zeit später kommt Odd zu einem Gespräch zu Ingjald und sagte: »Ich will, daß du mir ein Schiff gibst.« Ingjald sagt: »Was hast du vor?« Odd sagt: »Ich will fort von Berurjod.« Ingjald sprach: »Mit wem willst du fahren?« – »Wir zwei, Asmund und ich.« Ingjald sprach: »Ich denke, daß ihr zwei nur kurze Zeit fort sein werdet.« Odd sagt: »Niemals werden wir wiederkommen.« Ingjald sprach: »Du machst es mir sehr schwer.« Odd sagt: »Das hast du selbst verschuldet, als du die Seherin hierher eingeladen hast.« Ingjald sprach, es werde so geschehen, wie er wolle.

Dann bereiteten die Ziehbrüder ihre Reise vor. Ingjald gab ihnen einen *Karfi* mit zwölf Rudern und bereitete alles gut vor. Danach sagten sie Ingjald Lebewohl und stachen in See. Da fragte Asmund, wohin sie fahren sollten. Odd sagte, er wolle nun seine reichen Verwandten auf Hrafnista besuchen. Und als sie aus dem Schärengürtel herauskamen, sprach Odd: »Es ist eine mühsame Fahrt zu rudern. Jetzt soll unsere Familiengabe erprobt werden. Grim, mein Vater, bekommt Wind, wo auch immer er segeln will.« Da setzten sie ihr Segel, und als sie am Schärengürtel vorbeigesegelt waren, kam die schönste Brise auf; die gab ihnen Wind und gute Fahrt nordwärts bis nach Halogaland, und sie legten bei Hrafnista an. Dann gingen sie zum Hof. Odd hatte seinen Köcher auf dem Rücken und den Bogen in der Hand, und auch Asmund trug seine Waffen. Als Grim von ihrer Ankunft erfuhr, ging er ihnen mit all seinen Hausleuten entgegen und lud sie zu sich ein. »Ich will erst«, sagt Odd, »meine Verwandten Gudmund und Sigurd besuchen. Mir wurde gesagt, sie seien reisefertig nach Bjarmaland.« Grim sprach: »Ich möchte, daß ihr zwei den Winter bei mir verbringt.« Odd sprach: »Erst will ich sie treffen.« – »Dann soll es so sein«, sagt Grim.

Gudmund war Odds Bruder, er war zwei Jahre jünger, und Sigurd war ihr Schwestersohn. Beide waren sehr tüchtige Männer. Grim fährt nun mit Odd und seinen Leuten dorthin in die Schären, wo Gudmund und die seinen mit zwei Schiffen lagen. Odd ließ sie an Land rufen. Sie begrüßten Odd freundlich, und er erwiderte ihren Gruß ebenso und sprach: »Die Sache ist so, daß wir zwei Ziehbrüder mit euch fahren wollen.« Gudmund sprach: »Daraus wird nichts: Wir sind segelfertig und die Lebensmittel- und Getränkevorräte sind ebenso wie die an anderen Dingen auf die Zahl der Männer abgestimmt. Es ist nicht möglich, die Sache zu verzögern, um es anders einzurichten. Aber du, Bruder, sollst im Sommer mit uns fahren, wohin du auch willst.« Odd sprach: »Gut gesprochen, Bruder, aber es kann sein, daß ich im Sommer kein Schiff unter deinem Befehl mehr brauche.« Gudmund sprach: »Diesmal kannst du nicht mit uns fahren.« – »Dann will ich nicht länger darum bitten«, sagt Odd und fährt mit seinem Vater heim. Grim weist Odd einen Ehrenplatz bei sich an und Asmund gleich den nächsten. Dann zeigte Grim seine ganze Gastfreundschaft. Auch die Hausfrau Lopthöna empfing sie sehr gut. Da saßen sie nun dort beim schönsten Gastmahl.

5 Gudmunds Traum

Nun ist von Gudmund und Sigurd und ihren Leuten zu erzählen. Sie lagen einen halben Monat fest und kamen nicht von der Stelle. Eines Nachts schlief Gudmund unruhig, und die Männer sprachen darüber, ihn zu wecken. Sigurd aber sagte, er solle zu Ende träumen. Da erwachte er. Sigurd sprach: »Was hast du geträumt, Onkel, daß du so unruhig schliefst?« Gudmund sprach: »Mir träumte, daß wir mit zwei Schiffen hier unter den Inseln lagen, und ich sah, daß ein Eisbär um die Insel Hrafnista lag, und hier über den Schiffen trafen sich Schwanz und Kopf des Tieres. Es war so bösartig, daß ich etwas Derartiges noch nie gesehen hatte, und die Haare des Tieres waren gesträubt, und es schien mir, als ob es das Schiff anspringen und versenken würde.« Sigurd sprach: »Es ist offensichtlich, daß das Tier der Folgegeist unseres Verwandten Odd und der feindlichen Gesinnung ist, die er gegen uns hegt. Und ich vermute, daß wir hier nicht wegkommen, ohne daß er mitfährt.« – »Was ist da zu tun?« sagt Gudmund. Sigurd sprach: »Laden wir ihn in aller Freundschaft zum Mitfahren ein.« Gudmund sprach: »Jetzt wird er nicht mehr mitfahren wollen.« Sigurd sprach: »Dann müssen wir ihm das zweite Schiff geben.« So beschlossen sie es, gehen an Land und treffen Odd und bieten ihm an mitzufahren. Odd sagte, jetzt wolle er nicht mehr mitfahren. Sie sprachen: »Bevor du nicht mitfährst, wollen wir dir das zweite Schiff geben und die ganze Ausrüstung.« Odd sprach: »Dann werde ich mit euch fahren, ich bin jetzt auch reisefertig.«

6 Odd bekommt die Gusi-Pfeile. Die Fahrt nach Bjarmaland

Nun bringt Grim sie zum Schiff, und beim Abschied sprach er zu Odd: »Hier sind Kostbarkeiten, Sohn«, sagt er, »die ich dir geben will. Er sind drei Pfeile, und sie haben einen Namen und heißen Gusisnautar*. Ich habe sie von dem Finnenkönig Gusi bekommen, und sie können von selbst zum Bogen zurückfliegen und alles treffen, was sie treffen sollen.« Odd nahm die Pfeile und sah sie an, und sie schienen ihm besonders gut gearbeitet, denn sie waren mit Gold umwickelt. Er sprach: »Ich habe schon viele gute Gaben erhalten, Vater, aber noch keine, die mir so gut erschien wir diese; hab du, Vater, vielen Dank dafür!«

Dann trennten sie sich. Grim ging heim, und Odd ging aufs Schiff. Er erteilte seinen Männern gleich Befehle, befahl den Anker zu lichten und das Boot von der Insel wegzuziehen. So machten sie es, und als nächstes befahl er, das Segel zu setzen. Das taten auch Gudmund und Sigurd, und es gab gleich Fahrtwind, und dann segelten sie gemeinsam nordwärts Richtung Finnmark; dort ließen sie für die Nacht den Anker fallen.

An Land gab es eine Menge Torfhütten. Am Morgen gingen Gudmund und seine Leute von ihrem Schiff herunter an Land. Sie gingen auf die Hütten los und überfielen die Finninnen, denn die Finnen waren nicht zu Hause; die ließen sich das nicht gefallen und schrien sehr. Auf Odds Schiff sprachen sie davon, daß sie an Land gehen wollten, aber er sagte, das sollte nicht sein. Gudmund und seine Leute kamen am Abend zum Schiff. Da sprach Odd: »Seid ihr heute an Land gegangen, Gudmund?« – »Ja«, sagt er, »und es schien mir ein großer Spaß, die Finninnen zu überfallen; willst du uns morgen begleiten?« – »Das werde ich nicht tun«, sagt Odd. »Es scheint mir ehrlos, Frauen zu berauben, und ihr werdet euren Lohn dafür schon noch bekommen. Ich werde morgen sofort weitersegeln.« So geschieht es nun; von ihrer Reise wird nichts berichtet, bevor sie nach Bjarmaland kommen, und sie fuhren mit den Schiffen die

---

* Gusisnautar = »Gusis' Geschenke«.

Wina* hinauf. Als sie aber dorthin gekommen waren, erfuhren die Bewohner des Landes schnell davon. Da wurden ihnen Männer entgegengesandt, und es wurde einen halben Monat Marktfrieden vereinbart. Die Bewohner des Landes kamen zum Ufer mit allerlei Grauzeug, und alle, die etwas zu verkaufen hatten, bekamen viel Geld.

Und als der Zeitpunkt verstrichen war, wo der Marktfrieden endete, legten Odd und seine Mannschaft ihr Schiff an einem Seil draußen im Fluß fest. Und als die Nacht kam, sprach Odd zu seinen Leuten: »Was wollt ihr jetzt anfangen?« Sie baten ihn zu entscheiden. »Dann wollen Asmund und ich an Land rudern und bei den Leuten hier kundschaften.« So geschah es, und als sie an Land kamen, gingen sie übers Feld. In der Dunkelheit sahen sie eine große Halle, da war es sehr dunkel. Sie gingen zur Tür der Halle, sahen, daß Licht darin war, so daß man gar nicht ungeschützt hineinsehen konnte. Drinnen war eine große Menschenmenge, die waren fröhlich und tranken. Da sprach Odd: »Verstehst du etwas von der Sprache der Leute hier?« Asmund sagt: »Nicht mehr als vom Vogelgezwitscher, oder verstehst du das?« Odd sprach: »Du kannst sehen, daß ein Mann an beiden Bänken einschenkt, und ich habe den Verdacht«, sagt Odd, »daß der in nordischer Sprache sprechen kann. Jetzt sollst du auf mich warten, während ich hineingehe.« Asmund macht es so. Odd geht nun hinein und steht beim Anrichtetisch, der draußen bei der Tür stand. Da fiel der meiste Schatten auf ihn. Der Mundschenk lief immer wieder an ihm vorbei. Odd packt ihn und wirft ihn in die Luft, und der Mundschenk schreit laut und verflucht ihn. Die Bjarmen springen nun auf und greifen nach dem Mundschenk, aber Odd nimmt ihn mit und kommt so hinaus; da lassen sie ihn los. Dann läuft Odd mit dem Mundschenk und mit Asmund weg und zum Schiff. Odd setzt ihn zu sich und fragte ihn aus, aber der Mundschenk schwieg. Da sprach Odd: »Woher kommst du, und wie lange bist du schon hier?« Der Mundschenk sagt: »Ein Hügel steht am Ufer des Flusses Wina, zusammengetragen aus Erde und purem Geld. Dorthin soll eine Handvoll Silber und eine Handvoll Erde für jeden Mann getragen werden, der stirbt, und für jeden, der heimgekommen ist.« Odd sprach: »Dann sollt ihr, Bruder Gudmund«, sagt

---

* Wina = Dwina.

er, »heute nacht mit euren Schiffsleuten an Land und nach seinem Hinweis zu diesem Hügel gehen. Ich aber werde mit meinen Männern die Schiffe und den Mundschenk bewachen.« So geschieht es. Sie gehen los und kommen zu dem Hügel und binden sich Bündel auf, denn es fehlte nicht an Geld. Und als sie fertig waren, gingen sie zurück zu den Schiffen. Odd lobte ihre Fahrt. Und sie übernahmen nun den Mundschenk. Odd sprach: »Wacht gut über ihn, denn er schaut so, als ob es ihm bei den Bjarmen nicht so schlecht gefällt, wie er vorgibt.«

Odd und seine Leute gehen nun an Land und zu dem Hügel. Nun bewachen Gudmund und Sigurd das Schiff. Sie setzen den Mundschenk zwischen sich, und dann beginnen sie, das Silber aufzuteilen. Aber als sie es am wenigsten erwarten, dreht sich der Mundschenk um und schwingt sich über Bord und schwamm dann an Land. Gudmund springt auf und packt einen Speer und wirft ihn nach ihm. Der trifft den Mundschenk in der Wade, und das ist das Ende der Geschichte. Im nächsten Augenblick ist der Mundschenk an Land und im Wald.

7 Von Odds Entscheidungen

Nun ist von der Fahrt zu erzählen, die Odd und seine Leute machen. Als sie zum Hügel kommen, sprach Odd: »Jetzt wollen wir uns Bündel schnüren, jeder nach seinem Vermögen, aber nicht größer, als daß wir gut damit laufen können.« Es war im Morgengrauen, da waren sie fertig; sie gehen nun hinunter zum Fluß, da konnte man schon bis zur anderen Seite sehen. Odd sprach da, als sie eine Weile gegangen waren: »Was seht ihr Neues?« – »Nichts sehen wir«, sagt Asmund. »Oder was siehst du?« – »Ich sehe etwas«, sagt Odd, »das uns ungelegen kommt, nämlich eine große Menge Männer aus dem Wald herankommen. Ich vermute«, sagt Odd, »daß Gudmund und seinen Leuten der Mundschenk weggelaufen ist, und nun werden die Bjarmen von unserer Fahrt Wind bekommen haben.« Asmund sprach: »Was ist nun zu tun?« Odd sprach: »Ihr sollt den Fluß hinuntergehen und euch auf der Landzunge versammeln, die in den Fluß hinausragt, und das Geld zurücklassen.« So tun sie es. Odd wandte sich zurück in den Wald und besorgte sich eine große Keule. Dann ging er zu seinen Männern. Gleich darauf kam die

Schar auf sie zu, und Odd erkannte den Mundschenk an der Spitze des Zuges. Odd sprach ihn an und sagte: »Was machst du da?« Der Mundschenk sagt: »Ich habe den Bjarmen von eurem Tun berichtet.« Odd sprach: »Was haben sie jetzt vor?« Der Mundschenk sagt: »Sie wollen noch einmal mit euch Handel treiben.« – »Mit was?« sagt Odd. Der Mundschenk sprach: »Sie wollen mit Waffen handeln.« Odd sagt: »Das wollen wir nicht.« Der Mundschenk sprach: »Dann sollt ihr euer Geld und Leben hergeben, und wir werden euch angreifen.« – »So soll es sein«, sagt Odd. Dann sprach er zu seinen Leuten: »Ihr sollt daran denken, auch wenn einige von unserer Schar fallen, daß ihr jeden nehmt, der tot ist, und ihn in den Fluß hinauswerft, denn sie können uns verhexen, wenn sie einen von den Toten zu fassen bekommen.«

8 Der Kampf gegen die Bjarmen

Als nächstes unternehmen die Bjarmen einen schweren Angriff. In diesem Augenblick springt Odd mit der Keule vor und schlägt mit beiden Händen so hart zu, daß alles stehenbleibt und eine Menge fielen. Asmund folgte ihm ausgezeichnet. Der Kampf war hart und langwierig, aber am Ende flüchteten die Bjarmen, und viele waren gefallen. Odd verfolgte die Flüchtenden und tötete alle, die er erreichen konnte. Dann kehrte er zu seinen Männern zurück und befahl, die Bündel zu tauschen. »Wir lassen die Erde hier und beladen uns mit guten Kostbarkeiten und Waffen.« So machten sie es und zogen endlich zu den Schiffen; aber als sie dorthin kamen, da waren die Schiffe fort. Odd sprach: »Was ist nun zu tun?« Asmund bat ihn zu entscheiden. Odd sprach: »Zum zweiten Mal hat Gudmund nun seine Ansicht geändert. Sie müssen das heimlich geplant haben, sonst haben sie uns mehr überlistet, als wir dachten.« – »Das wird nicht so sein«, sagt Asmund. »Ich werde es herausfinden«, sagt Odd; er ging in den Wald und kletterte auf einen Baum und entzündete in den oberen Zweigen ein Feuer, dann ging er zu seinen Männern, und der Baum fing so schnell Feuer, daß die Flamme hoch in die Luft hinaufreichte. Da sahen sie, daß zwei Boote an Land ruderten. Sie erkannten ihre Leute, und es war ein frohes Wiedersehen zwischen den Verwandten.

9 Odd und seine Leute verlassen Bjarmaland

Nun gehen sie auf ihr Schiff und fuhren sofort weg mit ihrer Beute. Über ihre Reise wird nun nichts berichtet, bis sie in die Finnmark und in dieselbe Gegend kamen, wo sie beim letzten Mal gewesen waren. Und als sie dort die Nacht verbracht hatten, da erwachten sie davon, daß sie ein großes Krachen hörten, wie sie es vorher noch nie gehört hatten. Odd fragte Gudmund und Sigurd, was das sei, und sie wollten gerade antworten, da gab es einen zweiten, noch größeren Krach, und als der vorbei war, einen dritten, und das war der größte. »Was denkst du, Bruder Odd«, sagt Gudmund, »was das bedeutet?« Odd sprach: »Ich habe sagen gehört, wenn zwei Unwetter gleichzeitig in der Luft sind und aufeinander losgehen, und wenn sie sich erhitzen, dann entstehen große Kracher. Nun müssen wir darauf gefaßt und vorbereitet sein, daß ein schweres Unwetter kommt, und die Finnen werden das Wetter machen, weil ihr sie beraubt habt.« Nun versahen sie das Schiff mit Quergurten und bereiteten unter Odds Leitung alles vor, wie sie mußten. Dann holten sie den Anker hoch, und fast im selben Augenblick ging das Unwetter los. Es war so schwer, daß es sie gleich wegtrieb, und sie schafften es nicht mehr, den Mast umzulegen. Sie konnten nichts anderes tun als fliehen, und alle schöpften Wasser, so gut es ging. So ging es ununterbrochen 20 Tage lang. Odd rief nach Gudmund und befahl ihm, alle finnischen Waren über Bord zu werfen, »die ihr den Finnen geraubt habt, denn ich vermute, daß unsere Schwierigkeiten erst dann weniger werden, wenn diese Sachen vom Schiff sind«. Gudmund sagte: »Was würde ihnen das nützen, wenn wir es über Bord werfen?« – »Das laß ihre Sorge sein«, sagt Odd. Da machen sie es so, daß sie alle finnischen Waren ausräumen und über Bord werfen, und als alles vom Schiff war, da drehte es sich mit dem einen Ende nach vorn und mit dem anderen nach hinten, bis alles ein Bündel geworden war, und dann trieb es mit großer Geschwindigkeit dem Unwetter entgegen, so daß es bald außer Sicht war. Am selben Tag, als das geschah, riß der Nebel auf, und die See beruhigte sich, und wenig später sahen sie Land. Da waren die meisten Männer völlig erschöpft, außer den Verwandten. Asmund kam ebensogut wie Odd durch jede Gefahr, in die sie gerieten.

Sie sprachen nun darüber, was für ein Land das sein könnte. Odd sprach: »Ich vermute, daß wir weit in den Nordteil der Welt gekommen sind, und nach den Erzählungen geschichtskundiger Männer scheint es mir am wahrscheinlichsten, daß dies das Riesenland ist. Aber unsere Männer sind erschöpft, so daß ich keinen anderen Ausweg sehe, als an Land zu gehen und auszuruhen, was für ein Land es auch sei.« Da gingen sie an Land, und vor ihnen breitete sich eine große Landzunge oder Insel aus. Odd befahl, die Schiffe dort festzulegen; dort war ein guter Hafen und an Land ein großer Wald. Und als sie die Zelte aufgeschlagen hatten, sagte Odd, sie sollten an der Küste entlangrudern und herausfinden, was es damit auf sich hätte. So geschah es. Sie sahen bald, daß es eine große, fruchtbare und unbesiedelte Insel war. In den Wäldern gab es viele Tiere und bei der Insel Wale und viele Seehunde und Vögel. Danach fahren sie zurück zu ihren Gefährten. Odd bat seine Männer, vorsichtig zu sein: »Es sollen«, sagt er, »jede Nacht zwölf Männer auf der Insel wachen, und wir werden uns mit Wild versorgen und euch zu Kräften kommen lassen, so gut wir können.«

So geschah es nun. Eines Tages, als sie im Dunkeln umherzogen, sahen sie einen großen Braunbären. Odd schoß auf ihn und verfehlte ihn nicht, und sie töteten den Bären. Dann ließ Odd das Fell ausstopfen und aufstellen, so daß er nach vorne durch den Mund schießen konnte, wenn er hinter dem Bärenfell stand. Er ließ ihm auch einen Stein in den Mund legen, so daß dort ein Feuer brennen konnte. Dann ließ er ihn auf einen Felsen setzen, der zum Land zeigte, und drehte den Bären zum Festland. Sie hielten sich dort nun eine Weile auf. Zwar sahen sie Menschen an Land, aber nur wenige, die allerdings waren so groß, daß sie glaubten, es wären Riesen.

10 Odd bei den Riesen. Weitere Wikingerfahrten

Eines Abends spät sahen sie, daß sich nicht wenige Riesen auf der Landzunge im Sund sammelten. Da sprach Odd: »Ich ahne, was diese großen Leute vorhaben, und ich will, Asmund, daß wir ganz heimlich mit dem Boot in den Sund hineinrudern.« Sie machten es so, und als sie zu der Landzunge kamen, da zogen sie die Ruder ein und lauschten. Da hörten sie, daß ein Riese mit mächtiger Stimme zu brüllen begann: »Ihr wißt«, sagt er, »daß einige bärtige Kinder zu unserer Insel gekommen sind und dort unsere Tiere und anderes Wild töten. Nun habe ich euch hierher bestellt, damit wir über ihren Tod entscheiden. Weil nun, wie ihr wißt, mein Bruder Bjölvi mit uns über den Krieg nicht einig ist, rate ich euch, darauf nichts zu geben. Hier sind Goldringe, die ich dem schenken will, der dorthin fahren will, um die bärtigen Kinder zu töten.«

Da sehen sie, daß eine Frau aufstand, wenn man es eine Frau nennen konnte. Sie sprach: »Wir sind verpflichtet, Badi Riesenkönig, dein Anliegen auszuführen, vor allem wenn du solches anbietest. Ich werde diese Reise machen, wenn du willst.« Er sagt: »Das ist von großem Nutzen, Hausherrin Gneip, daß du dich an der Sache beteiligst; aber seht ihr, daß hier zwei Bartkinder unterhalb des Felsens in einem Boot sind und uns zuhören? Ich will ihnen eine Botschaft schicken.« In diesem Augenblick sehen Odd und seine Leute, daß ein Stein fliegt und auf sie zusteuert. Odd sagte, sie sollten das Boot so schnell wie möglich in Sicherheit bringen, und so geschah es. Wenig später kam ein zweiter, und er flog in die gleiche Richtung. Als dritter flog ein so großer Stein, daß es ihnen ein Wunder erschien, und davon kam ihnen eine große Welle entgegen.

Odd sagte: »Nun müssen wir hinüber zur Insel rudern«, und so taten sie es, trafen ihre Gefährten, und wenig später sahen sie, daß die Frau an Land kam. Sie trug ein Kleid aus Fell und war sehr groß; sie erschien ihnen so häßlich, daß sie ein solches Lebewesen noch nie gesehen hatten. In der Hand hatte sie eine große Eisenstange. Odd ging nun auf den Berg, wo das Tier stand, zündete im Mund des Tieres ein Feuer an, und dann schoß er mit einem Pfeil durch den Tierbalg und auf das Trollweib. Sie hörte das Schwirren und sah den Pfeil und schlug mit der flachen Hand danach, und er drang nicht tiefer ein als in einen Stein. Sie sprach: »Dazu braucht es mehr«, sagt sie. Odd sucht nun nach dem Gusi-Pfeil und schoß ihn wie den ersten. Sie schlug mit der Hand danach, aber der Pfeil durchdrang die Hand und flog ihr ins Auge und kam am Nacken wieder hinaus und zurück zum Bogen. Sie sprach: »Das war schon mehr Mühe, aber er ist weit davon entfernt, daß er so Erfolg hat.« Odd schießt den Gusi-Pfeil nun ein zweites Mal ab, und es ging wie beim ersten Mal. Gneip sprach: »Nun muß man sich zurückziehen; früher ging es mir besser.« Sie zieht sich zurück, und es scheint ihnen, daß sie nicht wenig Mühe dabei hat, und sie ist nun blind auf beiden Augen. Odd sprach: »Nun will ich, Asmund, daß wir an Land rudern, und ich will herausfinden, wo Gneip wohnt.« Asmund sagte, darüber solle er bestimmen.

Sie ruderten also an Land. Da sahen sie, daß Gneip auf einen Berg zuhielt. Odd hatte seinen Bogen und Köcher bei sich und Asmund seine Waffe. Sie fuhren weit und suchten lange oben auf dem Berg. Da sahen sie, daß in einer Höhle ein Feuer brannte, und darauf hielten sie zu und kamen dorthin. Sie sahen, daß dort ein großer Kessel über dem Feuer stand. In der Höhle war es hell von dem Feuer, aber dunkel nach draußen zu sehen. Da saßen viele Trolle auf beiden Bänken, ein gar nicht kleiner Unhold saß im Hochsitz, das war ein mächtiger Riese, und das Trollweib neben ihm. Sie glaubten, noch nie solche Wesen gesehen zu haben. Er war ganz schwarz, nur seine Augen und Zähne waren weiß; seine Nase war groß und gekrümmt, so daß sie bis hinunter zum Mund reichte. Seine Lippen waren wie Torfsoden, und die untere hing bis auf die Brust, die obere aber wölbte sich hinauf bis unter die Nase. Sein Haar war dick wie Fischgräten und hing hinunter über seine ganze Brust; seine Augen waren wie zwei Teiche. Von den beiden Ehepartnern wurde gesagt, daß sie einander sehr ähnlich waren.

Da ergriff der Riese das Wort: »Wo ist Hardhauss*, unser Diener? Warum bringt er uns nichts zu essen?« – »Nun bin ich«, sagt der, »hergekommen und muß dir schlechte Nachrichten sagen.« – »Was denn?« sagt er. »Das nämlich«, sagt Hardhauss, »daß deine Tochter Gneip zurückgekommen ist und nun auf beiden Augen blind ist, und man hat mit zwei Pfeilen auf sie geschossen.« – »Das geschieht ihr recht«, sagt der Riese. »Sie plante die Untat, Odd und seine Gefährten zu töten, aber es ist ihr keineswegs gelungen, Odd zu töten, denn das können wir nicht: Ihm ist ein höheres Alter zugedacht als anderen Menschen. Ich weiß auch, daß die Finnen sie hierhergeschickt haben und wollten, daß wir sie töten, aber weil wir es nicht können, werde ich ihnen Wind von hier weg verschaffen, nicht weniger, als die Finnen ihnen hierher gaben. Aber weil Odd mit den Gusi-Pfeilen auf meine Tochter Gneip geschossen hat, werde ich ihm einen Namen geben und ihn Örvar-Odd** nennen.« Da sprach Odd: »Verflucht sollst du für die Brise sein!« Er nimmt nun einen von den Gusi-Pfeilen und schießt auf ihn, und er hört das

* Hardhauss (*harðhauss*) = »Hartschädel«.

** Örvar-Odd (*Örvar-Oddr*) = »Pfeile-Odd« (auch »Pfeilspitze«: *oddr* = »Spitze«).

Schwirren und schlägt heftig um sich, aber der Pfeil flog ihm ins Auge, ging dann unter dem Arm des Trollweibes hinein und unter dem anderen wieder hinaus, und sie sprang damit auf, und der Pfeil flog auf den Mundschenk los und rupfte ihn. Da sprangen die Ungeheuer von beiden Bänken auf und liefen nach allen Seiten auseinander. Man kann wohl sagen, daß da ein Höllenlärm war. Odd und seine Leute ziehen nun ihres Weges zu ihren Fahrtgenossen, und Gudmund empfängt sie freudig und fragt, wo sie so lange geblieben seien. Da sprach Odd:

3 Zu gehen gelang's mir   mit Gusis Pfeilen
beiden, zwischen   Berg und Feuer,
Ins Auge schoß ich   dem Ungeheuer,
von vorn in die Brust   der Freyja des Berges.

Freyja des Berges: »Riesin«.

»Das war zu hoffen,* daß du etwas zustande bringen würdest, so lange, wie du dort unterwegs warst. Gab es noch mehr** Berichtenswertes auf deiner Reise?« – »Einen Namen habe ich bekommen«, sagt Odd, und er sprach:

4 Den Namen bekam ich,   den ich wollte,
als mich der Riese   rief aus dem Berg.
Er schrie, er würde   steife Brise
dem wackeren Odd   zur Wegfahrt geben.

»Fahrtwind ist uns versprochen«, sagt Odd, »von hier weg, und mir wurde gesagt, er werde nicht geringer oder angenehmer sein als der, den die Finnen uns hierher mitgaben, und trotzdem müssen wir uns reisefertig machen.« Und so geschieht es, und sie bereiten sich so sorgfältig vor, wie sie nur können, und dann steuern sie vom Land weg, und gleich kommt ein Wind auf, ebenso stark oder noch stärker als der vorige. Die Kraft des Unwetters war so groß, daß dem Sturm sowohl Schnee als auch Frost folgten, und jede Sturzsee traf das Schiff. Aber sie verteidigten sich und ihre Fahrzeuge mit großer Tapferkeit, so daß sie 20 Tage nach Osten trieben, Tag und Nacht. Und wegen ihrer Tapferkeit und Odds Glück, daß ihm ein höheres

* Ab hier folgt der Text kurzzeitig der Handschrift **M**.
** Ende der Version nach Handschrift **M**.

Alter zugedacht war, entkamen sie dem Meer, gelangten zurück in die Finnmark und suchten dort einen Ankerplatz und Ruhe.

Danach wird von ihrer Reise nichts berichtet, bis sie zurück nach Hrafnista kamen, und da war ein ganzes Stück vom Winter vergangen. Grim war mächtig froh über sie, und es kam ihm vor, als seien sie aus der Hel zurückgekehrt, und er lud Odd ein, mit seinem ganzen Gefolge den Winter bei ihm zu verbringen, und Odd nahm das an. So blieben sie den Winter über dort. Odd wurde durch diese Reise so berühmt, daß man nicht glaubte, irgend jemandem sei es so ergangen, soweit sich die Menschen in dieser Gegend zurückerinnerten. Den ganzen Gewinn, den sie auf dieser Fahrt gemacht hatten, gaben sie ihrem Vater Grim.

In diesem Winter gab es große Trinkgelage und viel Spaß; Grim bewirtete sie äußerst großzügig. Aber als der Winter verging, fragt Odd seinen Bruder Gudmund, was sie sich vornehmen wollten. Gudmund sagt: »Du sollst für uns alle entscheiden.« Odd sprach: »Ich rate zu einer Wikingerfahrt.« Sie sagten, dazu seien sie bereit. Wenig später sprachen Vater und Sohn darüber. Da sagte Odd seinem Vater, daß er eine Heerfahrt plane: »Ich will, daß du mir drei Schiffe gibst.« Grim sagte, das solle geschehen. Dann bereiteten sich die Brüder vor und suchten sich im Halogaland und Naumudal die tapfersten Männer aus, denn alle, die sie fragten, wollten gerne mitfahren.

Und als sie reisefertig waren, sprach Odd: »Nun will ich, Vater, daß du uns einen Wikinger nennst, von dem du glaubst, daß er zu uns paßt.« Grim sprach: »Ein Wikinger heißt Halfdan, ein Sohn des Königs Hroi von Uppland. Er liegt oft östlich der Elfasker*. Er hat 30 Schiffe und ist selbst ein sehr tapferer Mann.« Odd dankte seinem Vater, »denn ich sehe nun«, sagt er, »daß du deinen Söhnen viel zutraust, wenn du uns mit drei Schiffen auf 30 Schiffe losschickst.« Danach trennten sich Vater und Söhne, und die Brüder steuerten an der Küste entlang nach Osten.

Von ihrer Fahrt wird nichts berichtet, bis sie östlich der Elfasker ankommen; dort gingen sie vor Anker. Es gibt dort viele Inseln und wenige Gehöfte. Als Odd und seine Leute die Zelte aufgeschlagen

* Elfasker = Schärengürtel an der Mündung des Götaälv, nördlich des heutigen Göteborg.

hatten und sich eingerichtet hatten, ruderte Odd mit wenigen Männern fort, und sie sahen bald, wo die Wikinger lagen. Und in der Mitte der Flotte war ein großes, prächtiges Drachenschiff mit einer vergoldeten Stevenfigur und der ganzen Bordwand oberhalb des Wassers. Da ruft Odd und fragt, wer den Befehl über diese Schar führte. Ein Mann lüftet die Zeltbahn auf dem Drachenschiff und antwortet: »Er heißt Halfdan, und wer fragt danach?« Odd nannte seinen Namen. »Bist du letzten Sommer nach Bjarmaland gefahren?« sagt Halfdan. »Da kam ich hin«, sagt Odd. »Und was ist dein Anliegen hier?« sagt er. »Meine Verwandten, die Leute aus Halogaland, fühlen sich von dir beraubt, und nun denke ich, einer von uns beiden sollte nicht von diesem Treffen berichten.« Halfdan sprach: »Wie viele Schiffe hast du?« Odd sagt: »Wir haben drei Schiffe, und auf jedem 100 Mann.« Halfdan sprach: »Du überschätzt dich offenbar, und ich werde jetzt weiterschlafen.«

Odd rudert nun zurück zu seinen Männern und berichtete ihnen, wie die Sache stand. Er sagte: »Wir werden sie dennoch heute nacht angreifen, und jetzt werden wir unseren Besitz aus dem Schiff an Land räumen und Steine hineintragen. Dann werden wir vier Bäume mit Zweigen über unsere Schiffe schlagen, das sollen unsere Leitern auf das Drachenschiff sein.« Es geschah, wie Odd sagte, und als sie fertig waren, sprach er: »Ihr beide, Gudmund und Sigurd, sollt euer Schiff an die eine Bordwand des Drachenschiffes legen und Asmund und ich das unsere an die andere.« Sie rudern nun leise; die Schiffe lagen mitten in dem Hafen, und Odd und seine Leute rudern nun an beide Seiten des Drachenschiffes, und gleich brachten sie auf jedem Ast einen Mann hinauf. Die sprangen dann zu den Zelten und überfielen sie wenig freundlich in den Zelten, denn sie schlugen und töteten alles, was lebte. Es kam bald zu einer Wende, denn in kurzer Zeit hatten sie das Drachenschiff bis zum Achterdeck geräumt. Halfdan war in seine Kleider gesprungen, als er den Lärm hörte, und als nächstes griff er zu den Waffen. Dann sprang er auf das Achterdeck und ruft nach dem zweiten Schiff und befahl, sofort längsseits zu gehen. Odd hört das und sah Halfdan; da schlug er die Axt in das Achterdeck und schwang sich hinauf. Halfdan schlug nach ihm, traf mit einem Schlag den Helm, aber der gab nicht nach; das Schwert aber brach unterhalb des Griffes ab. Da gab Odd Halfdan einen tödlichen Schlag. Dann ließ er Halfdans Männer entscheiden, ob sie weiter kämpfen wollten oder seine Gefolgsleute würden, und sie entschieden sich schnell und sagten, sie wollten ihm folgen. Da nimmt Odd aus der Schar diejenigen, die ihm am tapfersten scheinen; auch das Drachenschiff nimmt er für sich in Anspruch und ein weiteres Schiff, das ihm am besten erschien, und auch alles Geld nimmt er an sich. Dann gibt er den Wikingern das zweite Schiff. Den Drachen befehligt nun Odd und gibt ihm einen Namen und nennt ihn Halfdanarnaut*. Odd blieb den ganzen Sommer über auf dem Schiff vor Norwegen und verschaffte den Kaufleuten freie Fahrt, aber im Herbst segeln sie nordwärts nach Hrafnista und haben einen großartigen Sieg und überaus viel Geld erlangt. Grim lädt sie alle zu sich ein, und sie bleiben dort während des Winters.

Im Frühjahr rüsten sie sich zur Heerfahrt, und als sie bereit waren, fragt Odd seinen Vater, wo er ihm einen Wikinger nennen könnte, in dem etwas Kraft wäre. Grim sprach: »Soti heißt ein Wikinger, der liegt südlich vor Skida, er ist sehr bedeutend, hat 40 Schiffe und sehr viel Geld.« Dann trennen sie sich, und die Brüder steuern mit fünf Schiffen südwärts die Küste entlang. Und als der Sommer verging, da erfährt Soti von Odds Fahrt und fährt ihnen sofort entgegen. Da bekam Soti Gegenwind, hörte aber von ihrer Fahrt. Er sprach: »Nun wollen wir unsere Schiffe nebeneinander legen, eines am Steven des anderen, und mein Drachenschiff soll in der Mitte der Flotte liegen. Ich habe gehört, daß Odd ein großer Kämpfer ist, er wird unsere Schiffe angreifen. Und wenn sie die Segel heruntergenommen haben, dann wollen wir einen Kreis um ihre Schiffe ziehen und keinen Menschen entkommen lassen.«

Nun ist von Odds Vorgehen zu berichten. Als sie Sotis Flotte sahen, da sprach Odd: »Ich sehe, was Soti vorhat: Wir sollen seinen Schiffen entgegensegeln.« Gudmund sagt: »Wäre das nicht recht wenig ratsam, bei der Stärke, die er hat?« Odd sprach: »Wir wollen Sotis Plan nicht zunichte machen, ich werde mit meinem Drachen vorneweg segeln.« Odd gab seinen Männern Anweisung und befahl ihnen, alles Schwere vom Segel nach hinten zu tragen, was sie konnten. Dann befahl er, daß alle Männer in voller Rüstung hinter dem Segel stehen sollten, und als das geschehen war, befahl er, alle Segel zu setzen.

Es herrschte ausgezeichneter Wind, das Drachenschiff Halfdanar-

---

* Halfdanarnaut = »Halfdans Geschenk«.

naut tanzte. Es war um den Vordersteven herum mit Eisen beschlagen, aber das sah man nicht. Soti merkte nichts, bis das Drachenschiff auf die Breitseite seines Drachens auffuhr; da waren sie noch dabei, sich zu rüsten. Odd und seine Leute sprangen nun auf Sotis Drachen und räumten ihn in kurzer Zeit und töteten Soti. Odd ließ die Wikinger dann entscheiden, ob sie weiter gegen ihn kämpfen oder freies Geleit annehmen wollten, und sie gaben sofort auf.

Da nahm Odd das Drachenschiff Sotanaut* und drei weitere und sehr viel Geld. Aus der Mannschaft wählte er diejenigen, die ihm am besten ausgerüstet und am waffentauglichsten schienen. Dann wandten sie sich wieder nach Norden und fuhren, bis sie im Norden in Hrafnista ankamen. Grim nahm sie mit offenen Armen auf und lud sie zu sich ein, und das nahmen sie an. Da verbrachten sie nun den Winter in großer Pracht.

Aber als das Halbjahr vergangen war, da rüstete Odd sein Schiff für eine Auslandsfahrt aus; sie hatten nun fünf Schiffe. Odd wählte nun sehr sorgfältig eine große Mannschaft aus, und als sie bereit waren, geht Odd zu seinem Vater und sprach: »Nun sollst du uns den Wikinger nennen, den du als übelsten und mächtigsten kennst.« Grim sagt: »Nun ist beides eingetreten: Du bist stark, und du weißt es auch. Ich will euch die zwei Wikinger zeigen, die ich als die größten und besten kenne. Der eine heißt Hjalmar der Mutige und der andere Thord Stafnglam**.« Odd sprach: »Woher stammen sie, und wieviel Gefolgschaft haben sie?« Grim sagt: »Sie haben 15 Schiffe und 100 Mann auf jedem Schiff, und sie stammen aus Svithjod. Dort regiert der König, der Ingjald der Arglistige heißt. Dort haben sie ihr Winterlager und regeln die Landesverteidigung, und jeden Sommer sind sie mit Kriegsschiffen draußen.« Odd und seine Leute sagen dem Vater nun Lebewohl. Dann segeln sie in östlicher Richtung an der Küste entlang, und von ihrer Reise wird nichts gesagt, bevor sie nach Svithjod kamen und an einer Landzunge anlegten, die ins Meer hinaus reichte. Dort schlugen sie die Zelte auf ihrem Schiff auf, und dann gingen sie an Land und hinauf auf die Landzunge. Und dort lagen sie auf der anderen Seite der Landzunge mit 15 Schiffen, Hjalmar und Thord, und hatten Buden an Land aufgestellt

---

* Sotanaut = »Sotis Geschenk«.

** Thord Stafnglam (*Þórðr stafnglam*) = Thord Stevenklang.

und waren dort bei den Zelten mit Waffenübungen beschäftigt. Odd und die seinen kehrten nun zu ihren Schiffen zurück und berichteten davon. Gudmund fragt, was nun geschehen soll. Odd sprach: »Nun werden wir unser Heer aufteilen. Du sollst mit der einen Hälfte um die Landzunge steuern und in Kriegsgeschrei ausbrechen, und ich werde mit der anderen Hälfte des Heers an Land gehen und durch den Wald vordringen, und wir werden ebenfalls schreien. Nun kann es geschehen, daß sie sich beeindrucken lassen und unsere Mannschaft für größer halten, als sie ist. Kann sein, daß sie daraufhin davonlaufen.«

Also gehen sie so vor. Und als diejenigen, die bei den Waffenspielen waren, ihr Kriegsgeschrei hören, da kümmern sie sich nicht darum. Dann hören sie einen zweiten Kriegsschrei. Diejenigen, die draußen waren, stutzten kurz, und als das Geschrei aufhörte, nahmen sie ihr Spiel wieder auf. Odd und seine Leute kommen da wieder zusammen, und Odd sprach: »Es scheint mir nun zu erwarten, daß wir mehr unternehmen müssen; sie scheinen vor dem Kampf nicht zu zittern.« Gudmund fragte, was man da tun könnte. Odd sprach: »An diese Männer kann man sich nicht anschleichen; wir werden die Nacht hier verbringen.«

So machen sie es, und sobald es hell genug zum Kämpfen war, ziehen Odd und seine Leute ihre Rüstung an und gehen an Land, um Hjalmar zu treffen. Und sobald Hjalmar und seine Leute die gerüsteten Wikinger an Land sahen, rüsten sich auch sie und gehen an Land, und ihr Heer zieht Odd und den seinen entgegen, und als sie auf Rufweite herangekommen sind, fragt Hjalmar, wer über diese Mannschaft befehle. Odd nannte seinen Namen. Hjalmar sprach: »Wie viele Schiffe hast du?« Odd sprach: »Wir haben fünf Schiffe und 100 Mann auf jedem, und wie viele habt ihr?« – »Wir haben 15 Schiffe«, sagt er, »und 100 Mann auf jedem, aber das soll dich nicht kümmern. Zehn Schiffsmannschaften werden dabeisitzen, und es soll einen gleichen Kampf Mann gegen Mann geben.« Odd sagt: »Das ist mannhaft gesprochen.«

Und danach bereiteten sich beide auf die Schlacht vor und stellen ihre Heere in Schlachtordnung auf und kämpfen dann, bis der Tag zu Ende ist. Dann wird der Friedensschild hochgehalten, und Hjalmar fragt Odd, was er glaube, wie es ihm heute ergangen sei. Odd äußerte sich zufrieden. »Willst du dieses Spiel noch öfter?« sagt Hjalmar. »Nichts anderes habe ich vor«, sagt Odd, »denn ich habe nie zuvor mit besseren und tapferen Männern gekämpft.« Nun verbinden die Männer den Abend über ihre Wunden und gehen in ihre Unterkünfte. Am Morgen stellt jeder wieder sein Heer auf und rüstet sich zur Schlacht, und sie kämpfen einen weiteren Tag lang. Am Abend wurde der Friedensschild hochgehalten, und da fragt Odd, was er glaube, wie es gegangen sei. Hjalmar äußerte sich zufrieden, »und willst du dieses Spiel noch einen dritten Tag lang weitertreiben?« – »Ja«, sagt Odd, »jetzt soll der Stahl zwischen uns sprechen.« Da sprach Thord: »Ist auf deinen Schiffen Hoffnung auf große Beute?« – »Das ist nicht der Fall«, sagt Odd, »denn wir haben in diesem Sommer noch keine Beute gemacht.« – »Hier höre ich Reden«, sagte Thord, »von sehr dummen Männern, denn wir kämpfen nur gegen eine Übermacht und um Beute.« – »Was willst du nun tun«, sagt Odd. »Ich will«, sagt Thord, »daß wir uns zusammentun.« – »Das gefällt mir«, sagt Odd, »aber ich weiß nicht, was Hjalmar darüber denkt.« Hjalmar sprach: »Ich will meine bisherigen Regeln behalten.« Odd sagt: »Ich will sie erst hören, bevor ich zustimme.« Hjalmar sprach: »Weder ich noch meine Mannschaft wollen rohes Fleisch essen oder Blut trinken. Bei manchen Männer ist es Brauch, das Fleisch in ein Tuch zu wickeln und es dann gekocht zu nennen, ich aber finde, das ist ein Essen für Wölfe. Ich will Kaufleute oder seßhafte Leute nicht mehr berauben, als ich selbst zur Versorgung meiner Leute brauche, und dann auch dafür den vollen Preis bezahlen. Ich will niemals Frauen berauben lassen, auch nicht, wenn sie viel Besitz bei sich haben. Wenn einer meiner Männer eine Frau vergewaltigt oder mit Gewalt an Bord bringt, soll er nicht weniger verlieren als sein Leben, ob er reich oder arm ist.« Odd sprach: »Deine Regeln scheinen mir gut, und ich will auf alle eingehen.«

11 Der Tod der Berserker

Nun tun sie sich zusammen und haben nun zusammen ein ebenso großes Heer wir Hjalmar, als sie sich trafen. Da fragt Odd, was sie vorhaben oder ob sie irgendeine lohnende Beute wüßten. Hjalmar sagt: »Auf Seeland weiß ich fünf Berserker, die tapferer sind als die meisten anderen. Sie heißen Brand und Agnar, Asmund und Ingjald und Alf. Sie sind Brüder und haben sechs Schiffe.« Odd sagte, er wolle, daß sie zu den Berserkern hinsteuerten.

Und bald kamen sie nach Seeland und fanden dort die Schiffe. Man fand heraus, daß alle fünf Berserker an Land gegangen waren. Odd und seine Leute schlagen die Zelte über ihren Schiffen auf, und am Abend gehen die Männer schlafen. Und in der Nacht nimmt Odd heimlich seine Waffen und geht allein an Land. Er geht dahin, wo er die Berserker vermutet. Und am Morgen, als es hell war, gehen die Berserker zum Schiff, und da treffen sie Odd, und es gibt gleich einen harten Kampf; sie greifen Odd heftig an, aber er wehrt sich tapfer. Und das Spiel endet damit, daß er sie alle tötet, selbst aber nur wenig verwundet ist. Früh am Morgen vermißt Asmund Odd und sagt Hjalmar, daß Odd das Schiff verlassen hat. Da sagt Hjalmar: »Es kann nur so sein, daß er zu den Berserkern gegangen ist. Da wollen wir auch nicht faul sein.« Hjalmar fährt nun mit sechs Schiffen dorthin, wo die Wikinger waren, und kämpfte mit ihnen allen, und man konnte den Kampf weithin hören. Im gleichen Augenblick, als Odd herunterkam, hatte Hjalmar alle ihre Schiffe leergefegt; da hatten sie sehr viel Beute gemacht.

12 *Odd fährt nach Svithjod*

Im Herbst lud Hjalmar Odd nach Svithjod zu sich ein, und das nahm er an. Asmund und Gudmund und Sigurd mit ihrer Mannschaft aber fuhren nordwärts nach Hrafnista, und sie verabreden sich für das Frühjahr am Elf. Hjalmar und Odd und ihre Mannschaft gelangen nun nach Schweden und dann ins Gefolge von König Ingjald, und dort werden sie ehrenhaft aufgenommen und verbringen dort den Winter. Odd wurde dort soviel Ehre erwiesen wie noch niemandem zuvor, sowohl in Form von Geschenken als auch im Verhalten. Hjalmar gab Odd* drei Höfe in Schweden. Der König hat eine Tochter, die Ingibjörg heißt, ein sehr hübsches Mädchen und in den meisten Dingen gut bewandert. Einmal sprach Odd zu Hjalmar: »Warum hältst du nicht um die Tochter des Königs an? Ich sehe doch, daß ihr einander zugetan seid.« Hjalmar sagt: »Ich habe um sie angehalten, aber der König will sie nicht mit einem unwürdi-

* Hier fehlt eine Zeile in der Handschrift; der Text bis »Ingibjörg heißt« ist nach der Handschrift **M** ergänzt.

gen Mann verheiraten.« – »Dann wollen wir«, sagt Odd, »unser Heer im Sommer zusammenziehen und dem König zwei Möglichkeiten anbieten: Entweder kämpft er mit uns, oder er verheiratet dich mit seiner Tochter Ingibjörg.« – »Das will ich nicht«, sagt Hjalmar. »Ich habe hier lange eine Freistatt gehabt.«

Nun sitzen sie dort den Winter über, und im Frühjahr rüsten sie ihre Schiffe aus und gehen auf Heerfahrt und finden Asmund beim Elf. Da beraten sie, wohin sie in diesem Sommer fahren sollen. Odd sagt, er wolle auf Westfahrt gehen, und Hjalmar bat ihn zu bestimmen. Sie nahmen 20 Schiffe von Norwegen mit; Odd befehligt sein Drachenschiff Halfdanarnaut. Nun kommen sie zuerst auf die Orkneys und kämpfen dort und unterwerfen sich die Inseln. Sie hatten dort viele Kämpfe und behielten immer den Sieg. Danach fuhren sie nach Süden an die schottische Küste und heerten dort. Sie unterwarfen sich einen großen Teil von Schottland und blieben zwei Winter lang dort.

13 Asmunds Tod

Danach begannen sie mit Heerfahrten an der irischen Küste und hatten nun 60 Schiffe. Als sie nach Irland kommen, unternehmen sie Überfälle, verbrennen Dörfer und rauben Vieh und töten alle Menschen, wohin sie auch kamen. Die Leute aber, die konnten, zogen sich in den Wald zurück und versteckten ihren Besitz. Asmund folgte Odd am festesten von allen Männern. Es war eines Tages, als Odd und Asmund an Land gingen. Sie liefen so schnell, daß ihnen niemand folgen konnte. Odd war so ausgerüstet, daß er seinen Köcher auf dem Rücken trug und den Bogen in der Hand, aber als Odd am wenigsten damit rechnete, hörte er eine Bogensehne im Wald klingen und sah, wie ein Pfeil flog. Der traf Asmund in der Brust, und er stürzte sofort und war bald tot. Das traf Odd so sehr, daß er glaubte, niemals mehr einen derartigen Schaden erwarten zu müssen. Odd bedeckte Asmund mit seinem Schild und mit Kleidern, und dann ging er dorthin in den Wald, wo der Pfeil herkam. Da sah er eine große Lichtung im Wald und darauf eine große Menschenmenge, sowohl Frauen als auch Männer. Da stand ein Mann in kostbaren Kleidern auf, der hatte einen Bogen in der Hand, und die Pfeile steckten im Boden bei ihm. Odd war klar, daß er hier nach

Rache suchen mußte. Odd nimmt nun einen der Gusi-Pfeile und schießt auf diesen Mann. Der Pfeil trifft ihn in der Mitte, und er fiel schnell. Odd schießt nun weiter und tötet dort sechs Männer. Da flohen die anderen aus der Menge in den Wald.

Nun war Odd in so bösartiger Stimmung, daß er plante, den Iren alles Schlimme anzutun, was er nur konnte. Er kam nun zu einem breiten Waldweg, folgte ihm, und was ihm an Büschen im Weg stand, riß er mitsamt den Wurzeln aus. Ein Gebüsch ging viel leichter aus dem Boden als die anderen. Er sah es sich an und sieht, daß eine Luke darunter war. Er öffnete sie und ging in die Erde hinunter und fand dort sieben Frauen, und eine von ihnen war noch schöner als die anderen. Odd nimmt sie sogleich bei der Hand und will sie aus dem Erdhaus ziehen. Da sprach sie: »Odd!« sagt sie, »laß mich.« Er sagt: »Wie kannst du wissen, daß ich Odd heiße?« Sie sagt: »Ich wußte gleich, als du hierherkamst, wer du warst, und auch, daß Hjalmar bei dir ist, und ich werde es ihm sagen, wenn ich zum Schiff gezwungen werde.« Odd sprach: »Dann sollst du erst recht nicht davonkommen.« Nun griffen die Frauen nach ihr und wollten sie festhalten. Sie bat sie, damit aufzuhören. »Ich will dich dafür bezahlen, Odd«, sagt sie, »daß du mich in Frieden läßt, denn es fehlt mir nicht an Kostbarkeiten.« – »Ich will dein Geld nicht«, sagt Odd. »Dann werde ich dir ein Hemd machen lassen.« Odd sprach: »Hemden habe ich genug.« – »Mag sein«, sagt sie, »aber nicht so eines, wie dieses werden soll. Es soll aus Seide sein und mit Gold bestickt sein. Es hat auch einige Eigenschaften, die nur wenige haben.« Odd sprach: »Laß mich davon erst mehr hören.« Sie sprach: »In diesem Hemd sollst du niemals frieren, weder auf See noch an Land. Kein Schwimmen soll dich ermüden und kein Feuer verletzen. Kein Hunger soll dich plagen und kein Eisen beißen, und gegen alles soll das Hemd helfen außer gegen eines.« – »Was ist das eine«, sagt Odd, »wenn du das alles machen kannst?« – »Dagegen kann ich nichts tun«, sagt sie, »daß dich Eisen sofort beißt, wenn du die Flucht ergreifst.« – »Wenn du es so ausrüstest«, sagt Odd, »dann scheint es mir unwahrscheinlich, daß ich jemals fliehe. Wann soll es fertig sein?« Sie sagt: »Im nächsten Sommer zur gleichen Zeit wie jetzt, und nun steht die Sonne im Süden, und hier auf dieser Lichtung wollen wir zwei uns treffen.« Odd sprach: »Aber was denkst du dir, wie ich zu euch Iren sein werde, wenn du dein Wort nicht hältst, so übel, wie ich von euch getroffen worden bin, die ihr meinen Ziehbruder Asmund getötet habt.« – »Ja«, sagt sie, »denkst du nicht, daß du ihn nun gerächt hast, wo du meinen Vater und meine drei Brüder getötet hast?« – »Ich finde nicht, daß er vollständig gerächt ist«, sagt Odd. »Aber unser Geschäft soll so ablaufen, wie du gebeten hast.«

Danach ging Odd zum Schiff, und Hjalmar kam ihm entgegen. Er hatte Asmund auf seinem Rücken. Hjalmar fragte nun, wie es mit Asmunds Tod zugegangen sei und ob Odd ihn gerächt habe. Da sprach Odd die Strophe:

5 Weiter ich lief   auf dem Weg des Wagens
als mit scharfem Pfeil   ich streiten mußte.
Wohl wollt' ich Asmund   mit all meinem Gold
ins kostbare Leben   kaufen zurück.

»Nun wirst du heeren wollen«, sagt Hjalmar, »und alles verbrennen und die Bewohner töten.« – »Das will ich nicht«, sagt Odd, »ich will fort von hier, sobald es Wind dazu gibt.« Das verwundert die Wikinger, aber Hjalmar sagt, es solle so sein, wie Odd wolle. Sie machen nun einen großen Grabhügel für Asmund, und dann fahren sie fort. Die Wikinger aber denken so darüber, daß sie Odd hinter seinem Rücken einen Feigling nennen, weil er Asmund nicht rächt. Er tut so, als merke er nichts davon.

Dann segeln sie nach Osten, und nun wird von ihrer Fahrt nichts berichtet, bis sie nach Hlesey* kommen. Da lag der Jarl Hergaut vor ihnen. Er hatte 50 Schiffe. Odd griff ihn an, und es wurde eine sehr schwere Schlacht, und da war es vorbei mit dem Vorwurf, ein Feigling zu sein. Der Kampf endet so, daß der Jarl fällt und mit ihm der größte Teil seiner Mannschaft, und es gab reichlich Beute. Danach teilen sie ihr Heer. Gudmund und Sigurd segeln mit ihrer Mannschaft fort und wollen nun mit den Heerfahrten aufhören. Sie segeln nordwärts nach Hrafnista und setzen sich dort zur Ruhe. Odd und Hjalmar segeln an Dänemark entlang nach Osten und auf Wikingerfahrt.

Zu dieser Zeit herrschten zwei Jarle über Seeland; der eine hieß Holmgeir und der andere Hardvig. Sie hatten das Land durch eine Heerfahrt erobert. Sie waren Brüder der fünf Berserker, die Odd getötet hatte. Diese Brüder erfuhren von der Fahrt von Odd und sei-

* Hlesey = Læsø, eine dänische Insel im Kattegat.

nen Leuten und fuhren ihm mit 20 Schiffen entgegen, Odd und die seinen hatten da zehn Schiffe. Da gab es einen großen Kampf, und er endete wieder so, daß Odd und Hjalmar den Sieg behielten.

Da beschlossen sie, sich dort für den Winter niederzulassen, und im Frühjahr rüsteten sie ihr Heer wieder aus, und Hjalmar fragt, wohin sie das Heer nun lenken sollten. Odd sagt, es solle nach Irland gehen. »War es dir dort nicht leid im letzten Sommer?« – »Und doch wollen wir dorthin fahren«, sagt Odd. So geschieht es dann auch, und von ihrer Fahrt wird nichts berichtet, bis sie nach Irland kommen, und als sie sich ausgerüstet haben, sagt Odd, er wolle allein an Land gehen. Hjalmar bot ihm an, mit ihm zu gehen, aber Odd lehnte das ab. Dann ging er und hielt nicht eher an, als bis er zu der Lichtung kam, auf der er und Ölvör, die Tochter des Königs, sich im vorigen Sommer getroffen hatten. Ölvör ist aber nicht da. Da wird Odd sehr wütend, wartet aber noch eine Weile, und dann hört er Wagen, und da kommt Ölvör und viele Menschen mit ihr. Sie begrüßt Odd und sprach: »Nun will ich, daß du nicht länger wütend bist, auch wenn ich etwas später gekommen bin, als ich versprochen habe.« – »Ist das Hemd fertig?« sagt Odd. »Keine Sorge«, sagt sie, »und nun sollst du dich zu mir in den Wagen setzen und das Hemd ansehen.« Sie nimmt nun das Hemd und zeigt es ihm, und er sieht es an und schlüpft schließlich hinein, und es paßte ihm ganz genau. Da sprach Odd: »Hat es nun auch alle die Eigenschaften, die abgesprochen waren?« – »Sicher«, sagt sie. »Und wo hast du dieses Stück gemacht?« Da entstand eine Strophe in ihrem Mund:

6 Schönes Seidenhemd, an sechs Orten gemacht:
ein Arm in Irland, der and're bei den Lappen,
in Sachsen genäht, in Shetland gesponnen,
in Welschland gewoben, vom fahrenden Volk gebracht.

Da entstand auch Odd eine Strophe im Mund:

7 Nicht einer Brünne oder blauen Ringen,
die naßkalt über mich niederfielen,
war'n gleich die Seiten des goldgenähten
Hemdes aus Seide, das herrlich glitt.

Da fragte sie, wie ihm das Hemd gefiel. Er äußerte sich gut darüber, »und du sollst dir nun einen Lohn dafür aussuchen«. Da sprach sie: »Hier ist es sehr unruhig«, sagt sie, »seit dem Tod meines Vaters, es ist jetzt so, daß sie mir das Land wegnehmen. Nun will ich zum Lohn, daß du drei Winter hierbleibst.« – »Das hat seinen Preis«, sagt Odd. »Was verlangst du?« sagt sie. »Du sollst mit mir gehen«, sagt Odd, »und meine Frau sein.« Ölvör sprach: »Mannstoll mag es dir gesprochen vorkommen«, sagt sie, »aber ich werde es tun«, sagt sie. Dann verabreden sie es fest, und sie bringt viele Menschen zu ihm, und so ausgerüstet zieht er zu den Schiffen. Und als Hjalmar und er sich treffen, sagt Odd ihm alles, was geschehen ist, und er bittet ihn nun, diese drei Winter dortzubleiben, und Hjalmar sagt es ihm zu. Dann feiert Odd seine Hochzeit und bekommt Ölvör zur Frau. Danach sind sie mit den Schiffen draußen auf dem Meer und töten Wikinger und Übeltäter, die dort geheert hatten.

Auf diese Weise vergehen die drei Winter. In dieser Zeit bekamen Odd und Ölvör eine Tochter, die hieß Ragnhild. Nach Ablauf der drei Winter macht Odd seine Abreise von Irland bekannt und will seine Tochter mitnehmen. Ölvör sagt, sie solle bei ihr bleiben. Sie streiten darüber, so daß Hjalmar sich anbietet, zu entscheiden und zu schlichten. Er verkündet seine Entscheidung, daß das Mädchen bei der Mutter aufwachsen soll, ihr zur Freude.

14 Der Kampf mit Skolli

Danach segeln sie nach Osten und steuern in Richtung Northumbria. Dort lag der Wikinger, der Skolli hieß; er hatte 60 Schiffe zu Wasser, und als sie sich trafen, fragt Skolli, wer den Befehl über die Mannschaft habe. Odd stellte sich vor. »Bist du jener Odd, der nach Bjarmaland gefahren ist?« – »Ich war dort«, sagt Odd. »Was willst du hier?« sagt Skolli. »Deinen Besitz und dein Leben«, sagt Odd. Skolli sprach: »Weshalb willst du mich angreifen?« Odd sagte: »Weil du deinen König angreifst.« Skolli sprach: »Weißt du, was ich mit diesem König abzumachen habe?« – »Nein«, sagt Odd, »das weiß ich nicht.« – »Dann will ich es dir sagen«, sagt Skolli. »Dieser König hat meinen Vater getötet, der über dieses Gebiet herrschte und Jarl Hroi hieß. Dann nahm er die Königswürde an und unterwarf sich mein ganzes Reich. Es wäre, finde ich, viel vorteilhafter, wenn du dich mit mir zusammentätest und diesen König töten würdest. Ich will dafür versprechen, mich danach in jeder Hinsicht euch Ziehbrüdern zu unterwerfen.« Odd sagt: »Wenn es so zugegangen ist, wie du sagst, dann sollst du dir zwölf Bauern aus dem Land suchen, die die Wahrheit deiner Aussage gleich morgen früh durch Eid bestätigen.« – »So soll es sein«, sagt Skolli. Damit trennen sie sich.

Am Morgen gehen Odd und Hjalmar mit ihrer ganzen Mannschaft an Land. Da waren zwölf Bauern aus dem Landesinnern gekommen, die schworen einen Eid für Skolli und seinen Anspruch. Danach tun sich die beiden Mannschaften zusammen und beginnen nun, in Northumbria zu heeren und es sich zu unterwerfen. Aber als der König davon erfährt, zieht er ihnen mit seinem Heer entgegen, und es kommt sofort zur Schlacht, als sie sich treffen. Dieser Kampf dauerte drei Tage und kostete viele Verluste, und da fiel auch der König. Odd und seine Leute aber unterwerfen sich das Land und verbringen dann dort den Winter. Im Frühling ließen sie Skolli zum Jarl wählen.* Sie trennten sich in größter Freundschaft.

Odd und seine Leute segeln nun ostwärts nach Norwegen und kommen im Osten beim Elf** an. Dort lag vor der Küste der Heerkönig, der Hlödver hieß. Er hatte 30 Schiffe und war selbst ein großer Held. Ein weiterer König war bei ihm, der Ivar hieß. Als Odd und seine Leute die Zelte aufgeschlagen und sich versorgt hatten, da rudern sie zu den zehn Schiffen im Hafen, und sobald sie sich trafen, gab es eine Schlacht. Diese Männer lieferten ihnen ein so heftiges Gefecht, daß jeder von ihnen einen oder mehrere Männer gegen sich hatte; aber es endete so, daß Odd diese zehn Schiffe räumte.

Da sprach Odd zu Hjalmar: »Die Gerüchte über diese Männer waren allzu übertrieben.« Hjalmar sprach: »Warte ab; es ist eher zu erwarten, daß ihre Schar größer ist.« Und in diesem Augenblick kamen 20 Schiffe in dem Hafen auf sie zu. Sie ließen sofort ihr Kriegsgeschrei hören und griffen sie an. Da gab es gleich einen heftigen Kampf, so hart, daß Odd die Tapferkeit dieser Männer nicht mehr für überschätzt hielt. Das Spiel endete damit, daß sie beide Könige und ihre gesamte Mannschaft töten. Odd und die seinen haben aber auch nur noch zwei Schiffsbesatzungen bei sich, als sie von dort wegsegeln.

Kurz darauf kommen Odd und Hjalmar mit ihrer Mannschaft zu

---

* Die Handschrift hat hier eine kurze Lücke. Der Text »Sie trennten sich« ist ergänzt.

** Elf = Götaälv.

der Schäre, die Elfasker heißt, und auf dieser Schäre gibt es eine Bucht, die Trönuvagar heißt. Dort lagen zwei große Schiffe, die waren mit schwarzen Zelten versehen. Nun ruft Odd und fragt, wer über die Schiffe befehle. Ein Mann hebt die Zeltbahn über sich und antwortet: »Er heißt Ögmund, der über diese Schiffe bestimmt.« – »Welcher Ögmund bist du?« sagt Odd. »Wo um alles in der Welt bist du geboren«, sagt er, »wenn du noch nichts von Ögmund Eythjofsbani* gehört hast?« Odd antwortet: »Natürlich habe ich von dir gehört und hatte große Lust, dich selbst zu sehen, denn ich habe nie einen Mann gesehen, der mehr wie ein Bösewicht aussah. Über dich werden auch viele häßliche Geschichten erzählt.« Ögmund sagt: »Wer ist dieses Großmaul?« Odd sagte seinen Namen. Ögmund sagt: »Bist du vor einiger Zeit in Bjarmaland gewesen?« – »Ja!« sagt Odd. »Dann trifft es sich gut«, sagt Ögmund, »denn ich habe einige Zeit nach dir gesucht.« Odd sprach: »Was wolltest du von mir?« – »Wir wollen kämpfen, wo du willst, auf See oder an Land.« Odd sprach: »Dann wollen wir auf den Schiffen kämpfen.« Da schütteln Ögmund und seine Leute das Zelt von sich ab, und auch Odd und Hjalmar bereiten sich vor und tragen Steine auf ihre Schiffe.

Von Ögmunds Aussehen wird gesagt, daß er schwarze Haare hatte, und von oben hing ihm verfilztes schwarzes Haar ins Gesicht, eine Stirnlocke. Er war auch ganz schwarz im Gesicht, bis auf die Augen und Zähne. Er hatte acht Männer bei sich, die sahen genauso aus wie er. Sie waren an Wuchs und Bösartigkeit Trollen ähnlicher als Menschen. Diese Männer waren durch Waffen nicht zu verwunden.

Als aber beide Seiten bereit waren, da begann der Kampf, und Bordwand lag an Bordwand. Sie hatten eine lange, harte Schlacht, und als es eine Weile so gegangen war, da erhob Ögmund den Friedensschild und fragte Odd, was er meinte, ob es weitergehen solle. Odd sprach: »Ich denke schon, aber ich habe den Eindruck, daß ich es eher mit Trollen als mit Menschen zu tun habe: Ich habe dir vor einer Weile mit meinem Schwert gegen den Hals geschlagen, und es hat nicht mehr bewirkt, als wenn mit einer Walbarte zugeschlagen worden wäre.« Ögmund angwortet: »Jeder von uns beiden kann dem anderen etwas Derartiges sagen: Ich habe dir auf die Schulter

---

* Eythjofsbani (*Eyþjófsbani*) = »Töter des Eythjof«.

geschlagen und dachte, ich würde dich mit diesem Schlag einhändig machen, aber er durchdrang nicht einmal dein Hemd, und dabei habe ich ein Schwert, das sonst niemals versagt. Willst du nun weiterkämpfen?« – »Ja«, sagt Odd. »Wir wollen es weiter versuchen.« – »Ich will dir sagen«, sagt Ögmund, »wie es zwischen uns weitergehen wird. Hier werden sowohl Hjalmar als auch Thord und alle deine Leute umkommen. Auch all meine Krieger werden fallen, und nur wir zwei werden übrigbleiben, und wenn es nur noch um uns beide geht, dann wirst du die Oberhand behalten, denn dir ist ein viel längeres Leben vorausgesagt als anderen. Und du hast ja auch dieses Hemd, das weder von Eisen noch von Feuer durchdrungen wird.«

Dann gehen sie ein zweites Mal aufeinander los, und jeder kämpft nun noch heftiger, und es endet erst, als nur noch die drei Ziehbrüder aufrecht stehen. Auf Ögmunds Seite standen noch die neun. Da sprach Ögmund: »Willst du nun, daß wir uns trennen, Odd? Denn nun würde ich von einem Unentschieden sprechen.« – »Ja«, sagt Odd, »es scheint mir besser zu sein, wenn wir uns jetzt trennen, denn ich habe hier mit Teufeln zu tun und nicht mit Menschen.«

Odd und die Seinen fahren nun mit einem Boot fort und kommen am Abend zu einer kleinen Insel. Da sprach Odd: »Nun ist dreierlei zu tun: Erstens muß im Wald Wild zum Essen geschossen werden, zweitens muß man das Schiff bewachen, und drittens muß Feuer gemacht und Feuerholz besorgt werden.« Thord sprach: »Ich werde das Schiff bewachen.« Hjalmar sprach: »Ich werde Feuer schlagen und Feuerholz besorgen.« Da ging Odd in den Wald und schoß ein Stück Wild. Aber als sie wiederkommen, da war das Boot festgebunden, Thord aber fort. Sie gehen und suchen ihn, und schließlich finden sie ihn in einer Felsspalte, und da steckt er und war tot. Das erschien ihnen ein so schwerer Schaden, wie sie seit dem Tod von Asmund keinen mehr erlitten zu haben glaubten. Sie suchen danach, was seinen Tod verursacht habe, und finden einen Speer unter seinem Arm, und das Speerblatt stak aus der Seite. Da sprach Odd: »Das war der üble Ögmund, und nun wollen wir sofort zurückfahren und uns bis zur Entscheidung schlagen.« So geschieht es. Sie rudern wieder aufs Meer, und da ist Ögmund fort aus der Bucht. Sie suchen eine ganze Woche lang nach ihm zwischen den Schären und Inseln, aber sie finden ihn nicht und erfahren auch nichts über ihn.

15 Der Kampf gegen Angantyr. Hjalmars Tod und Begräbnis

Da wenden sie sich wieder dorthin, wo Thords Leiche war, und nehmen ihn mit sich nach Svithjod und werfen dort für ihn einen schönen Hügel auf. König Ingjald nimmt die Schwurbrüder sehr gut auf, und dort halten sie sich während des Herbstes auf.*

Als es wieder Sommer wird, gebietet der König, daß sie dort bleiben, »und ich werde euer Schiff und die Besatzung nutzen, um zu meinem Vergnügen am Land entlangzufahren«, und so geschieht es, und sie haben zwei Schiffe und 40 Mann Besatzung auf jedem. Sie segeln auf dem Meer am Land entlang. Da geschieht es einmal, daß ein Unwetter sie zu der Insel verschlägt, die Samsey** genannt wird, in der Bucht, die Munarvag*** heißt. Dort legen sie ihr Schiff in Lee und schlagen spät am Abend ein Zelt auf. Auf Odds Schiff war eine Windfahne abgegangen, und als der Morgen kam, gehen Odd und Hjalmar im Morgenrot an Land und schlagen sich Holz dazu. Hjalmar war in seiner gewöhnlichen Rüstung; Odd hatte seinen Köcher und Bogen zurückgelassen, aber sein Hemd trug er immer, Tag und Nacht. Ihre ganze Mannschaft lag noch und schlief. Die auf den Schiffen waren, merkten es erst nicht, aber da kamen Wikinger. Der Anführer hieß Angantyr. Es waren zwölf Brüder, mehr Mannschaft hatten sie nie. Sie griffen sie an, sobald sie auf sie trafen, und es ist schnell erzählt, daß sie jeden Menschen auf den Schiffen töteten.

Dann sagten Angantyrs Brüder: »Man kann wohl sagen, daß unser Vater niemals mehr gelogen hat als diesmal. Er beschrieb uns diese Männer als Wikinger, denen niemand widerstehen kann, aber uns ist es hier so ergangen, daß wir sie als höchst untauglich erlebt haben. Laßt uns heimfahren und den Deckskerl erschlagen, unseren Vater – das hat er dann von seinen Lügen.« – »Eine von beiden Möglichkeiten trifft hier zu«, sagt Angantyr. »Entweder sind

---

* Die Handschrift **S** weist hier eine Lücke auf; wahrscheinlich ist ein Blatt verlorengegangen. Der Text folgt hier Handschrift **M**.

** Samsey = Samsø, eine dänische Insel im Großen Belt.

*** Munarvag = Großer Belt.

diese Männer alle sehr überschätzt worden, oder aber sie sind an Land gegangen, denn das Wetter ist gut. Wir wollen nun an Land gehen und nach ihnen suchen, bevor wir von hier wegfahren, ohne einen Versuch unternommen zu haben.« Nun gehen sie alle zwölf an Land, und da überkommt sie alle die Berserkerwut, und sie heulen und brüllen, als sie an Land kommen. Da kommt die Berserkerwut auch über Angantyr; das war ihm bis dahin noch nie passiert. Nun ging es so, daß Hjalmar und Odd aus dem Wald kommen, und da bleibt Odd stehen. Hjalmar fragt, weshalb er nicht weitergehe. »Mir kommen die Töne seltsam vor«, sagt er. »Manchmal scheint es, als ob Stiere brüllen oder Hunde heulen, und manchmal, als ob jemand schreit. Kennst du irgendwelche Männer, deren Art es ist, solche Töne von sich zu geben?« – »Ich weiß welche«, sagt er. »Es sind zwölf Brüder.« – »Kennst du ihre Namen?« sagt Odd. Da entstand in Hjalmars Mund eine Strophe:

8 Hervard, Hjörvard, Hrani, Angantyr,
Bild und Bui, Barri und Toki,
Tind und Tyrfing, zwei Haddinge,
die auf Bolm im Osten geboren,
Arngrims Söhne und Eyfuras.

9 Burschen sind sie mit bösem Sinn,
nie bereit, Nützliches zu tun.
Berserker sind sie von Bösem voll
haben getötet die treuen Männer.

Da sieht Odd die Berserker gehen, und ihm entstand eine Strophe im Munde:

10 Seh, Männer gehen von Munarvag,
gierig nach Kampf im grauen Hemd.
Wütend haben sie wild gekämpft,
still liegen unsere Schiffe am Strand.

Da sprach Odd: »Das trifft sich schlecht, denn mein Köcher ist unten beim Schiff, und auch mein Bogen. Aber ich habe eine Bootsaxt zur Hand.« Und dann sprach er diese Strophe:

11 Nun hab ich erstmals Angst gespürt,
als schreiend sie vom Schiffe stiegen
und jaulend auf die Insel kamen.
Untäter sind sie von übler Art;
sicher ist, daß sie Schlimmes planen.

Nun gehen sie zurück zum Wald, und Odd schlägt sich eine Keule. Als Odd wieder herunterkam, sprach Hjalmar folgendes:

12 Weichen wir aus vor den wüsten Kämpfern
niemals, auch wenn es nutzlos scheint.
Heut' abend sind wir bei Odin zu Gast,
zwei Schwurbrüder, wenn die zwölf noch leben.

Darauf antwortet Odd:

13 Anders wird es heut' abend sein:
Die zwölf bei Odin, wir zwei am Leben.

Und während Angantyr sich näherte, entstand ihm diese Strophe, denn er hatte sie gehört und fühlte etwas Furcht:

14 Ihr kühnen Männer, kommt uns entgegen.
Gefallen sind eure Führer schon.

Da sprach Odd:

15 Am Werke sind hier wilde Kämpfer
ohne Ehre, elfe und einer.
Wir wollen uns messen Mann gegen Mann,
seid ihr nicht feige oder ohne Mut.

»Was sind das für Männer«, sagt Odd, »die wir hier treffen?« – »Der Anführer dieser Schar heißt Angantyr; wir sind insgesamt zwölf Brüder, die Söhne von Arngrim und Eyfura aus dem Westen, aus dem Flamenland, die Enkel des Jarls Svafrlami; und wer fragt danach?« sagt Angantyr. »Der eine hier heißt Odd, ein Sohn von Grim Lodinkinni, und der andere Hjalmar der Mutige.« – »Das trifft sich gut«, sagt Angantyr, »denn wir haben lange nach euch gesucht.« – »Seid ihr auch an unseren Schiffen vorbeigekommen?« sagt Odd. »Das sind wir«, sagen sie, »und es ging uns gut von der Hand.« – »Wie denkt ihr euch nun«, fragt Hjalmar, »unseren Kampf?« – »Ich denke ihn mir so«, sagt Angantyr, »wie vorhin gesagt, daß hier Mann gegen

Mann kämpfen soll, und ich habe die Absicht, gegen Odd zu kämpfen, denn von dir wird gesagt, daß dein Hemd unverwundbar macht, aber ich habe ein Schwert, das Tyrfing heißt. Das ist von Zwergen geschmiedet, und von ihm heißt es, daß es niemals versagt, weder vor Eisen noch vor Stein.«

Dann wurde die Schar geteilt, und sieben gingen in die eine Richtung, Angantyr aber in die andere Richtung mit dem fünften Mann. Die beiden Haddinge blieben zusammen, und Angantyr war allein. Da ergriff Hjalmar das Wort: »Ich will mich mit Angantyr schlagen, denn ich habe eine Brünne, die aus vierfachen Ringen gemacht ist, und in ihr bin ich noch nie verwundet worden.« – »Daran tust du nicht gut, denn es wird dann gut für uns ausgehen, wenn ich mich mit Angantyr schlage, aber sonst nicht.« – »Wie es auch sei, hier will ich bestimmen«, sagt Hjalmar. Angantyr sprach: »Wenn einer von uns umkommt, soll der andere ihn nicht seiner Waffen berauben. Ich will Tyrfing mit mir in der Erde haben, wenn ich sterbe. Ebenso soll Odd sein Hemd und seine Pfeile behalten und Hjalmar seine Brünne, wenn er mir unterliegt.« Dann vereinbaren sie noch, daß der Sieger für den anderen einen Hügel errichten solle.

Die zwei Haddinge und Odd machten den Anfang, und er erschlug sie beide mit seiner Keule. Dann stand einer nach dem anderen auf, der gegen ihn kämpfen sollte, und es endet damit, daß er alle tötet, die ihm zugeteilt waren. Dann ruht er sich aus. Da steht Hjalmar auf und der erste von seinen Gegnern, und es gibt ein kurzes Gefecht, bevor er fällt. Dann stand der zweite auf, und es ging ebenso, und der dritte und der vierte, und nun sind alle erschlagen bis auf Angantyr allein.

Da steht Angantyr auf und nimmt den Kampf mit Hjalmar auf. Es war ein langer und harter Waffengang, und ihr Gefecht endet so, daß Angantyr Hjalmar unterliegt. Dann aber geht Hjalmar zu einem Erdhaufen und setzt sich und sinkt um. Da geht Odd zu ihm und sprach eine Strophe:

16 Was ist dir, Hjalmar? Du wechselst die Farbe.
Müde die vielen Wunden dich machen.
Verbeult ist dein Helm, die Brünne verrutscht.
Jetzt glaube ich, ist zu Ende dein Leben.

»Und nun wird das wahr, was ich dir gesagt habe, daß es nicht gut ausgehen wird, wenn du dich mit Angantyr schlägst.« – »Sterben muß jeder auf seine Art«, sagt Hjalmar. Dann sprach er eine Strophe:

17 Hab sechzehn Wunden, seh' nicht, wo ich gehe,
zerschnitten die Brünne, schwarz ist mir vor Augen.
Ins Herz mich traf gehärtet mit Gift
Angantyrs Schwert, mit scharfer Spitze.

»Nun habe ich einen solchen Schaden erlitten«, sagt Odd, »den ich niemals wieder gutmachen kann, solange ich lebe. Dein Trotz hat schlimme Folgen, denn wir hätten einen großartigen Sieg davongetragen, wenn es nach meinem Willen gegangen wäre.« – »Jetzt sollst du dich hersetzen«, sagt Hjalmar, »und ich will dir einige Strophen sagen und mit dir nach Svithjod schicken.« Dann sprach er:

18 Die Frauen im Land sollen nicht finden,
daß ich gegen Waffen mich wehren mußte.
Kaum lachen wird die kluge Frau
über mein Ende in Uppsala.

19 Ich sollt' hören vom schönen Gesang der Frauen
ging ostwärts mit Soti, doch gern hört ich den Ton.
Eilte zur Reise und in das Heer,
zum letzten Mal von den liebsten Freunden.

20 Ich traf die weiße Tochter des Königs
auf Agnafit am Ufer einst.
Hör noch die Worte, die wahr sie mir sagte,
daß ich kaum jemals käme zurück.

21 Fort von der jungen Ingibjörg zog ich;
schnell war's entschieden am Schicksalstag.
Das wird die Schöne schwer bekümmern,
daß wir zwei uns nie mehr sehen.

22 Trag dorthin zum Anseh'n – das ist mein Wille –
Hjalmars Brünne zur Halle des Königs.
Ein letztes Mal wird mich lieben das Mädchen,
sieht sie die Male auf meiner Brust.

23 Besaß in der Heimat fünf Höfe zusammen,
doch niemals werd ich genießen sie.
Nun werde ich liegen und nichts mehr vermögen
vom Schwert zerhackt am Strande auf Samsey.

24 Zieh mir den roten Ring vom Finger,
bring ihn der jungen Ingibjörg.
So wird sie schwere Sorge tragen,
daß wir uns seither niemals mehr sehen.

25 Ich sehe sie sitzen in Sigtuna
die Frauen, sie rieten mir ab von der Fahrt.
Niemals wird Hjalmar in der Halle des Königs
an Bier mehr sich freuen und tapferen Burschen.

Nun will ich dich darum bitten, Odd«, sagte er, »daß du mich nicht bei so bösen Geistern zurückläßt, wie es die Berserker waren, denn ich finde, ich war viel mehr wert als sie.« – »Das will ich so ausrichten, wie du willst, und es scheint mir, als gehe es schnell mit dir zu Ende.« – »Zieh mir den Ring von der Hand und bring ihn Ingibjörg, und sag ihr, daß ich ihr den Ring an meinem Sterbetag sandte.« Und er sprach noch:

26 Es trinken die Männer und die Mächtigen alle
lustig das Bier im lichten Uppsala.
Das Bier die Mädchen oftmals bringen,
doch mich quält der Schlag des Schalks auf der Insel.

27 Der Rabe fliegt nordwärts von rauhem Baum,
ein Adler folgt dem Anführer nach.
Dem Adler gab ich allerletzte Beute,
er wird sich laben an meinem Blut.

Und danach starb er.

Nun schleppt Odd die Berserker zu einem Haufen zusammen und legt Holz darüber. Die Stelle ist nahe beim Meer, er legt ihnen ihre Waffen und Kleider dazu und raubte kein einziges Stück. Dann legt er außen Grassoden auf und bedeckt das Ganze mit Sand. Dann nimmt er Hjalmar, legte ihn sich auf den Rücken und trug ihn zum Strand hinunter. Er geht hinaus zum Schiff, trägt die hinunter, die gefallen waren, und wirft einen zweiten Hügel auf, und von den

Männern, die dort vorbeigekommen sind, wird erzählt, daß man Reste davon heute noch sieht. Nun bringt Odd Hjalmar aufs Schiff und schiebt es vom Land weg, und nun bedient er sich der Fähigkeiten, die ihm gegeben waren, zieht in der Windstille das Segel auf und segelt mit dem toten Hjalmar nach Svithjod. Er landete dort, wo er geplant hatte.

Er zog sein Schiff an Land, legte sich Hjalmar auf den Rücken, trug ihn bis nach Uppsala und legte ihn vor der Hallentür nieder. Dann ging er in die Halle und hatte Hjalmars Brünne in der Hand und legte sie vor dem König auf den Boden und berichtete ihm dann, was geschehen war. Und danach ging er dorthin, wo Ingibjörg auf einem Stuhl saß und ein Hemd für Hjalmar nähte. »Hier ist ein Ring«, sagt er, »den Hjalmar dir an seinem Todestag sandte, und seine Grüße dazu.« Sie nimmt den Ring, sieht ihn an und antwortet kein Wort. Sie sinkt vom Stuhl und stirbt auf der Stelle. Da bricht Odd in schallendes Gelächter aus: »Das hat nicht länger gedauert, als gut war. Nun können sie im Tode genießen, was ihnen im Leben nicht vergönnt war.« Dann hebt Odd sie auf und trägt sie auf seinen Armen hinaus und legt sie vor der Hallentür in Hjalmars Arm.

Dann schickt Odd Männer nach dem König und will, daß er sieht, wie er es eingerichtet hat. Der König kommt und sieht es. Sie wurden auch beide zusammen begraben, und der König empfing Odd gut und setzte ihn zu sich in den Hochsitz. Dann wurde das Totenmahl für die beiden gefeiert, und Hjalmars Helm und Brünne wurden hereingetragen, und es erschien den Männern sehr beachtlich, mit wieviel Ehre Hjalmars und Ingibjörgs Bestattung nach Odds Vorbereitung begangen wurde, und damit endet das, was über Hjalmar zu erzählen ist.*

---

* Ab hier folgt der Text wieder der Handschrift **S**. Odds Aufenthalt in Gardariki, auf den der Beginn des nächsten Kapitels Bezug nimmt, ist verlorengegangen.

16 Odd trifft Saevid und wird gefangengenommen

Nun hält sich Odd eine Zeitlang in Gardariki* auf, und der König schätzt ihn sehr, so daß er bei allem, wo er wollte, mit dem König entscheiden sollte. Odd hatte die Verteidigung von Gardariki unter sich. Nun wird erzählt, daß Odd eines Sommers mit seinem Heer nach Gotland segelt und mit zehn Schiffen unterwegs ist. Da begegnete er einem Wikinger, der Saevid hieß. Er war ein großer Kämpfer, größer und stärker als jeder andere, und hatte sein ganzes Leben auf Kriegsschiffen auf dem Meer verbracht. Er hatte 50 Schiffe und griff Odd sofort mit seiner ganzen Mannschaft an. Weil aber der Kräfteunterschied so groß war, gibt es in Odds Mannschaft gleich schwere Verluste, und am Abend endet es so, daß Odds Schiffe alle geleert sind, bis er allein von dem ganzen Heer noch aufrecht steht.

Da springt er über Bord, und es war schon fast dunkel, und er schwimmt schnell weg von den Schiffen. Das sieht ein Mann und greift einen Speer und wirft ihn nach ihm, und er traf ihn an der Wade und drang so tief ein, daß er im Bein steckenblieb. Da merkte Odd, daß er wohl auf der Flucht verwundet worden sei. Da kehrt er zurück zu den Schiffen. Im gleichen Augenblick, als die Wikinger das sahen, hatten sie ihn auch schon ergriffen; sie legen seine Füße in Fesseln und eine Bogensehne um seine Hände. Saevid setzt nun drei Dutzend Männer als Wache über Odd, und die anderen gingen schlafen, die meisten an Land.

Und als das Heer schlief, sprach Odd: »Ihr seid arme Kerle, wacht hier über mich und habt kein Vergnügen dabei. Sucht es euch nun aus, ob ihr einander unterhaltet oder ob ich euch unterhalten soll.« Sie sagten, sie wollten gerne, daß er sie unterhielte, denn er sei ja ein berühmter Mann. Da sagte ihnen Odd Strophen auf und manches andere, bis sie alle eingeschlafen waren. Dann kroch Odd dorthin, wo eine Axt lag, und scheuerte mit dem Rücken daran, bis die Bogensehne zerschnitten war, und als Odd die Hände los hatte, entfernte er auch die Fußfesseln. Dann suchte Odd nach seinen Pfeilen und fand den Köcher und auch seinen Bogen. Danach schlich er sich in den Wald.

Nun verging die Nacht, und am Morgen wollte Saevid Odd tö-

* Gardariki (*Garðaríki*) = Wikingerreich in Rußland.

ten lassen. Er schickte nun Männer hinaus aufs Schiff, und da schliefen die Wächter, und Odd war fort. Saevid hielt sich noch einige Tage dort auf, aber Odd wußte von dem, was er tat: Er schlief an Land in einem Zelt. In der Nacht suchte Odd nach Saevids Zelt. Die Wächter merkten erst etwas, als Odd das Zelt über sie warf und ihnen unter dem Zelt Wunden zufügte, und er hörte erst damit auf, als Saevid tot war und ebenso alle, die mit ihm im Zelte waren. Odd bot den Wikingern an, ihr Anführer zu werden, und sie stimmten zu. Von da an fuhr Odd weithin durch die Lande und vollbrachte Heldentaten, und den Winter verbrachte er immer in Svithjod.

17 Odds Taufe

Eines Frühlings schickte Odd Männer nordwärts nach Hrafnista, damit seine Verwandten Gudmund und Sigurd von Norden kämen. Sie machten sich auch gleich zur Reise fertig und verabredeten ein Treffen in Eikrey*. In diesem Frühjahr beendete Odd seinen Dienst beim Svearkönig Ingjald und fuhr nach Eikrey, und als die Verwandten sich trafen, sagt er ihnen, er wolle mit seiner Mannschaft ins Ausland. Sie waren damit einverstanden, und so fuhren sie den Sommer über, und wo immer sie in unbekannte Länder kamen, da boten die Könige Odd an, von ihrem Reich zu nehmen, was er wollte. Im Winter darauf zog Odd mit seiner Mannschaft nach Griechenland, und dort besorgte er sich ein Schiff und segelt hinaus bis vor Sizilien. Das war zu dieser Zeit schon christlich. Über ein Kloster regierte ein Abt, der Hugi hieß. Er war ein großartiger Mann. Er erfuhr, daß da heidnische Männer aus dem Norden gekommen waren, und der gute Abt fuhr ihnen entgegen und sprach mit Odd und sagte ihm vieles von Gottes Herrlichkeit. Odd ließ sich das alles genau übersetzen.

Da bat der Abt Odd, sich taufen zu lassen, aber er sagte, er müsse ihre Sitten erst sehen. Eines Tages zog nun Odd mit seinen Männern zur Kirche, und sie hörten da den Glockenton und die schönen Gesänge. Der Abt sprach wieder mit Odd und fragte, wie ihm ihre Sitten gefallen hätten. Odd äußerte sich zufrieden: »Wir werden nun«,

---

* Eikrey = Öckerö, eine Schäreninsel vor dem heutigen Göteborg.

sagt er, »mit eurer Erlaubnis hier den Winter verbringen.« Der Abt sagte, so solle es sein. Als Odd dort auch das Weihnachtsfest verbracht hatte, lagen Räuber vor der Küste und unternahmen Überfälle auf Sizilien. Der Abt Hugi sprach da mit Odd und bat ihn, das Land von diesem Gesindel zu befreien. Odd sagte ihm das zu und rüstete sein Heer aus. In diesem Winter zog er weithin um die griechischen Inseln, heerte und vollbrachte Heldentaten und machte sehr viel Beute. Zuerst kam er dorthin, wo es Aquitanien heißt. Dort regierten vier Häuptlinge, und dort schlug Odd eine große Schlacht und tötete alle diese Häuptlinge und viele andere und machte ungeheuer viel Beute. Darüber machte er folgende Strophe:

28 So kam ich dort an, wo Aquitaniens
Männergeschlechter haben Macht in den Burgen
Dort fand man vier Gefallene bald,
brave Männer; bin nun hier.

Danach zog Odd wieder nach Sizilien und blieb dort eine Weile. Da wurde er von dem Abt Hugi getauft und ebenso sein ganzes Heer. Danach segelt Odd hinaus nach Jorsalaland*, und dort geriet er in einen so großen Sturm und solche Grundseen, daß alle seine Schiffe zerbrachen. Auch alle seine Männer kamen um, so daß er allein an Land kam, und zwar auf die Weise, daß er auf einem Schiffswrack an Land trieb. Seinen Köcher hatte er bei sich. Darüber machte Odd folgende Strophe:

29 Dann segelten wir nach Süden übers Meer,
bis ich grausame Grundseen traf.
Ich nur allein kam einzig davon.
Alle Begleiter nahmen anderen Weg.

Als Odd nun in Jorsalaland war, wandte er sich zum Jordan, dort zog er alle seine Kleider und auch sein Hemd aus, und es bekam alle seine Eigenschaften wieder. Dann zog er in östlicher Richtung am Meer entlang nach Syrien und trug seinen Köcher auf dem Rücken. Odd reiste nun von einem Land zum anderen, aber von seiner Reise wird nichts berichtet, bis er ostwärts nach Ungarn kam. Dort regierten zwei junge Könige das Land, die hießen Vilhjalm und Knut. Sie

* Jorsalaland, wörtlich »Jerusalemland« = Palästina, Heiliges Land.

hatten erst vor kurzem ihr Vaterserbe angetreten. Vilhjalm war der ältere von den beiden, und er wollte allein bestimmen, aber Knut ließ sich darauf nicht ein, und so gab es Uneinigkeit und sogar Unfrieden zwischen ihnen. Da aber Vilhjalm der kampferprobtere von den beiden war, hatte er das größere und bessere Heer. Knut ergriff die Flucht und verlor ein großes Heer. Er entkam aus seinem Reich und sammelte sich Mannschaft, wo immer er sie finden konnte. Als es soweit gekommen war, suchte Odd König Knut auf und bot ihm seine Mannschaft an. Knut fragte, wer er sei, und Odd sagte es ihm. König Knut sprach: »Warst du vor langer Zeit einmal in Bjarmaland?« – »Ja«, sagte Odd, »da war ich.« Da sprach der König: »Willkommen sollst du bei uns sein, du sollst der Anführer meines Heeres sein.«

18 Odds Kampf gegen König Vilhjalm

Nun zog sich ein großes Heer um König Knut zusammen, und dann wandte er sich mit dem Heer wieder zurück in sein Land. Odd sagte da zu Knut: »Nun will ich, daß du Männer zu deinem Bruder, dem König, schickst und ihm Frieden und Vergleich und Reichsteilung anbietest.« Knut sagt: »Ich will, daß du diese Reise machst.« Odd nimmt nun 100 Männer mit und sucht König Vilhjalm auf und überbringt ihm die Botschaft seines Bruders. König Vilhjalm sagt, er wolle König Knut nicht mehr von dem Reich zugestehen, als daß er in das engste Gefolge aufgenommen werde. Odd sagte, er müsse zweifellos wissen, daß König Knut um seinen Teil kämpfen werde. Damit trennten sie sich.

Odd geht nun und sagt König Knut, wie es steht und daß ihnen jeder Vergleich abgeschlagen wurde. Danach stellten sie das Heer gegen König Vilhjalm zusammen, und sobald sie aufeinandertrafen, gab es eine große Schlacht. Odd griff so heftig an, daß er in Vilhjalms Schildburg eindrang, und schließlich stieß er mit dem Schwert nach ihm. Da fiel der König unter seinem Feldzeichen. Im ganzen Heer wurde da das Siegesgeschrei angestimmt. König Knut ließ die Schlacht beenden und bot allen Männern freies Geleit an. Alle nahmen das an und sagten ihm Gehorsam und ihre Treue zu. Danach übernahm König Knut sein Reich; Odd bot er jede Annehmlichkeit an. Darüber sprach Odd die folgende Strophe:

Froh war ich nicht, bis mir die Fürsten
im Ungarnland ins Auge fielen.
Mit einem sprach ich, das Erbe zu fordern,
gab dem anderen gewünschte Gefolgschaft.

19 Odd kommt nach Hunaland

Odd blieb nun dort, bis einige Jahre vergangen waren, und dann ist es ihm so leid, daß er auf keinen Fall länger bleiben will. Der König bietet ihm eine große Mannschaft an, aber er sagt, das wolle er um keinen Preis. Odd verläßt nun das Ungarnland und zieht durch viele Länder und große Wälder. Schließlich gelangte er nach Hunaland; dort fand er im Wald einen sehr kleinen Hof, und dort wollte er rasten. Er hatte da einen weiten und langen Umhang über seinen Kleidern und seinen Köcher auf dem Rücken, den Bogen aber in der Hand. Als Odd sich dem kleinen Hof näherte, stand ein Mann draußen und spaltete Brennholz, der war kleingewachsen und hatte graue Haare. Er begrüßte den Ankömmling und fragt nach dem Namen. Er sagt, er heiße Vidförul*, »und wie heißt du, Alter?« – »Ich heiße Jolf«, sagt der Alte, »du wirst wohl die Nacht hier verbringen wollen.« – »Ja«, sagt Odd. Da gehen sie hinein und in die Stube. Jolf sprach: »Du, Weib, sollst dem Gast die Ehre erweisen; ich habe viel zu tun.« Die Alte sprach: »Es kommt ziemlich oft vor, daß du Leute einlädst, aber das Essen ist knapp.«

Am Abend kam der Bauer wieder. Vidförul holt ein Messer unter seinem Mantel hervor, das war mit goldenen Ringen versehen; es war sehr wertvoll. Der Alte nahm das Messer und sah es an und sprach: »Gehört diese Kostbarkeit dir?« – »Ja«, sagt Vidförul. »Willst du es haben?« – »Gern«, sagt der Alte, »und gib, daß es gut festgebunden ist.« Nun schliefen sie die Nacht über.

Am Morgen erwacht Vidförul, und da ist der alte Jolf fort. Die Frau sprach: »Mein Mann wollte, daß du seine Heimkehr abwartest.« – »Dann soll es so sein«, sagt Vidförul. Der Alte kam um die Mittagszeit heim, da wurde ihnen zu essen gegeben und ein Tisch aufgestellt. Der Alte legt drei steinerne Pfeile vor sich auf den Tisch.

* Vidförul (*Víðförull*) = »der Weitgereiste«.

Vidförul greift danach und betrachtet sie. Es war sehr viel hineingeschnitzt. Vidförul sprach: »Gehört der gute Pfeil dir, Alter?« – »Ja«, sagt er, »und wenn sie so gut sind, wie du sagst, dann will ich sie dir schenken.« – »Ein gutes Geschenk, Alter, aber ich weiß nicht, ob ich mich mit steinernen Pfeilen abschleppen soll.« Der Alte sagte: »Es kann sein, Odd, daß diese Pfeile nützlich sind, wenn die Gusi-Pfeile nicht taugen.« – »Weißt du, daß ich Odd heiße?« – »Ja«, sagte der Alte. »Dann kann es sein«, sagt Odd, »daß du auch darüber Bescheid weißt, worüber du gerade sprachst, und ich werde die Pfeile ganz gewiß annehmen und dir großen Dank dafür sagen.«

Odd steckte sie in seinen Köcher. Er sagte: »Wer herrscht über dieses Land?« Der Alte sagt: »Der König heißt Herraud und seine Tochter Silkisif und seine Kämpfer Sigurd und Sjolf. Der Ratgeber des Königs heißt Harek, er ist auch der Ziehvater der Königstochter.« – »Du sprichst gut. Willst du mit mir zum König ziehen?« sagt Odd. »Ja«, sagt Jolf, »dein Gefolge wird nicht allzu groß, wenn ich dich begleite.«

Bald waren sie bereit und zogen los und kamen dorthin, wo König Herraud mit dem hunischen Heer sich aufhielt. Als sie dort angekommen waren, gingen sie zum König, wo er am Tisch saß, mit seiner Tochter an der einen Seite und Harek an der anderen. Seine Kämpfer saßen im Hochsitz dem König gegenüber.

Sie begrüßten den König, und er erwiderte ihren Gruß und fragt, wer der große Mann in dem Umhang sei. Er sagt, er heiße Vidförul. Der König fragt, in welchem Land er geboren sei. Vidförul sagt, das könne er nicht sagen: »Ich habe einen Großteil meines Lebens in den Wäldern verbracht, und ich bin hierhergekommen, um Winteraufenthalt von euch zu erbitten.« Der König sprach: »Kannst du irgendwelche Künste?« – »Nichts Besonderes«, sagt Vidförul. »Ich habe festgelegt«, sagt der König, »daß ich nur solchen Männern zu essen gebe, die dafür etwas arbeiten.« – »Davon kann keine Rede sein, Herr«, sagt Odd, »daß ich etwas arbeite.« – »Du wirst doch wohl das Wild zusammentreiben können«, sagt der König, »wenn die anderen schießen.« – »Kann sein«, sagt Vidförul. »Das werden wir versuchen«, sagt der König. »Wo soll ich sitzen«, sagt Vidförul. »Setz dich dorthin«, sagt der König, »wo unser Gefolge und die Gäste sich sättigen.«

Danach wandten sie sich ab, und Vidförul brachte den alten Jolf hinaus und dankte ihm. »Und hier ist Fingergold, das du der Alten geben sollst.« Der Alte dankte Odd und ging nun fort, Odd aber ging in die Halle und dorthin, wo ihm ein Platz zugewiesen worden war. Da saßen zwei Gefolgsleute, die hießen Ingjald und Ottar. Er sagte, ihm sei hier ein Platz angewiesen worden. »Ja«, sagen sie, »wir wollen dich auch gern aufnehmen, und du sollst zwischen uns sitzen.« Das nimmt er an, befestigt dann seinen Köcher über sich, und seinen Knüppel legt er sich unter die Füße. Dann wenden sich die beiden zu seinen Seiten ihm zu und fragen ihn nach Neuigkeiten, und er kann ihnen aus fast jedem Land etwas berichten. Die anderen hörten nichts von ihrem Gespräch.

Vidförul hielt sich nun eine Weile dort auf. Er ging nirgendwo hin, wenn er seinen Köcher und seinen Knüppel nicht bei sich hatte. Sie bieten ihm an, ihm gute Kleider zu kaufen, und er solle diesen Umhang ablegen. Er sagt, das könne nicht sein.

20 Die Jagd

Nun trägt es sich zu, daß man auf die Jagd gehen will. Da sprach Ingjald: »Morgen müssen wir früh aufwachen.« – »Was soll geschehen?« sagt Odd. Ingjald spricht: »Der König will mit seinem Gefolge und den Kriegern auf die Jagd.« In der Nacht schlafen sie. Am Morgen sind die Brüder und ihre Leute früh auf den Beinen und wollen Vidförul wecken, aber er ist nicht wach zu bekommen. So geht es bis weit in den Morgen hinein, aber sie wollen nicht von ihm weggehen. Schließlich wacht Vidförul auf und sprach: »Was ist nun, ist der König schon bereit?« Sie antworteten beide: »Du hast unerwartet lange geschlafen; der König und seine ganze Gesellschaft sind schon lange fort. Wir werden niemals ein Tier erwischen, denn jetzt sind alle verschreckt.« – »Gehen wir«, sagt Vidförul, und so geschieht es. Vidförul hat seinen Beutel auf dem Rücken und seinen Bootshaken in der Hand. Vidförul sprach: »Sind Sjolf und Sigurd sehr gute Bogenschützen?« – »Ja«, sagen sie, »in allen Sportarten sind sie anderen Männern überlegen.«

Nun kommen sie ins Gebirge, und in ihrer Nähe rennt Wild, und Ingjald und Ottar spannen ihren Bogen und zielen, um zu schießen, treffen aber kein Wild. Da sprach Vidförul: »Ihr zwei stellt euch sehr ungeschickt an. Leiht mir einen Bogen, ich will nicht meinen, daß es mir ebenso ergeht.« Vidförul nimmt nun den Bogen und überspannt ihn gleich, und der Bogen zerbricht. Ingjald sprach: »Das war schlimm, denn nun ist sicher, daß wir heute kein Wild erlegen werden.« Vidförul sagt: »Es tut mir leid, wenn ich euch Schaden zugefügt habe. Breitet nun eure Mäntel aus, und ich werde euch zeigen, was in meinem Beutel ist.« Vidförul bindet nun den Beutel auf und schüttelt einen Pfeil heraus. Sie finden, daß sie noch nie einen solchen Pfeil gesehen haben, denn er war ganz mit Gold umwunden. Nun nimmt Odd ein Seil und spannt den Bogen und legt den Pfeil auf die Sehne. Er schießt über den Kopf aller Männer auf den Hirsch, der vor dem König selbst lief. Dieser Hirsch fiel sofort. Der König wundert sich sehr, woher dieser Schuß kam. Dann verschießt Vidförul alle seine Pfeile und trifft mit jedem Pfeil ein Stück Wild, bis nur noch sechs übrig waren, nämlich die Gusi-Pfeile und die Steinpfeile des Alten. Ingjald und Ottar liefen herzu und lachten darüber. Sjolf und Sigurd schossen an diesem Tag nur wenig Wild.

Am Abend gingen die Männer zurück, und als sie ihre Plätze einnahmen, da werden die Pfeile der Männer hereingetragen und vor dem König auf den Tisch gelegt. Der König sollte nun sagen, wie viele Tiere jeder erbeutet hatte. Die Pfeile jedes Mannes waren markiert. Da redeten die Brüder auf Vidförul ein: »Du mußt zum Tisch des Königs gehen und deine Pfeile holen.« Vidförul sprach: »Warten wir erst und hören zu.« Als der Pfeil vor den König gebracht wurde, da sprach er zu seiner Tochter: »Sie dir diesen schönen Pfeil an, Tochter!« Sie sahen sich nun Vidföruls Pfeil an und sprachen darüber, wem er wohl gehörte. Da sprach Vidförul: »Nun sollt ihr zwei zum König gehen und sagen, daß der Pfeil euch gehört.« Sie antworteten: »Das geht nicht, der König kennt schon unsere Fähigkeiten.« – »Dann werden wir zusammen gehen«, sagt Vidförul. So geschieht es, und sie gehen zum Tisch des Königs. Vidförul sprach: »Herr!«, sagt er, »dieser Pfeil gehört uns gemeinsam.« Der König sah ihn an und sprach: »Du mußt ein großer Bogenschütze sein.« – »Nichts weniger als das, Herr, aber ich habe es mir angewöhnt, als ich in den Wäldern lebte, mir Wild oder Vögel zur Nahrung zu schießen.« – »Das ist möglich«, sagt der König. »Es ist aber auch möglich, daß du ein anderer bist, als du behauptest.« Danach gehen sie zurück zu ihrem Platz, und Vidförul verwahrt seine Pfeile. So verging einige Zeit.

21 Die erste Wette

Eines Abends, als der König schlafen gegangen war, kamen Sigurd und Sjolf herunter zu den Brüdern Ingjald und Ottar. Sie brachten ihnen zwei Hörner mit dem stärksten Trank und befahlen ihnen zu trinken. Sie nahmen an und tranken. Wenig später kamen sie mit zwei weiteren Hörnern, und obwohl sie gewarnt wurden, nahmen sie an und tranken. Da sprach Sjolf: »Liegt er schon und schläft, der Mann mit dem Umhang, euer Kumpan?« – »Ja«, sagen sie, »das erscheint ihm klüger, als sich zu betrinken.« – »Kann sein«, sagt Sjolf. »Vielleicht lebt er aber auch lieber draußen in den Wäldern und schießt sich Wild zur Nahrung, als mit bedeutenden Männern zusammenzusitzen. Kann er übrigens gut schwimmen?« – »Ja«, sagen sie, »sowohl in dieser als auch in jeder anderen Sportart ist er gut bewandert.« – »Das ist wohl so«, sagt Sjolf. »Aber wir wollen wetten, ob er besser schwimmt als wir beide, und wir wollen einen Ring einsetzen, der eine Mark Silber wiegt, und ihr sollt zwei Ringe einsetzen, die eine halbe Mark Silber wiegen, und der König und seine Tochter sollen unser Wettschwimmen ansehen, und die Königstochter soll die Ringe verwahren.«

Weil nun Ingjald und sein Bruder sehr betrunken waren, willigten sie ein. Dann gingen Sjolf und Sigurd fort, die anderen beiden aber gingen schlafen. Am Morgen, als Ingjald und Ottar erwachen, fällt ihnen ein, daß die Wette nicht klug war. Sie entschließen sich nun dazu, Vidförul zu sagen, was geschehen ist. Er sagt: »Ihr habt euch nicht sehr weitsichtig benommen, denn ihr wißt nicht, ob ich im Wasser schwimmen kann. Und auch wenn es schon eine Weile her ist, so habe ich mir doch vorgenommen, niemals wieder zu schwimmen.« Da sagen sie: »Das ist nicht schlimm für uns; es ist richtig, daß wir für unsere Dummheit selbst bezahlen, und sie haben ja unsere Ringe.« Vidförul sagt: »Es widerstrebt mir, wo ihr mir doch in allem zu Gefallen seid und mir alle Ehre erweist, nicht an dem Schwimmwettkampf teilzunehmen. Sagt das dem König und seiner Tochter.« So geschieht es.

Der König läßt nun mit Hörnern alle in der Stadt zusammenrufen, und so kommen Menschenmassen zusammen, um bei dem Wettstreit zuzusehen. Als der König und seine Tochter und alle Stadtbewohner zum Wasser gekommen waren, da gingen die drei ins Wasser, und die Brüder trugen Schwimmanzüge, Vidförul aber trug seinen Umhang, und als sie ins Tiefe kamen, griffen sie ihn gemeinsam an, tauchten ihn unter und hielten ihn lange unter Wasser. Schließlich ließen sie ihn los und ruhten sich aus. Dann griffen sie ihn ein zweites Mal an, aber diesmal streckte er ihnen beide Hände entgegen, drückte sie unter Wasser und hielt sie lange unten, bis er sie wieder losließ. Doch gönnte er ihnen nur eine kurze Pause, dann tauchte er sie wieder unter und hielt sie so lange unten, daß niemand glaubte, sie würden lebend wieder heraufkommen. Als sie schließlich alle drei wieder heraufkamen, lief den beiden Brüdern Blut aus der Nase. Sie konnten auch nicht aus eigener Kraft zurück an Land, und so brachte Vidförul sie ans Ufer. Dann ging er ins Wasser und vollführte viele Kunststücke, und schließlich ging er an Land, trat vor den König und grüßte ihn. Der König nahm den Gruß gut auf und sprach: »Du schwimmst gut, Vidförul.« – »Ja, Herr!« sagt er, »euch gestehe ich es zu, auch wenn ich nun höheres Ansehen hätte.« – »Mag sein«, sagt der König. Die Leute zerstreuten sich. Auch der König ging in seine Halle und zerbrach sich den Kopf darüber, wer dieser Mann sein könnte. Die Königstochter gab ihm die Ringe, und Vidförul schenkt sie Ingjald und Ottar und sagt, sie sollten sie haben. Der König spricht nun immerzu mit seiner Tochter und mit Harek und fordert sie auf, herauszufinden, wer dieser Wintergast sei. Sie sagten, sie wollten es gern tun.

22 *Die zweite Wette*

Eines Abends nach einiger Zeit, als der König schlafen gegangen war, da nehmen Sjolf und Sigurd zwei große Hörner mit dem stärksten Getränk und gehen hinunter zu Ingjald und Ottar und fordern sie zum Trinken auf. Sie nahmen an und tranken. Dann ließen sie sie zwei weitere austrinken, und dann fragte Sjolf: »Schläft der häßliche Kerl schon, der Mann mit dem Umhang, oder kann er nichts vertragen?« Ingjald sagt: »Das ist nicht so, er ist ein guter Trinker.« Sjolf sprach: »Darum wollen wir wetten, ob er mehr trinken kann oder wir beiden Brüder. Wir werden zwei Ringe einsetzen, die jeder eine Mark Silber wiegen, und ihr sollt euer Leben dagegensetzen. Die Tochter des Königs soll dabeisitzen und entscheiden, wer gewinnt.« Da sie nun sehr betrunken waren, willigten sie ein, und so wurde es zwischen ihnen vereinbart. Danach gingen sie schlafen.

Am Morgen erwachten Ingjald und Ottar, und jetzt kam ihnen ihre Abmachung ganz übel vor. Doch sagen sie Vidförul, wohin es gekommen war. Vidförul sprach: »So überflüssig mir eure erste Wette schon erschien, diese erscheint es mir noch viel mehr, und ihr habt euer Leben für die größte Dummheit aufs Spiel gesetzt, nämlich für die Trunkenheit. Aber weil ihr sonst gutwillig seid und wegen der Nachstellungen, die uns sonst drohen, käme es mir schlecht vor, euch unter die Axt zu liefern, wenn ich euch doch helfen kann. Sagt der Königstochter, wir werden die Trinkfestigkeit heute abend erproben, wenn der König schlafen gegangen ist. Sie sagen es nun der Königstochter, und diese sagt es ihrem Vater. Der König sprach: »Das ist keine schlechte Gelegenheit, denn es ist sehr wahrscheinlich, daß wir dabei herausfinden, wer dieser Mann ist, und Harek und du, ihr sollt gut achtgeben, was da geschieht.« Sie sagten, sie würden es versuchen.

Nun vergeht dieser Tag, und der König geht schlafen. Die Königstochter und Harek rückten ihren Sitz heran, und sie setzten sich beiden Seiten gleich nahe unten auf die Bank. Da standen Sjolf und Sigurd mit zwei Trinkhörnern auf und gingen hinunter zu den Sitznachbarn. Da sprach Sjolf: »Du mit dem Umhang, der Anfang unseres Gelages soll sein, daß ich dich bei dem Gott, an den du glaubst, beschwöre: Hast du noch einen anderen Namen als Vidförul, dann sag ihn jetzt.« – »Ja«, sagt er, »wenn du so ungewöhnlich neugierig auf meinen Namen bist, ich heiße Odd.« – »Ja«, sagt Sjolf, »das ist doch doppelt so gut, und hier ist ein Horn für dich.«

31 Odd! Du konntest im Kampf nicht spalten
– die behelmte Schar wich – Hamdirs Hemden.
Es raste die Schlacht, es rauchte der Hof,
als bei den Wenden der König gewann.

Hamdirs Hemden: »Brünnen«.

Nun gab Sigurd ihm ein zweites Horn und sprach:

32 Odd! du warst nicht, beim Eisenröten
als wir die Männer morden ließen.
Von dort trug ich vierzehn Wunden,
du aber bettelst um Brot im Land .

Eisenröten: »Kampf«.

Nun setzen sie sich wieder, und Odd trinkt die Hörner aus. Da stand Odd auf und füllt die Hörner und tritt damit vor sie und gibt jedem sein Horn und sprach:

33 Ihr sollt lauschen meinem Lied,
Sigurd und Sjolf, ihr Sitznachbarn!
Ihr habt mir zu büßen ein böses Werk
ein hartes Lied, zwei heftige Lieder.

34 Du hocktest, Sjolf hinterm Herd in der Küche,
ohne Taten und tapferen Sinn,
als ich draußen bei den Aquitanern
allein vier Männern das Leben nahm.

Nun setzte sich Odd wieder hin, und sie tranken die Hörner aus. Dann treten sie mit einem gefüllten Horn vor Odd. Da sprach Sjolf:

35 Du, Odd, gingst mit Bettelleuten
Brosamen hast du erbettelt vom Tisch,
als ich allein vom Ulfsfjell herab
zerbeulten Schild vom Berge trug.

Dann gibt Sigurd Odd das zweite Horn und sprach:

36 Odd! Du mochtest nicht mit zu den Griechen
als in Serkland wir die Schwerter gerötet.
Wir spielten das laute Lied der Schlacht
die Helden fielen beim Männerröten.

Das Männerröten: »Kampf«.

Nun setzen sie sich, und Odd trinkt. Dann füllt er die Hörner und tritt vor sie und spricht folgende Strophe:

37 Schlugst dich mit Mädchen im Mundwettstreit,
als wir mit Flammen den Fürsten umgaben.
Gönnten dem harten Helden den Tod,
als Ölvis Leben am Ende war.

38 Du lagst, Sigurd, im Saal bei den Mädchen,
als wir die Bjarmen zweimal besiegten.
Wir führten den Kampf mit Kraft wie die Falken,
als du, Langweiler, unterm Laken schliefst.

Dann setzte sich Odd, und sie tranken die Hörner aus. Sodann brachten sie Odd zwei Hörner, und Sjolf sprach:

39 Odd, du warst nicht am Atalsfjell
als wir die Flamme des Sumpfes fanden.
Als wir die Berserker binden konnten,
da wurde mit Mut die Mannschaft getötet.

Flamme des Sumpfes: »Gold«.

Sigurd sprach keine Strophe. Dann setzten sie sich, und Odd trank die Hörner aus. Und nun trat er vor sie mit zwei Hörnern und sprach die folgende Strophe:

40 Sjolf! Du warst nicht, wo sehen man konnte
die Brünnen der Männer in Blut gewaschen.
Es klangen die Pfeile im Kettenhemd,
du hocktest lieber in der Halle des Königs.

41 Sigurd! Du warst nicht, wo wir räumten
sechs hochbordige Schiffe vor Hauksnes draußen.
Warst nicht westlich bei Skolli, wo dem Fürst der Angeln
wir das elende Alter endgültig raubten.

Odd setzt sich nun, und sie trinken die Hörner aus, dann füllen sie die Hörner und geben sie ihm, und dabei wird nicht gedichtet. Sie setzen sich, und Odd trinkt die Hörner aus und füllt sie wieder und sieht nun, daß sie sehr betrunken sind, und nun gibt er ihnen die Hörner und spricht folgendes:

42 Sjolf! Du warst nicht, wo wir röteten
am Jarl von Hlesey das scharfe Schwert.
Da hieltest du dich zu Hause lieber,
schwatzhaft zwischen Schweinen und Mägden.

43 Sigurd, wo warst du, als auf Seeland ich fällte
die tapferen Brüder: Brand und Agnar,
Asmund und Ingjald, Alf war der fünfte.
Du lagst daheim in der Halle des Königs
lügenhaft klug wie ein Kriegsgefang'ner.

Dann setzt sich Odd, und sie trinken die Hörner leer. Und wieder füllen sie die Hörner und geben sie Odd und sagen nichts, denn es fehlten ihnen die Worte, und sie wurden hilflos. Odd trinkt das Horn aus, während sie sitzen, und nun füllt Odd die Hörner und gibt sie ihnen und spricht:

44 Sjolf, du warst nicht südlich auf Skida,
wo die Könige den Kampf ausfochten.
Wir wateten im Blut bis weit an die Knöchel,
viele erschlug ich, doch du warst nicht dort.

45 Sigurd, du warst nicht bei den Sviaschären,
als Halfdan wir den Haß vergolten.
Es wurden die Schilde der schändlichen Redner
mit Schwertern zerschnitten, er selbst getötet.

Nun setzt sich Odd, und sie trinken die Hörner leer, und nun geben sie Odd die Hörner und fuchteln heftig damit und brüllen sehr. Odd trinkt sofort und füllt sie von neuem und gibt sie ihnen und sprach diese Strophe:

46 Wo ihr wohl ward, elende Wichte,
als wir die Schiffe im Elfarsund steuerten,
tapfer und froh nach Trönuvagar,
dort lag Ögmund Eythjofsbane,
unwillig zur Flucht auf zwei Schiffen.

47 Dort ließen wir schlagen die Schilde sogleich
mit hartem Stein und scharfem Schwert.
Drei überlebten, von ihnen neun;
du Sklavenlümmel, sagst du nichts mehr?

Odd ging zu seinem Platz, und sie tranken wieder aus den Hörnern und geben Odd zwei Hörner, aber alle, die dabei waren, sahen, daß sie fertig waren. Odd trank sogleich die Hörner leer und füllte sie wieder und gab sie ihnen und sprach:

48 Sjolf, du warst nicht auf Samsey draußen
als Hjörvard und ich dort Hiebe tauschten.
Wir waren zwei, sie aber zwölf,
den Sieg ich errang und du saßest stille.

49 Ging durch Gautland, grimmig mein Sinn
sieben Tage bis Saeund ich fand.
Konnte ihnen, als dorthin ich kam,
über fünfzehn Männer Leben raten,
allein du wankst, elender Narr
spät am Abend zur Sklavin aufs Lager.

Da wurde es in der ganzen Halle laut, und Odd ging zu seinem Platz. Sie tranken wieder aus den Hörnern. Da sprach die Königstochter und gebot den Männern, dem Wettstreit zuzuhören, wenn sie dabei wären. Sjolf steht wieder auf und füllt das Horn und gibt es Odd, aber Sigurd war am Ende. Odd nimmt das Horn entgegen und trinkt es gleich aus. Dann schenkt er wieder in das Horn ein und tritt vor Sjolf und sprach:

50 Nirgendwo sollt ihr als nützlich gelten,
Sjolf und Sigurd in der Schar des Königs.
wenn ich Hjalmar nenne, den hochgesinnten,
dessen Schwert am schnellsten biß.

51 Scharf ging Thord am Schild vorbei,
wo immer wir Schlachten schlagen sollten.
Bloß er ließ Halfdan zu Boden sinken
den tapferen Fürsten und seine Truppen.

52 Asmund und ich waren oft als Kinder,
Ziehbrüder glücklich, zwei zusammen.
Oft auch zog er das Zeichen ins Feld,
wo die Könige kräftig stritten.

53 Ich segelte Fahrten zu Sachsen und Schweden
Friesen und Franken und Flamenland
Iren und Angeln und endlich auch Schotten;
keinem hab ich wohl Freude gebracht.

54 Ich hab überlebt die herrlichen Helden
die früher mir folgten zur Fahrt hinaus.
Soviel ist sicher: nie wieder sollen
größere Kämpfer im Kampf sich messen.

55 Aufgezählt hab ich nun all meine Taten,
die ich früher auf Fahrten getan.
Oft ging ich heiter zum Hochsitz vor
des Sieges froh. Laß Sjolf nun sprechen.

Sjolf nahm dieses Horn noch an und fiel dann ebenso wie Sigurd zu Tode betrunken um, und der Trank lief herunter. Da ging Odd zu seinem Platz und trank noch eine Weile, und die meisten Männer fanden, daß man ihm nicht viel anmerkte. Die Königstochter und Harek gingen da schnell fort, und sie hatten doch viel Gewinn von diesem Abend, denn alle Strophen und den ganzen Wettstreit hatten sie auf Holztafeln eingeritzt.

23 Odd wird erkannt

Als der König am Morgen angekleidet war, kam seine Tochter mit Harek zu ihm, und sie berichteten dem König alles, was in der Nacht geschehen war. Sie glaubten nun alle, genau zu sehen, wer dieser Mann war, und daß dies die Heldentaten von Örvar-Odd waren und von niemand anderem, denn von ihnen hatten sie schon oft reden gehört.

Nun verging der Tag bis zum abendlichen Trinken. Und als der König und sein ganzes Gefolge die Plätze eingenommen hatte, schickte der König nach Vidförul und forderte ihn auf, an seinen Tisch zu kommen. Als er dorthin kam, sprach der König: »Nun ist es Zeit, Örvar-Odd, wenn du der bist, der wir glauben, den Umhang abzulegen und dich nicht länger zu verbergen; lange genug haben wir dich jetzt bei den Knechten gesehen, und wir erkennen dir dafür viel Macht zu.« – »So soll es nun sein, Herr«, sagt Odd, »wie du willst.« Dann legte er den Umhang ab. Darunter trug er ein mit Borten besetztes, scharlachrotes Gewand und hatte eine Goldborte um seine Stirn gebunden und einen dicken Goldring an der Hand; das Haar war seidig hell und fiel in Locken herab, und der Mann war insgesamt sehr prächtig anzusehen.

Der König sprach: »Komm herauf, Odd, zu uns in den Hochsitz, und iß und trink mit uns.« – »Habt vielen Dank, Herr, für die gute Einladung«, sagte Odd, »aber dann sollten auch meine Sitznachbarn hier sitzen, die den ganzen Winter über bei mir gesessen haben, denn es scheint mir nicht gut, wenn sie bei den Knechten sitzen, ich aber im Hochsitz.« Der König sprach: »Da kann ich raten. Harek soll neben dir sitzen, und dann Ingjald und Ottar. Und als Arbeit sollen sie haben, daß sie dir Tag und Nacht zu Diensten sind.« – »Gut gesprochen, Herr!«

Nun wurde es so eingerichtet, wie der König gesagt hatte. Zwischen Odd und Harek entstand bald die beste Gemeinschaft, und Ingjald und Ottar dienten ihm in jeder Hinsicht nach besten Kräften. Der König erwies Odd soviel Ehre, daß keiner ihm gleich kam. So verging nun dieser Winter, und als er zu Ende ging, sprachen Odd und Harek einmal miteinander. Harek fragte, was Odd vorhabe, und er antwortet, er habe sich noch nicht entschieden: »Mir scheint das Meiste reizlos seit dem Verlust, den ich erlitten habe.« – »Das ist verständlich«, sagt Harek, »aber ein Mann muß auch nach dem Tod des Freundes weiterleben. Hast du nicht im Sinn zu heiraten?« – »Ich weiß nicht«, sagte Odd, »es scheint mir so zu sein, als würde ich für recht alt gehalten, und ich will nicht allzu niedrig heiraten.« – »Das dachte ich mir«, sagt Harek. »Willst du nicht vielleicht die Bedingung erfüllen, um die Königstochter zu bekommen, meine Ziehtochter?« Odd fragte, was für eine Bedingung das sei. Harek sagt: »Ein König heißt Alf, der über das Land regiert, das Bjalkaland heißt. Deshalb wird er Alf Bjalki genannt. Er hat eine Frau, wenn man sie denn eine Frau nennen kann, die Gyda heißt, und ihr Sohn heißt Vidgrip. Sie sind zauberkundig und können alles zuwege bringen.

Unser König hat das Recht, von diesem Land Steuern einzutreiben, aber er hat lange nichts bekommen. Der König hat gesagt, daß er dem Mann seine Tochter geben werde, der ihm das Land wieder steuerpflichtig macht.« Odd sprach: »Klär das mit dem König und seiner Tochter, ob sie mir diese Möglichkeit einräumen wollen.« Harek sagte, so solle es geschehen. Wenig später kam Harek, um mit Odd zu sprechen, und sagte: »Es ist mein Plan, daß du es so machst, wie wir letztens besprochen haben.« Odd sprach: »Ich denke darüber genauso wie vorher.« Danach bringt Odd beim König seine Werbung vor, und auch wenn noch mehr darüber geredet wurde, endet es so, daß Odd und die Königstochter einander versprochen werden und er verspricht, Bjalkaland wieder steuerpflichtig zu machen. Diese Strophe sprach Odd darüber:

56 Es war mir Harek ein wertvoller Freund,
zu sprach er mir seine Ziehtochter.

Wenig später sammelt der König eine Mannschaft für Odd, und dann rüsten sie das Heer aus, und als Odd bereit ist, nimmt er Abschied, und der König sprach: »Hier sind Geschenke, Odd, die ich dir geben will. Es ist eine Schildmaid, sie ist tapfer in der Schlacht und ist mir immer gut gefolgt.« Odd sagt: »Selten war ich dort, wo Frauen vor mir standen, und so soll es auch weiterhin sein, aber weil du es gut meinst, will ich sie annehmen.« Nun war es so, daß sie mit Odd zog.

Eines Tages zog Odd mit seinem Heer durch sumpfiges Gelände, und ein Moorloch lag vor ihnen. Odd nahm Anlauf und sprang über das Loch. Die Schildmaid nahm auch Anlauf und wollte ihm nachspringen, aber als sie auf den Rand kam, sprang sie zu kurz. Odd sprach: »Wie kann das sein?« Die Schildmaid sagte: »Beim nächsten Mal springe ich besser.« Sie nimmt wieder Anlauf, und es ging wie beim ersten Mal. »Mir scheint«, sagte Odd, »als ob du es nicht wagst.« Da nahm sie zum dritten Mal Anlauf, und es ging wieder so. Da sprang Odd zurück über das Moorloch und greift nach ihr und steckt sie in das Moor, so daß sie nicht wieder hochkam. Da sprach Odd: »Geh nun dahin, wo dich alle Trolle holen, das ist mir lieber als einen Sieg unter dir zu erringen.«

Dann zog Odd mit dem Heer nach Bjalkaland, aber Vater und Sohn erfahren davon. Sie ziehen ein Heer zusammen und bereiten sich auf die Schlacht vor. Sie senden Männer zu Odd und umgeben ein Schlachtfeld mit Haselzweigen.

Dann kommen beide Seiten dort an. Alf hatte ein viel größeres Heer, und es gab eine sehr harte Schlacht. Odd war in der vordersten seiner Schlachtreihen und sah seine Männer fallen wie Gras. Ihm schien diese Schlacht seltsam abzulaufen; er sah auch weder Alf Bjalki noch dessen Sohn Vidgrip. Bei Odd war ein Mann, der Haki hieß; er war ein Diener der Königstochter, und sie hatte ihn Odd mitgegeben. Von ihm wurde gesagt, er könne so weit sehen, wie seine Nase lang war, oder noch weiter. Odd rief Haki zu sich und sprach: »Was geht hier vor, daß meine Männer wie Gras fallen? Ich sehe in dieser Schlacht nicht weit.« Haki sagt: »Siehst du nicht, daß sie alle zusammen dort entlangziehen, Gyda und Alf und ihr Sohn Vidgrip?« – »Ja«, sagt Odd, »natürlich sehe ich sie nicht.« Haki sagt:

»Dann sieh unter meiner Hand hindurch.« Das tut Odd nun, und gleich sieht er, wo sie waren, und Gyda zog voraus und schwang mit den Händen und hatte blutige Fransen, und jeder, den sie damit schlug, fiel tot nieder, und alles, was ihr entgegenflog, Steine oder Pfeile oder andere Waffen, das schlug sie mit bloßen Händen nieder, und nichts traf sie. Alf und Vidgrip schlugen mit beiden Händen zu; sie waren in der Mitte der Schlachtreihe.

Odd wurde wütend darüber und lief von Haki weg und wollte sie angreifen, aber sobald sie getrennt waren, sah Odd sie nicht mehr. Da wandte sich Odd wieder Haki zu und sprach: »Nun sollst du dich mit deinem Schild decken, und ich werde nach meinem Pfeil suchen.« Und so geschah es. Odd nimmt nun einen Gusi-Pfeil und schießt auf Gyda; sie hörte das Schwirren und schlug mit der Hand danach, und er drang nicht mehr ein als in Stein. Odd verschoß alle Gusi-Pfeile, und sie fielen alle ins Gras. Odd sprach: »Jetzt wird das geschehen, was Jolf voraussagte, daß die Gusi-Pfeile versagen, und nun muß ich zu seinen Steinpfeilen greifen.« Odd nimmt nun einen steinernen Pfeil und schießt unter Hakis Hand hindurch auf Gyda. Sie hört das Schwirren und schlägt mit der Hand, und der Pfeil durchdringt die Hand, fliegt weiter ins Auge und am Nacken wieder hinaus. Odd schießt den zweiten ab, und mit dem ging es ebenso. Da schoß Odd den dritten ab, und der traf Gyda in der Mitte, und da fiel sie sofort, und als sie tot war, da sah Odd Vater und Sohn. Als aber Vidgrip den Fall seiner Mutter sah, da sprang er vor und schlug sich noch tapferer. Da lief Odd auf ihn zu, und sie hatten ein sehr hartes Zusammentreffen, und es endete damit, daß Vidgrip fiel. Alf Bjalki floh in die Burg. Da war es auch schon finstere Nacht, und sie trennten sich.

Am nächsten Morgen ließ Odd das Schlachtfeld und die Gefallenen durchsuchen. Da sahen sie, daß bei der Burg alles voller Opfergerätschaften war. Da ließ Odd den ganzen Tempel und alles Opfergerät verbrennen. Dann wandte er sich mit seiner ganzen Mannschaft der Burg zu, aber Alf Bjalki bewachte das Tor, und er sprach:

57 Wer legt das Feuer,   wer lockt zum Gefecht,
wer schwingt die Klinge   mit Kraft wie ein Jarl?
Es brennt der Tempel,   es brennt der Kultplatz,
wer rötet die Klinge   im Kriegerblut?

Da antwortet Odd und spricht die folgende Strophe:

58 Odd brennt den Tempel und bricht den Opferstein,
zerhaute sodann deine hölzernen Götter.
Sie wirkten nichts Gutes in dieser Welt,
sich retten konnten sie nicht selbst aus dem Feuer.

Da sprach Alf:

59 Von Herzen mich freut, daß du dir holst
Freys kühnen Zorn, mit Kränkung gemischt.
Es helfen die Asen und Asinnen,
alle mächtigen Götter meiner Priesterin.

Da antwortete Odd und sprach die Strophe:

60 Es scheren mich nicht deine schweren Drohungen
furchtsamen Sinnes mit dem Frey.
Falsch ist's, den Odin zum Freund zu haben.
Ich weiß im Feuer die Asen wohl brennen,
der Troll soll dich holen, ich glaube an den einen Gott.

»Jetzt werden wir auch erproben«, sagt Odd, »ob das Gewand mich stärkt.« Odd ergreift einen großen Baum, so daß es einem ganz furchtbar vorkommen mußte, und lief damit zum Burgtor. Dann zielte er mit dem Baum hart auf die Tür, so daß sie gleich zerbrach. Da schlug Alf Bjalki nach Odd, aber sein Schwert drang nicht ein, wo das Hemd davor war. Da zog auch Odd das Schwert und schlug nach Alf, und es drang auch nicht mehr ein, als wenn er mit einer Walbarte zugeschlagen hätte. Da schlugen sie beide hart und lange zu, und keiner wurde verwundet. Odd griff nach einer Eichenkeule und schlug Bjalki damit so hart auf den Helm, daß der Helm sofort zerbrach und Alf bewußtlos wurde. Dann ließ Odd Schlag auf Schlag folgen, bis Alf Bjalki tot war. Darüber dichtete Odd folgendes:

61 Wir führten die Männer fort vom Verräter,
zerhauten sodann die hölzernen Götter.
Ich kämpfte mit Bjalki im Tor der Burg
mit der Eichenkeule am Ende seines Lebens.

Danach gewährt Odd allen Männern in der Burg freies Geleit, und dann macht er das Land dem König Herraud steuerpflichtig und nahm so viel Besitz in allen Arten von Kostbarkeiten mit, daß es niemand zählen kann. Odd setzt nun Ingjald und Ottar über das Land und läßt ihnen die Jarlswürde geben. Dann fuhr Odd zurück nach Hunaland, und wegen dieser Reise wurde er weithin berühmt. Wenig später wird König Herraud krank und stirbt; für ihn wurde ein Hügel errichtet. Danach läßt Odd zu einem großen Fest in Hunaland einladen, dort wird beides gleichzeitig gefeiert, Herrauds Erbmahl und Odds Hochzeit. Er übernimmt die Regierung des Landes, und alle sagen ihm Gehorsam zu. Dort saß Odd nun ruhig. Er und die Königstochter Silkisif hatten viele Kinder.

24 Odds Heimkehr und Tod

Als sich Odds Alter sehr dem näherte, was die Seherin vorhergesagt hatte, da geschah es einmal, daß Odd folgendes mit der Königin sprach: »Es steht eine Reise an, die ich unternehmen will.« – »Die du wohin unternehmen willst?«, sagt sie. Odd sprach: »Ich will nordwärts, nach Norwegen. Ich will wissen, ob die Insel Hrafnista bewacht werden muß oder anderes Eigentum meiner Familie.« Die Königin sagt: »Ich denke, du solltest ganz und gar zufrieden sein mit unserem Reich in Hunaland und den vielen anderen steuerpflichtigen Ländern. Ich denke, du brauchst nicht nach dem wertlosen Inselchen zu gieren.« – »Ja«, sagt Odd, »es ist schon richtig, daß die Insel nicht viel wert ist. Aber trotzdem will ich bestimmen, wer sie besitzen soll. Es nützt auch nichts, mir abzuraten, denn ich bin zur Fahrt entschlossen, und ich werde nur kurze Zeit fort sein.« Odd rüstet zwei Schiffe und hundert Mann auf jedem aus, und von seiner Fahrt wird nichts berichtet, bis er nach Hrafnista kam.

Auf der Insel war zu berichten, daß Odds Tochter Ragnhild aus Irland ostwärts gekommen war. Sie hatte die Insel und den ganzen Besitz ihres Vaters an sich genommen. Sie hatte sich mit einem vornehmen Mann verheiratet, der Hakon hieß, und sie beide waren inzwischen tot. Sie hatten einen Sohn hinterlassen, der Vidkud hieß, und er herrschte nun über Hrafnista. Als Vidkud erfuhr, daß sein Verwandter Odd gekommen war, richtete er ein großes Fest zu seinem Willkommen aus und lud dazu die mächtigsten Männer aus dem ganzen Naumudal-Gebiet ein.

Odd nahm an diesem Fest mit seinem ganzen Gefolge teil. Jedermann wurderte sich sehr über Odd, denn sie wußten, daß er viel älter war als andere Männer, und doch war er rüstig und kampftauglich, groß war er, größer als alle anderen Anwesenden, und sein Haar war ganz grau. Odd blieb einen halben Monat dort, und alles wurde wieder seiner Herrschaft übergeben, was seine Familie besessen hatte, und er gab jedem, was er vorher besessen hatte. Danach bereitete sich Odd auf die Reise nach Süden vor, und er wurde mit den prächtigsten Geschenken verabschiedet.

Odd segelt nun südwärts, bis er nach Berurjod kam. Da sprach Odd: »Ich bin so neugierig, den Hof meines Ziehvaters zu sehen, daß wir die Segel fallen lassen und an Land gehen werden.« So geschah es, Odd und seine Männer gingen nun dorthin, wo der Hof war, und Odd sagte ihnen, wo jedes Haus gestanden hatte. Damals war es ein kleiner Hof. Odd führte sie auch dorthin, wo Asmund und er den Schießplatz gehabt hatten, und sagte, wie es mit dem Schießen gegangen war. Odd führte sie auch dorthin, wo sie aufs Meer gefahren waren, und erzählte ihnen alles. Dort wurde weithin geblasen und gerufen, und es gab schöne Abhänge. Da sprach Odd: »Wir wollen unseres Weges ziehen, hier kann man nicht recht sehen. Fehlte nur noch, daß ich auf Berurjod verbrannt werde. Danach gingen sie hinunter zum Wasser, und als sie schnell gingen, stolperte Odd und fiel vornüber. Er sprach: »Was Übles ist das, über das ich gestolpert bin?« Er scharrte mit dem Speerschaft, und alle sahen, daß es ein Pferdeschädel war, und sogleich schoß eine Schlange heraus und auf Odd zu und biß ihn sofort in den Fuß oberhalb des Knöchels, und der Fuß entzündete sich von dem Gift, und der ganze Fuß schwoll an und ebenso der Schenkel. Odd ging es so schlecht, daß sie ihn hinunter zum Strand führen mußten, und als er dorthin kam, sprach er: »Nun sollt ihr gehen und mir einen Steinsarg zuhauen, und einige sollen bei mir sitzen und das Lied mitritzen, das ich über meine Erlebnisse und mein Leben machen werde.« Dann begann er, ein Lied zu dichten, und sie ritzten es in Holztafeln, und es ging mit Odd so lange, wie er für das Lied brauchte. Diese Strophe sprach Odd zuletzt:

61 Viel wär zu sagen von meinen Fahrten
den edlen Männern, doch dies ist das Ende.

62 Zum Strand sollt ihr eilen zum Schiff hinunter
alle, die heil sind. Hier woll'n wir uns trennen.
Bringt Silkisif und unserem Sohn
gute Grüße: Ich gehe nicht wieder.

Und dann starb Odd, und die Leute in früherer Zeit und die Geschichtskundigen berichteten, er habe als der bedeutendste Mann seiner Generation in heidnischer Zeit gegolten. Er hatte seinen Männern zuvor gesagt, daß sie ihn in einen Steinsarg legen sollten, dann Holz hineintun sollten und seinen Leichnam so verbrennen, denn er wollte nicht, daß heidnische Männer mit seinem Leichnam umgingen. Der Steinsarg aber, sagte er, sollte sichtbar stehenbleiben, und die Leute erzählen, er sei sieben Ellen lang gewesen und so groß sei Odd gewesen.

Nach diesen Geschehnissen fahren Odds Männer zurück nach Osten. Sie berichteten der Königin Silkisif davon und von Odds Lied. Sie sagte, sie habe solche Nachrichten erwartet. Nun übernahm sie mit ihrem Sohn die Herrschaft in Hunaland, und von Odds Söhnen stammen viele bedeutende Männer ab. Die Nachkommen von Ragnhild verbreiteten sich weithin in Halogaland. Von ihnen stammt Vidkunn auf Bjarkey ab.

Geschichtskundige Männer erzählen, daß Odd 300 Jahre nach der Zehnerrechnung gelebt habe. Er wurde 50 Jahre vor Harald Harfagri* geboren und starb in den Tagen von König Olaf Tryggvason, als dieser drei Jahre über Norwegen geherrscht hatte. In jenem Sommer wurde der heilige König Olaf getauft, im Jahr nach der Geburt des Herrn 998. Im Winter darauf wurde Halogaland christlich.

Hier endet die Saga von Örvar-Odd.

---

* Harfagri (*hárfagri*) = »Schönhaar«.

Zusatz zur Saga von Örvar-Odd

Örvar-Odds Sterbelied

1 Hört, Männer, mein Reden, merkt, was ich sage
den furchtlosen Fechtern von den Freunden.
Zu spät ist's, zu leugnen, was ich doch spüre,
daß der Stamm des Bogens dem Schicksal nicht trotzt.

Stamm des Bogens: »Krieger«.

2 Mein Vater den Platz zur Pflege mir wählte
– bald war's mir wohl dort – auf Berurjod.
Mir gab es niemals dort einen Mangel
an etwas, worüber Ingjald befahl.

3 Wir beide wuchsen in Berurjod,
Asmund und ich, auf als Kinder.
Schnitzten Pfeile, bauten Schiffe,
machten Speere uns zum Spaß.

4 Die Völva sagte mir wahre Runen,
aber ich wollte sie wahrlich nicht hören.
Ich sagte dem jungen Sohn des Ingjald,
ich führe besuchen den Vaterhof.

5 Asmund pflegte oft, als er lebte,
als Freund im Kampfe mir zu folgen.
Ich sagte dem Alten, ich sollte niemals
wiederkehren; das Wort ist gebrochen.

6 Das Boot wir ließen durch Brecher ziehen;
hoch stand das Segel, den Händen fern.
Kamen zur steilen Schäre draußen,
hin, wo Grim den Hof besaß.

7 Höflich sah ich, als zum Hof ich kam
die Banksitzer grüßen beiderseits.
Freilich konnt' ich mit meinen Freunden
Gold austauschen und glückliche Rede.

8 Erfuhr, daß Brünnenthings Boten im Frühling,
bereit sich machten, die Bjarmen zu suchen.
Sagte bald zu Sigurd und Gudmund,
ich ging' mit den Kühnen gerne auf Fahrt.

Brünnenthings Boten: »Krieger«.

9 Es führten Befehl auf den Booten des Krieges
die beiden Verwandten, die klugen Brüder.
Es wollten die schlauen Schiffsgenossen
finden den Schatz, den die Finnen besaßen.

10 Wir kamen heil mit dem Handelsschiff
dorthin, wo Bjarmen bauen ihr Haus.
Mit Feuer versehrten wir die Familien
griffen den nutzlosen Gast bei ihnen.

11 Er könnte, so sprach er, den Kriegern verraten,
wo die Beute besser zu finden.
Den Weg riet er uns weiter zu gehen,
wenn den Schatz wir schauen wollten.

12 Den Bjarmen gelang es, bald zu schützen
den hohen Hügel vor den Heerleuten.
Wir ließen der Männer mächtige Zahl
verlieren das Leben, eh' wir sie verließen.

13 Schneller wir kamen zum Schiff hinab,
wo die Suchenden schon in den Sumpf getrieben.
Beides uns fehlte: Boot und Schiffe,
Männer und Beute, als Mannschaft wir suchten.

14 Dort entfacht' ich im engen Wald
ein loderndes Feuer am Lande oben.
So ließen wir spielen in der Luft
den wilden und roten Wolf des Giebels.

Wolf des Giebels: »Flamme«.

15 Bald wir sahen brausen zum Land
mächtige Schiffe und Männer in Rüstung.
So wurden froh, die selbst dort waren;
wieder wir trafen meine Verwandten.

16 Wir ließen es geh'n, wie das Los es will,
tapfere Männer im Toben der Gischt.
Es sahen die Männer Sand auf den Dielen,
doch Land nicht zu sehen: Ich lag nicht dort.

17 Wir kamen zur Insel, von außen steil,
des Sommers spät, das Segel zerfetzt.
Da setzten die Männer, zusammen alle,
die Schiffe auf Rollen, so schnell es nur ging.

18 Wir schlugen das Zelt auf, und einige zogen
den Bären zu jagen, die Bogen beherrschten.
Ein Feuer wir brachten auf felsiger Insel
bald zum Brennen, zum Stehen den Bär.

19 Bewohner des Berges zu bringen uns dachten
weg von der Insel, wenn wir nicht gehen.
Es schien den Männern die Stimme zu hören
der Ungeheuer nicht angenehm.

Bewohner des Berges: »Riesen«.

20 Wir scheuten nichts, seit zu der Schäre
die Männer kamen, mächtig zum Kampf.
Die Burschen häuften dort vor dem Berg
den Wall hoch auf: Da war ich dabei.

21 Zu gehen gelang's mir mit Gusis Pfeilen,
beiden, zwischen Berg und Feuer.
Ins Auge schoß ich dem Ungeheuer,
von vorn in die Brust der Freyja des Berges.

Freyja des Berges: »Riesin«.

22 Den Namen bekam ich, den ich wollte,
als mich der Riese rief aus dem Berg.
Er schrie, er würde steife Brise
dem wackeren Odd zur Wegfahrt geben.

23 Zur Fahrt wir waren bald fertiggemacht,
fort von der Insel mit festem Wind.
Heil alle kamen wir heim von der Reise,
freudig begrüßt von den Verwandten.

24 Den Winter über war'n wir zusammen,
des Goldes froh und glücklicher Reden.
Es fuhren die Männer, als der Frost verging,
mächtige Schiffe zum Meer hinunter.

25 Dann segelten wir nach Süden am Land,
der Feinde ledig mit feinen drei Schiffen.
Erwarteten Beute, wo sie auch war,
auf allen Schären wir schauten danach.

26 Fanden auch endlich vor uns im Sund
tapfere Männer: Thord und Hjalmar.
Es fragten die Leute, die vor uns dort waren,
ob Frieden wir wollten oder die Flucht.

27 Es trugen die Recken den Rat zusammen;
gar wenig schien ihnen das Gut an Bord.
Es hielten die Männer aus Halogaland
trefflichen Rat, zu reisen zusammen.

28 Wir hielten die Schiffe zum Hafen hinaus,
als die braven Männer Beute erhofften.
Fürchteten nichts, solange die Führer
ganz bestimmten über die Schiffe.

29 War'n schlachtbereit, als die Schildträger
die harten wir trafen vor Holmsnes draußen.
Errangen als Beute die Rüstung alle,
sauber gefertigt von sechs Schiffen.

Die Schildträger: »Krieger«.

30 Waren alle im Westen bei Skolli;
der Leute Fürst das Land beherrschte.
Die Burschen trugen blutige Schilde,
von Schwertern zerhackt, doch der Sieg war unser.

31 Die Schar des Jarls hatte die Schären geleert,
das Fechten gewöhnt wie Füchse und Hunde.
Hjalmar und ich, als hin wir kamen,
die Boote zerstörten mit Brand und Feuer.

32 Es fragte Gudmund, ob fahren ich wollte
heim und ihm folgen, als der Herbst kam.
Dem Klugen ich sagte, daß kaum ich sehe
meine Verwandten mehr im Norden.

33 Wir wollten alle uns wiedertreffen
östlich am Elf zur Ausfahrt im Sommer.
Hjalmar wollte, der Hochgemute,
mit sich meine Schar nach Süden haben.

34 Es segelten froh nach beiden Seiten
Brünnenthings Boten, als Brise es gab.
Wir segelten dann nach Svithjod hin,
besuchten Yngvi in Uppsala.

Brünnenthings Boten: »Krieger«.

35 Mir gab Hjalmar, der Hochgemute
zusammen fünf Höfe in seinem Land.
War froh des Reichtums, wenn die Recken
mich fragten um Ringe und friedliche Zeit.

36 Es fanden sich alle am Freudentag:
Svithjods Männer und Sigurd von Norden.
Die Bärte der Insel Besitz verloren,
und Rauch sie sahen für ihren Reichtum.

37 Dann wollten nach Westen, weit bis nach Irland,
von dort wir mit Booten die Brecher durchziehen.
Wohl hatten vor uns, als wir dorthin kamen,
Frauen und Männer die Flucht ergriffen.

38 Weiter ich lief auf dem Weg des Wagens,
als mit scharfem Pfeil ich streiten mußte.
Asmund wohl wollt' ich mit all meinem Geld
ins kostbare Leben kaufen zurück.

39 Dann sah ich später, wo zusammen zogen
furchtlose Männer und viele Frauen;
Dort ließ ich vier von Ölvörs Verwandten
zum Klingenspiel bereit das Leben verlieren.

Klingenspiel: »Kampf«.

40 Sprach aus dem Wagen mit einem Weib,
und sie versprach mir großen Schatz.
Sie setzte mir Frist zum Sommer darauf
und hatte geplant, mich heimlich zu treffen.

41 Nicht einer Brünne oder blauen Ringen,
die naßkalt über mich niederfielen,
war'n gleich die Seiten des goldgenähten
Hemdes aus Seide das herrlich glitt.

42 Wir zogen nach Osten zurück auf Beute,
bis daß die Burschen mich bange nannten.
Endlich bei Skida sahen die Männer
die tapferen Brüder, die Tod ihnen brachten.

43 Halfdan und Soti auf heimischen Schären
vielen Männern zum Morde wurden.
Wir gönnten ihnen, ehe wir gingen,
hundert Schiffe, geräumt bis zum Steven.

44 Wir trafen Männer in Trönuvagar,
als weg wir fuhren, furchtlose Kerle.
Nicht mußte Ögmund missen sein Leben.
Uns blieben drei Mann und ihnen neun.

45 Ich konnt' nicht von Tod der Tapferen prahlen
vor meinen Männern, als zum Meer wir kamen.
Übel wär's Hjalmar und Odd ergangen,
als Glam durchbohrt war vom grausamen Speer.

46 Es kamen zurück die klugen Männer,
warfen für Thord hoch den Hügel erst auf.
Es wagte kein einziger, uns zu wehren,
es gab für uns alles, was gut für uns war.

47 Ich und Hjalmar waren jeden Tag froh,
während die Schiffe heil wir befahlen.
Bis dann auf Samsey wir sahen die Männer,
die mit Knochenflammen zu kämpfen wußten.

Knochenflammen: »Schwerter«.

48 Wir überließen des Adlers Klauen
ganz bar der Ehre der Berserker zwölf.
Getrennt da wurd' ich am Tag des Schicksals
von dem Mann, dem ich am meisten vertraute.

49 Niemals hatt' ich noch in meinem Leben
einen festeren Kopf jemals gefunden.
Auf den Schultern trug ich schwer den Helmgrimmen,
segelte dann nach Sigtuna.

Helmgrimmen: »Krieger«.

50 Nicht ließ ich dann lange Zeit vergehen,
bis Saevid mich zu sehen bekam.
Die Burschen räumten bald mein Boot,
so daß ich beschloß, zu schwimmen von dort.

51 Durch Gautland zog ich mit grimmem Sinn
sechs Tage zusammen, bis Saevid ich traf.
Ich ließ seine Kämpfer kennen das Schwert,
acht und sechs und den Anführer auch.

52 Dann segelten wir weit nach Süden übers Meer,
bis ich grausame Grundseen traf.
Alleine ging ich den anderen Weg,
die Männer aber mußten zur Hel.

53 So kam ich dort an, wo Aquitaniens
Männergeschlechter haben Macht in den Burgen.
Dort fand man vier Gefallene bald,
brave Männer; bin nun hier.

54 Früher geschah es, daß ich schickte
Wort zu den nördlichsten meiner Verwandten.
Froh war ich, als ich sie fand,
wie der hungrige Bussard über der Beute.

55 Uns drei Männern dienten die Krieger
dort große Ehre dann ehrenvoll an.
Aber das wollt' ich wahrlich nicht dulden;
die Brüder beide blieben dort.

56 Ich mußte fort von der Menge der Männer,
ging zu Jorsals großer Burg.
Da ließ in den Fluß ich ganz mich fallen,
danach konnt' ich dienen dem Christus.

57 Der Jordan strömte jenseits von Griechenland
wie Wasserfälle; ich weiß es noch.
Doch es behielt, wie alle wissen,
das gute Hemd seine ganze Kraft.

58 Ich traf einen Greif gleich bei der Schlucht;
er flog mit mir in ferne Länder,
bis wir kamen auf hohe Klippen;
er hieß mich ruhen dort im Horst.

59 Bis mich Hildir brachte von hinnen,
der starke Riese mit dem Ruderboot.
Es ließ mich das Feuer des Flusses hüten
der Monate zwölf; der Mann ruhte aus.

Feuer des Flusses: »Gold«.

60 Wohl liebte ich die wunderschöne,
tapfere, kluge Tochter des Riesen.
Zu zweit mit ihr zeugte ich dann
den starken, herrlichen, schönen Sohn.

61 Den erschlug Ögmund, Eythjofs Töter,
in der Wüste aus Stein im wilden Helluland.
Seinen neun Gefährten nahm ich das Leben;
schlimmeren Wikinger schaute ich nie.

62 Im Zorne ward er der Ziehbrüder Mörder:
des Gardar und Sirni, ganz verlor er den Bart.
Gleich war er keinem an garstigem Ausseh'n
war später genannt Kvillanus blesi.

63 Man fand mich tüchtig   im Pfeileregen,
als brav wir uns schlugen   auf Bravellir.
Ring bat da,   die Reihen zu bilden
Odd, den weitgereisten,   zum edelsten Kampf.

64 Schon traf ich   die schlauen Fürsten
wenig später,   als wir regierten.
Ich gab dem einen   gewünschte Gefolgschaft,
dem jungen Fürsten,   das Erbe zu fordern.

65 Kam schließlich dorthin,   wo für schlau sich hielten
Sigurd und Sjolf   in der Schar des Königs.
Mich drängten die Männer   in der Menge,
Schußfertigkeit zu zeigen   und Schildfertigkeit.

66 Kaum schoß ich kürzer   als die klugen Fürsten,
hatte den scharfen   Speer in der Hand,
dann wir schwammen   weit um die Wette.
Beide ließ ich   niesen Blut.

67 Mir sollt eine Schildmaid   zur Seite stehen,
als zum Kampf wir   kommen sollten.
Ich weiß, daß das Leben   bei Antekja
die Männer ließen,   doch machten wir Beute.

68 Wir schlugen die Männer   mit scharfen Schwertern
zerhauten sodann   ihre hölzernen Götter.
Ich kämpfte mit Bjalki   im Tor der Burg
mit der Eichenkeule,   am Ende seines Lebens.

69 Es war mir Harek   ein wertvoller Freund,
zu sprach er mir   seine Ziehtochter.
So fand ich die kluge   Tochter des Fürsten,
bald saßen wir zusammen   über Sieg und Land.

70 Später dann mocht' ich   mit meiner Freude
sehr lange sitzen,   wie zu wissen ich glaubte.
Viel wär zu sagen   von meinen Fahrten
den edlen Männern,   doch dies ist das Ende

71 Zum Strand sollt ihr eilen zum Schiff hinunter
alle, die heil sind, hier woll'n wir uns trennen.
Bringt Silkisif und unseren Söhnen
gute Grüße: Ich gehe nicht wieder.

Die Saga von An Bogsveigir

1 König Olaf und Ingjald. Ans Herkunft und Kindheit

Zu jener Zeit, als es in Norwegen Kleinkönige gab, begab sich diese Geschichte. Da herrschten ein Vater und sein Sohn über einen Bezirk. Der ältere König hieß Olaf, und der jüngere Ingjald. Ingjald war aber schon erwachsen, als sich diese Geschichte zutrug.

Vater und Sohn waren von ungleicher Art. König Olaf war beliebt, aber Ingjald war ein äußerst hinterlistiger Mensch. Zwei Gefolgsleute von ihnen hießen Björn und Ketil, der eine wurde auch Björn der Starke genannt. Sie waren von der gleichen Art wie König Ingjald, sehr anmaßend und streitsüchtig. König Olaf hatte eine Tochter, die Asa hieß, eine sehr schöne und rechtschaffene Frau. Vater und Sohn herrschten über das Naumudalgebiet.

König Olaf war schon alt, als es mit der Geschichte so weit gekommen war. Er hatte zwei Königinnen gehabt, und beide waren gestorben. Diejenige, mit der er in zweiter Ehe verheiratet gewesen war, hatte Dis geheißen; mit ihr war vorher Önund verheiratet gewesen, der König nördlich des Firdafylki, und der hatte zwei Söhne mit ihr gehabt, die hießen beide Ulf. Sie herrschten nun über das Firdafylki, und es war geplant, daß Ingjald dieses Herrschaftsgebiet als Erbteil von seiner Mutter gemeinsam mit seinen Brüdern besitzen sollte. Er führte zweimal Krieg darum, und unterlag beide Male.

Ein Bauer hieß Björn. Er wohnte in Hrafnista, das liegt vor dem Naumudal. Björn gehörte zu den besten Bauern dort im Norden. Seine Frau hieß Thorgerd. Sie war die Tochter von Bödmod, dem Sohn von Framar und Hrafnhild, der Tochter von Ketil Hoeng*. Björn und sie hatten eine Tochter, die hieß Thordis. Sie war verheiratet mit Gaut auf Hamar, einem angesehenen Mann. Die beiden hatten einen Sohn, der Grim hieß. Er war schon früh sowohl groß als auch stark.

Björn und Thorgerd hatten noch mehr Kinder. Ihr ältester Sohn hieß Thorir, ein schöner und vornehmer Mann und in jeder Hinsicht ganz vortrefflich. Er war ein Gefolgsmann von König Olaf und stand bei ihm in hohem Ansehen. Das konnte man daran sehen, daß

---

* Ketil Hoeng (*Ketill hœngr Hallbjarnarson*) = Ketil »Hakenlachs«.

König Olaf dem Thorir ein Schwert schenkte, das lange Zeit im Besitz seiner Familie gewesen war und das für ein wichtiges Erinnerungsstück gehalten wurde. Das Schwert hatte den Namen Thegn*. Es war lang und breit und biß von allen Schwertern am besten, und es war dreifach geschliffen. Lange Zeit verbrachte Thorir abwechselnd den einen Winter bei dem König, den anderen bei seinem Vater.

Björns jüngerer Sohn hieß An. Er war früh großgewachsen, aber nicht besonders schön und eher langsam in seiner Entwicklung. Über seine Kraft wußte man nichts, denn er erprobte sie nie. Man hielt ihn für einen ziemlichen Tölpel. Von seinem Vater bekam er wenig Zuneigung, aber seine Mutter liebte ihn sehr. Den Leuten erschien er überhaupt nicht seinen früheren Verwandten zu gleichen, Ketil Hoeng und den Leuten von Hrafnista, außer im Wuchs. An legte sich nicht an den Herd, aber von manchen Leuten wurde er dennoch ein Dummkopf genannt. Durch nichts in der Welt war er dazu zu bewegen, sich um irgendeine körperliche oder geistige Fähigkeit zu bemühen. So ging es, bis er neun Winter alt war. Da war er nicht kleiner als Thorir, sein Bruder. Er sah sehr abstoßend aus, und er war auch schlecht gekleidet: Sowohl seine Knie als auch seine Ellbogen waren durchgescheuert.

Als er aber zwölf Winter alt war, verschwand er für drei Nächte, so daß niemand wußte, was aus ihm geworden war. An aber ging auf eine Waldlichtung. Da sah er einen großen Stein und einem Mann bei einem Bach stehen. Er hatte schon von Zwergen gehört und auch davon, daß sie kunstfertiger seien als andere Menschen. An trat zwischen den Stein und den Zwerg und bannte ihn aus dem Stein und sagte, er werde ihn erst wieder hineinlassen, wenn er ihm einen so großen und starken Bogen machte, wie er für ihn angemessen sei, und fünf Pfeile dazu. Die sollten die Eigenschaft haben, daß er alles nach seinem Willen träfe, auf das er schieße. Innerhalb von drei Nächten sollte das erledigt sein, und An wartete solange. Der Zwerg machte alles so, wie es abgesprochen war, und ohne Bedingungen, und der Zwerg hieß Lit**. An gab ihm etwas von dem Reisegeld,

---

* Thegn (*þegn*): mehrdeutiger Name mit der Bedeutung »Degen« und »freier Mann«, »Gefolgsmann des Königs«.

** Lit (*Litr*) = Auge.

das seine Mutter ihm gegeben hatte. Der Zwerg schenkte An noch einen schönen Stuhl.

Dann ging An nach Hause und trug den Stuhl auf seinem Rükken. Da lachten die Leute sehr über ihn. An schenkte seiner Mutter den Stuhl und sagt, er müsse ihr sehr Gutes lohnen.

2 An geht mit seinem Bruder auf Fahrt

Als An 18 Winter alt war, war er der stärkste Mann dort im Norden. Aber weder sein Verstand noch sein Benehmen waren mitgewachsen. Diesen Winter hatte Thorir in Hrafnista verbracht und hatte einen Beinamen nach seinem Schwert bekommen, und er wurde Thorir Thegn* genannt. Aber im Frühjahr machte sich Thorir bereit, zum König zu fahren. Da bittet An darum, mit ihm fahren zu dürfen, aber Thorir verweigert es ihm rundheraus. Als er aber zu seinem Schiff hinausfuhr, kam An gefahren. Thorir fragt, was er dort wolle. An sagt, er werde mit ihm fahren, ob er nun lobende Worte dafür finde oder nicht. Thorir sagt, er werde nirgendwohin fahren. »Du kannst dich nicht bei Häuptlingen aufhalten«, sagt er, »wo man es schon hier zu Hause kaum neben dir aushält.« Dann nahm er An und band ihn an eine ziemlich dicke Eiche. An wehrte sich nicht.

Thorir zog daraufhin weiter, aber nicht lange, da sah er, daß An gefahren kam und die Eiche hinter sich her zog: Er hatte sie mit den Wurzeln ausgerissen. Da sprach Thorir: »Man muß sich über deine Kraft wundern, Bruder, aber es scheint mir trotzdem nicht ratsam, daß du einen König aufsuchst mit der Gesinnung, die du hast.« Dann schnitt er ihm die Fesseln auf und sprach: »Du willst wohl nicht auf meine Worte hören.« Er zog das Schwert Thegn und bedrohte ihn damit: »Dieses Schwert wird dir die Vernunft beibringen, die du bisher nicht hast, und es wird nicht lange mit dir fackeln und deiner Reise ein Ende machen.« An sprach: »Du kannst mich nicht erschrecken wie ein kleines Kind, und damit du weißt, was ich dir zu bieten habe, sollst du nun folgendes sehen.« Damit griff er nach

---

* Thorir Thegn (*Þórir þegn*): doppeldeutiger Beiname mit der Bedeutung »Thorir mit dem Degen« und »Thorir Königsmann«.

Thorir und hob ihn in die Luft und schüttelte ihn wie ein Kind und sagte: »Jetzt kannst du sehen, was du zu erwarten hast, wenn wir nicht den gleichen Weg gehen.« Dann ließ er ihn los, und da erkannte Thorir erst, welche Kraft in dem Mann steckte.

Dann fuhren sie hinaus zum Schiff, aber An achtete darauf, sich möglichst schlecht zu benehmen. Die Kaufleute fragten einander, wer dieser Mann sei. An sprach: »Warum fragt ihr mich nicht selbst? Ich kann es euch sagen. Ich heiße An und stamme von Hrafnista und bin Thorir Thegns Bruder«, aber sie sagten, das glaubten sie nicht. Er sagte, es sei wahr. Da hießen sie ihn dort willkommen.

An war schlecht gekleidet. Thorir befahl, Tuch abzuschneiden, um ihn zu kleiden, so daß er nicht so widerwärtig daherkam, und so geschah es. Es nützte aber nicht viel, denn er band es sich unordentlich fest, und so wurde seine Kleidung nicht besser dadurch. Die Mannschaft verhielt sich gut zu An. Er konnte auch nichts anderes dagegensetzen.

3 An kommt in König Ingjalds Gefolge

Thorir und seine Leute kamen ins Naumudalgebiet und erfuhren dort die Neuigkeit, daß König Olaf gestorben war und Ingjald jetzt alleiniger König über das Reich war, das die beiden besessen hatten. Da sprach Thorir: »Jetzt ist der bessere Mann gestorben; ich wäre nicht von Norden hierhergekommen, wenn ich von dieser Veränderung gewußt hätte.«

Thorir kommt nun an den Hof des Königs. An hatte seinen Bogen bei sich, und als sie zu der Halle kamen, da befestigt An die Sehne an dem Bogen, der schrecklich stark war. Thorir fragt, was das solle. An sagte, das werde sich bald zeigen. Er trug die Sehne vor der Brust, den Bogen aber um die Schultern. Einen Pfeil hatte er in der Hand. Und als sie zur Hallentür kamen, machten die Türhüter Platz für Thorir, über Ans Benehmen jedoch gab es große Aufregung, denn er hatte nichts an seinem Aufzug verändert. Er ging energisch zur Tür, aber der Bogen ragte über die Schultern hinaus, und er kam nicht hindurch; dazu mußte der Bogen entweder brechen oder sich sehr biegen, denn die Türöffnung leistete Widerstand. Schließlich gelangte An in die Halle; der Bogen bog sich, aber er brach nicht.

An setzte sich in der Nähe der Tür hin, und Thorir trat vor den König und begrüßte ihn. Der König erwiderte seinen Gruß und forderte ihn auf, sich zum Hochsitz ihm gegenüber zu begeben. »Ihr sollt hier bei uns willkommen sein; aber wer hat dich begleitet, und warum trennt sich dieser Mann so schnell von dir?« Thorir sprach: »Dieser Mann ist mein Bruder, und er ist nicht von gewöhnlicher Art.« Der König sprach: »Er soll hier willkommen sein, und er soll nahe bei dir sitzen. Das tun wir um deinetwillen; wir haben von An reden gehört; er ist in vieler Hinsicht ein erstaunlicher Mann.« Thorir geht zu An und sagt ihm die Worte des Königs – »und jetzt tu lieber das, was dir Ehre einbringt, Bruder.« An antwortet: »Ich werde den Platz nicht wechseln, und im übrigen will ich um Winteraufenthalt bitten.« Thorir sagt, er solle bedenken, daß er dafür arbeiten müsse.

Trotzdem trat Thorir vor den König und sprach: »Ich will für meinen Bruder An in seinem Namen um Winteraufenthalt bitten, auch wenn er nichts dafür tut.« Der König sprach: »Den Winteraufenthalt soll er haben, aber weshalb ist ihm der andere Platz lieber als der bei dir?« Thorir sagte, An wolle nichts mit ihm zu tun haben – »so hat er es auch schon früher gehalten, daß er allein bestimmen will, und deshalb wollte ich auch nicht, daß er mit mir fuhr, weil ich wußte, daß er wunderlich ist.« Thorir sagte An die Worte des Königs. An sprach: »Das hat sich gut gefügt, und nun, Bruder, geh zu deinem Platz.« Also ging Thorir.

An war wortkarg und ungesellig; meistens saß er an seinem Platz, wenn er nicht gerade hinausging, um sich zu erleichtern. Die Gefolgsleute des Königs lachten viel über ihn, und dabei war Ketil der Anführer. An tat so, als höre er das nicht, und so verging die Zeit bis zum Julfest. Da gab der König bekannt, daß er Julgeschenke austeilen werde, wie es sein Vater getan hatte, und er sagte, er wolle seine Männer auf diese Weise für sich freundlich stimmen. Und am letzten Tag des Julfestes holten sich alle Männer ihre Geschenke außer An. Der König fragte, warum An sich keine Geschenke abholte: »Will er keine Gaben annehmen wie die anderen?« Das wurde An berichtet. Da richtete er sich auf und sprach: »Gold anzunehmen scheint mir gut.«

Der Mann sah nicht geheuer aus, als er zum König nach vorn stürzte. Er war entsetzlich groß. Der König sprach: »Woher kam der große Lärm, An, als du zum ersten Mal durch die Tür hier hereinkamst?« – »Von meinem Bogen«, sagte An, »denn eure Türen waren so klein, König, daß er ganz zusammengedrückt wurde, so, wie ich ihn um die Schultern trug, bevor ich hereinkam, und es krachte laut, als er wieder auseinandersprang.« – »Du sollst«, sagte der König, »›An Bogsveigir‹* heißen.« – »Was schenkst du mir zur Namengebung?« sagte An. »Du sollst einen Goldring für beides zusammen haben«, sagte der König, »zur Namengebung und als Julgabe, denn ich habe gehört, was du vorhin gesagt hast, und du mußt ein sehr starker Mann sein, so groß wie du bist.« – »Das denke ich schon«, sagte An, »daß ich sehr stark bin, aber ich weiß es nicht wirklich.«

An nahm das Geschenk an und dankte nicht dafür. Er spielte mit dem Ring und steckte ihn an seine Brünne. Er nahm ihn in die hohle Hand, und auf einmal sprang der Ring davon. Er ging, um ihn im Gang zu suchen, und als er wiederkam, sah er am ehesten so aus, als habe er im Schlamm gebadet. Seine Sitznachbarn fragten, weshalb er so gräßlich aussehe. Er antwortete dem Fragenden erst nicht, sagte dann aber: »Ich sage es dir nur, wenn du es geheimhältst.« Da sagt er, das werde er tun. An sagte: »Hier bewahrheitet sich nun die Redensart: ›Beneidetes Gut bleibt einem nicht‹; der Ring ist verloren.« Sein Sitznachbar sagte: »Laß uns darüber schweigen.« An sagte: »So soll es sein, aber er ist nicht für mich bestimmt, und ich werde ihn demjenigen schenken, der ihn findet.« Das sprach sich unter den Männern herum, und einer sagte es dem anderen, und Ketil lachte sehr darüber und sagte, es sei so gegangen, wie zu erwarten war, wenn man einem Dummkopf Gold schenke. Dann ging er und sucht mit den Gefolgsleuten nach dem Ring. Da gab es heftiges Gedränge im Gang.

Da sagte An: »Was geht hier vor, daß die Männer auf allen vieren kriechen und im Schlamm wühlen? Ist da ein Ringkampf im Gange?« Man sagte ihm, die Männer wollten seinen Schaden wiedergutmachen und den Ring finden. An sprach: »Ich habe wohl kein allzu gutes Gedächtnis. Hier ist der Ring an meinem Arm, aber jetzt habe ich euch doch einmal heimgezahlt, daß ihr mich so oft zum Narren gehalten habt.« Die Gefolgsleute fanden, man habe sie sehr verspottet. An sagte, so sei es auch richtig. Von da an herrschte

---

* An Bogsveigir (*Án bogsveigir*) = »An, der Bogenspanner oder -schwinger« (hier wohl eher: »Bogenspanner«).

Ruhe mit dem Verspotten, aber die Sache hatte doch Folgen, und Ketil betrieb das am meisten.

4 Ans Ringkampf gegen Björn den Starken. Ingjalds Schlacht gegen seine Brüder. Ketils Rache und Tod

Eines Tages geschah es, daß die beiden Brüder miteinander allein draußen bei der Halle standen. Da kamen einige Gefolgsleute heraus und sagten: »Du mußt ein starker Mann sein, An.« Er antwortet: »Mag sein, daß es so ist, aber ich habe es nie erprobt.« Sie sprachen: »Willst du mit Björn ringen?« Er antwortet: »Unter einer Bedingung will ich darauf eingehen: Ihr sollt mir einen Gefallen tun und ein großes Feuer für mich machen.« So geschieht es, und sie forderten ihn auf, sich zu wärmen. Er sagte, er habe mehr Bedarf dafür, wenn er vom Ringen käme, um sich zu besänftigen.

Dann bereiteten sie sich zum Ringkampf in der Halle vor. An war in einem Mantel aus Wollstoff gekommen, den ihm seine Mutter geschenkt hatte. Er hatte keinen Gürtel um, und der Mantel war so lang, daß er ihn mehr als eine Elle lang hinter sich herschleppte. Auch die Ärmel reichten über die Hände hinaus. Da griff Björn An an, aber er stand ganz ruhig da. Björn war von allen Männern dort der stärkste. Er hob An hoch und warf ihn hinüber zum Feuer, so daß er mit den Schultern im Feuer landete und die Füße außen an den Balken krachten. Da gab es großes Gelächter.

An stand langsam auf. Wegen des Lodenmantels schadet ihm das Feuer nicht. Da sprach der König: »Du, An, scheinst mir nicht so stark, wie du behauptet hast.« An sprach: »Der scheint mir der Stärkere zu sein, König, der als erster fällt.« Da lachte der König. An legte sich einen Gürtel um und raffte den Mantel damit hoch und krempelte die Ärmel auf. Dann gingen sie ein zweites Mal aufeinander los. Da zog An Björn zu sich, schwenkt ihn herum wie ein Kind und schleudert ihn dann hinüber zum Feuer und ließ ihn los.

Die Gefolgsleute liefen herbei und wälzten ihn aus dem Feuer; Björn war sehr verbrannt. Sie sagten, dieser Mann sei reichlich stark. An gefiel es gut, daß er stark genannt wurde, und er sagte, nun habe sich gezeigt, daß er wollte, daß Björn sich am Feuer wärmte, dafür habe dieser mehr Bedarf als er. Dann sprach An eine Strophe:

1 Es schleudert mich, was er nicht sollte
der spottende Mann an den Balken,
nichts konnte ich daran tun:
Schande über ihn!
Er mußte mich packen und fällen,
ich warf etwas Nahrung aufs Feuer,
dann nahm ich ihm reichlich Ehre:
Ewige Schande über ihn!

Nun ging der Winter dem Ende zu, und eines Tages standen die beiden Brüder wieder einmal zu zweit draußen. Da sagte Thorir: »Bist du nicht unzufrieden mit deiner Reise, wo du hier nur Hohn und Spott gefunden hast?« An sagte, er sei nicht unzufrieden. »Ich habe hier Gold bekommen und einen guten Platz für den Winter, und um den Spott kümmere ich mich nicht.« Thorir sagte: »Ich will einen Versuch machen, was ich darüber denken soll. Ich werde dir das Schwert Thegn geben, damit du zwei beliebige Männer des Königs tötest, und mich dann selbst der Anklage stellen.« An sprach: »Ich will das Schwert sehen, und ich werde es annehmen, aber ich werde keinen Lohn dafür versprechen.«

Und am nächsten Tag beim Trinkgelage stand An auf und wandte sich dem zu, der ihm am nächsten saß, und sieht ihn an, und so machte er es mit allen in der Halle; vor dem König blieb er am längsten stehen. Dann trat er vor Thorir und legt das Schwert auf den Tisch vor ihn und sagt, er wolle es nicht haben. Da gab es großes Gelächter, und Thorir war sehr wütend.

Einmal trafen die beiden Brüder zusammen, und Thorir fragt: »Weshalb hast du dich so ungeheuerlich benommen, Bruder, und so ganz anders, als ich dachte?« An sagte: »Ich habe überlegt, welcher von den Männern des Königs Rache verdient hätte, und mir fiel keiner ein. Und den König habe ich am längsten angesehen, weil ich mich bei ihm am schwersten entscheiden konnte, was ich tun sollte.« Thorir sprach: »Du bist wirklich allzu töricht, denn der König ist dir wohlgesonnen.« An sagte: »Über ihn wollen wir zwei nicht reden, denn ich denke, daß kein schlimmerer Mann jemals in ganz Norwegen aufwachsen wird als dieser König.« Dann beendeten sie ihr Gespräch, und jeder ging seiner Wege.

Da läßt König Ingjald zum Thing rufen. Er erhob sich während der Versammlung und sprach: »Es ist allen bekannt, daß mein Vater tot ist und ich dieses Reich besitze, und so will ich bekanntmachen, daß ich all denen Genugtuung geben will, denen ich geschadet habe, und daß ich ihnen und euch allen gute Gesetze geben will. Euch aber, meine Gefolgsleute, verpflichte ich zu einer Fahrt, um meine Brüder aufzusuchen, und wir werden uns friedlich über unser Herrschaftsgebiet einigen. Ich sage meinen Männern zu, daß ich die Lebensmittel und das Leichtbier stelle.« Dafür gab es viel Beifall.

Da sprach An: »Du denkst sicher, daß der König gut spricht, Bruder.« Thorir sagte, das finde er. An sagte: »Das kann ich dir sagen, daß er ihnen jetzt am schlimmsten gesonnen ist; aus dieser Sache wird das größte Unheil entstehen.« Thorir sagte, er werde den König nicht verlassen.

Dann bereiten sie sich für die Fahrt vor. An fragt Thorir, ob er wolle, daß er mit dem Gefolge fahre, »und mit dir und dem König. Es ist für mich eine Kleinigkeit, so vorbereitet loszuziehen, und es ist sehr unsicher, wie mir ein Aufenthalt hier in der Zwischenzeit bekommen würde. Ich bin eher erpicht darauf, mit dir zu fahren; diese Fahrt wird sehr lange im Gedächtnis bleiben und sehr schlimm ausgehen.« Thorir sagt, er wolle, daß er mitfahre, und sie ziehen nun mit dem König nach Norden und liegen im Lee einer Insel. Der König befahl, man solle das Hafenzeichen aufziehen. Da sprach An eine Strophe:

2 Heil dir, Weidenbaum,
wie du am Meer stehst,
so schön belaubt.
Man schüttelt von dir
den Morgentau,
ich aber sorge mich
um den Thegn Tag und Nacht.

Thorir sagte: »Das ist nicht nötig, denn ich werde dir das Schwert Thegn schenken.« An sagt: »Den Thegn meine ich nicht.« Da sagte Ketil: »Ich glaube vielmehr, daß du scharf auf irgendeinen Kerl bist und mit ihm schlafen willst«, und damit trieben sie viel Spott und Hohn. »So ist es nicht«, sagte An, »ich sorge mich nicht um diesen Thegn, sondern um den Thegn Thorir, denn er ist so einfältig, daß er diesem König traut, und ich weiß, daß dieser seinen Tod verursachen wird.«

Dann kamen sie ins Firdafylki. Da sagte König Ingjald: »Ich

denke, wir sind jetzt im Herrschaftsgebiet meiner Brüder angekommen, und ich habe erfahren, daß sie sich nicht friedlich mit uns einigen wollen, und so scheint es mir am meisten Erfolg zu versprechen, wenn wir mit ihnen kämpfen und uns so von ihrem Widerstand befreien.« Da hätten viele lieber zu Hause gesessen, als daß sie mitgefahren wären.

Als aber die Brüder davon erfuhren, sammelten sie ein Heer gegen König Ingjald. König Ingjald befahl, seinen Männern zu trinken zu geben, damit sie Mut faßten. Da kam ein großes Ochsenhorn auch zu An. Er sprach eine Strophe:

3 Besser wär es,
wenn gekämpft werden soll,
schnell zu bewegen
den Fuß zu den Speeren.
Austrinken laßt uns
des Ochsenstirn-Spießes Raub.
Schärfer würden die Schwerter
wir schwingen, wenn ich bestimmte.

Ochsenstirn-Spießes Raub: Spieß der Ochsenstirn: »Horn«, *Raub des Horns:* »Bier«.

Der König sagte: »Das ist gut gedichtet. Der, dem du zur Seite gehst, ist nicht ohne Schild.« An sprach: »Ich glaube nicht, daß davon heute jemand Nutzen haben wird, selbst wenn ich Gefolgschaft leisten könnte.« Der König sprach, er wisse nicht, was für ein Kerl er sei. An meinte, das werde sich schon noch zeigen.

Er legte sich im Schiff nieder, als die anderen zum Kampf an Land gingen. Thorir sprach: »Dein Verhalten ist allzu übel, erst mit hierherzufahren und nun im Schiff zu liegen, wenn Hilfe gebraucht wird. Ich dachte, du hättest eine bessere Gesinnung.« An sagte, er kümmere sich nicht um seine Worte.

Der König ging an Land, und der Landesherr kam ihm entgegen. Sie treffen sich bei einem Wald und kämpften. An stand auf und ging zu dem Wald und zu einem Baumstumpf. Von dort sah er über die Heere von beiden weg und sah, daß zwei Heerzeichen vor Ingjalds Brüdern hergetragen wurden. Da sprach An bei sich: »Ob ich nicht König Ingjald doch Gefolgschaft leiste, aber eine, für die er wenig Bedarf hat und auf die er selbst Lust hat? Ich werde schießen, und es ist sehr wahrscheinlich, daß ich treffe, denn das versprach der, der mir diesen Bogen und diese Pfeile gab, daß ich ein zielsicherer Schütze werden würde. Das war der Zwerg, den ich damals im Wald auf Hrafnista traf. Man meinte, ich sei verschwunden, als der Zwerg und ich diese Sache miteinander ausmachten, und nun soll seine Schmiedekunst erprobt werden, mit der er sich und seinen Kopf rettete. Denn vorher hatte ich ihn aus dem Stein gebannt. Er meinte, ich hätte drei Meisterschüsse frei, einen mit jedem Pfeil.« Er schoß und zielte auf den einen der Brüder mit Namen Ulf, und der Pfeil flog auf ihn zu und drang in den Rücken. Da fiel auch gleich das Feldzeichen. An holte den Pfeil und eilte zum Schiff. Und als die Männer das sahen, sagten sie dem König, da habe wohl einer einen Spieß mit Wurfleine geworfen oder geschossen.

Am Abend kamen die Männer zum Schiff. Da hatte sich die Sache mit dem Schuß schon herumgesprochen. An hörte es und sagte, der Sieg könnte wohl gelingen, »wenn die halbe Arbeit schon getan ist«.

Am Morgen reizte der König die Männer, an Land zu gehen, und sagte, er rechne mit einem Sieg. An blieb zurück, und niemand sprach ihn darauf an, an Land zu gehen. Ihm kam in den Sinn, daß König Ingjald Gefolgschaft brauchen würde. Da verschoß er seinen zweiten Pfeil. Der traf Ulf in die Brust, aber er war weniger kraftvoll geschossen als beim ersten Mal, und der Pfeil blieb stecken. Da erkannten die Männer den Pfeil und dachten, wie es ja auch richtig war, daß beide Pfeile einem Mann gehören mußten, auch wenn sie ihn nicht sahen. Der König sprach: »Ich habe schon lange gewußt, daß An ein tüchtiger Mann ist.«

Der König schickt nach ihm und sagt, er solle ansehnlichen Lohn dafür haben. Die Boten sahen, daß An auf das Boot gegangen war und ihnen nicht allzu nahe stand. Sie sagten ihm die Worte des Königs und versprechen, er werde für seinen Erfolg Ehre erhalten. An sagte: »Ich werde den König nicht aufsuchen, denn er wird mir für mein Tun den Galgen gönnen.« Die Männer gingen zurück und sagten es dem König. Er sagt: »Er war nicht weit davon entfernt, das Richtige zu erraten. Ich will nicht, daß er noch mehr angesehene Männer heimlich tötet, denn ich gönnte meinen Brüdern das Leben und die Herrschaft über ihr Reich.« Thorir sprach: »Schlecht ist es für dich gelaufen, denn du hättest es lieber selbst getan. Es ist noch nicht lange so, daß du sie am Leben lassen wolltest.« Der König antwortet: »Wäre er mit uns an Land gegangen, dann wäre er dafür geehrt worden, aber wegen der heimlichen Totschläge hat er den Tod verdient.« Thorir sagte, seiner Meinung nach hätte es für beides den gleichen Lohn gegeben.

Ingjald nahm das Eigentum seiner Brüder an sich und setzte Männer zur Regierung des Bezirks ein. Dann wurde ein großer Hügel für sie aufgeworfen, der heißt Ulfahaug. Der König war auf dem Schiff und bereit zur Abfahrt. Ketil sagt, er wolle einen Freund besuchen, der nicht weit von dort wohnte. Der König antwortet: »Komm nicht zu spät wieder, denn wir segeln bald.«

Ketil hatte Ans Pfeil in der Hand. Er kam zum Hof eines Bauern nahe bei den Schiffen. Den kannte er nicht. Der Bauer grüßte ihn und fragte nach seinem Namen. Er antwortet: »Ich heiße An Bogsveigir, und du wirst wohl von meinen Schüssen gehört haben.« Der Bauer antwortet: »Wir wären hier gut ohne deine Schüsse ausgekommen, denn unsere Häuptlinge waren gute Männer. Aber bleib bei uns über Nacht.« Er sagte, das werde er annehmen. Dort gab es nicht mehr Menschen als die Frau des Bauern und seine Tochter. Sie hieß Drifa.

Nun ist von An zu berichten, daß er in eine versteckte Bucht rudert und zu demselben Hof kam und dort stehenblieb und dem Gespräch der Männer lauscht. Der Gast ergriff das Wort: »Ist das deine Tochter, Bauer?« – »So ist es«, sagte er. »Ich gedenke mit ihr heute Nacht das Lager zu teilen, ein besseres Angebot bekommt ihr nicht.« Der Mann sagt nicht viel dazu. Ketil sagt, er habe schon größere Taten vollbracht, als in ihr Bett zu gelangen.

Und als An das hört, schlug er an die Tür und ging auf sie los. Ein Knecht kam zur Pforte und mußte ganz heraustreten, bis er den Mann sah. Er fragt ihn nach seinem Namen. Er sagt, er heiße An. Der Knecht sagte: »Das ist ja ein großer Zufall; so heißt auch der, der gerade gekommen ist.« An sagte, das könne sein, und ging hinein und setzt sich Ketil gegenüber. Der Bauer fragt ihn nach dem Namen. Er nennt sich An. Der Bauer sagte: »Hier sind viele, die An heißen; willst du bei uns übernachten?« Er sagt, das wolle er annehmen, »aber ich brauche noch eine Weile, bis ich esse. Hat übrigens er, Ketil, sich hier An genannt?« Er sagte: »Das war nur Spaß.« An sprach: »Das ist ein glückliches Zusammentreffen. Wir haben an der gleichen Stelle den Winter verbracht, und du hast auf manche Weise nach meinen Fähigkeiten geforscht, und du dachtest, nichts zu finden außer dem, daß ich ein einfältiger Mensch sei. Aber ich bin ein tüchtiger Mann, und ich kann dich von deiner Geilheit wohl heilen. Ich habe nämlich vorhin gehört, daß du bei der Tochter des Bauern um Beilager angefragt hast.« Dann packte er ihn am Haarschopf und zerrte ihn hinaus und sprach eine Strophe:

4 Du wirst schon sehen,
wenn du den Stall ausmistest,
daß du nicht bist
An der Bogenschwinger.
Du bist Brotschwinger
mehr als Bogenschwinger,
mehr Käseschwinger
als Bogenschwinger.

Er fesselte ihn und schnitt ihm das Haar ab und tauchte ihn in Teer und sagte, so solle jeder fliegen, der gefiedert sei. Dann stach er ihm ein Auge aus und entmannte ihn. Danach band er ihn los und gab ihm zwei Stecken, »und ich werde meinen Pfeil wieder an mich nehmen«. An sprach: »Das nennt man das Kleinod des Königs, wenn etwas den einen vor dem anderen auszeichnet. Aber mit dir ist nun einiges anders als zuvor, und so schicke ich dich nun so zugerichtet zu König Ingjald. Und ich habe dich für ihn entmannt statt seines einen Bruders, der beinahe ebenfalls entmannt worden wäre.«

Ketil geht zum Schiff und sagte es dem König, und seine Krücken legten Zeugnis dafür ab, daß er schwerfällig in den Bewegungen geworden war, und mit eigenen Augen konnte man sehen, was mit seinem Auge und seinen Hoden passiert war, denn beides war fort. »Wir sind geschiedene Leute«, sagte der König, und jagte ihn von sich weg.

5 *An lebt als Geächteter, zeugt ein Kind mit Drifa und heiratet die Witwe Jorunn*

Nun ist von An zu erzählen, daß er mit dem Bauern sprach: »Ihr habt mich gut aufgenommen, und dich soll um meinetwillen kein Unglück treffen. Wir wollen den Hof verlassen und in den Wald gehen, denn die Männer des Königs werden bald hier sein«, und so geschah es. An hatte richtig vermutet, denn der König schickte seine Männer gleich in derselben Nacht, und sie brannten den Hof nieder und zogen dann wieder davon. Der König sprach zu seinen Männern: »Wenn An entkommen ist, dann setze ich drei Mark Silber auf seinen Kopf aus, und ich erkläre ihn als friedlos in ganz Norwegen.« Das wurde nun weitum bekannt. Der König aber kehrte in sein Reich zurück. An blieb bei dem Bauern und baute den Sommer über seinen Hof wieder auf.

Alltags war An so gekleidet, daß er ein ungefärbtes Hemd trug. Das war so lang, daß es bis zu den Fußknöcheln reichte. Dann trug er ein graues Wams darüber, das reichte bis zur Mitte der Waden. Darüber trug er einen roten Rock, der reichte bis an die Knie. Und ganz zuoberst hatte er eine unansehnliche wollene Jacke an, die reichte bis zur Mitte des Oberschenkels. Er trug eine Kappe auf dem Kopf und eine Holzaxt in der Hand. Der Mann war schrecklich groß und stattlich und nicht gerade hübsch.

Eines Tages traf An draußen Drifa, die Tochter des Bauern. Drei Frauen gingen mit ihr. Sie war eine sehr schöne Frau und gut gekleidet. Sie trug ein rotes, langärmliges Überkleid, das war nach unten hin weit und lang und um die Mitte herum eng. Sie hatte ein Band um die Stirn und das schönste Haar aller Frauen. Sie lachten sehr über ihn und machten sich über seine Kleidung lustig. Da sprach Drifa: »Wo kommst du jetzt her, vierfach gekleidet?« – »Von der Schmiede«, sagte An. In dem Augenblick kam der Bauer dazu und befahl, sie sollten ihn nicht verspotten. Da sprach An eine Strophe:

5 Es fragten die Mädchen,
als sie mich fanden
die blonden:
›Woher kommst du, vierfach?‹
Und ich sagte
der sehr spottlustigen
Gunn der Seide:
›Woher kommt die Windstille draußen?‹

Gunn der Seide: »Frau«.

»Ich glaube nicht«, sagte An, »daß es deinem Oberkleid besser ergeht als mein Kittel, denn seine Innenseite liegt gleich an deinem Hinterteil.« Dann trennten sie sich.

Als der Hof aber wieder aufgebaut war, da sagt der Bauer im

Herbst zu An, es stehe ihm frei, den Winter über dort zu bleiben, »du hast schließlich gut dafür gearbeitet«. An sagte, das wolle er annehmen. Die Tochter des Bauern gefiel ihm gut, auch wenn sie über seine Kleidung gespottet hatte; in der Hinsicht war er nicht nachtragend. Im Frühling jedoch gab er bekannt, daß er wegwolle und sich etwas anderes vornehmen wollte. »Und wenn es so ist, wie ich vermute, daß deine Tochter schwanger ist, dann gibt es nur wenige Sündenböcke, die man dafür verantwortlich machen kann, und ich will die Vaterschaft wohl anerkennen. Und wenn es ein Junge wird, dann schickt ihn zu mir, wenn ihr jemals von meinem Aufenthaltsort erfahrt, und gebt ihm diesen Ring als Wahrzeichen mit. Wenn es aber ein Mädchen ist, dann kümmere dich selbst darum.«

Und dann geht er fort und verließ den Wald in östlicher Richtung. Dort liegt ein Räuber auf der Lauer, der Garan heißt. Und an dem Tag, als An auf dem Weg durch den Wald geht, sah er, daß ein Mann ihm heimlich folgte. Der hatte einen schwarzen Schild, einen Helm auf dem Kopf und einen Bogen in der Hand; den Pfeilköcher trug er auf dem Rücken. Er sah den Ankömmling und schoß gleich mit einem Eisenpfeil auf seinen Schild, kam aber kaum durch den Schild hindurch. Da zielte auch An, schoß durch den Schild und traf ihn in den Oberarmmuskel, so daß er verwundet wurde. Der Räuber sagte, er habe hier wohl einen besseren Schützen getroffen, legte seine Waffen nieder und ging auf den Mann zu und fragte ihn nach seinem Namen. Er sagt, er heiße An. Garan sagt, er habe seinen Namen gehört. »Du bist weithin berühmt.« An sagte: »Auch deinen Namen habe ich gehört, aber immer im Zusammenhang mit Schlechtem.« Garan sagte: »Aber Gutes sollst du von mir erfahren. Ich will dich zu mir einladen, und wir werden uns zusammentun, und wir zwei werden gemeinsam viel Erfolg haben.« An sagte: »Daraus wird nie etwas, wenn wir dafür Böses tun müssen.« Sie kamen zu einer Hütte im Wald; die Tür war nur angelehnt. Sie gingen hinein, und da fehlte es nicht an Reichtümern, Waffen und Schutzausrüstung. An sah da zwei Steine, den einen höher als den anderen. Er fragte, was sie zu bedeuten hätten. Garan sagte: »Darauf habe ich das Rückgrat einiger Männer erprobt, die mich aufgesucht haben.« An sagte: »Wie ein Schurke hast du deine Gäste behandelt; welcher Stein erschien dir übrigens geeigneter, sie darüber zu biegen?« Er sagte, darüber habe er nicht nachgedacht, sagte dann aber, der größere Stein sei wegen seiner Höhe besser geeignet.

Da war vom Tag einiges vergangen. Garan sagte: »Jetzt wollen wir uns etwas zu Essen machen; was willst du lieber tun, Wasser holen oder Feuer machen?« An sagte, wenn es nach ihm ginge, werde er lieber Feuer machen, denn diese Arbeit sei er gewöhnt. Als er sich zum Schlafen legte, warf er sich das Schwert auf den Rücken, das er als Waffe bei sich hatte. Er hörte ein Schwirren über sich, da schlug der Räuber nach ihm und traf das Schwert, und das rettete ihn. Da sprang er auf und sprach: »Du bist untreu und willst die Gemeinschaft wieder aufkündigen, dabei hatte ich noch nicht viel davon. Kann sein, daß du nun heute abend den Bauernstein kennenlernst.«

Da gab es einen schweren Kampf, und jeder wollte sich von dem Stein fernhalten. Aber Garan kam dem Stein nahe. An stieg ihm auf das Fußgelenk und drehte ihm die Hände auf die Brust und bog ihn um den Stein. Da brach sein Rückgrat. An ließ ihn tot liegen. Er schlug ihm den Kopf ab und zog ihn nach draußen und steckte ihm die Nase zwischen die Hinterbacken, damit er nicht als Wiedergänger erscheine. Die Nacht verging. An blieb den Sommer über dort und tat niemandem etwas zuleide und ließ sich nicht sehen. Als es aber Herbst wurde, schloß er die Hütte ab und ging fort und wollte woanders den Winter verbringen.

Eines Abends kam er zu einer reichen Witwe, die Jorunn hieß. Dort blieb er über Nacht und hielt sich längere Zeit dort auf. Als aber die Hausherrin in die Stube kam, fragte sie den Gast nach seinem Namen. Er sagte etwas, das ihm gerade einfiel. Da ging sie ein Stück weg und drehte sich wieder um und sprach: »Weshalb bist du hierher gekommen? Ich vermute, daß du An Bogsveigir bist.« Da gab er es zu. »Weshalb bist du hierhergekommen? Du bist nicht sicher vor dem König.« An sagte, er denke, daß es nicht mehr gefährlich sei. »Ich will es riskieren dazubleiben, wenn ihr es erlaubt.« Sie sprach: »Ich werde mit dem Essen nicht geizig sein.«

Da blieb er eine Weile dort und war tüchtig bei der Arbeit und sah nach ihrer Landwirtschaft und tat das mit viel Verstand. An sagte: »Hier bei euch würde ich gern den Winter verbringen und in jeder Hinsicht euer Hausgenosse sein.« Sie sagte, das werde ihm nicht gut bekommen, »wo doch der König nach dir sucht. Ich kann dir kaum helfen«. Er sagte, er habe nicht die Absicht, sich von König Ingjald Schaden zufügen zu lassen. »Ich werde mit dem Essen nicht geizig sein«, meinte sie, sagte ihm aber gleichzeitig, er müsse selbst auf sich aufpassen. Er wurde zu einem großartigen Verwalter.

Einige Zeit später sprechen sie wieder miteinander. Er sagt, er habe Lust, über eine Hochzeit mit ihr zu verhandeln. Sie sagte, das gehe nur mit Zustimmung ihrer Verwandten, käme ihren Plänen aber sehr entgegen. Niemand hatte etwas dagegen, und so wurde geheiratet.

An war ein sehr guter und umsichtiger Wirtschafter. Er besaß ein Bootshaus im Wald nicht weit vom Hof, und da baute er Schiffe. So wuchs ihr Besitz und ihre Ehre bald sehr. Er besaß vier große Höfe, und auf jedem Hof hatte er 30 bewaffnete Männer bei sich. Die Leute in dem Bezirk bestimmten ihn zu ihrem Anführer. Er war beliebt und großzügig.

Davon erfuhr König Ingjald und suchte nach ihm. Thorir, sein Bruder, fuhr oft mit Vergleichsangeboten dorthin nach Osten, und zwischen den Brüdern herrschte große Freundschaft. Inzwischen war ihr Vater, Björn auf Hrafnista, gestorben, und ihr Schwager Gaut verwaltete den Hof mit Thordis, ihrer Schwester. Der Sohn der beiden, Grim, war groß, schön und stark und sagte, keiner seiner Verwandten gefalle ihm so gut wie An. Er fuhr ihn besuchen. An nahm ihn gut auf, und er hielt sich lange dort auf. Er war dort sehr beliebt. Thorir bat An oft, er solle sich dem König gegenüber nachgiebig zeigen. »Alles andere nützt nichts, Bruder, denn ich sehe genau seine grimmige Haltung dir gegenüber.« – »Soll das Schicksal mit eurem König fertig werden«, sagte An, »aber du traust ihm zu sehr. Mir wäre es lieber, wenn du unseren Hof bewirtschaftetest.« Aber daraus wurde nichts.

6 An wird von König Ingjald verfolgt. Thorirs Tod

Ein Mann hieß Ivar, er stammte aus Uppland und war aus guter Familie. Er kam ins Gefolge von König Ingjald, und der nahm ihn gut auf. Das war nicht zu der Zeit, als An sich bei dem König aufhielt. Ivar war ein tüchtiger Mann. Er hatte mächtig ein Auge auf Asa geworfen und sprach mit ihr über eine Heirat. Der König nahm das nicht sehr bereitwillig auf. Sie sprachen über die Sache. Da sagte der König: »Du greifst reichlich hoch mit deinen Plänen, und ich will dir eine Bedingung stellen. Du sollst zu An ziehen und mir seinen Kopf bringen, und wenn du wiederkommst, sollst du haben, worum du bittest, denn dann wirst du mit Recht ein großer Mann genannt werden und passend als Schwager eines Königs sein.« Ivar sagte, das sei nicht leicht zu erreichen. »Gibst du, Königsschwester, deine Zustimmung zu dieser Verabredung?« Sie antwortet: »Ich will mich der Entscheidung meines Bruders beugen, wenn du mit dieser Angelegenheit durchkommst.«

Da zog er ostwärts und suchte An auf und bittet ihn eindringlich um Winteraufenthalt. An fragt, wer er sei, und sagte, man könne kaum wissen, was einer im Sinn habe, meinte aber, es sei eine Unsitte, jemandem das Essen zu verweigern. »Ich fordere auch kein Kostgeld, bevor ich weiß, wie schweigsam und arbeitsam einer ist.« Ivar ging ihm in der Schmiede und anderswo zur Hand.

Eines Abends, als sie nach Hause gingen, kam es Ivar in den Sinn, weshalb er eigentlich dort war. Da griff er An an und schlug nach ihm. An ging aber schneller, als Ivar dachte, und machte größere Schritte, und so schlug er in den Boden und tief in die Baumwurzeln. Da bemerkte An den Angriff und drehte sich um und sagte, ein solches Kostgeld sei ihm kaum von Nutzen. Er fesselte Ivar mit der Bogensehne und trieb ihn vor sich her nach Hause. Über Nacht legte er Ivar in Fesseln. Und als seine Leute davon erfuhren, wollten sie ihn töten und sagen, das habe er verdient. An sprach, das solle nicht geschehen. »Dann würde es heißen, ich hätte mich selbst zu einem Feind des Königs gemacht, wenn die Leute die wahre Geschichte nicht kennen. Ich will eine große Gerichtsversammlung einberufen; dort soll der Königsmann seine Geschichte erzählen und seine Feindseligkeit vor allen bekennen.«

Und so geschah es. An kam zur Thingversammlung und führte Ivar hinter sich her. An sprach: »Jetzt erzähl uns von deinem ganzen Vorhaben.« Das tat Ivar. Da sagten alle, er habe den Tod verdient. An sprach: »Nein«, sagte er, »das soll nicht sein. Ich weiß, auf welche Weise er nach Hause zurückkehren soll, und ihr werdet es gleich hören.«

Da ließ er ihm das Bein bis hinauf zum Knie brechen und ließ es dann heilen, den Fuß aber andersherum drehen als vorher. Da zeigten die Zehen nun nach hinten. An sprach: »Jetzt stell dich vor mich hin«, und das tat er. An sprach: »Nun bist du das Kleinod des Königs, denn du bist anders als andere Männer.« Dann drehte er sein Gesicht etwas und sprach: »Nun bist du an beiden Enden anders als andere Männer, mit deinem schönen Aussehen und anderen Füßen als andere Männer. Geh nun zu König Ingjald, dich habe ich für den zweiten Bruder verstümmelt, und nun hat er hier nichts mehr zu erwarten.«

Ivar suchte den König auf und sagte ihm von seinem Unglück. Der König sprach: »Das habe ich gewußt, daß Männer einander erschlagen, aber das habe ich noch nicht erlebt, daß man solche Verstümmelungen anrichtet und die Leute dann ›Kleinod des Königs‹ nennt. Ich finde kein Kleinod an dir; geh zurück auf deinen Hof.« Die Schwester des Königs sprach: »Willst du ihm nun nicht die Hochzeit mit mir gönnen?« Der König meinte, das gehöre sich nicht, er habe Ivar wohl doch zuviel zugetraut, daß er Erfolg haben würde. »Aber du hattest ja keine Absage im Sinn.« Da war Thorir noch nicht lange zu Hause.

Danach sandte der König zwölf Männer nach Ans Kopf aus und sprach: »Ich will euch mit dem Auftrag zu An schicken, daß ihr ihn um Winteraufenthalt bitten sollt. Er ist großzügig und wird fragen, warum ihr in einer so großen Gruppe umherzieht. Ihr aber sollt sagen, daß ihr gemeinsamen Besitz habt und daß ihr niemandem zutraut, ihn zwischen euch aufzuteilen, als ihm. Und wenn er euch aufnimmt, dann bringt mit Hilfe von Geschenken so viele von seinen Männern auf eure Seite wie möglich; dann halte ich es für selbstverständlich, daß ihr ihn nicht entkommen laßt.«

Danach zogen sie zu An und brachten vor, was der König ihnen geraten hatte. Er nahm sie bei sich auf, und sie blieben dort bis zum Julfest. Eines Abends sagte Jorunn zu An: »Was glaubst du, was das für Gäste sind, die dich da aufgesucht haben?« Er sagte: »Ich denke, daß sie gute Männer sind, und dabei bleibt es.« Sie sagt, sie denke nicht, daß man sie tüchtige Männer nennen könne. »Und ich habe den Verdacht, daß sie entweder schon Schlimmes getan haben oder es planen, denn jedesmal, wenn du deinen Platz verläßt, sehen sie dir nach und werfen sich heimliche Blicke zu.« Er sagt, das denke er nicht. »Ich habe doch mehr Mühe mit dir, als ich dachte«, sagte sie. »Ich will, daß du morgen das Haus verläßt, und wenn sie sich da nicht verdächtig benehmen, dann ist mein Verdacht grundlos. Sag, daß du abends zu Hause sein willst und daß du allein gehen willst, und wenn sie etwas Verdächtiges unternehmen, dann weiß man, von welcher Art sie sind.« An sagte, so solle es sein.

Am Morgen ging An von zu Hause weg, und als die Wintergäste das sehen, halten sie das für einen günstigen Zeitpunkt, um An anzugreifen, und verließen das Haus in zwei Gruppen, jedesmal sechs.

Sechs von den Kundschaftern blieben im Haus, ebenso sechs von den Hausleuten, die für Ans Kopf Geld genommen hatten. Jeweils sechs von ihnen legten sich auf die Lauer. Sie ließen sich an Ans Weg nieder.

Jorunn suchte Grim auf und sagte, ihr käme das Verhalten der Männer verdächtig vor. »Versuch du, etwas herauszufinden.« Er sagte, dazu sei er bereit, und zog mit vielen Männern in den Wald, so daß es die anderen nicht wußten, aber sie sahen sie nirgends.

Es ging nun auf den Abend zu, und es schien ihnen am nützlichsten, heimzugehen und abzuwarten, so daß ihr Verhalten keinen Verdacht erregte. Sie kamen heim, da saß An im Hochsitz und sah nicht besonders freundlich aus. Auch Grim war nach Hause gekommen. An sprach: »Nun soll unseren Wintergästen Gelegenheit gegeben werden, von ihrem Vorhaben zu berichten und weshalb sie mich heute töten wollten. Ich weiß nun, was ihr vorhabt, und ich habe schon lange gewußt, daß ihr Verrat plant, aber in die Treue meines Gesindes hatte ich doch mehr Vertrauen gesetzt.« Da wollten sie auf ihn losgehen. An sprach: »Ich werde meine Gefolgsleute nicht töten, sie sollen gehen. Aber die Königsleute gebe ich in die Gewalt von Grim, meinem Verwandten, und er soll heute mit ihnen seinen Spaß haben.« Grim sagte, das sei gut gesprochen. Er ging mit ihnen in den Wald und hängte sie alle zusammen an einem gemeinsamen Galgen auf.

Das erfährt König Ingjald, und es gefällt ihm gar nicht. Inzwischen war Thorir wieder zum Gefolge gestoßen. Er war still und schien bei den Worten anzuschwellen. Der König fragt, weshalb er so schweigsam sei. »Ich werde genauso gut zu dir sein wie früher.« Thorir sagte: »Das spreche ich dir nicht ab, aber es nützt nichts.« Der König fragt: »Was fehlt an meinem Verhalten zu dem meines Vaters?« – »Ich habe damals nicht darum gebeten«, sagte Thorir. »Aber dein Vater gab mir ein großes Geschenk, nämlich dieses Schwert.« Der König sagte: »Ist das eine große Kostbarkeit?« – »Sieh es dir an«, sagte Thorir. Der König nahm es und zog das Schwert und sprach: »Das ist keines unwürdigen Mannes Eigentum.« Thorir sagte: »Nehmt es als Geschenk an, Herr.« Der König sagte: »Ich will es nicht. Du sollst es besitzen und möglichst lange bei dir tragen.« Dann griff er Thorir im Hochsitz an und durchbohrte ihn mit dem Schwert und ließ es in der Wunde stecken. Er sprach: »Mancherlei Geschenke können An und ich einander doch schicken.«

Dann rüstete er ein Schiff aus, und darauf waren 60 Männer, und er befahl ihnen, zu An zu fahren und an seinem Ankerplatz anzulegen und ihn aufs Schiff zu locken. »Und sagt ihm, sein Bruder Thorir sei gekommen und wolle einen Vergleich aushandeln. Und wenn er euch in die Hände fällt, dann tötet ihn. Wenn das gelingt, sind meine Brüder ein wenig gerächt. Seht zu, daß ihr am frühen Morgen bei An ankommt.« Dieser Plan erregte sehr viel Mißfallen, und nun wurde er von jedermann Ingjald der Böse genannt.

Dann fuhren sie ihres Weges. Aber in der Nacht, bevor sie ankamen, träumte An und sagte zu Jorunn: »Es kam mir so vor, als sei Thorir in sehr niedergeschlagener Verfassung hierhergekommen, und er ist bisher noch immer gekommen, wenn ich von ihm geträumt habe. Aber ich glaube nicht, daß diejenigen, die er hierher so mitbringt, wie mir meine Ahnung sagt, ohne Absicht unterwegs sind, denn er schien mir ganz blutig, und er war von einem Schwert durchbohrt.« Sie sprach, seine Träume kämen ihr reichlich deutlich vor.

An sprang auf und sagte, da kämen Männer. Er ließ vier Schiffe bereitmachen; zwei lagen bei einer Schäre weiter draußen, die anderen beiden in einer geheimen Bucht in der Nähe des Ankerplatzes vor dem Hof. An schickte Boten zu den Männer in der Gegend, um Thorirs Begrüßung zu feiern, wenn er fröhlich und gesund käme, oder im anderen Fall die Waffen zu erproben. An war auf dem Hof, und seine Männer auf den Schiffen, und er befahl ihnen, auf alles vorbereitet zu sein, was geschehen könnte.

Wenig später sahen sie, daß ein Schiff mit roten Schilden an der Bordwand auf den Ankerplatz zufuhr. Die Schiffsbesatzung läßt An ausrichten, er solle zum Ufer kommen und seinen Bruder Thorir begrüßen, der gekommen sei, um einen Vergleich auszuhandeln. An sprach: »Bisher hat er nicht so lange gezögert, an Land zu kommen, aber diesmal läßt er daran ein wenig fehlen.« Sie sagten, er sei noch schlaftrunken. An sagte, er werde bis zum Schiff kommen, aber nicht weiter. Sie wagten nicht, ihn anzugreifen, und warfen Thorir vom Schiff aus an Land und baten An, diese freundschaftliche Gabe von König Ingjald anzunehmen. An hob Thorir auf und sprach: »Das hast du nun von deiner Gutgläubigkeit, daß du dem König getraut hast, aber jetzt ist anderes wichtiger, als dir Vorwürfe zu machen.« Er schob ihn unter einen Felsvorsprung, selbst aber sprang er auf das Schiff und riß einen roten Schild heraus. Dann griff er sie an, und sie kämpften, und es fiel eine Menge von König Ingjalds Männern. Ein Mann kämpfte auf den Knien. Grim griff ihn an, aber der Mann schlug nach seinen Kniekehlen, Waden und Fersen und sagte, nun werde er wohl eher steifbeinig bleiben als geheilt werden. Sie töteten jeden einzelnen von ihnen.

An ließ einen Hügel machen und ein Schiff hineinsetzen und Thorir auf das Achterdeck, die Königsmänner aber auf beide Bordseiten bringen, um sichtbar zu machen, daß sie ihm alle dienen sollten. Grim wurde wieder gesund. Der König erfuhr nun davon und fand, sein Ruhm und seine Ehre seien dadurch nicht gerade vermehrt worden.

7 Der Kampf gegen König Ingjald. An findet seinen Sohn Thorir und zieht zurück nach Hrafnista

Eines Morgens war An zu Hause auf seinem Hof und sprach: »Ich denke«, sagte er, »daß da sehr viele Männer im Wald sind, und es kann sein, daß es so kommt, wie gesagt wird, daß die Macht und das Glück des Königs weit reichen.« Da weckte er seine Hausleute und sagte: »Es hat sich schon oft erwiesen, daß ich gut verheiratet bin. Jorunn hat mich oft gewarnt, daß ich hier nicht gegen den Willen des Königs sitzen soll, aber ich wollte es darauf ankommen lassen, was geschehen würde.« Dann nahm er einen Holzpfahl und schlug ihn entzwei und schnitzte einen Griff an beide Stücke. Er sagte: »Wenn wir herauskommen, werden sie uns einkesseln, aber ich fände es schlimm zu fliehen. Grim und ich werden unbewaffnet gehen.« Und er bat ihn, den zweiten Knüppel zu nehmen, und so geschah es.

Sie wandten sich nun in Richtung Meer. Da war der König mit einer großen Menge an Männern angekommen. An und seine Leute kämpften sich den Weg frei und schlugen mit beiden Händen zu. Den Männern des Königs erschien es nicht gut, dort zu bleiben, aber Ans Hausleute verfolgten sie, und viele wurden getötet, die Frauen aber suchten bei Jorunn Schutz.

An und Grim und ihre Leute gelangten zu einem Ruderboot und sahen die Flotte des Königs rund um sich, und mittendrin war ein Kundschafterboot. An sagte, er hätte große Lust, denen einen

Streich zu spielen, »die uns Böses antun wollen«. Er stieß mit einem eisenbewehrten Bootshaken nach dem unteren Teil des Bootes, und so kam es, daß die schwarze See eindrang, und die Männer riefen nach dem Schiff des Königs, man solle ihnen helfen. An machte, daß er von ihnen fortkam. Er sagte, Grim könnte wohl besser rudern, wenn seine beiden Füße gleich wären. Er sagte, das sei ein großer Verlust. An gab nicht eher auf, als bis die Griffe der Ruder zwischen seinen Schultern waren, Grim aber war vom heftigen Rudern tot zusammengebrochen.

An stieg nun über Bord und wollte auf keinen Fall, daß die Männer des Königs ihn in die Hände bekamen. Sie sahen, daß ein Mann über Bord gegangen war und der andere tot im Schiff lag. Das berichten sie dem König. Der sagte: »Das war zu erwarten, daß An es uns nicht gönnt, ihn zu ergreifen, aber das soll ihm nicht gelingen; wir werden überall Wachen einsetzen, damit er nicht an Land kommt.«

Das dachte sich auch An, und er schwamm quer hinüber zu einer Insel, die weiter draußen lag, und dort kam er an Land und war vollkommen erschöpft. Dort wohnte ein Mann namens Erp mit seiner Frau. Mehr Leute gab es dort nicht. Erp durchsucht den Strand und zog mit seinem Ochsen dort entlang und sah, daß da ein großer Mann am Ufer lag. Der Bauer dachte, er sei tot, und ging grob mit ihm um. An sagte, er solle ihn anständig behandeln. Da sagte Erp: »Zu Hause bei Jorunn hast du wohl in einem besseren Bett geschlafen.« Er fährt ihn nun zu sich nach Hause, und die Füße ragten hinten über den Wagen hinaus.

Seine Frau sagte ihm, er solle keinen Toten mitbringen. Erp aber entgegnete, hier sei die Sache anders, und erzählte ihr davon. Sie sagte, das werde etwas einbringen, wenn sie sich gut um den Mann kümmerten. An erholte sich dort bald.

König Ingjald hielt An für tot und fuhr heim. An hielt sich bei dem Alten auf, und als er gesund war, brachte Erp ihn an Land. An sagte, sie hätten ihn gut behandelt, und gab der Frau Gold, Erp aber schenkte er die Insel und sagte, sie sollten zu gegebener Zeit noch mehr bekommen. Dann machte er sich auf nach Hause.

Jorunn hatte inzwischen einigermaßen gut gewirtschaftet, aber es fehlte doch viel dazu, daß man prassen konnte. Die Männer begrüßten An freudig, er aber antwortet der Hausherrin: »Bisher war ich dir nicht gleichgestellt, was das Vermögen anging.« Sie sagte, sie wolle das nicht zählen, was er dazutat. Da kam ihm in den Sinn, jetzt wäre es nicht unvernünftig, ihr die Reichtümer in Garans Hütte zu zeigen, denn nun meinte er, sie zu brauchen. Er ließ alles zu sich bringen und sagte Jorunn: »Hier kannst du dir ansehen, was ich besitze«, und er erzählt ihr die ganze Geschichte. Da schien er nicht mehr so besitzlos, wie die Männer gedacht hatten. So kam nun ebensoviel Besitz für sie zusammen wie früher, oder eher noch mehr.

An setzte nun überall Kundschafter ein. Davon erfuhr König Ingjald, und er ließ alles bewachen und schlief in der Halle bei seinem Gefolge.

An betrieb seine Schmiede wie früher. Und eines Abends, als er die Schmiede verließ, da sah er auf einer Insel ein Feuer brennen. Da kam ihm in den Sinn, es könnte der König sein oder Diebe, die es auf seinen Besitz abgesehen hatten. Er wird neugierig und ging allein zum Strand hinunter, nahm sich ein Boot und rudert zu der Insel. Da sah er einen Mann am Feuer sitzen, der war jung und groß. Er trug ein Hemd und eine Leinenhose und war dabei zu essen. Vor ihm stand ein silberner Teller. Er hatte ein Messer mit einem Griff aus Walbein und stocherte damit im Kessel und aß, was ihm gefiel. Wenn etwas noch zu kalt war, warf er es wieder hinein und holte sich etwas anderes heraus.

An fand, er verhalte sich unvorsichtig. Er schoß auf ihn und traf das Stück, das er gerade aus dem Kessel holte, und es fiel in die Asche. Da legte er den Pfeil neben sich und aß weiter wie vorher. An schoß mit einem zweiten Pfeil, der traf den Teller vor ihm, so daß der in zwei Teile zersprang. Aber der Mann blieb sitzen und kümmerte sich nicht darum. Da schoß An zum dritten Mal und traf den Messergriff, so daß es ihm aus der Hand flog und in zwei Teile zersprang.

Da sagte der junge Mann: »Irgend jemand hat es auf mich abgesehen, aber es wird ihm nichts nützen, daß er mein Messer verdorben hat.« Dann griff er nach seinem Bogen, und An erinnerte sich daran, daß es nicht sicher ist dort, wohin ein ungeschossener Pfeil fliegt. Er ging zu einer großen Eiche, so daß sie zwischen ihnen stand.

Der junge Mann schoß seinen ersten Pfeil ab, so daß An fand, er hätte ihn in der Mitte getroffen, wenn er gewartet hätte. Der zweite Pfeil hätte ihn, so schien es, ins Brustbein getroffen und der dritte ins Auge, und nun steckten sie alle in der Eiche, wo An gestanden hatte. Da sprach der junge Mann: »Jetzt wäre es Zeit für den, der auf mich geschossen hat, sich zu zeigen, und wir wollen uns treffen, wenn er etwas von mir will.« Da trat An vor, und sie begannen zu ringen, und es war ein schwerer Kampf. An wurde schneller müde, denn der Junge hatte starke Beine und war überhaupt sehr stark.

An bat um eine Ruhepause; der junge Mann zeigte sich immer noch kampfbereit, ließ aber An bestimmen. An fragt: »Wie heißt du?« Er sagte, er heiße Thorir und sein Vater heiße An. »Und wer bist du?« – »Ich heiße An«, sagte er. Der junge Mann sagte: »Jetzt wird es sich als richtig erweisen, daß du vieles Gutes entbehren mußt, zum Beispiel das Schaf, das ich genommen habe.« An sagte: »Halten wir uns nicht mit nutzlosem feindseligen Gerede auf. Hast du Zeichen dabei für den Fall, daß du deinen Vater findest?« – »Ich habe ein Wahrzeichen, das dir meine Geschichte bestätigt, aber ich bin nicht verpflichtet, es dir zu zeigen«, sagte Thorir. An sagte, er solle ihm lieber gleich zeigen, welches Wahrzeichen er für seine Herkunft besitze. Thorir zeigt ihm den Ring. An sagte: »Dieses Zeichen beweist, daß du deinen Vater vor dir hast, und nun laß uns heimfahren und uns einen besseren Aufenthaltsort suchen.«

So machen sie es und kamen heim, und da saßen seine Männer in Furcht und Schrecken, denn sie wußten nicht, was aus ihm geworden war. An setzt sich in den Hochsitz und Thorir neben ihn. Jorunn fragt, wer dieser junge Mann sei. An forderte ihn auf, selbst seinen Namen zu sagen. Er sagte: »Thorir heiße ich, und ich bin Ans Sohn.« Sie sagte: »So erweist es sich als wahr, was man sagt, daß jeder reicher ist, als man meint. Du hast mir nichts von diesem Sohn gesagt, aber ich denke nicht, daß du dich bei der Arbeit an ihm umsonst abgemüht hast. Wie alt bist du?« – »Achtzehn Winter«, sagte Thorir. Sie sagte: »Ich finde, man sollte dich Halegg* nennen, denn ich habe niemanden gesehen, der von den Knien abwärts größer war.« Er sagte: »Dieser Name gefällt mir, aber du mußt mir etwas zur Namengebung schenken, wenn man mich so nennen soll.« Sie sagte, so solle es sein, und schenkte ihm reichlich Gold. An fragt Thorir darüber aus, wie er bei dem Alten aufgewachsen sei. Er berichtete, man habe dort so getan, als ob man eine Tochter aufziehe, »denn König Ingjald wollte mich töten, und so flüchtete ich auf gut Glück aus dem Norden.« Thorir blieb nun den Winter über dort.

---

* Halegg (*háleggr*) = »Der mit den langen Unterschenkeln«.

Einmal sagte An: »Ich habe keine Lust, dich hier auszuhalten, wenn du nur dasitzt und nichts dazugibst.« Er sagt, er habe keinen anderen Besitz als den Ring. An sagte, er fände es besser, ihn auf eine Reise zu schicken. »Es scheint mir, daß du verpflichtet bist, den Tod deines Namensvetters an König Ingjald zu rächen. Ich glaube auch, es wird dir am ehesten aus unserer Familie gelingen, denn es hat sich gezeigt, daß der König und ich einander niemals in die Hände fallen. Du sollst erst hierher zurückkehren dürfen, wenn die Rache vollbracht ist, ob du nun dazu verpflichtet bist oder nicht. Du sollst das Schwert Thegn haben, und wenn du diese Aufgabe erfüllst, dann ist da die Schwester des Königs. Nimm sie mit und zeuge mit ihr einen Sohn als Ersatz für meinen Bruder.« Thorir sagte, so solle es geschehen, und zog mit einem voll ausgerüsteten Schiff auf Heerfahrt, und im Herbst besaß er fünf gut ausgestattete Schiffe. Er war ein äußerst kämpferischer Mann und ein großartiger Wikinger.

Mitten in der Nacht kam er zu König Ingjalds Hof und legte Feuer an die Halle. Die Männer erwachten von dem Rauch. König Ingjald fragt, wer das Feuer gelegt habe. Er sagte, es sei Thorir Helegg. Der König sagt: »Möglich, daß dieser Funke von Drifa, der Tochter des Alten, geflogen kam. Den Verdacht hatte ich schon lange, und es kann auch sein, daß es uns hier schließlich heiß genug wird.« Thorir sagte, es sei seine Absicht, seinen Übeltaten ein Ende zu bereiten. Da ließ König Ingjald die Pfosten zerbrechen und zur Hallentür bringen und sagte, er wolle nicht im Haus verbrannt werden. Die Männer rannten heraus. Thorir stand nahe dabei, als der König herauskam, und er versetzte ihm den Todesstoß. Dann raubte er Asa, nahm sie und viele Reichtümer mit und schickte beides zu seinem Vater. Der nahm Asa gut auf, Thorir aber ging auf Heerfahrt und vollbrachte viele Heldentaten. Er war ein ausgezeichneter Mann, und man hielt ihn seinem Vater für recht ähnlich. Thorir kam zu An, als er mächtig reich geworden war, und wurde gut aufgenommen. Er hielt sich den Winter über dort auf. Im Frühjahr sagte An, er rate ihm zur Wegfahrt. »Ich schenke dir all mein Eigentum, nur giere nicht nach dem, was König Ingjald besessen hat, denn es dauert nicht mehr lang, dann ist es vorbei mit den Kleinkönigen. Da ist es besser, auf seine Ehre aufzupassen, als sich an eine hohe Stelle zu setzen und dann kleiner zu werden. Ich werde nach Norden nach Hrafnista zurückkehren. Und du sollst für Erp und deinen Pflegevater und für deine Mutter sorgen.«

Dann fuhr An nach Norden, Thorir aber wurde ein berühmter Mann. An gelangte nach Norden auf die Insel und hatte dort noch eine Tochter, die Mjöll* hieß, die Mutter von Ketil, dem Sohn von Ketil Raum**, der der Vater von Ingimund dem Alten im Vatnadal war. An mußte sich mit den Pelzträgern*** dort im Norden oft herumschlagen, und man hielt ihn allgemein für einen ausgezeichneten Mann. Thorirs Sohn war Ögmund Akraspillir****, der Vater von Sigurd Bjodaskalli*****, einem berühmten Mann in Norwegen. Und hier beenden wir die Saga von An Bogsveigir, dem Bogenspanner.

---

* Mjöll = »Pulverschnee«.

** Raum (*raumr*) = »groß und häßlich«.

*** Pelzträger = abfälliger Name für Sami (Lappen), die mit Fellen handelten.

**** Akraspillir = »Ackerverderber«.

***** Bjodaskalli (*bjóðaskalli*) = »der Glatzkopf aus Bjodar«.

Anhang

Anmerkungen

Aussprache und Transkription altisländischer Wörter

Die Betonung liegt immer auf der ersten Silbe; Akzente bezeichnen die Silbenlänge und sind ohne Einfluß auf die Betonung. Vokale mit Akzent sind lang, Vokale ohne Akzent sind kurz (Ausnahme: æ = dt. *ä* sowie œ = dt. *ö* sind immer lang).

Die wichtigsten Abweichungen von der deutschen Aussprache:
y = dt. *ü*
ei = dt. *ej*, niemals *ai*
ey = etwa dt. *öü*
ø = dt. *ö*
ð, Ð wie stimmhaftes engl. *th (father, this)*
þ, Þ wie stimmloses engl. *th (bath, think)*
s ist immer stimmlos wie dt. *ß*, auch am Wortanfang
f im Anlaut wie dt. *f*, sonst meist wie dt. *w*
v = dt. *w*

Heute wird für das Altnordische oft die neuisländische Aussprache verwendet. Die wichtigsten Abweichungen von der rekonstruierten altisländischen Aussprache sind:
á = dt. *au*; *ó* = dt. *ou*; *ei* und *ey* = dt. *ej*, niemals *ai*; æ und œ = dt. *ai*.

Bei der Wiedergabe altisländischer Namen im Text wurde nach folgenden Grundsätzen verfahren:

- Die Namen werden in der Form des Nominativ Singular wiedergegeben, jedoch ohne die Endung *-r*, *-n* oder *-l*, also *Odd* statt *Oddr*, *-dal* statt *-dalr*, *Innstein* statt *Innsteinn*, *Ketil* statt *Ketill*.
- Akzente werden weggelassen.
- Altnordische Sonderzeichen werden wie folgt wiedergegeben: *þ, Þ = th, Th; ð, Ð = d, D;* œ = *oe;* æ, *Æ = ae, Ae, ø = ö* (Ausnahme: Ortsnamen auf *-fjörðr* werden mit *-fjord* statt *-fjörd* wiedergegeben.).

Die Saga von Asmund Kappabani

S. 17: Asmund Kappabani: Asmund erhält den Beinamen »Kappabani« = »Heldentöter« erst am Ende der Saga, nachdem er eine ganze Reihe von berserkerhaften Kriegern im Alleingang besiegt hat.

S. 18: Svithjod (*Svíþjóð*, wörtlich: »Gebiet, wo das Volk der Sviar wohnt«): Entspricht dem heutigen Ostschweden, etwa der alten Landschaftsbezeichnung Svealand, v. a. dem Gebiet um den Mälarsee und nördlich davon, während Gautland das westliche Schweden, entsprechend der alten Landschaftsbezeichnung Götaland, meint. Später wurde die Bedeutung auf ganz Schweden ausgedehnt.

S. 19: Hochsitzpfeiler: Es handelt sich um die Stützpfeiler des erhöhten Sitzes, auf dem der Anführer (hier: »König«) und oft auch ein Ehrengast saß. Häufig waren diese Pfeiler mit Schnitzereien verziert, z. T. mit Götterbildern. Daß sie mehr waren als ein beliebiger Teil des Mobiliars, zeigt ihre gelegentliche Erwähnung im Zusammenhang mit der Landnahme in Island, wo der neue Siedlungsplatz danach ausgesucht wurde, wo die Götter die Hochsitzpfeiler (die in Landnähe ins Meer geworfen worden waren) an Land treiben ließen.

S. 20: Hunaland: Die Lage von Hunaland ist umstritten; wahrscheinlich handelt es sich um einen Teil von Westfalen (s. a. »Die Saga von den Völsungen«, Kap. 1, und »Die Saga von Örvar-Odd«, Kap. 19)

S. 22: ... will ich dir Budlis Tochter Hild zur Frau geben, auch wenn sie schon einen Ehemann hat: Die Episode geht auf die Tatsache zurück, daß bei Kriegszügen (nicht nur) der Wikingerzeit häufig die Frauen oder andere weibliche Verwandte der Gegner als Kriegsgefangene verschleppt und zwangsweise mit einem verdienten Gefolgsmann des Siegers verheiratet wurden. Ähnliche Verhältnisse finden sich auch in der »Saga von den Völsungen«, Kap. 12 (»Sigurds Mutter Hjördis bei den Königen Alf und Hjalprek«) und in der »Saga von An Bogsveigir«, Kap. 7 (Raub von Ingjalds Schwester Asa).

König Lazinus: So der Wortlaut in der Haupthandschrift **S**. In der Handschrift **M** heißt derselbe König Atli, wodurch über den Namen eine Verbindung zum Atli (Attila, Etzel) der Nibelungenüberlieferung hergestellt wird.

S. 23: ... eines Angriffs auf bewirtschaftetes Land: Während der Wikingerzeit entwickelt sich erst allmählich eine staatliche Organisation, so daß unbewirtschaftetes Land quasi als herrenloses Gut angesehen werden konnte. Sichtbar bewirtschaftetes Land dagegen war Privateigentum, und ein Angriff darauf wurde als strafwürdiges Eigentumsdelikt angesehen.

Berserkerart, Berserkerwut: Hildibrand Hunakappi wird als »Berserker« bezeichnet, und es zeigt sich wenig später im Verlauf der Erzählung, daß er sich mit einer ganzen Schar von gleichgearteten Kriegern umgibt. In der Sagaliteratur werden unterschiedliche Phänomene unter der Bezeichnung »Berserker« zusammengefaßt. Zunächst können damit einfach besonders kampflüsterne, aber durchaus überwindbare Männer gemeint sein. Die Sagaliteratur kennt auch eine Reihe von Beispielen für den Berserker als einen besonders habgierigen, bedrohlichen Fremden, der durchs Land zieht und die Männer zum Zweikampf um ihren Besitz herausfordert. Dies ist ein weitverbreitetes literarisches Motiv, und es spiegelt sich in der Saga von Asmund Kappabani, wo die Herzöge von Saxland regelmäßig mit Hildibrands Berserkern um ihren Landbesitz kämpfen. Aber wie im Falle Asmunds ist auch dieser Typus des Berserkers, wenn auch oft nur durch List, meist besiegbar. Bei Hildibrand und seinen Männern werden aber auch Merkmale genannt, die auf einen anderen, womöglich ursprünglicheren Typus hinweisen. Auch sie sind, wie die spätere Szene mit dem Totschlag am eigenen Sohn zeigt (Kap. 9), extrem aggressiv. Aber ihre Aggressivität ist von besonderer Art, denn sie geraten in Berserkerwut, in einen Zustand der ekstatischen Raserei, der sich durch ihr Brüllen und Heulen bemerkbar macht. In anderen Darstellungen ist eine weitere Folge dieser Ekstase Unverwundbarkeit.

S. 27: HOLMGANG: Grundsätzlich ist damit ein Zweikampf gemeint. In der »Saga von Asmund Kappabani« werden die saxländischen Herzöge zu regelmäßigen Zweikämpfen um ihren Grundbesitz herausgefordert. Prinzipiell war der Holmgang (in seiner Beweiskraft dem christlichen Gottesurteil zumindest ähnlich) ein zulässiges Mittel zur Entscheidung von Rechtsstreitigkeiten. Der Name leitet sich von der Bezeichnung »Holm« für eine kleinere Insel ab, denn der Zweikampf wurde auf einem abgesteckten Stück Land durchgeführt, vorzugsweise auf einer Insel. Die Flußnähe deutet darauf auch bei Asmunds Zweikämpfen hin. Die erhaltenen Gesetze zeigen, daß der Holmgang in Island und Norwegen zu Beginn des 11. Jahrhunderts bereits verboten war.

S. 29: ... IN DIESER GEGEND HABEN DIE BERSERKER UNGEWÖHNLICHE GESETZE: Es gibt Hinweise darauf (u. a. in der *Kormáks saga*), daß der Holmgang durch relativ feste »Gesetze« reglementiert war, die z.B. einen Kampf gegen eine Überzahl verboten. Auf derartige Regelüberlieferungen spielt Asmunds Bemerkung an.

S. 32: SCHICKSALS-DISEN (*dís*, pl. *dísir*): Disen sind weibliche Gottheiten, deren Verehrung möglicherweise auf Fruchtbarkeitskulte zurückgeht, die aber allem Anschein nach ähnlich wie die westgermanischen Matronen außerdem als persönliche Schutzgottheiten und als Kriegsgottheiten (hier erscheinen sie als »Frauen mit Kriegswaffen«) verehrt wurden. Über die Funktion und den Kult der Disen in heidnischer Zeit ist wenig bekannt; von einem regelmäßigen Opfer zu Winterbeginn wird erst in Sagas ab dem 13. Jahrhundert gesprochen.

S. 33: RHEIN: Wie die Anlehnung der Sagahandlung an den Stoff des Hildebrandsliedes (s. Nachwort) weisen auch die wenigen geographischen Angaben (Hunaland, Saxland) und der Name des Hildibrand in den deutschsprachigen Raum. Die Erwähnung des Rheins als des Flusses, an bzw. in dem die Zweikämpfe stattfinden, ist ein weiterer Hinweis auf diesen Zusammenhang.

S. 34: ... OBWOHL SIE DARAN BETEILIGT GEWESEN WAR: Bei aller Verherrlichung, die Asmunds Kampfkraft in dieser Saga erfährt, bleibt doch der tragische Hintergrund des Bruderkampfes, der durch die Prophezeiungen im ersten Kapitel der Saga bereits angedeutet wurde, auch am Ende nicht ohne Wirkung. Budlis Bemühungen, das Schicksal aufzuhalten und durch das Versenken des einen Schwertes den vorhergesagten Kampf zwischen seinen beiden Tochtersöhnen zu verhindern, sind gescheitert. Asmund »bereut seine Tat« und sorgt für eine würdige Bestattung des toten Halbbruders. Selbst seine Verlobte Aesa, die ihn – wissentlich oder unwissend – zu der Tat angestachelt hat, muß ihre Schuld eingestehen, bevor die Saga ein glückliches Ende nehmen kann.

Die Saga von den Völsungen

S. 38: BREDAFÖNN (*breðafönn* = »Bredis Schneewehe«): Diese Namengebung ist ein Beispiel für Ortsnamen-Sagen, d. h. nachträgliche Fiktionalisierungen von Ortsnamen und topographischen Bezeichnungen. Sie kommen in der Sagaliteratur sehr häufig vor, oft bilden sie den Kern einer ganzen erzählten Episode.

... DASS SIGI DEN KNECHT ERSCHLAGEN UND VERSCHARRT HATTE: Das altisländische Rechtssystem unterschied zwischen einem Totschlag und einem Mord. Nach einem Totschlag war der Täter verpflichtet, diesen unverzüglich auf dem nächsten Hof zu melden und sich zu der Tat zu bekennen. Tat er dies nicht, galt er als (Meuchel-)Mörder. Die Steigerung besteht in dieser Episode im heimlichen Verscharren der Leiche. Neben der Motivation, die Tat zu verheimlichen, wurde daran als besonders verwerflich angesehen, daß dem Toten auf diese Weise ein ordentliches Begräbnis vorenthalten wurde.

VARG Í VÉUM (»Wolf im Heiligtum«): Diese Verurteilung ist die Konsequenz aus Sigis Mord an dem Knecht (s. o.). Nach dem altisländischen Rechtssystem wird er folgerichtig zu lebenslanger Acht verurteilt. Das eigentlich Interessante ist, daß hier das mittelalterliche isländische Rechtssystem bedenkenlos in eine Erzählung integriert wird, die in keiner Weise zeitlich oder geographisch verortet ist, sondern in einem ahistorischen Raum angesiedelt ist.

S. 39: HRIMNIR (*Hrímnir*): Der Name bedeutet »der mit Reif überzogene« oder »der mit Ruß überzogene«. Ein Riese gleichen Namens taucht auch in der Skaldendichtung und in zwei eddischen Liedern (*Skírnismál* und *Hyndloljóð*) auf. Die Ähnlichkeit der Bezeichnung zu der für die Reifriesen (altn. *hrímþursar*), die Urwesen, die mit Kälte Menschen und Götter bedrohen, ist auffällig, muß aber nicht unbedingt beabsichtigt sein, da Hrimnir hier eine Helferfunktion übernimmt.

... UND SIE ISST VON DEM APFEL: Diese Episode erinnert an einen bekannten Märchentypus. Im deutschen Raum ist das Märchen »Rapunzel« dafür das bekannteste Beispiel (s. auch »Die Saga von Half und seinen Männern«, Kap. 1, wo Odin für seine Hilfe das ungeborene Kind fordert).

S. 41: BARNSTOCK: Wörtlich übersetzt bedeutet diese Bezeichnung »Kinderbaum«. Man hat sie im nachhinein dadurch zu erklären versucht, daß sich Frauen in den Wehen an diesem Baum festhielten. Dies ist aber nicht beweisbar. Es ist auch vermutet worden, daß *barnstokkr* eine Verschreibung für *brandstokkr* = »Brandbaum« sei, aber diese Bezeichnung ist ebenso rätselhaft.

... UND HATTE NUR EIN AUGE: Die Beschreibung des Mannes deutet auf den Gott Odin (*Óðinn*) hin, der noch mehrfach in die Geschichte eingreift. Wo immer das Auftauchen dieses heidnischen Gottes bei den Menschen in Texten beschrieben wird, sei es im Bereich der Volkserzählung oder in der Sagaliteratur, nimmt er diese Gestalt an: groß, einäugig und mit einer Kopfbedeckung, die das Gesicht zumindest teilweise verdeckt.

S. 52f.: HEDINSEY (*Heðinsey* = »Hiddensee«) und NÖRVASUND (*Nörvasund* = Straße von Gibraltar): An dieser Zusammenstellung zeigt sich einmal mehr, wie wenig Bedeutung die sachliche Korrektheit von Orts- und Zeitbestimmungen (hier: Entfernungen) für die Vorzeitsagas besitzt.

S. 54: SKEID (*skeið*): Eine spezielle Gangart der Isländerpferde.

S. 57: ... DA KAM EIN MANN ZU DEM SCHLACHTFELD: Auch hier handelt es sich um eine Beschreibung des Gottes Odin (*Óðinn*), der hier in die Handlung eingreift (vgl. Anmerkung zu S. 41). Wiederum wird Odin als einäugig beschrieben, er trägt einen Umhang und einen tief herabgezogenen Hut. Die Episode legt eine wichtige Funktion dieses Gottes offen, denn er ist zuständig für das Glück in der Schlacht: Als er sich gegen Sigmund wendet und den Speer (sein wichtigstes Attribut) gegen ihn erhebt, zerbricht Sigmunds Schwert, das ein Geschenk des Gottes ist. Der Gott fordert mit seiner Gabe auch das Kriegsglück zurück, das er dem Sigmund bis dahin gewährt hat, und dieser fällt.

S. 60: BRAUTGELD (*mundr*): Das Brautgeld wurde, ähnlich der mitteleuropäischen »Morgengabe«, der Braut vom Bräutigam nach der Hochzeit und dem Vollzug der Ehe gezahlt. Es blieb in ihrem persönlichen Besitz. Im Falle einer Trennung oder des Todes des Ehemannes war das Brautgeld häufig die einzige finanzielle Absicherung der Frau.

S. 61: SLEIPNIR: Dies ist der Name des grauen, achtbeinigen Pferdes, das in der altnordischen Mythologie dem Gott Odin (*Óðinn*) zugeordnet ist. *Sleipnir* ist nach Auskunft der Prosa-Edda ein Nachfahre des Gottes Loki und des Riesenhengstes Svaðilfari. Er gilt als bestes aller Pferde, und er kann als einziger die Grenze zwischen der Welt der Lebenden und der Totenwelt überwinden. Ein achtbeiniges Pferd, das wohl *Sleipnir* darstellen soll, wird bereits seit dem 8. Jh. auf gotländischen Bildsteinen abgebildet.

S. 64: DARAUS IST EINE REDENSART ENTSTANDEN: Gemeint ist eigentlich eine Kenning, d. h. eine bildhafte, metaphorische Umschreibung, wie sie vor allem in der Skaldendichtung verwendet wird. In der Skaldendichtung (vgl. »Prosa-Edda«) wird »Buße für den Otter« bzw. »Otterbuße« mit der hier wiedergegebenen Geschichte als Hintergrund als metaphorische Umschreibung für Gold verwendet.

S. 66: ALS ICH HUGIN ERFREUTE (Str. 5): Hugin ist der Name eines der beiden Raben, die in der altnordischen Mythologie als Begleitertiere des Gottes Odin (*Óðinn*) genannt werden. Sein Name wird – als *pars pro toto* – als Bezeichnung für alle Raben verwendet. Da Raben als Aasvögel gelten, bedeutet »den Raben erfreuen« ebenso wie »den Raben füttern« u. ä. »töten«.

S. 67: DREI FADEN HOCH: altes Maß, ein Faden entspricht 1,70 m bzw. (in der Seefahrt) 1,83 m.

S. 70: HEL: *Hel* ist in der heidnischen Vorstellung eines der drei Totenreiche: Gleichzeitig ist es das Reich einer Göttin gleichen Namens. In der Hel finden all jene Aufnahme, die durch Krankheit oder Altersschwäche »im Bett« sterben, während diejenigen, die im Kampf fallen, bei Odin (*Óðinn*) in Valhall aufgenommen werden und die Ertrunkenen der Göttin Ran (*Rán*) gehören. Auch Mordopfer, wie z.B. Heimir in der »Saga von Ragnar Lodbrok«, finden in der Hel Aufnahme. Trotz der (auch etymologisch begründeten) Namensähnlichkeit ist die *Hel* ursprünglich nicht mit der Hölle gleichzusetzen: Die Aufnahme dort ist keine Strafe, wenn sie auch weniger ehrenhaft ist als die in Valhall.

S. 73: FREUDENREDE (Str. 6): In dem Eddalied *Sigrdrífumál*, in dem die gleiche Strophe als Str. 5 vorkommt, heißt es an dieser Stelle *gamanrúna* = »Freudenrune«.

... SCHREIB SIE IN DIE HAND (Str. 12): In der frühen geburtshilflichen Erfahrungsmedizin scheint der Gebrauch von Runen zur Erleichterung der Geburt üblich gewesen zu sein. Es ist nicht klar, ob die Runen in die Hand des/der Helfenden geschrieben werden sollte oder in die Handfläche der Gebärenden.

S. 74: BUCHRUNEN (Str. 19): *bókrúnar* wird in einigen Ausgaben in *bótrúnar* (= »Heilrunen«) verändert.

S. 75: AHORN DER SCHARFEN WAFFEN (Str. 20): Kenning für Krieger. Männer werden im Kenningsystem häufig mit Baumnamen umschrieben, der Mann der Waffen ist der Krieger.

S. 77: SIEBEN SPANNEN LANG: altes Maß, eine Spanne entspricht ca. 20 cm.

S. 92: SEINE SEITEN SCHWOLLEN SO AN, DASS SEINE BRÜNNENRINGE ZERSPRAN-

GEN: Diese körperliche Reaktion ist ein Zeichen für großen Kummer. Sie ist auch aus den Isländersagas bekannt. Z. B. schwillt Egil Skallagrimsson aus Trauer über den Tod seines jüngsten Sohnes Bödvar so stark an, daß ihm Kittel und Strümpfe zerreißen (*Egils saga*, Kap. 78). Die Übertragung seelischer Regungen auf körperliche Anzeichen ist ein typisches Stilmittel der Sagaliteratur. In der »Saga von An Bogsveigir« wird das Anschwellen von Ans Bruder Thorir als Zeichen von unterdrücktem Zorn auf seinen König verwendet.

S. 94: WALDFISCH = Kenning für »Schlange«. Die Schlange ist in ihrer Gestalt dem Fisch ähnlich, lebt aber nicht im Wasser, sondern im Wald.

S. 98: VALDEMAR VON DÄNEMARK, EYMOD UND JARISLEIF: Die Einfügung dieser drei historischen Herrschergestalten aus dem 11. und 12. Jahrhundert ist ein deutlicher Anachronismus, der wohl eingefügt wurde, um die Bedeutung des Zuges hervorzuheben.

Die Saga von Ragnar Lodbrok

S. 115: LODBROK (*loðbrókr*): Ragnar trägt den Beinamen *Lodbrok*, wörtlich übersetzt: »Lodenhose«. Die Entstehung dieses Beinamens wird in Kap. 3 der Saga erklärt: Ragnar läßt sich einen Anzug aus Loden machen, den er mit Pech und Sand verstärkt und so für Waffen undurchdringlich macht.

S. 116: WEINLAUCH (vínlaukr): Dieser Pflanzenname taucht nur in der Saga von Ragnar auf. Heizmann bezeichnet sie als eine »fabulöse Pflanze mit außergewöhnlichen Eigenschaften« (1993, S. 63).

GRIMA (*Gríma*): Der Frauenname Grima hat auch die metaphorische Bedeutung »Nacht«, »Dunkelheit«, womit einiges sowohl über die äußere Erscheinung als auch über den Charakter dieser Frau ausgesagt ist.

SCHLAFBANK: Das wikingerzeitliche und mittelalterliche Haus Skandinaviens bestand im wesentlichen aus einem langgezogenen Wohnraum. In ihm waren an den langen Seiten durchgehende Bänke angebracht, gelegentlich waren diese als Alkoven abgeteilt. Die Bänke wurden mit Stroh bedeckt und dienten als Schlafstätte. Auf dem Rand wurde auch, z.B. während des Essens und während der häuslichen Arbeiten, gesessen.

S. 118: HEL: »Totenreich«, vgl. Anmerkungen zur »Saga von den Völsungen«, S. 70.

S. 119: JARL: Dieser Anführertitel, verwandt mit dem englischen Begriff *earl*, hat zwei Bedeutungen, eine alte, im ganzen germanischen Raum verbreitete, und eine jüngere skandinavische, die sich erst mit der wikingerzeitlichen skandinavischen Präsenz in England etablierte und durch die normannische Eroberung auch dort festgeschrieben wurde. Der alte Gebrauch des Wortes bezeichnet einen Adeligen bzw. Angehörigen einer Kriegerschicht im Gegensatz zu den einfachen Bauern. Die jüngere Bedeutung ist demgegenüber auf einen Titel eingeschränkt. Hier bezeichnet *jarl* einen politischen Anführer eines relativ kleinen Herrschaftsgebietes. Die Jarlswürde war erblich. Im Königreich Norwegen wurden diese Jarle seit dem 9. Jahrhundert unter Harald Harfagri und seinen Nachfolgern zu direkten, unmittelbaren Lehnsleuten des Königs entsprechend dem mittellateinischen *comes* und dem deutschen *Graf*. Im späten 13. Jahrhundert, mit der Neuordnung und Zentralisierung des norwegischen Staates, starben sowohl das Amt als auch die Bezeichnung aus.

S. 120: BRAVELLIR (*Brávellir*): Gemeint ist die Schlacht zwischen dem dänischen König Sigurd Ring und dem norwegischen König Haraldr Hilditönn zu Beginn der Wikingerzeit.

S. 133: ... DREI VÖGEL IM BAUM: Aslaug ist also ebenso wie ihr Vater Sigurd in der Lage, die Vogelsprache zu verstehen.

S. 134: GESCHENK ZUR NAMENSGEBUNG: Mit der Namengebung und dem Besprengen mit Wasser (s. u., S. 299) war die Übergabe eines Geschenks an das Neugeborene üblich.

... GOLD HASSEN: d. h., »er wird großzügig sein«.

S. 135: ROLLEN: Neugebaute Schiffe wurden auf Holzstämmen ins Wasser gerollt. Dabei mußten sie von Männern mit Stangen auf den Rollen gehalten werden. Die Bezeichnung »Rollenrötung« ist ein euphemistischer Ausdruck für die tödlichen Unfälle, die bei diesem Vorgang passieren konnten.

S. 142: SIGURD HATTE EINEN PFLEGEVATER GEHABT, UND DIESER ÜBERNAHM ES, SCHIFFE FÜR IHN BEREITZUSTELLEN UND MANNSCHAFT ANZUWERBEN ...: Es scheint nach Auskunft der Sagaliteratur üblich gewesen zu sein, daß Vater oder Pflegevater die erste Ausfahrt eines jungen Mannes ausrüsteten. Je nach dem Vermögen der Familie war diese Ausstattung mehr oder weniger groß bemessen, mindestens bestand sie jedoch aus einem Schiff und einer entsprechenden Mannschaft sowie deren Ausrüstung und Verpflegung.

S. 145: VIFILSBORG (*Vífilsborg*): Avenches (dt. »Wiflisburg«) am Murtensee im Schweizer Mittelland. Ursprünglich eine römische Provinzhauptstadt, wurde die Stadt von den Alemannen zerstört (vgl. »Fredegars Chronik«). Im Itinerar des Abtes Nikulás aus dem isländischen Kloster Munkaþverá wird diese Zerstörung wie in der Saga den Ragnarssöhnen zugesprochen.

S. 147: LUNA: italienische Stadt am ligurischen Meer, südlich der Bucht von La Spezia. Luna wurde im Jahr 860 durch eine List von einem normannischen Wikingerheer unter dem Ragnarssohn Björn Jarnsida und seinem Ziehvater Hasting eingenommen. Diese Eroberung erhielt dadurch zweifelhaften Ruhm, daß Hasting, der geglaubt hatte,

Rom erobert zu haben, aus Zorn über seinen Irrtum die gesamte Umgebung der Stadt verwüsten ließ.

S. 148: HANDELSSCHIFFE: Der altnordische Text verwendet den Begriff *knerrir*, sg. *knörr*. Damit wird der gebräuchlichste Handelsschifftyp der Wikingerzeit benannt. Der *knörr* war im Gegensatz zum *dreki*, dem schlanken, schnellen, oft mit dem Wikingerschiff schlechthin identifizierten Drachenschiff, ein relativ hochbordiges, breites Lastschiff für die Küstenseefahrt. Die Ladekapazität dieser Lastschiffe war beträchtlich.

S. 149: BERNSTEIN DES RHEINES (= »Gold«): Diese Kenning bezieht sich auf den nach der Überlieferung im Rhein versenkten Nibelungenschatz. Insgesamt spielt diese Strophe auf die Pflicht des Fürsten an, reichlich Gold (häufig in Form von Armringen) unter seinem Gefolge zu verteilen und sich so dessen Loyalität zu sichern.

S. 150: AAL-LAGER (= »Gold«): Auch diese Kenning spielt auf die Nibelungenüberlieferung an, denn *Aal* ist eine Umschreibung für »Schlange«, und das Lager der Schlange ist das Gold, weil der Drache, den Sigurd tötete, auf dem Gold des Nibelungenschatzes lag.

S. 158: BLUTADLER: Diese besonders grausame Tötungsart bestand darin, die Rippen von der Wirbelsäule abzutrennen und den Brustkorb dann nach vorne auseinanderzubiegen, wobei die inneren Organe zerrissen wurden. Der Name leitet sich davon ab, daß das entstehende Bild an einen Adler mit ausgebreiteten Flügeln erinnerte. Der Vollzug dieser Hinrichtungsart ist nur sehr selten belegt. Sie muß wohl als extreme Strafe für besonders schwerwiegende Verbrechen gewertet werden. In den wenigen Fällen, die aus der Sagaliteratur zu entnehmen sind, handelt es sich um Rache für einen Vatermord. Trotz der Seltenheit der belegten Fälle ist der Blutadler als Klischee zu einem wichtigen Element der Vorstellungen von der besonderen Grausamkeit der Wikinger geworden.

S. 160: ... ALS HARALD SIGURDSSON NACH ENGLAND KAM: Gemeint ist der Angriff des norwegischen Königs Harald der Harte (*Haraldr harðráði Sigurðarson*) 1066 im nordenglischen Stamford Bridge, der von dem englischen König Harald Godwinsson niedergeschlagen wurde.

WILHELM DER BASTARD: Der Normanne Wilhelm der Eroberer, nach der Schlacht von Hastings 1066 englischer König, trug wegen seiner unehelichen Abkunft auch den (heute weniger bekannten) Beinamen »der Bastard«. Die hier geschilderte Episode, die sich vor der Landung in Hastings abgespielt haben müßte, ist dem Reich der Sage zuzuordnen.

S. 161: ... AUF DER OBERSTEN BANK: Wenn in einer Halle anläßlich eines Festes Bänke aufgestellt wurden, so waren die Ehrenplätze diejenigen, die am nächsten bei den Gastgebern und am weitesten von der Tür an der Stirnseite gelegen waren.

Die Saga von König Half und seinen Männern

S. 166: HÖRDALAND (*Hörðaland*): Bezirk in Norwegen, zwischen Rogaland und Sogn, heute Hordaland.

... WAS ZWISCHEN IHR UND DEM BRAUKESSEL WAR: Gemeint ist das Kind, das Geirhild erwartet. Dieses Motiv – ein Helfer verlangt für seine Hilfe das nächstgeborene Kind – ist sowohl aus dem Märchen (»Rapunzel«) als auch aus der Volkssage bekannt. Es ist auch in vielen Sagas zu finden (vgl. »Die Saga von den Völsungen«, Kap. 1 und Anmerkung S. 293).

S. 168: KÖNIG KJOR: Die Handschrift hat hier »Kior«, möglicherweise eine Verschreibung für Hior.

BJARMALAND: Land an der Mündung der Dwina an der Südostküste des Weißen Meeres.

NAUMUDAL (*Naumadalr*): Bezirk zwischen Tröndelag und Halogaland, heute Namdalen.

BOOTSMANN: Die altnordische Bezeichnung lautet *stafnbúi*, »derjenige in einem Wikingerschiff, dessen Platz dem Vordersteven am nächsten ist«.

S. 172: ... VON DEM DIE LEUTE AUF REYKJANES ABSTAMMEN: Auch hier findet sich also ein Bezug zu den ersten Landnehmerfamilien in Island und damit ein Hinweis darauf, wie die hier erzählten Ereignisse nach Island kamen und dort weitertradiert wurden.

S. 173: GUNNLÖD: Der Name des Vaters fehlt; der Hinweis auf den Bruder läßt jedoch den Schluß zu, daß Gunnlöd eine Tochter von Hromund mit dem Beinamen »der Berserker« war.

HERSE (*hersir*): Erblicher Titel eines westnorwegischen Anführers, ab dem 11. Jahrhundert nicht mehr gebräuchlich. Die Macht der Hersen beruhte wohl auf dem Besitz, den sie oder ihre Vorfahren auf Wikingerzügen erworben hatten. Später: Amtsbezeichnung für einen Lehnsmann des Königs, der Rechte und Einkünfte aus dem Amt und aus dem damit verbundenen Landbesitz bezieht.

S. 179: ... HEILTE SIE AUF HEIMLICHE WEISE: d. h., durch Zauberei.

S. 180: DISEN: s. Anm. zu S. 32.

S. 185: GEIRMUND UND HAMUND HELJARSKINN: Die Saga knüpft hier an den *Geirmundar þáttr heljarskinns* (»Geschichte von Geirmund Höllenhaut«) an, der sich am Beginn der *Sturlunga saga* findet. Geirmund war einer der ersten Landnehmer in Island, so daß hier ein weiterer Bezugspunkt zur isländischen Geschichte gesetzt wird.

S. 186: STROPHE 78: Die Strophe ist auch, mit geringfügigen Abweichungen, in der *Landnámabók* und in der *Sturlunga saga* überliefert.

Die Saga von Örvar-Odd

S. 189: ÖRVAR-ODD (*Örvar-Oddr*): Der Name bedeutet »Pfeile-Odd«, beinhaltet aber auch ein Wortspiel, denn altnordisch *oddr* bedeutet auch »Spitze«, hier also »Pfeil-Spitze«.

S. 190: KETIL HOENG (*Ketill hœngr Hallbjarnarson*): Ein Enkel gleichen Namens ist als Landnahmemann auf Island bekannt.

HRAFNISTA: Der Stammhof der Familie, Hrafnista, heute Ramsta, liegt auf einer gleichnamigen Insel im Foldfjord in Nord-Tröndelag. Die *Hrafnistumenn* (»Leute von Hrafnista«) waren sowohl in Island als auch in Norwegen sehr berühmt. Auch Egil Skallagrímsson, die Hauptfigur der *Egils saga*, und An, die Titelfigur der »Saga von An Bogsveigir«, stammen aus dieser Familie.

HALOGALAND (*Hálogaland*): Gebiet in Nord-Norwegen, heute Helgeland.

DA WURDEN SIE ZUM HOF GEZOGEN: Gemeint ist, daß das Schiff an Land und höher auf das Ufer gezogen wurde, um es vor Sturm und Wellenschlag zu sichern. Wikingerschiffe hatten einen flachen Boden, so daß sie jederzeit auf einen flachen Strand gezogen werden konnten, wenn es keinen geschützten, natürlichen Hafen gab oder wenn ein längerer Aufenthalt an Land abzusehen war.

... MIT WASSER BESPRENGT: Die Sitte, Neugeborene nach der Geburt anläßlich ihrer Namengebung mit Wasser zu besprengen, erinnert unmittelbar an die christliche Taufe. Es handelt sich aber um eine vorchristliche Wasserweihe, die die Aufnahme des Kindes in die Gemeinschaft besiegeln sollte. In vorchristlicher Zeit entschied über diese Aufnahme in der Regel der Vater des Kindes bzw. der Hofherr. Vom Moment der Wasserweihe und Namengebung an war das Kind eine Rechtsperson. Es durfte nicht mehr ausgesetzt werden und war u.a. erbberechtigt.

S. 191: DASS ICH DEINEN SOHN ODD AUFZIEHE: Es war im wikingerzeitlichen und mittelalterlichen Norden üblich, Kinder in Pflege zu geben. Häufig war eine solche Pflegschaft dazu gedacht, eine Freundschaft zu festigen oder zu besiegeln (wie im vorliegenden Fall) oder einen Streit zwischen Familien beizulegen. Hinter dem Angebot und der Annahme einer Pflegschaft stand ein kompliziertes Spiel mit gesellschaftlichen Statusfragen: Das Aufziehen der Kinder, wenn es auf dem elterlichen Hof geschah, war häufig eine Aufgabe der Unfreien. So stellte sich derjenige, der eine Pflegschaft anbot, freiwillig und höflichkeitshalber auf eine niedrigere soziale Stufe als die Eltern des Kindes, selbst wenn dies keinen realen Hintergrund hatte. Ingjald ist nun in der Tat im sozialen Gefüge des mittelalterlichen Norwegens niedriger gestellt als Odds Vater Grim: Es wird zwar ausdrücklich von ihm gesagt, er sei reich an beweglicher Habe gewesen, aber das bedeutet gleichzeitig, daß sein Grundbesitz wohl eher bescheiden war. So ist es nicht erstaunlich, daß er das Angebot der Pflegschaft für Odd und damit die Sicherung seiner Beziehungen zu der mächtigen Familie von Hrafnista als einen Lohn für seine Gastfreundschaft bezeichnet.

ER GLAUBTE NUR AN SEINE EIGENE KRAFT UND STÄRKE: Die Weigerung des Helden, den heidnischen Göttern zu opfern, ist ein häufiges Motiv in der Sagaliteratur. Der Hintergrund dieses Motivs kann eine alte Formel sein, die eine soziale Realität der heidnischen Zeit repräsentiert. Es kann sich aber auch um den Topos des »edlen Heiden« handeln, der von christlichen Autoren verwendet wurde, um einen Helden aus heidnischer Vorzeit in ein positives Licht zu rücken. Odds Weigerung, den heidnischen Göttern zu opfern, würde dann signalisieren, daß er deren Verwerflichkeit bereits zu einer Zeit erkannt hatte, als er von der Existenz des Christentums noch nichts wußte.

Die hier nur kurz skizzierte Frage nach dem Hintergrund des Motivs ist in der Forschung seit langem umstritten. Gerade in bezug auf Odd liegt eine Verwendung der Formel im Sinne des »edlen Heiden« nahe, denn es gibt noch weitere Hinweise darauf: Odd wird auch sonst bereits in seiner Jugend in einer Weise, die fast an legendarische Werke denken läßt, durch den Unterschied zu anderen jungen Männern charakterisiert. So wird gesagt, daß er nicht an Waffenspielen und Raufereien teilnimmt, sondern statt dessen von seinem Ziehvater Ingjald Geschichte und fremde Sprachen lernt. Auch Odds spätere Taufe (Kap. 17) weist in diese Richtung.

S. 195: KARFI: ein kleines, wendiges Schiff, hier mit zwölf Rudern und Segel ausgestattet. Es ist ein häufiges Motiv in der Sagaliteratur, daß der Sohn oder Ziehsohn seine Erstausrüstung für Wikingerfahrten vom Vater bzw. Pflegevater erhält. Meist wird diese Ausrüstung als recht aufwendig beschrieben. Das ist hier eindeutig nicht der Fall. Ironisch wird damit angedeutet, wie wenig ernst Ingjald – zu Unrecht – die Reisepläne der beiden jungen Männer (Odd ist zwölf Jahre alt, Asmund 15) nimmt.

S. 196: FOLGEGEIST (an. *fylgja*): Der Folgegeist ist eine häufige Erscheinung in der altnordischen Literatur. Er repräsentiert ein vom Körper unabhängiges Seelenwesen des Menschen und ist eng mit dem Lebensschicksal des jeweiligen Menschen verbunden. Als literarisches Motiv ist der Folgegeist fast immer ein Vorzeichen kommender, meist negativer Ereignisse. Die Folgegeister haben sehr häufig Tiergestalt, gelegentlich erscheinen sie auch in der Gestalt von Frauen. Sie sind normalerweise unsichtbar, können aber für Menschen mit Sehergabe oder im Traum sichtbar werden.

S. 197: FINNMARK, FINNEN: Die Finnmark bezeichnet das nördliche Skandinavien, etwa das Gebiet, das heute als »Lappland« bezeichnet wird. Die hier erwähnten Finnen sind nicht zu verwechseln mit den Bürgern des heutigen Finnland: Gemeint sind Angehörige des Sami-Volkes (Lappen).

S. 204: ... DENN DAS KÖNNEN WIR NICHT: Diese Bemerkung des Riesen und sein Verhalten ist ein Beispiel für den ausgeprägten Schicksalsglauben, der die Sagaliteratur auch noch in christlicher Zeit bestimmt. Nachdem Odd einmal ein besonders langes Leben vorhergesagt wurde, ist an seinem Lebensschicksal nichts mehr veränderbar, nicht einmal durch die Übermacht der Riesen, die ihn, ginge es nur um körperliche Kraft, leicht töten könnten. Daß dieser Schicksalsglaube andererseits menschliches Eingreifen nicht ausschließt, zeigt die Episode um den Tod des Pferdes Faxi (Kap. 3): Indem Odd das Pferd tötet, dessen Kopf ihm gemäß der Weissagung der Seherin den Tod bringen soll, versucht er, wenigstens einen Teil der Weissagung außer Kraft zu setzen.

S. 205: ODDS GLÜCK: Auch diese Formulierung deutet auf Odds besonderes Schicksal und das verheißene lange Leben hin.

S. 206: NAUMUDAL (*Naumadalr*): Bezirk zwischen Tröndelag und Halogaland, heute Namdalen.

ELFASKER: Der Schärengürtel vor der Mündung des Götaälv, nördlich von Göteborg.

S. 211: BERSERKER: In dieser ersten von zwei Berserker-Episoden der »Saga von Örvar-Odd« werden die Berserker mit besonders kampflustigen Männern gleichgesetzt. Etwas differenzierter ist das Bild beim Kampf auf Samsey.

S. 221: WIKINGER/BERSERKER: In der Episode vom Kampf auf Samsey werden Wikinger und Berserker gleichgesetzt: Angantyr und seine Brüder werden mit beiden Begriffen bezeichnet. Diese Inkonsequenz in den Bezeichnungen spiegelt die Tatsache wider, daß in der Sagaliteratur sehr unterschiedliche Phänomene unter der Bezeichnung »Berserker« zusammengefaßt werden (s. auch Anm. zu S. 211 und zu S. 23). In Kap. 11 sind einfach besonders kampfbereite Männer gemeint. Die Berserker, auf die Hjalmar und Odd auf Samsey treffen, ähneln mehr dem ursprünglichen Typus des ekstatischen Kämpfers. Ihre extreme Aggressivität zeigt sich in der Bemerkung über ihren Vater, den man wegen einer Lüge töten sollte. Unverwundbar sind jedoch auch diese Berserker nicht: Odd und Hjalmar können alle zwölf besiegen.

S. 232: HUNALAND: vgl. Anm. zu S. 20.

S. 245: ... UMGEBEN EIN SCHLACHTFELD MIT HASELZWEIGEN: Durch das Einfrieden des Schlachtfeldes wurde der Kampfplatz zum abgegrenzten, aus der normalen Welt herausgehobenen Platz. Bei Zweikämpfen wurde auf diese Weise der Kampfplatz den Göttern geweiht und ihnen damit die Entscheidung über Sieg und Niederlage übertragen. Im vorliegenden Fall dient diese Maßnahme eher dem Ausüben von Zauberei während des Kampfes.

… ER KÖNNE SO WEIT SEHEN, WIE SEINE NASE LANG WAR, ODER NOCH WEITER: Der Mann hat das zweite Gesicht, d. h., er kann Geister und Unsichtbares erkennen.

S. 246: Die Schüsse auf Gyda entsprechen fast vollständig denen auf die Riesin in Kap. 10.

S. 250: 300 Jahre nach der Zehnerrechnung: Neben dem Dezimalsystem kennt das Altnordische auch noch ein Duodezimalsystem, bei dem ein Hundert (dann oft, aber nicht immer als »großes Hundert« bezeichnet) der Zahl 120 entspricht. Bei großen Zahlenangaben, z.B. über die Stärke eines Heeres, kommt man auf diese Weise zu einer relativ großen Abweichung, und dies ist auch bereits bei den 300 Jahren der Fall, die Odd gelebt haben soll.

50 JAHRE VOR HARALD HARFAGRI: d. h. etwa 820 n. Chr.

IM JAHR NACH DER GEBURT DES HERRN 998: Der Text wechselt hier unvermittelt ins Lateinische.

Die Saga von An Bogsveigir

S. 262: … ALS ES IN NORWEGEN KLEINKÖNIGE GAB: Die zunächst recht vage Zeitangabe deutet auf die Zeit kurz vor der Reichseinigung durch Harald Harfagri (um 870 n. Chr.) hin. Einen weiteren Hinweis darauf gibt die Saga am Ende, wenn An seinem Sohn rät, sich nicht mehr auf die Würde eines Kleinkönigs einzulassen, da deren Zeit ohnehin bald abgelaufen sei (s. S. 287).

NAUMUDAL: s. Anm. zu S. 168.

FIRDAFYLKI (*Firðafylki*): Bezirk in Norwegen südlich von Sunnmöre, heute unter der Bezeichnung »Fjordane«.

HRAFNISTA: s. Anm. zu S. 190.

KETIL HOENG (*Ketill Hallbjarnarson hœngr*): S. Anm. zu S. 190.

… EIN VORNEHMER MANN: Der Originaltext verwendet hier den Begriff *kurteis*, ein Lehnwort französischen Ursprungs, das als »vornehm«, »höfisch« übersetzt werden kann. Das Auftauchen dieses Lehnwortes in Sagas wird häufig als Beleg für die Übernahme kontinentaler und höfischer Vorstellungen in Island verstanden.

S. 263: … EHER LANGSAM IN SEINER ENTWICKLUNG … VON SEINEM VATER BEKAM ER WENIG ZUNEIGUNG, ABER SEINE MUTTER LIEBTE IHN SEHR: Hier wird ein traditionelles Motiv in die Saga eingeführt: An ist in seiner Jugend ein sog. *kolbítr*, ein Kohlenbeißer oder Ofenlieger. Dieses Motiv ist in der gesamten Sagaliteratur, mit verschiedenen Varianten, sehr gebräuchlich. Es findet sich z.B. in der *Grettis saga Ámundarsonar*, der *Víga-Glúms saga* und der *Svarfdœla saga*. Johan Fritzners *Ordbog over Det gamle norske Sprog* (1891) bezeichnet den *kolbítr* als eine Person, die ständig am Küchenherd sitzt oder liegt, ohne sich einer nützlichen Tätigkeit zu widmen. Jan de Vries führt den *kolbítr* in seinem zehnstufigen Modell eines Heldenlebens (in: *Heldenlied und Heldensage* 1961, S. 281–301) als eine Variante der »ungewöhnlichen Jugend« des Helden an. Gemeinsam ist den *kolbítr*-Gestalten der Sagaliteratur, daß sie immer jugendlichen Alters und männlichen Geschlechts sind. Häufig – wie auch im vorliegenden Fall – handelt es sich um zweite oder nachgeborene Söhne, die in scharfem Kontrast zum tüchtigen älteren Bruder stehen. Sie nutzen ihre zweifellos vorhandenen Kräfte nicht oder nur destruktiv und geraten dadurch in Konflikt mit dem Vater. Dieser Zustand ändert sich erst, wenn der *kolbítr* im Alter von (zumeist) 12 oder 15 Jahren seine Verweigerung aufgibt und geradezu ruckartig zum Helden wird. Bei An beginnt die Veränderung im Alter von 12 Jahren.

S. 266: An setzte sich in der Nähe der Tür hin: d. h., er nimmt freiwillig einen schlechten, wenig ehrenhaften Platz ein; denn der Prestigewert des Sitzplatzes in der Königshalle bemißt sich nach der Nähe zum Platz des Königs, der an der Stirnseite, möglichst weit von der Tür weg, sitzt. Dahinter verbergen sich aber nicht nur Statusfragen, sondern auch handfestes praktisches Denken: Im Falle eines Angriffes von außen waren die Plätze nahe bei der Tür die unsichersten.

S. 267: Was schenkst du mir zur Namengebung? Vgl. Anm. zu S. 134.

S. 268: Ringkampf (*glíma*): Bei der *glíma* handelt es sich um eine spezielle isländische Variante des Ringkampfes mit eigenen, recht komplizierten Regeln für die Griffe und Würfe.

S. 270: ... dass du scharf auf irgendeinen Kerl bist: Aus der doppelten Bedeutung des Wortes »Thegn« *(þegn)* = »Degen« und »Mann« ergibt sich das hier wiedergegebene Gespräch. An bezieht sich in der Strophe auf seinen Bruder Thorir, der wegen seines Schwertes den Beinamen *Thegn* trägt. Thorir mißversteht den Bruder und glaubt, er wünsche sich das Schwert gleichen Namens. Böswilliger ist Ketils scheinbares Mißverständnis: Er interpretiert *Thegn* als »Mann« und unterstellt An homosexuelle Gelüste auf einen der Gefährten. Dies ist in der wikingerzeitlichen Gesellschaft ein schwerwiegender Vorwurf und eine tödliche Beleidigung. Daß An darauf nicht mit Rache reagiert, läßt sich nur durch den friedliebenden Charakter erklären, den er im bisherigen Verlauf der Saga gezeigt hat.

S. 273: Ulfahaug (*Úlfahaugr*): Grabhügel der Ulfe, auch »Wolfshügel«.

S. 275: friedlos in ganz Norwegen: Das norwegische Rechtssystem kannte die Möglichkeit der Friedlosigkeit oder Ächtung, die sich entweder auf einen begrenzten Teil des Landes oder auf das ganze Land beziehen konnte. Friedlosigkeit bedeutete, daß jedermann den Geächteten töten durfte, ohne dafür Strafe zu befürchten. Wer einem Friedlosen Unterkunft gab, machte sich strafbar.
ungefärbtes Hemd: Kleidung aus ungefärbter Wolle war die Kleidung der Unfreien und Knechte. Gefärbter Stoff war den Freien vorbehalten.

Woher kommt die Windstille draussen? Strophe 5: An spielt hier auf den Namen der Bauerstochter an: »Drifa« ist auch die Bezeichnung für Schneefall bei Windstille.

S. 277: ... schlug ihm den Kopf ab ... und steckte ihm die Nase zwischen die Hinterbacken: Auf diese drastische Weise soll verhindert werden, daß der Getötete als Wiedergänger spukt.

S. 282: Schiff mit roten Schilden: Wikingerschiffe verfügten häufig über eine Vorrichtung, um die runden Holzschilde der Mannschaft an der Bordwand zu befestigen. Auf diese Weise konnte bei hohem Wellengang die Bordwand erhöht werden, so daß weniger Wasser ins Schiff schlug.

S. 283: An liess einen Hügel machen und ein Schiff hineinsetzen: Es handelt sich hier um eine Bestattung in Form einer sog. »Schiffssetzung«. Dabei wurde entweder ein wirkliches Holzschiff in einen Hügel eingebaut, wie es bei spektakulären Schiffsfunden, z.B. beim Schiff von Oseberg, der Fall war, oder es wurde eine Steinreihe in Form eines Schiffes aufgestellt. Die Schiffssetzung war eine Bestattungsform, die hochgestellten Persönlichkeiten vorbehalten war.

S. 287: ... die Schwester des Königs: vgl. Anm. zu S. 22.

Nachwort

Die Saga von Asmund Kappabani

Stoff und Überlieferungsgeschichte

Die Saga von Asmund Kappabani (*Ásmundar saga kappabana*), dem »Heldentöter«, ist eine Vorzeitsaga, die wohl im späten 13. oder frühen 14. Jahrhundert in der uns vorliegenden Form entstanden ist. Die einzige Handschrift, die diese Saga vollständig überliefert (SKB 7 perg., 4to, kurz: **S**), stammt aus der Zeit etwa um 1400; daneben existiert eine fragmentarische Handschrift aus dem 15. Jahrhundert (AM 586, 4to, kurz: **M**), die in wenigen Punkten von der Haupthandschrift abweicht. Die hier vorliegende Übersetzung legt die Version der Handschrift **S** zugrunde und beruht auf der nach wie vor maßgeblichen Ausgabe von Ferdinand Detter (1891).

Der Stoff der »Saga von Asmund« ist aber wesentlich älter. Bereits Saxo Grammaticus hat in seine *Gesta Danorum* (Buch VII, um 1200) eine sehr ähnliche Geschichte aufgenommen, und der Bruderkampf, von dem die Saga erzählt, geht auf den Stoff des althochdeutschen Hildebrandsliedes zurück, das vom Beginn des 9. Jahrhunderts überliefert ist. Die Tragik des Kampfes zwischen Vater und Sohn jedoch, die im Hildebrandslied und in verwandten Texten gestaltet wird, ist in der Saga von Asmund nur noch unterschwellig zu spüren.

Inhalt, Aufbau und Gestaltung

Die Saga nimmt ihren Ausgangspunkt in der Fertigung zweier Schwerter, die von den Schmieden mit einem Fluch belegt werden: Sie sollen einmal den Enkeln des Auftraggebers den Tod bringen. Zwar versucht dieser, der schwedische König Budli, die Erfüllung der Prophezeiung zu verhindern, indem er das »Siegerschwert« im Mälarsee versenken läßt, aber dem Leser ist klar, daß dieser Versuch das Schicksal nicht aufhalten kann. So nimmt die Geschichte ihren Lauf. Aus den zwei Ehen von Budlis Tochter Hild, die zunächst in rechtmäßiger Ehe mit Helgi aus Hunaland, später als Kriegsgefangene zwangsweise mit dem dänischen Aki verheiratet ist, gehen zwei Söhne hervor, Hildibrand und Asmund, die voneinander nichts wissen. Beide wachsen zu großen Kriegern heran, und einige Male wird im Laufe der Erzählung an ihre Halbbruderschaft erinnert, wenn ihre Gesprächspartner die große Ähnlichkeit zwischen den beiden ansprechen.

Ausgangspunkt des Konflikts zwischen den beiden Brüdern ist – wie so oft in der Sagaliteratur – die Verstrickung in sich widersprechende Loyalitäten. Hildibrand, der am Hof seines hunischen Großvaters väterlicherseits aufgewachsen ist, rächt pflichtgemäß den Tod des (gemeinsamen) Großvaters Budli und tötet den dänischen König Alf. Dieser jedoch ist der Vater von Aesa, der Ziehschwester von Asmund, um die er geworben hat. Sie nimmt seine Werbung an, stellt ihm aber die Bedingung, zuvor den Tod ihres Vaters zu rächen und Hildibrand zu töten. Dies gelingt Asmund nach einer langen Reihe von Kämpfen gegen Hildibrands Berserker, aber im Augenblick des Sieges erfährt er von dem sterbenden Halbbruder, welche Schuld er mit diesem Kampf und mit dem Brudermord auf sich geladen hat, ohne es zu wissen.

Die Tragik, die hier durchscheint, bestimmt jedoch nicht den Grundton der Saga. Zwar wird am Ende betont, daß Asmund seine Tat bereut und auch seine Verlobte Aesa Reue zeigen muß, bevor er sich an seine Liebe zu ihr erinnert. Aber die Struktur der Saga ist durch den Fluch über den Schwertern und dessen Erfüllung angelegt, und die Spannung des Lesers richtet sich auf die Art und Weise, wie diese Erfüllung vor sich geht. So erhalten Asmunds Kämpfe gegen die stetig wachsende Zahl der hunischen Berserker eine größere Bedeutung, als ihnen zugestanden würde, stände der tragische Bruderkampf im Mittelpunkt des Interesses von Autor und Leser.

Der Schwerpunkt der Erzählung ist also in der Saga von Asmund zugunsten einer unterhaltsamen Abenteuergeschichte verschoben. Dies wird auch im Stil der Saga deutlich. Ihre Sprache ist lapidar, sachlich und schmucklos; sie erinnert fast an eine Isländersaga. Alles an ihr ist auf die Erfüllung des Fluches ausgerichtet. So laufen die zwei Erzählstränge (Hildibrands Geschichte und Asmunds Geschichte) bis zu dem Augenblick parallel, wo die zentrale Konfrontation durch Asmunds Kämpfe gegen die Berserker eingeleitet ist. Von da an gibt es nichts mehr, das von dem Aufeinandertreffen der beiden Kontrahenten ablenken könnte. Die Beschreibung der Holmgänge mit ihrer unverblümten Grausamkeit dient dem Spannungsaufbau bis zum letzten »Showdown«, und diese Spannung wird durch Asmunds sarkastische Äußerungen noch erhöht.

Die Strophen

Die Saga enthält am Ende einige Strophen in eddischem Versmaß und Stil. Die Strophen 1–5 werden als »Hildibrands Sterbelied« bezeichnet und sind unter dieser Überschrift auch in Felix Genzmers Übersetzung der Liederedda (Ausgabe von 1992, S. 364f.) abgedruckt. Es handelt sich dabei um die Reste eines ursprünglich längeren Rückblicksliedes, in dem auf einen Vater-Sohn-Kampf entsprechend dem Hildebrandslied Bezug genommen wird. Dieser Vater-Sohn-Kampf spielt in der Saga jedoch nur eine untergeordnete Rolle, es wird lediglich kurz erwähnt, daß Hildibrand in der Raserei seiner Berserkerwut seinen Sohn grundlos erschlägt (Kap. 9).

Ein Zusammenhang mit dem Hildebrandslied über den gemeinsamen Stoff hinaus besteht jedoch wohl nicht: »Hildibrands Sterbelied« ist erst im 13. Jahrhundert entstanden; seine Quelle ist wahrscheinlich ein niederdeutsches Lied.

Die Saga von den Völsungen

Entstehung und Überlieferung

»Die Saga von den Völsungen« (*Völsunga saga*) in der uns vorliegenden Form ist in der zweiten Hälfte des 13. Jahrhunderts in Island entstanden. Sie ist gemeinsam mit der »Saga von Ragnar Lodbrok« in einer Pergamenthandschrift (NkS 1824b, 4to) von ca. 1400 überliefert. Zahlreiche Papierhandschriften vom 17. bis zum 19. Jahrhundert zeugen von ihrer nachhaltigen Popularität. Die hier vorliegende Übersetzung beruht auf der Ausgabe dieser Handschrift von Örnólfur Thorsson (Reykjavík 1985).

Die Saga verarbeitet aber weitaus älteres Material, und zum Teil baut sie auf wichtigen gesamteuropäischen Erzähl- und Dichtungstraditionen auf. Sie ist das nordeuropäische Prosa-Gegenstück zum mittelhochdeutschen Nibelungenlied. Als solches übernimmt sie mit einigen Modifikationen die Erzähltradition über die Kriege zwischen Burgunden, Hunnen und Goten, über den Untergang der Burgunden und Attilas Tod und die tragische Erzählung von Sigurd dem Drachentöter (dem Siegfried der deutschen Überlieferung), der den Schatz des Drachen raubt und später, zwischen zwei Frauen hin- und hergerissen, zum Opfer einer tragischen Dreiecksgeschichte wird. Seine Liebe zu *Brynhild* (dt. Brünhilde) und seine Ehe mit Gudrun (*Guðrún*, dt. Kriemhild) wird ihm zum Verhängnis.

Weitere literarische Verarbeitungen des Nibelungenstoffes finden sich im Norden u. a. in der »Saga von Dietrich von Bern« (*Þiðreks saga af Bern*). Enge Verbindungen bestehen vor allem zum Heldenliederteil der Liederedda. Diese Beziehungen sind so eng, daß man die Saga auch als Prosaparaphrase der eddischen Lieder bezeichnet hat. Tatsächlich werden eine ganze Reihe von Strophen aus den eddischen Heldenliedern in der Saga aufgenommen, und für jenen Teil der Liederhandschrift *Codex regius,* der verlorengegangen ist, bildet die Saga die einzige Möglichkeit, die Lieder wenigstens ihrem Inhalt nach zu rekonstruieren. Auch auf bildlichen Darstellungen, in Volkserzählungen, im späten Mittelalter auch in der Rímurdichtung und in Balladen, hat sich die Kenntnis von diesem Stoff in Nordeuropa erhalten. Es handelt sich bei der Saga von den Völsungen also um ein Dokument einer reichen und populären Überlieferungstradition.

Inhalt und Aufbau

Der umfangreiche erste Teil der Saga (Kap. 1–12) stellt Sigurds Vorfahren als Nachkommen des Gottes Odin (*Óðinn*) vor. Sehr bald spitzt sich die Erzählung auf Sigurds Großvater Völsung zu, dessen Niederlage gegen den Schwiegersohn Siggeir durch Odins Entscheidung herbeigeführt wird. In einer Nebenhandlung wird das Heldentum der Völsungen in schon fast monströser Weise sichtbar: Völsungs Tochter Signy plant gegen ihren Ehemann die Rache für den Vater und die Brüder. Dafür braucht sie einen Sohn, der zur Rache fähig ist. Die gemeinsamen Söhne mit Siggeir erscheinen ihr dazu nicht grausam und skrupellos genug. So läßt sie sie mit bemerkenswerter Gleichgültigkeit umbringen und zeugt mit dem letzten überlebenden Bruder, ihrem Zwillingsbruder Sigmund, den Rächer Sinfjötli – ein Inzest, der Thomas Mann zu seinem Romantitel »Wälsungenblut« inspiriert haben soll.

Sinfjötli hat in der Saga ausschließlich die Funktion des Rächers. Er wird von Sigmund, der allerdings längst nicht über die gleiche Kaltblütigkeit und Grausamkeit verfügt wie sein Sohn, regelrecht auf die Rache hin trainiert (Kap. 8), und als diese vollzogen ist, scheidet er bald aus der Saga aus (Kap. 10).

Sigmunds jüngster Sohn mit seiner zweiten Frau Hjördis, geboren nach dem Tod des Vaters, ist schließlich Sigurd. Die Geschichte des jungen Sigurd (Kap. 13–25), der unter der Obhut des Zwerges Regin am Hof der dänischen Könige Hjalprek und Alf aufwächst, nimmt in der Saga einen etwa ebenso breiten Raum ein wie die Geschichte seiner Vorfahren. Er hört die Geschichte vom Drachenhort, läßt sich das zerbrochene Schwert des Vaters von Regin neu schmieden, rächt mit Hilfe des Gottes Odin den Tod des Vaters und erfüllt dann Regins Wunsch, dessen Bruder, den Drachen Fafnir zu töten. Er tötet auch Regin, der ihn verraten will, erlangt den Drachenhort und zieht weiter, bis er die Walküre Brynhild trifft, die ihn Runenweisheit lehrt und mit der er sich durch gemeinsam geschworene Eide verlobt.

Diese beiden ersten Teile der Saga greifen in erheblichem Maße auf Material aus der heidnischen Mythologie zurück. Nicht nur tauchen in diesem Teil eine ganze Reihe übernatürlicher Wesen auf: der Drache Fafnir, die Zwerge Andvari und Regin, Regins Bruder Ot, der sich in einen Otter verwandeln kann, eine ganze Reihe von heidnischen Göttern, Riesen, Walküren, Hexen. Auch die Menschen in diesem Teil, bis hin zu Sigurd, sind keine realistisch gezeichneten Personen, sondern Gestalten an der Grenze zum Übernatürlichen: Sie sind mit seherischen und zauberischen Fähigkeiten ausgestattet, können die Tiersprache verstehen und die Gestalt wechseln, sind von übernatürlicher Körperkraft und -größe, oder sie sind so eindimensionale, nur auf ein einziges Ziel hin ausgerichtete Gestalten wie die Rächerin Signy und ihr Sohn, der monströse »Vollstrecker« Sinfjötli.

Dagegen ist die Handlung des wesentlich kürzeren dritten und vierten Teils in einem erkennbar menschlichen Umfeld angesiedelt, und die beschriebenen Konflikte sind die zwischen widerstreitenden Rechtsgütern, vor allem zwischen familiären und durch Heirat entstandenen Loyalitäten. Sigurd und Brynhild sind diejenigen, die die Grenze zwischen mythischer und menschlicher Welt überschreiten, die dadurch die im ersten Teil beschriebene Unordnung der mythischen Welt in die Welt der Menschen tragen, wo sie Tod und Auflösung bringt.

Der dritte Teil (Kap. 26–33) umfaßt Sigurds Aufenthalt am Hof der Gjukungen (im »Nibelungenlied«: am Burgundenhof). Durch einen Zaubertrank der Königsmutter Grimhild (dt. Ute) wird er dazu verleitet, sein Verlöbnis mit

Brynhild zu vergessen und sich durch Heirat mit der Schwester der Gjukungen, Gudrun (dt. Kriemhild) fest an diesen Hof zu binden. Entscheidend für den Kernkonflikt der Saga ist an dieser Bindung der Aufbau einer weiteren Loyalitätsverpflichtung: neben die Eide, die mit Brynhild geschworen wurden, treten die Treueeide gegenüber Gudrun und ihren Brüdern. Noch in einem weiteren Sinne wird der Eidbruch und die doppelte Loyalität zum Problem: Der Gjukunge Gunnar (dt. »Gunther«) entscheidet sich, um Brynhild zu werben. Er kann aber die Prüfung nicht bestehen, die sie ihren Freiern in der Annahme auferlegt, nur Sigurd könne diese erfüllen. Sigurd tauscht daraufhin mit Gunnar die Gestalt, und so wird Brynhild – ganz gegen ihren Willen – gewonnen. Entscheidend daran ist, daß auf diese Weise auch sie gezwungen wird, den Eid zu brechen, den sie Sigurd gab.

Aus dieser doppelten Konstellation gebrochener Eide und verratener Liebe entsteht schließlich tödlicher Haß. Als Gudrun Brynhild im Streit die Werbungsgeschichte vorhält, erkennt Brynhild Sigurds und ihren eigenen Treuebruch und stellt daraufhin an ihren Mann Gunnar die Forderung, durch die Tötung Sigurds die Ordnung wiederherzustellen. Andernfalls werde er sie verlieren. In der Saga ist es, anders als im »Nibelungenlied«, nicht Högni (dt. Hagen), der den Mord ausführt, sondern Guttorm, der jüngste der Gjukungenbrüder, der wegen seiner Jugend in die Eide zwischen den Gjukungen und Sigurd nicht einbezogen ist, wird zu dem Mord verleitet, kommt dabei aber selbst um. Brynhild bringt sich selbst um und wird mit Sigurd bestattet.

Der vierte Teil (Kap. 34–40) beschreibt nun das Ende der Gjukungen am Hof des Königs Atli (dt. Etzel), Brynhilds Bruder, mit dem Gudrun in zweiter Ehe verheiratet wurde. Dieser Teil ist wesentlich loser mit dem dritten Teil verbunden, als dies im »Nibelungenlied« der Fall ist: Anders als im »Nibelungenlied« plant nicht Gudrun den Verrat – sie versucht die Brüder sogar von der Reise abzuhalten –, sondern Atli selbst, und dies ausschließlich aus Gier nach dem Drachenhort. Er lädt die Brüder zu einem Fest ein, und trotz aller Warnungen ziehen die Brüder zu Atlis Hof, wo sie alle umkommen. Gudrun tötet daraufhin zunächst ihre Söhne mit Atli, später ihn selbst.

Die Saga klingt aus mit einer Beschreibung des weiteren Schicksals von Gudrun und ihren Kindern (Kap. 41–44). Gudrun heiratet in dritter Ehe den König Jonak. Ihre Tochter mit Sigurd, Svanhild, wächst an Jonaks Hof auf. Svanhild wird mit dem König Jörmunrek verheiratet, der sie wegen eines vermeintlichen Ehebruchs töten läßt. Gudrun hetzt ihre Söhne mit Jonak, Hamdir, Sörli und Erp, zur Rache für die Halbschwester auf. Alle drei sterben auf dem Rachezug. So wird auch dieser Heldensagenstoff mit dem Nibelungenstoff verbunden.

Nachwirkungen

Die zahlreichen Texte, die den Nibelungenstoff in Nordeuropa verarbeiten, zeigen bereits, daß dieser Stoff hier nie ganz in Vergessenheit geriet. Im 19. Jahrhundert wurde er in ganz Europa weithin bekannt. Vor allem Richard Wagner verwendete viel skandinavisches Material, als er seinen Nibelungenzyklus schrieb, und seine wichtigste Quelle war nicht etwa das mittelhochdeutsche »Nibelungenlied«, sondern die »Saga von den Völsungen«, die er in der Übersetzung von Heinrich von der Hagen (1815) kannte. Die nordische Version des Nibelungenstoffes kam Wagners Suche nach einer mythischen Deutung mehr entgegen als das höfische »Nibelungenlied«. Er vereinte in seinem »Ring« zwei Stoffe, die er aus der nordischen Überlieferung kannte und die dort völlig unverbunden nebeneinander existieren: die Geschichte von Sigurd dem Drachentöter und den Mythos vom Untergang der Götter (*ragnarök*), der durch einen Übersetzungsfehler zu dem Namen »Götterdämmerung« kam.

Die Saga von Ragnar Lodbrok

Entstehung und Überlieferung

»Die Saga von Ragnar Lodbrok« (*Ragnars saga loðbrókar*) existiert in zwei Versionen, von denen die eine, entstanden um 1250, nur fragmentarisch erhalten ist. Die andere, auf die sich die vorliegende Übersetzung bezieht (sie beruht auf der Ausgabe von Örnólfur Thorsson, Reykjavík 1985), stammt wie die Saga von den Völsungen aus der zweiten Hälfte des 13. Jahrhunderts und ist wie diese in der Pergament-Handschrift NkS 1824b bewahrt. Zusätzlich gibt es eine Reihe von Papierhandschriften aus späterer Zeit. Auch die färöische Ballade mit dem Titel *Ragnars kvæi* und eine Reihe dänischer und norwegischer Volksballaden haben den Stoff bewahrt.

Die Ereignisse, von denen in der Saga von Ragnar berichtet wird, sind im 9. Jahrhundert anzusiedeln: Ragnar selbst ist in der Geschichtsschreibung als jener Reginheri dokumentiert, der den Wikingerüberfall auf Paris im Jahr 845 anführte, und Ivar, Björn und Sigurd, die die Saga ihm als Söhne zuschreibt, sind ebenfalls historische Gestalten. Neuere Forschungen (v. a. von Rory Mc Turk, s. d.) haben gezeigt, daß die Saga in der Überlieferung Stoffe verschiedener, auch mythischer Herkunft miteinander kombiniert und daß die allmähliche Anlagerung der verschiedenen Stoffe an die Gestalten des Ragnar und seiner Frau Aslaug eine komplizierte, jedoch rekonstruierbare Überlieferungsgeschichte ergibt. In der Saga sind die unterschiedlichen stofflichen Ebenen und Bereiche höchst kunstvoll miteinander verwoben.

Inhalt und Aufbau

Die Saga beginnt völlig unvermittelt: Heimir, der aus dem Anfangsteil der Saga von den Völsungen (Kap. 24 und 25) als Brynhilds Schwager und Pflegevater bekannt ist, erfährt von Sigurds und Brynhilds Tod. Aus dem Kapitel 29 der Saga von den Völsungen ist bekannt, daß Brynhilds Tochter mit Sigurd, Aslaug, bei Heimir erzogen wird. All dies setzt die Saga von Ragnar Lodbrok hier zu Beginn stillschweigend als bekannt voraus – ein deutlicher Hinweis auf den engen

Zusammenhang beider Texte. Aber erst mit diesem Hintergrundwissen wird einsichtig, daß Heimir, um das Mädchen vor dem Zugriff der Gjukungen zu schützen, mit ihr auf Wanderschaft geht. Das erste Kapitel stellt den Übergang zwischen beiden Sagas her. Es gibt jedoch auch einen deutlichen Hinweis auf einen wichtigen Grundton der Saga: Neben den Titelhelden Ragnar tritt Aslaug, die seine zweite Frau wird und die eigentliche handlungstreibende Gestalt der Saga ist.

Nachdem Aslaug eingeführt ist, wendet sich die Geschichte aber tatsächlich zunächst dem Titelhelden Ragnar zu: Die Kapitel 2, 3 und 4 erzählen in aller Kürze von seiner königlichen Abkunft, von seinen ersten Wikingerzügen, seinem Zug gegen den Lindwurm, von seiner glücklichen Ehe mit Thora, der Tochter eines Jarls in Götaland, die er durch die Tötung des Lindwurms erringt, und von den zwei Söhnen, Agnar und Erik, die aus dieser Ehe hervorgehen. Dieser Teil endet mit Thoras Tod und Ragnars Entschluß, wieder auf Wikingerfahrt zu gehen.

Im fünften Kapitel wird die Geschichte Aslaugs wieder aufgenommen. Ausführlich schildern die Kapitel 6 und 7, wie er das Mädchen in Norwegen findet und sie schließlich dazu bringt, ihm als seine Braut zu folgen. Die eigentliche Hauptfigur dieser Kapitel ist nicht Ragnar, sondern Aslaug. Sie ist diejenige, die ihre Chance erkennt, mit Hilfe dieses Wikingers der Gefangenschaft auf Spangereid zu entgehen, und sie ist auch diejenige, die auf einer regelgerechten Hochzeit besteht, die Ragnar, der ihre wahre Identität als Tochter von Sigurd nicht kennt, prinzipiell ganz offensichtlich für unnötig hält.

Im 9. Kapitel wird dieses Motiv wieder aufgenommen, und auch hier ist es wieder Aslaug, die die Initiative ergreift. Ragnar verlobt sich mit einer anderen Frau und will sich offensichtlich von Aslaug, die er immer noch nur als Kraka kennt, trennen. Daraufhin enthüllt sie ihm ihre Identität, sagt ihm von ihrer Herkunft und sagt ihm die Geburt des jüngsten gemeinsamen Sohnes, Sigurd »Schlange im Auge«, voraus. Auch hier wird auf Motive aus der Saga von den Völsungen zurückgegriffen: Aslaug erfährt von Ragnars Plänen, weil sie wie ihr Vater die Sprache der Vögel versteht, und ihr Sohn, den sie bezeichnenderweise nach dem Großvater Sigurd nennen läßt, erbt eines der auffallendsten körperlichen Merkmale von diesem Großvater: seinen stechenden Blick. Auch diese Wendungen sind ohne Kenntnis der Saga von den Völsungen nicht zu verstehen.

Die Tatsache, daß durch diese für Ragnar überraschende Wendung die Heirat mit der schwedischen Königstochter Ingibjörg verhindert wird, leitet über zum nächsten Handlungsstrang: dem Tod der Söhne aus erster Ehe und dem Rachefeldzug, den Aslaug mit ihren eigenen Söhnen initiiert (Kap. 10–12). Ragnar ist in diese Handlung nicht involviert. Er sitzt, so heißt es zu Beginn des 15. Kapitels, in seinem Reich »und weiß nicht, wo seine Söhne und seine Frau Randalin [ein Beiname für Aslaug] sind«.

Hier wird ganz deutlich, wie versucht wurde, in der Saga unterschiedliche Handlungsstränge miteinander zu verknüpfen. Denn aus den Kämpfen und Siegen der Ragnarssöhne wird nun bei ihrem Vater der Drang motiviert, seinerseits eine außerordentliche Heldentat zu vollbringen, um ihrem Ruhm gleichzukommen. Daraus folgt der unvernünftige und folgerichtig scheiternde Versuch, mit drei Handelsschiffen England zu erobern. Ragnars Tod in der Schlangengrube des englischen Königs Ella ist aber wiederum Voraussetzung für den letzten Rachefeldzug der Söhne. Dieser endet, gegründet auf Ivars List, mit dem grausamen Tod des englischen Königs, der aus der Geschichtsschreibung bereits bekannt war.

Wie so viele Sagas hat auch diese einen Schluß, der den modernen Leser kaum befriedigt, der aber Hinweise auf die Erzähl- und Hörgewohnheiten des mittelalterlichen Publikums gibt, die sich auch in der schriftlichen Aufzeichnung von Sagas niederschlugen. Modernen Lesegewohnheiten käme es am nächsten, wenn die Saga am Ende von Kapitel 18 ihren Abschluß fände. Es folgt aber noch, fast wie ein Epilog, die Geschichte von den zwei Gefolgsleuten, die sich nach Jahren im Ausland wiedertreffen und sich erst allmählich wiedererkennen. Und es folgt die kurze Episode von dem Holzmann auf Samsey, die nur sehr lose mit der Saga verbunden ist. Beide Schlußteile, vor allem aber der letzte, zeigen, daß es für das mittelalterliche Publikum völlig selbstverständlich war, Beziehungen zu anderen, ebenfalls bekannten Sagas herzustellen. Die mündliche Dimension der Erzähltradition hinter derartigen Gewohnheiten muß stark gewesen sein. Sie wäre auch eine Erklärung dafür, warum augenscheinlich keine scharfe Trennung zwischen einzelnen Erzählungen gemacht wurde, sei es innerhalb einer Saga, sei es über die Grenzen einer Saga hinaus. Für beides bietet die Saga von Ragnar Lodbrok interessante Anhaltspunkte.

Die Saga von König Half und seinen Männern

Die Überlieferungsgeschichte

»Die Saga von König Half und seinen Männern« (*Hálfs saga ok Hálfsrekka*) ist in einer isländischen Pergamenthandschrift überliefert, die in der Mitte des 15. Jahrhunderts angefertigt wurde (GkS 2845 4to). Daneben existieren zahlreiche Abschriften dieser Handschrift auf Papier. Die hier vorliegende Übersetzung beruht auf der Ausgabe der Pergamenthandschrift von Hubert Seelow (Reykjavík 1981).

Die Erzähltradition über Half scheint jedoch erheblich älter zu sein, denn das genealogische Skaldengedicht »Ynglingatal« aus dem 9. Jahrhundert benutzt bereits die Kenning (metaphorische Umschreibung) *Hálfs bani*, »Halfs Todesbringer« für »Feuer«.

Inhalt und Aufbau

Die Saga erzählt die tragische Geschichte des norwegischen Wikingerkönigs Half und seiner Mannschaft. Nach 18 äußerst erfolgreichen Jahren auf Wikingerfahrt werden sie Opfer eines Verrats: Halfs Stiefvater Asmund lädt Half zum Schein zu einem Fest ein, macht Half und seine Männer betrunken und setzt während der Nacht die Halle in Brand. Bei dem nachfolgenden Kampf werden alle getötet.

Die Saga hat drei deutlich voneinander getrennte Teile: Im ersten Teil wird von Halfs norwegischen Vorfahren berichtet. Ein Kapitel über Halfs älteren Bruder Hjörolf, dessen Wikingerzug durch seine eigene Unfähigkeit und seine maßlose Gier im Untergang endet, bereitet auf die Darstellung des im Kontrast um so hervorragenderen jüngeren Bruders Half vor. Es folgt der Hauptteil der Saga, in dem von Halfs Wikingerzügen und von seinem Tod erzählt wird. Die Saga klingt mit einem Schlußteil aus, der die Rache für Halfs Tod und das Schicksal seiner Nachkommen umfaßt.

Die literarische Form

Die Saga von Half entführt den Leser in eine literarische Welt, die von heutigen Lesegewohnheiten weit entfernt erscheint. Noch mehr als in der Saga von den Völsungen (s. o.) dominieren in dieser Saga (vor allem im Hauptteil und im Schlußteil) längere Gedichte im eddischen Versmaß *fornyrðislag*, die von den kurzen Prosastücken lediglich zusammengefügt werden. Dieses Versmaß hat sich aus der gemeinsamen germanischen Form der Langzeile entwickelt, bei der zwei Halbzeilen durch Stabreim miteinander verbunden sind. Konsonanten (auch Doppelkonsonanten wie sk, st, sp) reimen miteinander, alle Vokale (auch *j*) staben untereinander. Zumeist bilden vier Langzeilen eine Strophe. Die Wortfolge ist der in der Prosa nahe, und es werden nur wenige Kenningar (mehrgliedrige metaphorische Umschreibungen) verwendet, wie sie dagegen in den komplizierteren Strophen mit skaldischen Versmaßen die Regel sind.

Die drei Lieder sind unter den Titeln *Innsteinskviða* (»Innsteinlied«), *Útsteinskviða* (»Utsteinlied«) und *Hrókskviða* (»Hroklied«) bekannt. Daneben gibt es im Anfangs- und Schlußteil eine Reihe von Einzelstrophen im selben Versmaß.

Der erste Teil des Innsteinliedes (Str. 14–28) ist als Rede und Gegenrede zwischen Innstein und dem König, später zwischen Innstein und Utstein aufgebaut; den Schluß bildet eine Strophe Innsteins, in der er sich vergangener guter Zeiten erinnert und beklagt, daß Half seinen Rat nicht mehr beachtet. Dazwischen entfaltet sich im Dialog der Konflikt zwischen dem König und seinem Ratgeber: Half vertraut Asmund und dem gegebenen Wort. Er will Asmunds Einladung folgen und nur mit der Hälfte seiner Mannschaft zum Fest erscheinen. Innstein warnt ihn und rät dazu, Halfs Stiefvater Asmund, den er des Verrats verdächtigt, zu bekämpfen. Während Innstein alle ihm zur Verfügung stehenden Argumente zur Geltung bringt und schließlich von seinen bösen Träumen berichtet, stellt Half ihn, als seine eigenen Argumente schließlich versagen, als ängstlich dar und deutet jeden der Träume so um, daß er harmlos wirkt. Schließlich verbietet er Innstein, weiter von seinen Träumen zu erzählen und damit die Mannschaft zu beunruhigen. Innstein jedoch unternimmt einen letzten verzweifelten Versuch, den König und seine Mannschaft zu retten: Er fordert die Männer zum Ungehorsam gegen den Anführer auf. Doch auch dieser Versuch scheitert: Utstein erklärt (Str. 27) stellvertretend für alle, daß man auch weiterhin dem König folgen werde und dies auch von Innstein erwarte. Dabei schwingt in seiner Antwort durchaus eine gewisse Besorgnis mit, wenn er Innstein dazu auffordert, gemeinsam das Leben für den König zu wagen.

Der zweite Teil des Innsteinliedes (Str. 29–33) ist dagegen ein Monolog, eine Art Anfeuerungsrede an Half und seine Männer in der brennenden Halle, und auch der dritte Teil des Liedes (Str. 34–37) ist monologisch angelegt. Es ist das Sterbelied Innsteins, in dem er zunächst auf den eben vergangenen letzten Kampf, dann auf die lange Zeit an Halfs Seite zurückblickt und schließlich vom kommenden Nachruhm Halfs spricht.

Das Utsteinlied (Str. 39–50) schließt fast unmittelbar an das Innsteinlied an, getrennt von diesem nur durch eine Einzelstrophe Utsteins. Es ist bereits Teil des Schlusses, in dem vom Schicksal der überlebenden Männer Halfs und von der Rache für Half berichtet wird. Auch hier ist der Dialog die Grundstruktur. In der ersten Hälfte ist es ein Streit zwischen Utstein und Ulf dem Roten, der als Ratgeber des Königs am dänischen Hof lebt. Utstein reizt Ulfs Söhne zum Kampf, den er (Str. 46) Half quasi widmet: Der König hat ihn im Traum zum Kämpfen aufgefordert. Nach dem Ende des Kampfes wendet er sich (Str. 47–50) an König Eystein, dem es gelingt, den aufgebrachten Helden mit dick aufgetragenem Lob, geradezu mit einer Demutsgeste vor dem Heldentum der Männer Halfs (Str. 48), zu beruhigen.

Das Hroklied (Str. 51–77) wird im Gegensatz zu den beiden vorausgehenden Liedern nicht durch Prosa unterbrochen. Hrok lebt am Hof König Hakis in Skåne, aber weil man ihn nicht kennt, erweist man ihm auch keine besondere Ehre. Der Königstochter Brynhild enthüllt Hrok in diesem Lied seine Identität, spricht von seinem dringenden Wunsch nach Rache für Half und wirbt am Ende des Liedes um die Königstochter. Die Strophen 53–67 sind ein nostalgischer Rückblick auf Hroks Zeit in Halfs Gefolge: Das Lied betont die Tapferkeit und Klugheit des Königs, neben dem Hrok nur Sigurd, den Drachentöter, als gleichwertig gelten läßt. Es erinnert an Hroks Freunde und Verwandte und an den besonderen Gemeinschaftsgeist, der in Halfs Mannschaft herrschte. Schließlich erwähnt es die strengen Gesetze, denen diese Mannschaft sich unterwerfen mußte, und geht hier sogar noch weiter als der Prosabericht: Eine ganze Reihe von Regeln, die hier erwähnt werden, kommen in der Prosa nicht vor. Mit der Strophe 69 wendet sich das Gedicht dann der Gegenwart zu. Hrok spricht von seiner eigenen Trauer um den König und die Gefährten und darüber, wieviel leichter der Verlust zu ertragen wäre, wenn eine Rache gelingen könnte (Str. 69–73). Etwas unvermittelt folgt dann die Werbung um die einzige

Zuhörerin des Liedes, Brynhild (Str. 74–76), und eine letzte Klage über die wenig ehrenhafte Behandlung, die Hrok an Hakis Hof widerfährt.

Das Hroklied leitet zum letzten Teil der Saga über, indem es Hroks Rache für Half und seine Männer initiiert. Es hat aber einige stilistische Besonderheiten, die Aufmerksamkeit erregen, denn Hrok wird durch dieses Lied wesentlich mehr psychologisch gedeutet, als dies mit irgendeiner anderen Person der Saga der Fall ist: In Strophe 63–65 wird von den Helden gesprochen, die er in Halfs Mannschaft besonders schätzte und liebte. Strophe 66 spricht von der Wertschätzung, die er selbst in dieser Gruppe genoß, und stellt damit den Kontrast zur Gegenwart her, der schon in Strophe 53 (»Mein Dasein war / damals viel besser...«) angesprochen wird und in der letzten Strophe (Strophe 77) explizit gemacht wird. In Strophe 69 spricht Hrok von seiner Schlaflosigkeit, die ihm die quälenden Gedanken an den Tod des Bruders bereiten, und in Str. 70 und 71 spricht er noch deutlicher von seiner Trauer und von dem Wunsch, selbst tot zu sein oder die Rache in die Hand zu nehmen. Auch die Werbungsstrophen sagen mehr über Hroks persönliche Gefühle, Wünsche und Erwartungen aus, als man es in einem derartigen Lied erwarten sollte.

Die erzählenden Prosastücke treten in ihrer Bedeutung gegenüber den Liedern zurück. Sehr häufig haben sie nur überleitende Funktion. Prosastücke von größerer Bedeutung finden sich vor allem am Anfang der Saga (Kap. 1 bis 5), der die Vorgeschichte von Halfs Vorfahren, seine Genealogie, die überleitende Geschichte von Halfs Bruder Hjörolf und schließlich eine Charakterisierung von Halfs Wikingermannschaft enthält. Auch im Schlußkapitel dominiert wieder die Prosa; es enthält nur eine Liedstrophe. Insgesamt sind die Prosastücke komplementär zu den Liedern angelegt: Sie geben kurz, knapp, sachlich und detailreich die notwendigen Informationen, um dem Fortgang der Handlung folgen zu können.

Beides zusammengenommen, Lieder und Prosastücke, ergibt ein Stück mittelalterlicher Literatur, »bei dessen Kompilation die Frage nach dem Unterhaltungswert von entscheidender Bedeutung gewesen sein dürfte« (Seelow 1981, S. 157). Für den modernen Leser mag diese Saga mit ihren vielen Stereotypen ungewohnt, vielleicht auch wenig spannend sein. Sie ist aber ein interessantes Beispiel dafür, wie im Island des 15. Jahrhunderts alte Heldensagenstoffe aus der Zeit vor dem Beginn der isländischen Geschichte als Stoffe der Unterhaltungsliteratur rezipiert wurden.

Die Saga von Örvar-Odd

Die Überlieferungsgeschichte

Die »Saga von Örvar-Odd« existiert in zwei Versionen, die sich erheblich voneinander unterscheiden. Sie ist in einer ganzen Reihe von Pergament- und Papierhandschriften überliefert, was einen Hinweis auf die große Popularität dieser Saga gibt. Die älteste Handschrift, SKB 7 perg., 4to (kurz: **S**), stammt von etwa 1400. Diese Handschrift, die der Herausgeber R.C. Boer (1888) als die ursprünglichste bezeichnet hat, liegt der Übersetzung im vorliegenden Band zugrunde. Allerdings fehlt in dieser Handschrift die wichtige Episode vom Kampf auf Samsey. Sie wurde aus der zweiten wichtigen Pergamenthandschrift, AM 344 a 4to (kurz: **M**), ergänzt.

Über die Entstehung der Saga ist wenig bekannt. Sie dürfte wohl am Ende des 13. oder zu Beginn des 14. Jahrhunderts im Umkreis jener isländischen Familie entstanden sein, die sich auf den Landnehmer Ketill hœngr (s. o., Anmerkung zu S. 190) zurückführt. Gemeinsam mit drei weiteren Sagas, der *Ketils saga hœngs*, der *Gríms saga loðinkinna* und der *Áns saga bogsveigis* (s. u.) bildet sie eine Art Zyklus; die vier Sagas werden nach dem norwegischen Stammhof der Familie als die *Hrafnistumanna sögur* (»Sagas von den Leuten aus Hrafnista«) bezeichnet.

Ein Teil der Episoden, vor allem die zahlreichen Zweikämpfe, scheint zu dem Bestand an Heldensagenstoffen zu stammen, die bereits mit den ersten Siedlern nach Island gelangten. Dies gilt in besonderem Maße für den Kampf gegen die Berserker auf Samsey. Er geht auf alte Heldensagenstoffe zurück und findet sich u. a. auch in der *Hervarar saga* (»Saga von Hervör«). Erst später ist dieser Kampf Odd zugeschrieben worden.

Der Aufbau der Saga

Die Saga von Örvar-Odd zeigt einen episodischen Aufbau. Erzählungen von einzelnen Wikingerzügen des Helden, die auch in anderen Sagas vorkommen, werden aneinandergereiht und nur durch die Person des Helden zusammengehalten. Einheit gewinnt die Saga durch zwei Kompositionselemente: Das eine dieser Elemente ist die Weissagung der Seherin, die Odd – gegen seinen erklärten Willen – sein zukünftiges Schicksal voraussagt. Sie prophezeit ihm ein besonders langes Leben und sagt ihm auch die Umstände seines Todes voraus: So weit er auch reisen wird, sterben wird er auf Berurjod, dem Hof, wo er aufgewachsen ist, und sein Tod wird durch den Kopf des Pferdes Faxi verursacht werden. So unwillkommen diese Weissagung Odd auch sein mag: Später wird auch von ihm immer wieder darauf zurückgegriffen, denn weil er um diese Weissagung weiß, muß er die zahlreichen Kämpfe nicht fürchten, die er zu bestehen hat. Und obwohl er vorgibt, nicht an die Weissagung zu glauben, tötet er das Pferd und glaubt, damit seinem Schicksal entgehen zu können.

Daß dies nicht gelingt, ist das wichtigste einheitsstiftende Element der Saga: Am Ende seines Lebens, fast 300 Jahre nach der Weissagung und dem Tod des Pferdes, kehrt Odd nach Berurjod zurück, stolpert über den vergrabenen Pferdeschädel und erleidet einen tödlichen Biß von einer Giftschlange, die sich in dem Pferdeschädel verborgen hat. Damit hat sich die Weissagung erfüllt: Odd stirbt nach einem ungewöhnlich langen Leben auf Berurjod und wird dort auch bestattet.

Ein zweites Kompositionselement neben der Ringstruktur, die durch die

Weissagung und ihre Erfüllung bewirkt wird, ist die Erzeugung von Spannung durch Steigerung. Odds Wikingerzüge werden im Lauf der Erzählung immer schwieriger, die Übermacht, gegen die er zu kämpfen hat, immer größer. Auf den ersten Wikingerzügen führt Odd selbst diese Steigerung herbei, indem er seinen Vater wiederholt nach einem angemessen anspruchsvollen Gegner fragt.

Auf Samsey erreicht die Steigerung schließlich ihren Höhepunkt. Odd überlebt als einziger den aussichtslosen Kampf gegen die Übermacht der Berserker, bei dem er seinen Freund Hjalmar verliert.

Die literarische Form

Die Saga arbeitet mit einer Reihe von märchenhaften Motiven. Dazu gehört die Weissagung, die Reise ins Land der Riesen und die Verwendung einer Reihe von Requisiten, die mit übernatürlichen Kräften ausgestattet sind: die Gusi-Pfeile, die selbst die scheinbar unverwundbaren Riesen treffen können und immer wieder zu ihrem Besitzer zurückkehren, die Steinpfeile, die auch dann treffen, wenn selbst die Gusi-Pfeile versagen, und das zauberkräftige Hemd, das Odd in Irland erhält und das ihn unverwundbar macht, solange er im Kampf nicht die Flucht ergreift, ebenso das Schwert Tyrfing, das der Berserker Angantyr von Zwergen schmieden ließ und das niemals versagt.

Aber man kann nicht sagen, daß diese übernatürlichen Requisiten das Bild von Odds Taten wirklich bestimmen. Entscheidend ist vielmehr die Darstellung des Titelhelden als eines realen Menschen, sogar eines ausgesprochen eigenwilligen Individualisten. Bereits an dem Neugeborenen glaubt seine Mutter zu erkennen, daß er seiner Familie eher skeptisch gegenübersteht. Ebenfalls noch im Anfangskapitel wird Odd als Individualist beschrieben, der mitten im heidnischen Norwegen, im 9. Jahrhundert, die heidnische Opferpraxis und jede Art von Magie ablehnt und sich ausschließlich auf seine eigene Kraft und Stärke verläßt.

In diesem Zusammenhang ist wohl auch Odds spätere Taufe und seine Pilgerfahrt ins Heilige Land zu verstehen, die auf den ersten Blick einen groben Anachronismus darstellen. Beides verknüpft nämlich auf interessante Weise die genannten Motive: übersinnliche Elemente und Odds Individualismus. Erst durch die Taufe und die Pilgerfahrt zum Jordan erlangt Odds zauberkräftiges Hemd seine Kraft zurück, die der Held durch Flucht zerstört hat.

Individualität ist auch das Schlüsselwort für die Beziehungen zwischen Odd und seinen Mitmenschen. Vergleichbar nur mit den großen Gestalten in der Sagaliteratur, vor allem in den realistischen Isländersagas, verfügt dieser Mann über ein reiches und differenziertes Gefühlsleben: Geradezu im Jähzorn stürzt sich der junge Odd auf die Seherin, die ihm die unwillkommene Weissagung gibt. Er schlägt sie und treibt sie mitsamt ihrem Gefolge aus dem Haus, ganz gegen den Willen seines Pflegevaters, der ihren Fluch fürchtet. In ohnmächtiger Wut und Trauer zieht er durch Irland, nachdem er den geliebten Ziehbruder Asmund durch einen Heckenschützen verloren hat. Wie so häufig in der Sagaliteratur sind es auch hier äußere Handlungen, die die Gefühlsregungen anzeigen: Odd zieht auf einem Weg durch das Land und reißt in seiner Wut sämtliche Bäume und Büsche aus, die am Wegesrand stehen (Kap. 13). Fast verzagt schließlich wirkt der gealterte Held, als er gefragt wird, ob er denn nicht – auch als Ersatz für den Verlust des Freundes Hjalmar – ans Heiraten denken will: Welche hochgestellte Frau wird denn, so fragt er, einen so alten Mann heiraten?

Eine der anrührendsten Episoden in der Sagaliteratur ist die um den Tod und die Bestattung des Freundes Hjalmar (Kap. 15). Dieser fällt im Kampf gegen die Berserker auf Samsey, und Odds Trauer um den Freund wird noch verstärkt durch die Tatsache, daß er dessen Tod im voraus ahnt und doch nicht verhindern kann. Im Sterben gibt Hjalmar Odd den Auftrag, seiner Geliebten, der Königstochter Ingibjörg in Uppsala, einen Ring mit seinen letzten Grüßen zu überbringen. Odd, der um diese Liebe weiß, bringt nicht nur den Ring, sondern auch Hjalmar nach Uppsala. Er trägt ihn auf dem Rücken, legt ihn Ingibjörg und ihrem Vater, der eine Heirat der beiden abgelehnt hatte, vor die Füße und lacht bitter, als Ingibjörg vor Trauer und Schreck stirbt: Nun, so sagt er, sind die beiden Liebenden wenigstens im Tod vereint.

Die Gestaltung des Odd als Individuum mit starken Gefühlen und mit einer ausgeprägten Fähigkeit zur Freundschaft, hebt die Saga von Örvar-Odd deutlich hervor aus den Vorzeitsagas mit ihren stereotypen Kampfschilderungen. Streckenweise erinnert Odd an den Egil Skallagrímsson der »Egils Saga«, dem ähnliche Attribute zugeordnet werden.

Die Strophen

Die Saga besteht zu einem guten Teil aus Einzelstrophen im eddischen Versmaß *fornyrðislag* (s. o.). Eine ganze Reihe von Strophen, die Odd spricht, sind, z. T. mit geringen Abweichungen, auch in sein Sterbelied *(Ævidrápa)* aufgenommen worden, dessen Übersetzung im Anschluß an die Saga abgedruckt ist. Sie schildern einzelne seiner Taten und ersetzen dabei innerhalb der Prosa eine rückblikkende Personenrede, wenn die betreffende Tat zuvor schon vom auktorialen Erzähler geschildert wurde (z. B. Str. 3, 4, 5, 28, 29, 30, 56, 61). Daneben finden sich einige Katalogstrophen, in denen, in der Art der eddischen *þulur* (Merkstrophen), lediglich Namen aufgeführt werden (Str. 8), und einige Weissagungsstrophen wie die der Seherin (Str. 1 und 2).

Die Strophengruppen und das Sterbelied

Neben den Einzelstrophen enthält die Saga fünf mehr oder minder große Strophengruppen: Die längste ist das 71 Strophen umfassende Sterbelied Odds, in dem das Leben des Helden ein letztes Mal nacherzählt wird. Interessant an diesem im Grunde recht anspruchslosen Gedicht ist in erster Linie die Beschreibung des Dichtungsvorgangs: Um sich quasi ein Denkmal zu setzen, beordert der sterbende Odd einige seiner Männer zu sich, damit sie seine Strophen in

Holztafeln ritzen und damit für die Nachwelt aufbewahren. Wie es häufig mit längeren Liedern der Fall ist, bringt die Saga im Text (abgesehen von den zitierten Einzelstrophen) nur die Schlußstrophen des Liedes. Das Lied in seiner Gesamtheit ist auch in den Handschriften im Anschluß an die Saga aufgezeichnet. Entstanden ist es möglicherweise etwas früher als die Saga selbst.

Die anderen vier Strophengruppen finden sich anläßlich des Kampfes auf Samsey (Str. 8–15), anläßlich Hjalmars Tod (»Hjalmars Sterbelied«, Str. 16–27), anläßlich des Trink-Wettstreits mit Sjolf und Sigurd am hunischen Hof (Str. 31–55), und schließlich eine kürzere Strophengruppe anläßlich des Kampfes gegen Alf Bjalki (Str. 57–60).

Hjalmars Sterbelied ist ein besonders lyrisches Lied. Es beginnt mit einer Klage und mit der Erkenntnis, daß der Dichter an den Wunden des Kampfes gegen Angantyr sterben wird; dann folgt eine Klage um das verlorene gute Leben und um die Geliebte, die Hjalmar nicht wiedersehen wird, schließlich die Bitte an den Freund, Ingibjörg den Ring als Gruß des Toten zu bringen.

Die anderen drei Strophengruppen sind als Rede und Gegenrede angelegt. Sie leiten einen Kampf ein oder begleiten ihn als zusätzliche Ebene des Sich-Messens mit dem Gegner. Im Falle des Trink-Wettstreits scheint es ausdrücklich darum zu gehen, noch im zunehmend betrunkenen Zustand kunstgerechte Strophen zustande zu bringen, die den Gegner mit Hohn und Spott übergießen. Die Beschreibung des allmählichen Abbaus der beiden Herausforderer, denen bald die Dichterkraft versagt, bevor sie schließlich, einer nach dem anderen, »zu Tode betrunken« unter die Bank sinken, gehört zu den großen gestalterischen Leistungen dieser Saga.

Die Saga von An Bogsveigir

Die Überlieferungsgeschichte

»Die Saga von An Bogsveigir« (*Áns saga bogsveigis*) ist in dem vorliegenden Band das zweite Beispiel aus der Reihe der Sagas über die Männer von Hrafnista (s. o.). In ihrer ältesten erhaltenen Redaktion stammt sie aus dem frühen 15. Jahrhundert, und auch die älteste Handschrift (AM 343 a, 4to) auf der auch die vorliegende Übersetzung beruht (nach der Ausgabe von Guði Jónsson und Bjarni Vilhjálmsson, FAS 3, 1943), stammt aus dieser Zeit. Von der großen Popularität dieser Saga zeugt die stattliche Zahl von 46 späteren Abschriften nicht weniger als die Existenz eines Rímur-Zyklus vom Anfang des 16. Jahrhunderts. Dieser Versbearbeitung, den *Áns rímur bogsveigis*, lag eine ausführliche frühere Version der Saga zugrunde, die verlorengegangen ist. Der Stoff wurde auch von Saxo Grammaticus in seinen *Gesta Danorum* (Buch VI, um 1200) verarbeitet; dort heißt der Held *Ano sagittarius*, der »Schütze An«.

Inhalt und Aufbau

Die Saga erzählt die Geschichte des An aus dem norwegischen Hrafnista, der an den Hof des schwedischen Königs Ingjald kommt, dessen hinterlistige Art er durchschaut und mit dem er bald in heftigen Streit gerät. Er wird geächtet und verfolgt, kann sich aber immer wieder retten. Ingjald tötet Ans Bruder Thorir, und erst am Schluß der Saga gelingt es An mit Hilfe seines Sohnes, die Rache für den Bruder zustande zu bringen. Danach zieht er sich nach Hrafnista zurück, wo er den Rest seines Lebens als angesehener, friedlicher Bauer und Händler verbringt.

Der Stil der Saga

Im Hinblick auf ihre Erzählweise erinnert die Saga von An Bogsveigir teilweise an eine Isländersaga. Sie hat kaum phantastische Elemente, sondern erzählt mit knappen Fakten das Leben am Königshof und in der Acht. Neben dem Motiv des Geächteten ist in diesem Zusammenhang das des *kolbítr* bemerkenswert, mit dem An zunächst charakterisiert wird (vgl. Anm. zu S. 263). Schließlich erinnern auch die Spott- und Liebesstrophen, die in die Saga eingebaut sind, an das Erzählverfahren der Isländersagas.

Aufgrund ihrer zeitlichen Einordnung vor der norwegischen Reichseinigung im 9. Jahrhundert, ihres Schauplatzes in Norwegen und Schweden sowie des Erzählstoffs ist diese Saga jedoch eindeutig den Vorzeitsagas zuzuordnen. Auch das Element des besonderen Bogens, den ein Zwerg gefertigt hat, rückt die »Saga von An« nahe an andere Vorzeitsagas heran.

Auswahlbibliographie

Zu Vorzeitsagas allgemein

a) Editionen:

Biörner, E. J.: *Nordiska Kämpa Dater.* Stockholm 1737.

Hagen, F. H. von der (Hrsg.): *Altnordische Sagen und Lieder, welche zum Fabelkreis des Heldenbuchs und der Nibelungen gehören.* Breslau 1814.

Rafn, C. C. (Hrsg.): *Fornaldar sögur Norðrlanda.* 3 Bde., Kopenhagen 1829–30 (FAS 1).

Ásmundarsson, Valdimar (Hrsg.): *Fornaldarsögur Norðrlanda.* 3 Bde., Reykjavík 1886–91 (FAS 2).

Jónsson, Guðni und Bjarni Vilhjálmsson (Hrsg.): *Fornaldarsögur Norðurlanda.* 3 Bde., Reykjavík 1943–44 (FAS 3).

Jónsson, Guðni (Hrsg.): *Fornaldar sögur Norðurlanda.* 4 Bde., Reykjavík 1950 (FAS 4).

Loth, A. (Hrsg.): *Late Medieval Icelandic Romances.* 5 Bde., Kopenhagen 1962–65.

b) Bibliographien:

Hermansson, Halldór: *Bibliography of the Mythical-Heroic Sagas.* Ithaca & New York 1912 (= *Islandica 5*).

Hermansson, Halldór: *The Sagas of the Kings (konunga sögur) and the Mythical-Heroic Sagas (fornaldar sögur). Two Bibliographical Supplements.* Ithaca & New York 1937 (= *Islandica 26*).

c) Literatur:

Kölbing, E.: *Beiträge zur vergleichenden Geschichte der romantischen Poesie und Prosa des Mittelalters.* Breslau 1876.

Olrik, A.: *Danmarks heltedigtning.* 2 Bde., Kopenhagen 1903–10.

Reuschel, H.: *Untersuchungen über Stoff und Stil der Fornaldarsaga.* Bühl-Baden 1933.

Schlauch, M.: *Romance in Iceland.* Princeton u.a. 1934, ND New York 1973.

Einarsson, Stefán: *A History of Icelandic Literature.* New York 1957, S. 157ff.

Genzmer, F.: »Vorzeitsaga und Heldenlied«. In: *Zur germanisch-deutschen Heldensage.* Hrsg. v. K. Hauck. Darmstadt 1961, S. 102–137.

Kuhn, Hans: »Heldensage vor und außerhalb der Dichtung«, ebd., S. 173–194.

Toorn, M.C. van den: »Über die Ethik in den Fornaldarsagas«. In: *Acta Philologica Scandinavica* 26 (1963/64), S. 19–66.
Buchholz, P.: *Vorzeitkunde. Mündliches Erzählen und Überliefern im mittelalterlichen Skandinavien nach dem Zeugnis von ›Fornaldarsaga‹ und eddischer Dichtung*. Neumünster 1980 (mit umfangreicher Bibliographie).
Mitchell, St. A.: *Heroic Sagas and Ballads*. Ithaca & London 1991 (mit umfangreicher Bibliographie).

Zur Saga von Asmund Kappabani

a) Editionen:

FAS 1, Bd. 2, S. 337–354.
Detter, F. (Hrsg.): *Zwei Fornaldarsögur.* Halle 1891, S. 79–100.
FAS 3, Bd. 2, S. 287–308.
FAS 4, Bd. 1, S. 383–408.

b) Übersetzungen:

Peringskjöld, J. F.: *Saugu Asmundar, er kalladur er Kappabani*. Stockholm 1722 (lat. & schwed.).
Isselbächer, St. u. a. (Hrsg.): *Ásmundarsaga kappabana. Die Saga von Asmund.* Essen 1988.

c) Literatur:

Boer, R. C.: »Zur dänischen Heldensage«. In: *Beiträge zur Geschichte der deutschen Sprache und Literatur* 22 (1897), S. 342–390.
Busse, B.: »Sagengeschichtliches zum Hildebrandsliede«. Ebd. 26 (1900), S. 1–92.
Boor, H. de: »Die nordische und die deutsche Hildebrandssage«. In: *Zeitschrift für deutsche Philologie* 49 (1923), S. 149–181 und 50 (1924), S. 175–210.
Halvorsen, E. F.: *On the Sources of the Ásmundarsaga kappabana* (= Studia Norvegica 5), Oslo 1951.
Ciklamini, M.: »The Combat Between Two Half-Brothers: A Literary Study of the Motif in Ásmundar saga kappabana and Saxonis Gesta Danorum«. In: *Neophilologus* 50 (1966), S. 269–279, 370–379.
Martínez-Pizarro, J.: »Ásmundar saga kappabana«. In: *Dictionary of the Middle Ages*. New York 1982, S. 586f.
Ciklamini, M.: »Ásmundar saga kappabana«. In: Pulsiano, Ph. u. a. (Hrsg.): *Medieval Scandinavia. An Encyclopedia*. New York/London 1993, S. 22f.

Zur Saga von den Völsungen

a) Editionen:

Olsen, M. (Hrsg.): *Völsunga saga ok Ragnars saga loðbrókar*. SUGNL 36. Kopenhagen 1906–08.

Finch, R. G. (Hrsg. u. Übers.): *The Saga of the Volsungs*. London 1965.

Ebel, U. (Hrsg.): *Volsunga saga*. Frankfurt/Main 1983.

Thorsson, Örnólfur (Hrsg.): *Völsunga saga og Ragnars saga loðbrókar*. Reykjavík 1985, S. 7–97.

b) Übersetzungen (Auswahl):

Biörner, E. J.: *Nordiska Kämpa Dater*. Stockholm 1737 (Ausgabe mit lat. und schwed. Übersetzung).

Magnússon, Eiríkur u. William Morris (Übers.): *Völsunga saga. The Story of the Volsungs and Niblungs, with Certain Songs from the Elder Edda*. London 1870 u. ö.

Hagen, F. H. von der (Übers.): *Nordische Heldenromane*, Bd. 4, Göttingen 1815.

Schlauch, M. (Übers.): *The Saga of the Volsungs; The Saga of Ragnar Lodbrok. Together with the Lay of Kraka*. New York/London 1930 u. ö.

Finch, R.G. (Hrsg. u. Übers.): *The Saga of the Volsungs*. London 1965.

Herrmann, P. (Übers.) in: *Isländische Heldenromane* (= *Thule 21*). Jena 1923, Düsseldorf 1966.

Byock, J. (Übers.): *The Saga of the Volsungs. The Norse Epic of Sigurd the Dragon Slayer*. Berkeley u. a. 1990.

c) Literatur:

Finch, R. G.: »The Treatment of Poetic Sources by the Compiler of Volsunga saga«. In: *Saga-Book of the Viking Society* 16 (1965), S. 315–353.

Bauer, I.: »Volsunga saga«. In: *Kindlers Literatur Lexikon*, Bd. 7. München u. a. 1972, S. 768–770.

Halvorsen, E. F.: »Volsunga saga«. In: *Kulturhistorisk Leksikon for Nordisk Middelalder*, Bd. 22. Kopenhagen u. a. 1976, S. 347–349.

Andersson, Th. M.: *The Legend of Brynhild* (= *Islandica*, Bd. 43). Ithaca/London 1980.

Zur Saga von Ragnar Lodbrok

a) Editionen:

Olsen, M.: *Völsunga saga ok Ragnars saga loðbrókar*. Kopenhagen 1906–08 (= SUGNL 36).

Thorsson, Örnólfur (Hrsg.): *Völsunga saga og Ragnars saga loðbrókar.* Reykjavík 1985.

b) Übersetzungen (Auswahl):

Biörner, E. J. (Hrsg.): *Nordiska Kämpa Dater.* Stockholm 1737 (Ausgabe mit lat. und schwed. Übersetzung).
Hagen, F. H. von der (Übers.): *Nordische Heldenromane*, Bd. 5. Göttingen 1828.
Herrmann, P. (Übers.): »Die Geschichte von Ragnar Lodbrok«. In: *Isländische Heldenromane* (= *Thule 21*). Jena 1923, Düsseldorf 1966.
Schlauch, M.: *The Saga of the Volsungs, the Saga of Ragnar Lodbrok together with the Lay of Kraka.* New York 1930.

c) Literatur:

Mundt, M.: »Ragnars saga loðbrókar«. In: *Kindlers Literatur Lexikon.* Bd. 5, München u. a. 1970, S. 2989–2992.
Mundt, M.: »Omkring dragekampen i Ragnars saga loðbrókar«. In: *Arv* 27 (1971), S. 121–140.
McTurk, R.: »The Extant Icelandic Manifestations of Ragnars saga loðbrókar«. In: *Gripla* 1 (1975), S. 43–75.
McTurk, R.: »The Relationship of Ragnars saga loðbrókar to þidriks saga af Bern«. In: *Sjötíu ritgerðir helgaðar Jakobi Benediktssyni* 20. júli 1977. Reykjavík 1977. Bd. 2, S. 568–585.
McTurk, R.: *Studies in Ragnars Saga Loðbrókar and its Major Scandinavian Analogues.* Oxford 1991 (mit ausführlichen Literaturangaben).

Zur Saga von König Half und seinen Männern

a) Editionen:

Neben einer Reihe älterer Ausgaben ist die heute maßgebliche die von Hubert Seelow (Hrsg.): *Hálfs saga ok Hálfsrekka.* Reykjavík 1981. Sie enthält auch einen ausführlichen Kommentar zur Saga.

b) Übersetzung:

Biörner, E.J.: *Nordiska Kämpa Dater.* Stockholm 1737 (Ausgabe mit lat. und schwed. Übersetzung).

c) Literatur:

Borggreve, C.: »Hálfs saga ok Hálfsrekka«. In: *Kindlers Literatur Lexikon.* Bd. 3, München 1967, S. 1397–1399.

Seelow, H.: »Einleitung«. In: ders. (Hrsg.): *Hálfs saga ok Hálfsrekka*. Reykjavík 1981, S. 9–166 (mit ausführlichen Literaturangaben).

Zur Saga von Örvar-Odd

a) Ausgaben:

Boer, R. C. (Hrsg.): *Örvar-Odds saga*. Leiden 1888.
Boer, R. C. (Hrsg.): *Orvar-Odds saga*. (= Altnordische Saga-Bibliothek, Bd. 2). Halle 1892.
Guðni Jónsson, Guðni (Hrsg.): *Fornaldar sögur Norðurlanda,* Bd. 2. Akureyri 1954, S. 199–363.

b) Übersetzungen:

Edwards, Paul und Hermann Pálsson (Übers.): *Arrow-Odd. A Medieval Novel*. New York/London 1970.
Edwards, Paul und Hermann Pálsson (Übers.): *Seven Viking Romances*. Harmondsworth 1985, S. 25–137.
Menge, B. u.a. (Übers.): *Orvar-Odds saga. Die Saga vom Pfeile-Odd*. Leverkusen 1990.

c) Literatur:

Boer, R. C.: »Über die Orvar-Odds saga«. In: *Arkiv för nordisk filologi* 8 (1892), S. 97–139.
Boer, R. C.: »Weiteres zur Orvar-Odds saga«. Ebd., S. 246–255.
Lönnroth, L.: »The double scene of Arrow-Odd's drinking contest«. In: Bekker-Nielsen, H. u. a. (Hrsg.): *Medieval Narrative. A Symposium*. Odense 1979.
Power: »Journeys to the North in the Icelandic Fornaldarsögur«, in: *Arv* 9 (1984), S. 7–25.
Kroesen, R.: »Orvar-Odds saga«. In: Pulsiano, Ph. u. a. (Hrsg.): *Medieval Scandinavia. An Encyclopedia*. New York/London 1993, S. 744.

Zur Saga von An Bogsveigir

a) Editionen:

FAS 1, Bd. 2, S. 323–362.
FAS 2, Bd. 2, S. 291–321.
FAS 3, Bd. 1, S. 401–432.

b) Übersetzungen:

Biörner, E. J.: *Nordiska Kämpadater.* Stockholm 1737 (Ausgabe mit lat. und schwed. Übersetzung).

c) Literatur:

Läffler, L. F.: *En kärleksvisa i Áns saga bogsveigis*. Helsingfors 1912.
Lange, J. de: *The relation and development of English and Icelandic outlaw traditions*. Haarlem 1935.
Hughes, S. F. D.: »The Literary Antecedents of Áns saga bogsveigis«. In: *Mediaeval Scandinavia* 9 (1976), S. 196–235.
Righter-Gould, R.: »Áns saga bogsveigis: a legendary analog of Egils saga«. Ebd. 11 (1978/79), S. 265–270.
Campbell, C.: »Áns saga bogsveigis«. In: Pulsiano, Ph. u. a. (Hrsg.): *Medieval Scandinavia. An Encyclopedia*. New York/London 1993, S. 16f.

Genealogische Übersicht

Genealogische Verbindungen zwischen Sigurd und anderen Personen in den Sagas von den Völsungen und von Ragnar Lodbrok.

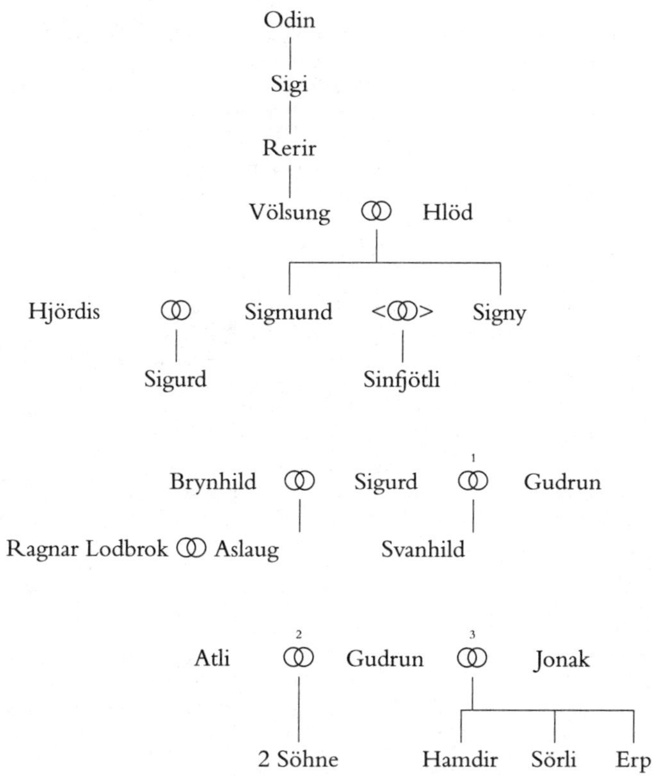

Register der Eigen- und Ortsnamen